# Mallorca, mein Glück

Andrea Froh

ANDREA FROH

# Mallorca, mein Glück

ROMAN

Bibliografische Information der Deutschen Nationalbibliothek:

Die Deutsche Nationalbibliothek verzeichnet diese Publikation in der Deutschen Nationalbibliografie; detaillierte bibliografische Daten sind im Internet über http://dnb.dnb.de abrufbar.

Umschlaggestaltung: Konstantin

Bildnachweis: iStock - Alex (Stock-Fotografie-ID: 920645696)

ISBN: 9798304295116



Hinweise, Anregungen oder Fragen an: andrea.froh@gmx.de

www.andreafroh.de

# EINS

Marleen saß in der großen Altbauwohnung mit Blick auf die Alster, die sie und Marvin sich so schön eingerichtet hatten. Der Himmel war ausnahmsweise mal blau, aber Marleens Stimmung konnte selbst der strahlendste Sonnenschein nicht aufheitern.

Marvin war vor vier Wochen ausgezogen – oder, wie er es genannt hatte, »sein Leben in eine bewusste Phase der Selbstfindung transformiert«. Marleen hätte ihm liebend gern eine bewusste Phase der Selbstfindung mit einer Bratpfanne verpasst, aber stattdessen hatte sie zugesehen, wie er seine Sachen in Kisten packte, um sie dann in das neue Leben ohne sie zu transportieren.

Nun saß sie da, in einem Wohnzimmer, das zu groß für sie alleine war. Alles, was sie umgab, war voller Erinnerungen an Marvin. Da war der seltsam geformte Sessel, den er unbedingt auf einem Flohmarkt in Kopenhagen mitnehmen musste, weil »sich dieser Mid-Century-Vibe in seine Seele brannte«. Oder die unzähligen Pflanzen, die er adoptiert hatte, um »die Wohnung in eine Oase des Lebens« zu verwandeln. Marleen hasste die Pflanzen jetzt. Vor allem, weil sie sich um sie kümmern musste.

Die Wahrheit war: Marleen konnte die teure Wohnung nicht alleine halten. Sie hatte sich kurz überlegt, eine WG zu gründen – vielleicht jemanden zu finden, der nicht allzu schrecklich war, keine Stinkesocken überall verteilte und sie nicht über das Methangas von Kühen belehren würde, während sie gerade versuchte, ihr Müsli zu essen. Doch die Vorstellung, mit einer völlig fremden Person zusammenzuleben, fühlte sich an wie eine Reality-Show, die sie nicht freiwillig gebucht hatte.

»Marleen und die ungewollte Wohngemeinschaft« – nein, das klang einfach nicht nach einer Netflix-Hitserie. Das klang eher nach einem Horrorfilm.

Es blieb also nur eine Option: Sie musste ausziehen. Und das tat weh. Besonders, weil Marvin inzwischen in einer »bewusst nachhaltigen« WG gelandet war – mit zwei Männern, die selbst in ihren LinkedIn-Profilen stolz erklärten, dass sie »Veränderung statt Stillstand« wollten. Marleen wusste nicht genau, was das bedeutete, aber sie war ziemlich sicher, dass es implizierte, dass sie in Marvins neuer Wohnung keine zehn Minuten überleben würde, ohne schuldig zu sein, dass sie überhaupt existierte.

Vielleicht war das der wahre Grund, warum sie keine Mitbewohner wollte. Sie wollte einfach nur atmen, ohne dass irgendjemand sie daran erinnerte, dass sie dabei $CO_2$ ausstieß.

Als es klingelte, seufzte Marleen schwer und warf einen Blick in den Spiegel im Flur. Sie konnte nur noch den Kopf schütteln. Was da zurückstarrte, war eindeutig das Gesicht einer Frau, die seit vier Wochen in Selbstmitleid badete. Der verwaschene Mascara unter den Augen erinnerte an ein Pandabärchen – nur eben ein besonders müdes, das seine Lebensfreude irgendwo zwischen Eiscremebechern und traurigen Netflix-Romcoms verloren hatte. Ihr Haar stand in alle Richtungen ab, als hätte es einen eigenen Lebensplan entwickelt, der nichts mit Marleens Plänen zu tun hatte.

Das Klingeln wurde jetzt von Geschrei begleitet. Das war definitiv Charlotte. Und die Zwillinge. Marleen spürte einen Stich in der Magengegend, als sie die lauten Kinderstimmen hörte, die den ganzen Hausflur erfüllten. Sie hatte gehofft, dass Charlotte allein kommen würde, aber offenbar hatte sie die beiden kleinen Energiebündel nicht loswerden können. Kein Wunder, dachte Marleen und verdrehte die Augen. Diese Kinder hatten eine Energie, die man sonst nur bei überdrehten Superhelden sah – immer auf der Suche nach der nächsten Herausforderung. Oder einem Sofa, das sich ideal zum Hochspringen eignete.

Marleen öffnete die Tür, und schon stürmten zwei kleine Wirbelwinde an ihr vorbei ins Wohnzimmer.

»Tante Marleen! Tante Marleen!«, riefen die Zwillinge, als würden sie die Wohnung erobern. Charlotte folgte, mit einem Gesichtsausdruck, der irgendwo zwischen erschöpft und entschuldigend lag.

»Hey«, sagte Charlotte, »tut mir leid, sie wollten unbedingt mitkommen. Und na ja, du weißt ja...«

Marleen nickte und zwang sich zu einem Lächeln. »Ja, ich weiß. Sie sind halt... lebendig.«

Charlotte grinste müde. »Lebendig ist eine sehr freundliche Umschreibung.«

Marleen beobachtete, wie die Zwillinge sich sofort auf Marvins heißgeliebte Monstera stürzten und enthusiastisch an den großen Blättern rüttelten, als würden sie erwarten, dass plötzlich Goldtaler herabregneten. Ein kleiner, vernünftiger Teil von ihr war kurz davor, sie zu ermahnen – immerhin hatte Marvin diese Pflanze immer als seine »grüne Mitbewohnerin« bezeichnet und sie wie einen Schatz gepflegt.

Doch dann dachte sie daran, wie Marvin ihr ständig vorgehalten hatte, dass die Monstera »positive Energie« verbreite und zur »Erhöhung der Raumvibration« beitrage. Vielleicht war das hier die Rache der Pflanze, die sich endlich an Marvins übertriebener Selbstgerechtigkeit abarbeitete. Sie lächelte verstohlen, lehnte sich zurück und ließ die Jungs ungestört weiter die Blätter schütteln.

»Wie geht's dir so?«, erkundigte sich Charlotte.

»Ach, weißt du«, antwortete Marleen und ließ sich mit einem tiefen Seufzer neben ihre Freundin fallen, »ich lebe. Und ich denke ernsthaft darüber nach, bei einer Reality-Show mitzumachen. Irgendwas in Richtung: 'Gestresste Erwachsene im Chaos des Lebens' - einem dramatischen Umzug und einer tiefen, ungewollten Identitätskrise, die zwischendurch für Spannung sorgt.«

Charlotte lachte und nahm sich ein Kissen. »Und wie wäre der Titel? 'Marleen mitten im Wahn'? Oder doch eher 'Sofa, Snacks und Seelenkrisen'?«

»Ich bin offen für Vorschläge«, sagte Marleen trocken. »Hauptsache, irgendjemand bezahlt mich endlich für dieses tägliche Theater.«

»Das klingt, als hättest du immerhin deinen Humor nicht verloren.«

Marleen zuckte mit den Schultern. »Noch nicht. Aber wer weiß, wie es aussieht, wenn ich nächste Woche ausziehe und irgendwo in einer Ein-Zimmer-Wohnung lande, die so groß ist wie ein Schuhkarton.«

Charlotte legte einen Arm um Marleens Schulter. »Hey, wenn's ganz schlimm wird, können die Zwillinge ja bei dir einziehen. Dann hast du wenigstens keine Zeit, über Marvin nachzudenken.«

Marleen guckte dramatisch. »Charlotte, das ist keine Aufmunterung. Das ist eine Drohung.«

Die junge Mutter lachte, und Marleen spürte zum ersten Mal seit Wochen einen Hauch von Leichtigkeit.

»Ist dein Mann wieder auf Reisen?«, fragte Marleen und warf einen nervösen Blick auf die Zwillinge, die sich am Esstisch in voller Tischler-Manier austobten. Sie hatten zwei Holzklötze in der Hand und bearbeiteten die Tischplatte so energisch, dass es klang, als hätten sie beschlossen, eine Karriere in der Möbelherstellung anzustreben – oder im Abriss.

Marleen biss sich auf die Lippe. Sie liebte diesen Tisch. Es war das einzige Möbelstück, das sie sich ausgesucht hatte, ohne Marvins »beratende Einflüsse« – was in der Regel bedeutete, dass er in epischer Länge über Nachhaltigkeit dozierte und den Lebenslauf des Designers herunterbetete, als hätte er diesen höchstpersönlich gefördert. Aber jetzt schien ihr geliebter Tisch, das letzte Symbol ihres selbstbestimmten Geschmacks, in ernsthafter Gefahr zu sein.

Sie wollte nicht die böse Tante sein und dachte: »Wenn die so weitermachen, kann ich den Tisch irgendwann als 'Vintage distressed' verkaufen. Passt doch bestimmt ins nachhaltige Konzept – und Marvin würde es vielleicht sogar als Gewinn ansehen.«

Charlotte seufzte und ließ sich schwer gegen das Sofa sinken. »Ja, er ist in Dubai. Für eine Woche. Und ich bin mal wieder rund um die Uhr alleine mit den Kids. Wenn meine Mutter mich nicht unterstützen würde...«, sie ließ den Satz unvollendet, rieb sich ihre müden Augen und bemerkte dabei gar nicht, dass die Zwillinge mit ihren Spielen nicht nur den Tisch, sondern vermutlich auch die Schallmauer angreifen wollten.

»In Dubai«, wiederholte Marleen, mehr zu sich selbst. Irgendwie klang das verlockend – Sonne, Wärme, kein Chaos. Sie sah Charlotte an, die mit ihrer zerzausten Frisur und den dunklen Augenringen aussah, als hätte sie die letzte Nacht in einem Kampf mit einem Rudel Waschbären verbracht.

»Klingt... aufregend«, meinte Marleen und setzte ein müdes Lächeln auf.

Charlotte verzog das Gesicht. »Oh ja, sehr aufregend. Er postet jeden Tag ein neues Bild von irgendeiner fancy Rooftop-Bar oder einem Luxushotel. Und ich? Ich poste Bilder davon, wie ich versuche, zwei Kinder davon abzuhalten, sich gegenseitig mit Knetgummi zu bewerfen. Ich hätte nie gedacht, dass ich mal so neidisch auf einen Business-Trip wäre.«

Marleen nickte verständnisvoll. »Ich weiß, was du meinst. Es ist so, als ob man ständig jongliert, aber die Bälle haben plötzlich Eigenleben und wollen lieber woanders hin.«

»Ja, genau so fühlt es sich an. Manchmal wünsche ich mir, einfach zu Hause bleiben zu können. Aber dann sage ich mir, dass das auch nicht die Lösung ist. Ich meine, man kann doch nicht einfach Hausfrau werden... oder?«

Marleen sah sie an und bemerkte, wie viel Unsicherheit in diesen Worten mitschwang. Charlotte, die sonst immer so selbstbewusst über ihre Entscheidungen sprach, wirkte auf einmal wie jemand, der sich selbst nicht mehr sicher war.

»Weißt du«, begann Marleen vorsichtig, »vielleicht gibt es kein richtig oder falsch. Vielleicht ist es auch okay, sich zu wünschen, zu Hause zu bleiben – selbst wenn die Mehrheit immer was anderes sagt.«

Charlotte lächelte traurig. »Aber ich weiß nicht, ob ich das wirklich kann. Ich meine, ich habe so hart dafür gearbeitet, meinen Job zu behalten, auch mit den Kindern. Und jetzt sitze ich hier und frage mich, warum ich das überhaupt tue.«

»Ich glaube, wir alle fragen uns manchmal, warum wir das alles machen. Und die Antwort ist vielleicht einfach, dass wir es machen, weil wir es irgendwie hinkriegen. Weil wir nicht perfekt sein müssen, sondern einfach nur... da sein.«

Sie seufzte und nickte. »Ja, vielleicht hast du recht. Aber wenn ich ehrlich bin, beneide ich dich ein bisschen. Ich meine, du hast gerade keinen Mann, keine Kinder und keine Katze. Vielleicht ist das ja auch eine Chance, mal wirklich nur an dich zu denken.«

Marleen zog die Augenbrauen hoch. »Oh, glaub mir, das ist nicht ganz so glamourös, wie es klingt. Ich habe eher das Gefühl, ich könnte die Hauptrolle in einer richtig schlechten Soap spielen. Titel: ‚Die Frau, die ihre Pflanzen verfluchte und nicht wusste, wohin mit sich'.«

»Hey, das würde ich sogar schauen.«

Marleen grinste. »Vielleicht machen wir beide einfach unsere eigene Show. Titel: ‚Zwei Frauen, die keine Ahnung haben, was sie tun – und das ist auch okay'.«

Charlotte hob ihre Tasse Kaffee, die sie gerade abgestellt hatte. »Darauf kann ich trinken.«

»Auf das Chaos. Und darauf, dass wir es irgendwie immer schaffen.«

»Dass Marvin sich so verändert hat. Vom Banker zum Klimakleber. Das ist einfach unglaublich. Ich kann es noch immer nicht fassen«, meinte Charlotte und schüttelte den Kopf, während sie einen weiteren Schluck ihres mittlerweile kalten Kaffees nahm.

»Erst im Anzug und jetzt in diesen alten Klamotten aus dem Second-Hand-Laden. Ich meine, ich will ja auch eine gute Zukunft für meine Kinder, aber ob das der richtige Weg ist? Das ist mir irgendwie zu radikal. Ich kaufe ja auch nur noch unverpackte Lebensmittel und benutze Wachstücher anstatt Folie und fühle mich dann auch schon ein bisschen besser.«

Marleen hörte Charlotte nur halb zu, während ihre Gedanken zu Marvin drifteten. In ihrem Kopf erschien plötzlich das Bild von Marvin, wie sie ihn zum ersten Mal gesehen hatte – im makellosen Anzug, mit seiner perfekt gebundenen Krawatte, als hätte er eine Werbung für Banker-Mode verlassen, um direkt in die Bank zu spazieren. Er war selbstbewusst, charmant, und hatte dieses Lächeln, das aussah, als könnte es alle Probleme der Welt lösen. Marleen erinnerte sich daran, wie er ohne zu zögern auf sie zugekommen war, mit einer Leichtigkeit, die sie sofort beeindruckt hatte.

Es war der erste Tag ihrer neuen Stelle gewesen, und Marleen war nervös. Sie war mit den Augen durch die gläsernen Büroräume geschweift, als Marvin plötzlich vor ihr gestanden hatte. »Hey, du siehst aus, als könntest du einen Kaffee brauchen«, hatte er gesagt, als wäre das das Normalste auf der Welt – und bevor sie etwas erwidern konnte, hatte er sie schon in die Küche geführt.

Marleen seufzte innerlich, während sie Charlotte jetzt wieder ansah. Diese Erinnerungen an Marvin im Anzug fühlten sich wie ein völlig anderes Leben an. Das war, bevor die Sache mit der Umweltaktivisten-Geschichte losgegangen war. Bevor Marvin seine ganze Garderobe ausgetauscht und seine Krawatten gegen faire, handgewebte Wollpullis eingetauscht hatte. Sie konnte die Veränderung noch immer nicht ganz begreifen.

»Er war damals so anders«, murmelte Marleen, ohne wirklich zu merken, dass sie laut sprach.

Charlotte sah sie aufmerksam an. »Du hast mit ihm abgeschlossen, oder?« Sie sagte es als Frage, aber ihr Blick war eher besorgt als neugierig.

Marleen zuckte mit den Schultern und lachte leise, wenn auch etwas gezwungen.

»Es ist komisch, weißt du. Ich habe mich in Marvin verliebt, als er mir am ersten Tag meine Nervosität vom Gesicht gelächelt hat. Er war so... zuvorkommend und lieb.« Sie sah auf den Tisch, wo die Zwillinge immer noch mit ihren Spielzeugen hantierten. »Jetzt ist er so zielstrebig in eine Richtung, in die ich ihm nicht mehr folgen kann.«

»Ich verstehe, was du meinst. Es ist seltsam, wenn Menschen sich verändern, und man plötzlich merkt, dass man sich nicht in die gleiche Richtung entwickelt. Und das darf auch so sein.«

Marleen zwang sich zu einem Lächeln. »Ja, und ich weiß ja, dass das Thema wichtig ist. Ich meine, ich will auch, dass die Welt für deine Kids ein besserer Ort wird. Ich hab ja sogar ein paar von diesen Bienenwachstüchern gekauft, die Marvin mir mal aufgeschwatzt hat. Und manchmal, wenn ich sie benutze, denke ich: 'Hey, ich tue auch etwas.' Nur... ist es halt nicht genug für jemanden, der sich an Straßen festklebt.«

Charlotte schnaubte. »Wachstücher sind der Anfang. Straßenkleber ist... na ja, vielleicht eher das Ende des gesunden Menschenverstands.«

»Oder zumindest das Ende eines funktionierenden Verkehrsflusses.«

Sie lachten beide, und in diesem Moment fühlte sich die Schwere in Marleens Brust etwas leichter an. Vielleicht war es okay, Marvin zu vermissen, den alten Marvin – und vielleicht war es genauso okay, jetzt ihren eigenen Weg zu suchen, ohne sich an ihn zu klammern.

Die Zwillinge langweilten sich zunehmend und machten das durch ihr immer lauter werdendes Genörgel deutlich. Charlotte sammelte die Spielsachen der beiden ein und schaffte es, die zwei kleinen Energiebündel zur Tür zu dirigieren. Marleen verabschiedete sich von ihrer Freundin und winkte ihr mit einem gequälten, aber dennoch liebevollen Lächeln nach, als sie mit dem lauten Trupp im Treppenhaus verschwand. Als die Haustür ins Schloss fiel, atmete Marleen erleichtert aus. Endlich wieder Ruhe.

Sie ging ins Wohnzimmer und betrachtete den Holztisch. Die Schrammen, die die Zwillinge hinterlassen hatten, wirkten wie eine Art Kriegsnarbe – ein stilles Zeugnis des Chaos, das sie mitgebracht hatten. »Was soll's!«, sagte sie leise zu sich selbst. Der Tisch war sowieso bald Geschichte, und so wie es aussah, war das vielleicht auch gar nicht so schlimm. Was war schon ein verkratzter Tisch, wenn man doch sowieso schon alles verloren hatte, was einem wichtig war? Marleen spürte, wie die Traurigkeit wieder in ihr aufstieg, und ließ sich auf einen der Stühle sinken.

Sie schloss die Augen und dachte daran, wie sie sich all das so anders vorgestellt hatte. Sie und Marvin – sie hatten doch schon einen Plan. Familie, Häuschen im Grünen, vielleicht irgendwann eine Ferienwohnung an der Ostsee, in der sie mit den Kindern Sommerabenteuer erleben würden. Marleen konnte das Bild noch immer vor sich sehen: Marvin, wie er den Grill auf der Terrasse anfeuerte, während die Kinder im Garten spielten. Sie selbst mit einem Glas Wein in der Hand, lächelnd, weil alles genau so war, wie sie es sich immer gewünscht hatte.

Aber dann war es plötzlich anders gekommen. Marvin hatte sich verändert. Es hatte angefangen in diesem einen Urlaub auf Kreta – als sie Jasmin und Jonas getroffen hatten. Marleen erinnerte sich noch genau an die beiden. Sie waren so... entspannt gewesen, so anders. Aussteiger, die einmal erfolgreiche Manager gewesen waren, wie Marvin immer wieder beeindruckt betonte. Jonas hatte sich mit einem Lächeln vorgestellt, das aussah, als hätte er gerade die Antwort auf das Universum gefunden, und Jasmin hatte Marleen sofort umarmt, obwohl sie sich gerade erst kennengelernt hatten. Sie hatten von ihrem neuen Leben gesprochen – einem Leben ohne Stress, ohne Druck und ohne Konsum. Stattdessen mit Sinn, mit dem Bewusstsein, etwas für die Umwelt zu tun, mit dem Gedanken, der Welt etwas zurückzugeben.

Marvin hatte ihnen begeistert zugehört. Marleen erinnerte sich, wie er an diesem Abend in der kleinen Taverne am Strand immer wieder aufhorchte, wie seine Augen förmlich leuchteten, als Jasmin erzählte, wie sie all ihre Besitztümer verkauft hatten, um fortan in einem kleinen, minimalistischen Haus am Rande eines Olivenhains zu leben. Sie sprachen davon, wie sie »etwas bewirken« wollten, wie sie Menschen inspirieren wollten, anders zu leben. Marleen war damals schon leicht beunruhigt gewesen. Sie hatte Marvin so noch nie gesehen. Er war fasziniert, als hätte er endlich eine Tür gefunden, die er schon immer hatte öffnen wollen, ohne es zu wissen.

Was als eine harmlose Urlaubsbegegnung begann, war in den Monaten danach zu etwas ganz anderem geworden. Marvin hatte angefangen, Bücher über Nachhaltigkeit und Minimalismus zu lesen, war in vegane Cafés gegangen und hatte seine Anzüge gegen Second-Hand-Kleidung getauscht. »Man muss Verantwortung übernehmen«, hatte er immer wieder gesagt. »Für die Zukunft. Für die Kinder.«

Marleen hatte genickt, hatte versucht, mitzuhalten. Doch je mehr Marvin sich veränderte, desto deutlicher wurde ihr, dass sie nicht die gleiche Richtung einschlagen wollten. Marvin sprach plötzlich von Aussteigen, von einem anderen Leben, das nichts mit dem zu tun hatte, das Marleen sich erträumte. Sie wollte nicht aussteigen. Sie wollte nicht in einem kleinen Häuschen ohne Heizung leben und Gemüse selbst anbauen. Sie wollte ein normales Leben, eines, das Stabilität und Sicherheit versprach.

»Für die Kinder«, hatte Marvin immer gesagt. Aber Marleen hatte immer das Gefühl gehabt, dass es eher für ihn selbst war, als für irgendein hypothetisches Kind, das sie vielleicht eines Tages haben würden.

Sie öffnete die Augen und betrachtete den Tisch noch einmal. Die Schrammen waren immer noch da, aber sie fühlten sich plötzlich weniger wichtig an. Vielleicht war es an der Zeit, sich von all diesen Dingen zu verabschieden – von den Plänen, von den Träumen, die nicht mehr ihre eigenen waren. Vielleicht musste sie jetzt endlich herausfinden, was sie wirklich wollte.

*

Nach dem Wochenende schleppte sich Marleen in die Bank, in der Marvin nicht mehr arbeitete. Es fühlte sich an wie ein kleines Stück Tortur, wenn sie durch die Glastür trat und der Empfang sie mit einem höflichen, aber etwas bemitleidenden Lächeln begrüßte. Alles war anders. Früher hatten sie gemeinsam im Auto gesessen, Marvin hatte immer diesen albernen Podcast über die neuesten Finanzthemen laufen lassen, und sie hatten auf dem Weg zur Arbeit über die dümmsten Sachen gelacht. Mittags hatten sie meistens beim Italiener um die Ecke gegessen und zum Nachtisch einen Cappuccino zusammen genossen. Es war eine unbeschwerte, schöne Zeit gewesen, fast wie ein kleiner Urlaub mitten im Alltag.

Jetzt schmeckte der Cappuccino nur halb so gut. Das Büro fühlte sich fremd an, obwohl es genau das gleiche geblieben war. Aber ohne Marvin, der früher immer wieder mal an ihrem Schreibtisch auftauchte, um sie mit einem Grinsen aus ihrer Arbeit zu reißen, fühlte sich alles kälter und irgendwie distanziert an.

Marleen bemerkte die Blicke ihrer Kollegen, die an diesem Morgen besonders mitleidig zu sein schienen. Sie wusste, dass sie hinter ihrem Rücken tuschelten. Sie hatten natürlich alle mitbekommen, wie Marvin sich verändert hatte, wie er plötzlich seine Zukunft in der Bank gegen die Zukunft der Umwelt eingetauscht hatte. Die Kolleginnen und Kollegen hatten es anfangs nicht ernst genommen – »Er ist ein bisschen verrückt geworden, das geht sicher vorbei« – aber als Marvin schließlich seinen Job kündigte und wirklich anfing, sich in Umweltbewegungen zu engagieren, da wussten alle: Das war kein vorübergehender Spleen, das war ernst.

Marvin hatte so viel Potenzial gehabt. Sein Vater hatte natürlich damit gerechnet, dass sein begabter Sohn eines Tages seine Nachfolge antreten würde. Marleen erinnerte sich noch genau daran, wie Gerolds Stimme vor Enttäuschung getränkt gewesen war. Man musste nicht zwischen den Zeilen lesen, um zu wissen, wie unglücklich Marvins Vater mit der Entwicklung seines Sohnes war. Es fühlte sich an, als ob Marvin alles, wofür er bisher gearbeitet hatte, einfach weggeworfen hatte.

»Guten Morgen, Marleen«, hörte sie plötzlich eine freundliche Stimme hinter sich. Sie drehte sich um und sah ihren Kollegen Timo, der ihr ein Lächeln schenkte, das etwas zu übertrieben wirkte, als wollte er sicherstellen, dass sie sich besonders gut fühlte. »Wie war dein Wochenende?«

»Oh, es war okay, danke«, antwortete Marleen, wobei sie versuchte, ein Lächeln aufzusetzen. Es war ein schwaches Lächeln, das nicht wirklich ihre Augen erreichte, aber sie wusste, dass es ausreichen würde, um weitere Fragen abzuwehren.

»Falls du mal Lust hast, wieder mit uns zum Mittagessen zu kommen, wir gehen heute zu dem neuen Burgerladen«, sagte Timo. Er meinte es gut, das wusste sie, doch sie hatte keine Lust, mit den Kollegen zusammenzusitzen und diese mitleidigen Blicke zu ertragen, die immer kamen, wenn das Thema Marvin unvermeidlich auf den Tisch kam.

»Vielleicht ein andermal«, sagte sie ausweichend, und Timo nickte verständnisvoll, bevor er sich von ihr abwandte und in sein Büro ging.

Marleen ließ sich auf ihren Stuhl fallen, ihr Blick wanderte über die grauen Wände ihres Büros. Es war ironisch, dachte sie. Sie hatte so hart gearbeitet, um etwas Normales, Verlässliches zu haben – einen sicheren Job, ein geregeltes Leben. Sie hatte Marvin immer bewundert, wie er sich in der Bank durchgesetzt hatte, so selbstbewusst und erfolgreich. Und dann hatte er all das einfach hinter sich gelassen. Und sie war hiergeblieben, an genau dem Ort, an dem sie sein wollte, aber warum fühlte es sich jetzt so falsch an?

»Ich wollte Normalität«, flüsterte sie leise zu sich selbst, ihre Stimme kaum hörbar im Summen der Bürogeräte um sie herum. »Aber jetzt habe ich nur Leere.«

Sie starrte auf den Computerbildschirm, der sie mit einem blinkenden Cursor daran erinnerte, dass sie etwas tun sollte. Irgendetwas Produktives. Doch statt sich auf ihre Arbeit zu konzentrieren, dachte sie an Marvin. Er war da draußen, irgendwo, kämpfte für eine bessere Welt, klebte sich vielleicht an Straßen fest, protestierte. Sie vermisste den alten Marvin, aber vielleicht war es nicht nur Marvin, den sie vermisste. Vielleicht vermisste sie die Version von sich selbst, die damals glücklich gewesen war, als alles noch einfacher schien.

Marleen hob überrascht den Kopf, als Gerold ohne Vorwarnung in ihr Büro kam. Sie hatte sich noch immer nicht daran gewöhnt, wie behutsam er sie seit der Trennung behandelte.

»Guten Morgen«, begrüßte Gerold sie und beugte sich herab, um ihr flüchtig ein Küsschen auf beide Wangen zu geben. Sein Rasierwasser war stark, ein markanter Duft, der Marleen für einen Moment den Atem verschlug. Es war der gleiche Duft, den Marvin immer verwendet hatte, als er noch täglich im Anzug in die Bank gekommen war.

»Wie geht es dir?«, fragte Gerold, während er sich auf den Stuhl vor ihrem Schreibtisch sinken ließ. Sein schwerer Körper setzte sich mit einem leisen Ächzen des Leders in Bewegung, und Marleen spürte, wie ihre Schultern sich automatisch anspannten. Sie wollte nicht, dass irgendjemand ihr gegenüber so viel Mitleid zeigte, schon gar nicht Gerold, der über die Trennung von Marvin mindestens genauso enttäuscht war wie sie.

»Danke, ganz gut«, antwortete Marleen mit einem höflichen Lächeln, das sie sich in den letzten Wochen angewöhnt hatte. Ein Lächeln, das bedeutete: Bitte fragt mich nicht weiter, ich komme klar. Es war ein Schutzschild, den sie mit viel Mühe aufrechterhielt.

Gerold nickte und lächelte väterlich. »Weißt du«, sagte er, »Susanne hat gestern gebacken. Einen Frankfurter Kranz. Den magst du doch so gerne.« Er deutete auf den Kühlschrank im kleinen Teeküchenbereich neben ihrem Büro. »Ich habe ein Stück für dich reingestellt.«

Marleen fühlte, wie eine Mischung aus Rührung und Beklommenheit sie durchflutete. Susanne hatte sie immer sehr herzlich behandelt, fast wie eine eigene Tochter. Sie war so stolz gewesen, dass Marleen und Marvin ein Paar waren.

»Danke, das ist wirklich nett«, sagte sie leise. Marleen hatte seit der Trennung kaum Appetit, und doch wollte sie die Geste nicht unbedankt lassen.

»Marleen, hör zu«, begann Gerold mit einem Seufzen. »Ich weiß, wie schwer das alles für dich ist. Für mich ist es auch nicht einfach. Marvin...« Er hielt kurz inne, sein Blick wanderte auf einen unsichtbaren Punkt an der Wand hinter ihr, als müsste er dort die richtigen Worte finden. »Marvin hat sich entschieden, einen anderen Weg zu gehen. Ich werde das wohl nie ganz verstehen, aber ich hoffe, dass er seinen Frieden damit findet. Und du solltest wissen, dass es hier in der Bank keinen Druck gibt. Wenn du eine Pause brauchst oder einfach mal ein paar Tage frei – dann gib Bescheid.«

Sie fühlte, wie sich ein Kloß in ihrem Hals bildete. »Danke, Gerold«, murmelte sie. »Aber ehrlich gesagt ist es ganz gut für mich, zu arbeiten. Es hilft mir, mich abzulenken.«

Gerold nickte verständnisvoll, aber er konnte die Besorgnis in seinen Augen nicht verbergen. »Das verstehe ich. Aber ich möchte, dass du weißt, dass du immer zu uns kommen kannst. Susanne und ich stehen hinter dir, auch wenn Marvin... na ja, auch wenn er sich entschieden hat, das alles hinter sich zu lassen.«

Marleen lächelte schwach. Sie wusste, dass es gut gemeint war, aber es fühlte sich seltsam an. Die Eltern ihres Ex-Freundes boten ihr Halt und Unterstützung, während Marvin irgendwo Straßen blockierte und für eine bessere Zukunft kämpfte. Ein Teil von ihr wollte Gerold sagen, dass sie nicht das bedauerliche Überbleibsel einer gescheiterten Beziehung sein wollte, das seine Hilfe brauchte. Doch gleichzeitig war sie dankbar für die Fürsorge, auch wenn sie dadurch noch stärker an das erinnerte, was sie verloren hatte.

»Ich werde das im Hinterkopf behalten, danke«, sagte sie und versuchte, ein wenig Wärme in ihre Stimme zu legen. »Und richte Susanne bitte aus, dass ich mich sehr über den Frankfurter Kranz freue.«

Gerold stand auf, legte seine Hand sanft auf ihre Schulter und drückte sie kurz. »Das mache ich. Pass auf dich auf, ja?«

Marleen nickte stumm, während sie ihm hinterherschaute, wie er aus ihrem Büro verschwand. Die Tür schloss sich mit einem leisen Klicken hinter ihm, und die Stille des Büros kehrte zurück. Für einen Moment blieb Marleen einfach sitzen und starrte auf ihren Bildschirm. Sie fühlte sich, als wäre sie in einem Zwischenstadium gefangen – irgendwo zwischen dem alten Leben, das sie so sehr geliebt hatte, und einer Zukunft, die sie sich nicht vorstellen konnte.

Der Tag zog sich wie Kaugummi, und Marleen fühlte sich von Stunde zu Stunde leerer und trauriger. Selbst die Routinearbeit, die ihr sonst half, den Kopf frei zu bekommen, fiel ihr heute schwer. Ihre Gedanken schweiften immer wieder ab – zur Wohnung, die sie aufgeben musste, zu den Erinnerungen an Marvin und zu der großen Ungewissheit, die vor ihr lag.

Eine neue Wohnung zu finden – allein die Vorstellung verursachte ihr Kopfschmerzen. Hamburg war schon immer schwierig gewesen, was Wohnraum anging, aber jetzt schien es ihr wie eine unlösbare Aufgabe. Sie hatte keine Energie, um stundenlang auf Wohnungssuchportalen zu stöbern, Besichtigungstermine zu organisieren oder sich gegen dutzende Mitbewerber durchzusetzen. Außerdem: Wie sollte eine neue Wohnung jemals das ersetzen, was sie mit Marvin zusammen aufgebaut hatte? Es war, als ob jeder Gedanke an eine neue Bleibe eine kleine Kapitulation vor dem Leben war, das sie sich mit ihm vorgestellt hatte.

Marleen hatte darüber nachgedacht, vielleicht erst einmal das Angebot ihrer Eltern anzunehmen und vorübergehend bei ihnen einzuziehen. Es wäre praktisch – der Dachboden des Hauses ihres Großvaters war zu einem schönen, großen Raum ausgebaut worden, und es gab definitiv genug Platz. Ihre Eltern hatten es ihr mehr als einmal angeboten. »Komm doch einfach zu uns, bis du wieder festen Boden unter den Füßen hast«, hatte ihre Mutter gesagt, in dieser freundlichen, sorglosen Art, die für Marleen zugleich tröstlich und irritierend war.

Aber der Gedanke, wieder bei ihren Eltern zu wohnen, fühlte sich wie ein Rückschritt an – wie der endgültige Beweis, dass sie gescheitert war. Außerdem waren ihre Eltern… nun ja, sie waren einfach anders. Während Marleen sich nach Normalität und Struktur sehnte, schienen ihre Eltern das Chaos und die Freiheit geradezu zu lieben. Sie schliefen bis in den späten Vormittag, trugen nur das, worauf sie gerade Lust hatten – eine bunte Mischung aus Second-Hand und Selbstgestricktem – und ließen ihre Hühner durchs Haus laufen, als wäre es das Natürlichste der Welt. Es war immer laut, immer jemand da, immer irgendwie ein Gewusel.

Das Haus ihrer Eltern war wie ein Magnet für Menschen, die Marleen nicht kannte – alte Freunde, neue Bekannte, Reisende, die irgendwie bei ihren Eltern gelandet waren und »ein paar Tage bleiben« wollten, die dann oft zu Wochen wurden. Es war ein lebendiger Ort, voller Geschichten und interessanter Begegnungen – aber für Marleen, die gerade versuchte, irgendwie einen klaren Gedanken zu fassen und herauszufinden, was sie eigentlich wollte, war es eher eine beängstigende Vorstellung, dorthin zurückzukehren. Sie wollte kein Teil des nie endenden Spektakels sein, wollte nicht ständig von fremden Menschen umgeben sein.

»Nur im Notfall«, sagte sie leise zu sich selbst und rieb sich die müden Augen. Sie würde es schaffen, etwas anderes zu finden. Irgendwie. Auch wenn sie gerade nicht wusste, wie. Aber der Gedanke, ihre Unabhängigkeit aufzugeben, war schlimmer als die Aussicht auf ein paar stressige Wochen Wohnungssuche.

# ZWEI

Marleen öffnete die Tür und fühlte, wie ihr Herz einen kleinen Sprung machte, als sie Marvin sah. Neben ihm stand ein junger Mann, den sie noch nie gesehen hatte – die beiden sahen sich so ähnlich, dass Marleen im ersten Moment dachte, es könnten Brüder sein. Marvin trug jetzt längere Haare, die ihm, um ehrlich zu sein, nicht wirklich standen.

»Hey, Marleen«, sagte Marvin mit einem sanften Lächeln, das ihr ein flaues Gefühl in den Magen trieb. Es war komisch, ihn wieder hier zu sehen, in dieser Wohnung, die sie eigentlich gemeinsam bewohnt hatten, bevor sein Leben eine völlig andere Richtung eingeschlagen hatte.

Sie hatten im Guten Schluss gemacht – keine großen Streitereien, keine bösen Worte, aber Tränen. Marleen hatte geweint, und Marvin hatte versucht, sie zu trösten. Damals hatte er noch gehofft, dass sie irgendwann vielleicht seine Begeisterung für sein neues Leben teilen könnte. Doch Marleen war einfach nicht bereit gewesen, alles aufzugeben, was sie sich mühsam aufgebaut hatte.

»Hey«, sagte sie, während sie einen Schritt zurück machte, damit die Männer eintreten konnten. Der Freund stellte sich als Liam vor. Er hatte ein hübsches Gesicht hinter einem dichten Vollbart, und Marleen schätzte ihn jünger ein, als er auf den ersten Blick wirkte. Marvin und Liam zogen sich die Schuhe aus, so als wäre das hier noch immer Marvins Zuhause. Es war ein merkwürdiges Gefühl, das Marleen schwer in Worte fassen konnte – die Art, wie Marvin sich so selbstverständlich bewegte, als ob er nie wirklich weg gewesen wäre.

»Wir wollte die Pflanzen holen«, erklärte Marvin, und Marleen nickte.

»Ja, klar, sie stehen noch alle im Wohnzimmer.« Sie führte die beiden Männer ins Wohnzimmer, wo die Pflanzen verteilt standen.

Marvin beugte sich über eine der Pflanzen, eine große Monstera, die inzwischen einige gelbe Blätter hatte. Er runzelte die Stirn und sah Marleen mit einem leicht enttäuschten Blick an. »Oh je, die sieht ja nicht so gut aus.«

Marleen fühlte, wie sich Scham in ihr breit machte. »Tut mir leid«, sagte sie leise und rieb sich nervös die Hände. »Ich hab's versucht, aber irgendwie... na ja, ich hab wohl nicht den grünen Daumen.«

Marvin seufzte, aber es war kein ärgerliches Seufzen, eher ein resigniertes.

»Schon okay«, sagte er und richtete die Pflanze wieder auf. »Ich weiß, das ist nicht einfach. Danke, dass du sie trotzdem gegossen hast.«

Marleen zuckte mit den Schultern. Sie hätte gerne etwas Schlaues gesagt, irgendetwas, das ihre Gefühle in Worte fasste, aber es fiel ihr nichts ein. Stattdessen sah sie zu, wie Marvin die Pflanze vorsichtig zur Seite schob, um sich die anderen anzusehen.

Liam stand daneben und beobachtete das Geschehen mit einem leicht belustigten Lächeln. »Marvin und seine Pflanzen«, sagte er mit einem Zwinkern, als er Marleens Blick auffing. »Er behandelt sie wie seine Kinder.«

Sie versuchte, ein Lächeln zu erwidern, obwohl sie innerlich einen Stich fühlte. Kinder. Sie hatte immer gedacht, dass sie und Marvin irgendwann eigene Kinder haben – dass sie zusammen eine Familie gründen würden.

»Ja, er war immer gut mit den Pflanzen«, sagte sie, und ihre Stimme klang dabei fast ein bisschen melancholisch. Marvin richtete sich auf und schaute sie an, und für einen Moment war da ein Ausdruck in seinen Augen, den Marleen nicht deuten konnte. Bedauern vielleicht, oder Mitleid.

»Es tut mir leid, Marleen«, sagte er leise, und Marleen wusste, dass er damit nicht nur die Pflanzen meinte. Sie zwang sich zu einem Lächeln.

»Schon gut, Marvin. Ich hoffe, sie erholen sich wieder.«

Er nickte und begann, die Töpfe zusammenzutragen, während Liam ihm half. Marleen stand stumm daneben, das Gefühl, irgendwie fehl am Platz zu sein, war überwältigend. Es war merkwürdig, jemanden dabei zu beobachten, wie er Stücke aus deinem Leben mitnahm – Stücke, die einst zu dir gehörten und jetzt nicht mehr.

»Mögt ihr noch einen Tee?«, fragte Marleen, obwohl sie eigentlich hoffte, dass sie schnell wieder weg sein würden.

Marvin schüttelte den Kopf, und Liam machte eine entschuldigende Geste.

»Danke, aber wir haben noch viel vor heute«, erklärte Marvin, wobei er klang, als wäre er jetzt eine Art Weltverbesserer auf der Mission, die Menschheit zu retten. Vielleicht war er das ja tatsächlich – für Marleen klang das immer noch so surreal.

Er schaute sie mit seinem neuen, leicht erhabenen Blick an. »Ich hoffe, du findest eine schöne Wohnung. Und hey, wenn du Lust hast, kannst du uns ja mal in unserer WG besuchen kommen«, fügte er hinzu, wobei seine Stimme diesen Hauch von Hoffnung hatte, dass Marleen vielleicht doch eines Tages ihre schicken Kostüme gegen Leinenhemden eintauschen und anfangen würde, sich an der Straße festzukleben.

Marleen sah ihn an und musste sich das Lachen verkneifen. Die Vorstellung, dass sie sich in eine WG voller Vegan-Buddhisten einquartierte und ihre Abende mit Gruppenumarmungen und Diskussionsrunden über den ökologischen Fußabdruck verbrachte, war zu absurd.

»Ja, mal schauen«, antwortete sie vage, und fügte dann leise hinzu, »Mach's gut, Marvin.«

Sie blieb in der Tür stehen, während die Männer die Treppen hinuntergingen. Sie konnte nicht anders, als Marvin nachzusehen. Er wirkte so fremd auf sie – die langen Haare, die etwas zu locker sitzenden Second-Hand-Klamotten, das neue Auftreten, das irgendwo zwischen »Weltenretter« und »Sitzblockaden-Liebhaber« pendelte. Ihr Herz wurde schwer. Es war schon faszinierend, wie stark sich ein Mensch verändern konnte. Früher hatten sie darüber gesprochen, wie sie vielleicht einmal ein Häuschen mit Garten haben würden, und jetzt schien Marvin eher darauf aus zu sein, die Bäume davor zu beschützen, statt sie zu pflanzen.

*

Marleen stand ratlos in einem dieser hippen, nachhaltig ausgerichteten Läden, die es schafften, gleichzeitig »zurück zur Natur« und »bring den Inhalt deines Sparkontos mit« zu schreien. Sie hatte das Geschäft dreimal umrundet, einmal rückwärts, und war der Geschenkidee für ihren Vater trotzdem kein bisschen nähergekommen. Was schenkt man jemandem, der ausdrücklich betont hat, er wolle nichts? Und nicht einfach »nichts« im Sinne von »keine großen Sachen«, sondern wortwörtlich: nichts.

Aber Marleen war fest entschlossen. Sie wollte etwas schenken. Es sollte etwas Nachhaltiges sein, so viel stand fest – etwas, das Mutter Natur persönlich abnicken würde. Keine Technik, keine glänzenden Materialien, und bloß nichts, das auch nur einen Hauch von Plastik in sich trug. Denn eines wusste sie sicher: Eine Geschenkverpackung wäre in den Augen ihres Vaters wohl schlimmer, als den gesamten Garten aus Versehen mit Pestiziden zu besprühen.

Sie griff zu einem schlichten Leinentuch und dachte kurz darüber nach, es als Geschenk zu deklarieren. Aber die Verkäuferin schien ihre Gedanken zu lesen und zog mit strenger Miene die Augenbrauen hoch. Also gut, dachte Marleen, Plan B: Vielleicht ein DIY-Pflanzen-Set? Ein Blick auf das Preisschild überzeugte sie jedoch davon, dass es günstiger wäre, die Samen direkt bei Vollmond im Gebirge zu sammeln.

Nach einer weiteren Runde durchs Regal fragte sie sich ernsthaft, ob das ultimativ nachhaltigste Geschenk nicht einfach gar nichts wäre – oder zumindest eine Karte, in der sie ankündigte, dass sie durch diesen Verzicht den $CO_2$-Fußabdruck seiner Party um 0,0002 Prozent gesenkt hatte.

Marleens Eltern lebten seit dreißig Jahren in einer Art Selbstversorger-Utopie, die man auf jeder Titelseite eines alternativen Gartenmagazins hätte ablichten können. In ihrem Garten und in den riesigen Gewächshäusern wuchsen mehr Obst und Gemüse, als ihre Eltern in einem Jahrzehnt essen könnten. Vom Grünkohl bis zur Tomate war alles dabei. Theoretisch könnten sie damit ein kleines Dorf durch den Winter bringen. Praktisch gesehen versorgten sie allerdings nur sich selbst und ab und an die »Kräuterrunde« ihrer Hippie-Freunde, die regelmäßig zum Meditieren und »Jäten als Form von Einssein« vorbeikamen.

Einmal hatte Marleen versucht, den Besucherfluss zu verstehen, aber die Rhythmen waren ebenso mystisch wie der Rest: Die eine Hälfte erschien nur zu den Apfel- und Erntezeiten, die andere Hälfte tauchte pünktlich zum Kompostieren auf.

»Wie wär's mit einem Bienenhotel?«, fragte die Verkäuferin, die plötzlich hinter Marleen auftauchte und dabei eine hölzerne Konstruktion in die Höhe hielt, die aussah, als hätte ein Baumhaus eine Romanze mit einem Nistkasten angefangen.

»Ähm...«, begann Marleen und überlegte kurz, wie sie das am besten formulierte. »Also, meine Eltern haben wahrscheinlich schon mehr Bienenhotels, als Bienen in der Umgebung leben. Und die haben auch eine Vorliebe für... echte Bienenstöcke.« Tatsächlich hatte Marleens Vater im Garten eine ganze Kolonie von Bienenstöcken, bei denen er jeden Morgen einen nach dem anderen inspizierte wie ein stolzer Hotelmanager.

»Oh, verstehe«, sagte die Verkäuferin und schob das Bienenhotel wieder an seinen Platz.

Marleen seufzte. Es war immer das gleiche Problem. Ihre Eltern lebten in ihrer ganz eigenen, alternativen Welt, in der Konsum eine Todsünde war und die Vorstellung, ein Geschenk zu bekommen, fast schon als Belästigung angesehen wurde. Ihre Mutter hatte einmal ein Geschenkpapier zerknüllt und so entrüstet »Verschwendung!« geflüstert, dass Marleen sich wochenlang schuldig gefühlt hatte.

Noch komplizierter war es, seit ihre Eltern Marvin in seiner neuen Rolle als Klimaschützer förmlich adoptiert hatten. Sie waren begeistert, als er sein Leben radikal umkrempelte, und hatten gehofft, dass Marleen sich ebenfalls in eine umweltbewusste Aktivistin verwandeln würde. Aber Marleen war... na ja, Marleen. Sie liebte es, ab und zu zu fliegen, und ehrlich gesagt wollte sie dabei nicht jedes Mal über den $CO_2$-Ausstoß nachdenken. Sie wollte nicht ständig Entbehrungen in Kauf nehmen oder sich ein schlechtes Gewissen machen, nur weil sie es genoss, in einem Flugzeug zu sitzen, das schneller flog als ein Lastenfahrrad.

Marleen war an der Grenze der Verzweiflung.

»Vielleicht eine schöne Flasche Wein?«, fragte die Verkäuferin hoffnungsvoll.

»Kommt er aus der Region?«, entgegnete Marleen und zog eine Augenbraue hoch.

»Äh, Italien«, versuchte, sie ihre Antwort so harmlos wie möglich klingen zu lassen.

Sie schüttelte traurig den Kopf, als hätte sie gerade gehört, dass die Angestellte in die Amazonaswälder fliegen wollte, um dort Plastikbesteck zu verteilen.

Marleen bedankte sich und verließ den Laden mit leeren Händen. Vielleicht sollte sie Blumen mit einem Biosiegel besorgen, die ihre Eltern aber vermutlich als »besser in der Natur aufgehoben« ansehen würden.

Als Marleen das elterliche Grundstück betrat, war sie sofort von einem ohrenbetäubenden Stimmengewirr umgeben. Ihr Vater hatte gesagt, dass er »ein paar Leute« eingeladen hatte. Aber was sie da hörte, klang, als hätte er die halbe Stadt oder vielleicht sogar einen Teil des Amazonas-Regenwaldes eingeladen. Es klang nach einem Festival, bei dem die Menschen gleichzeitig diskutierten, trommelten und dabei den Zustand der Weltwirtschaft anprangerten.

Marleen hielt ihr »Geschenk« fest: ein Glas Marmelade, das eher einer Suppe glich – die war einfach nicht fest geworden. Dazu eine selbst gemalte Karte, die sie in letzter Minute mit ein paar Trockenblumen aus ihrem Balkonbeet beklebt hatte. Die Karte sah, ehrlich gesagt, aus, als hätte ein Kindergartenkind sie in einem Anfall von Kreativität gebastelt, aber es war immerhin nachhaltig!

Die Juni-Sonne strahlte warm auf ihren Kopf, und der Garten war – wie erwartet – nicht mit Plastikgirlanden geschmückt. Nein, hier war alles »ganz natürlich«. Das bedeutete in diesem Fall, dass überall wilde Pflanzen wuchsen, und man sich seinen Weg durch das Dickicht bahnen musste, um nicht über eine Brennnessel zu stolpern oder in einem Rosmarinbusch zu verschwinden. Eine Hühnerfamilie pickte friedlich im Hintergrund, und ein Mann in einem selbst gehäkelten Poncho spielte auf einer Flöte eine Melodie, die irgendwie an »Der Pate« erinnerte, aber mit einer Prise Öko-Vibes.

Da schwebte Marleens Mutter Silvia auf sie zu. Sie schien tatsächlich zu schweben – barfuß, in einem luftigen Kleid aus Hanf und mit einer Blumenkrone auf dem Kopf. Sie umarmte Marleen mit einem zarten Griff, als wäre sie eine Elfe, die gerade aus einem Märchenbuch gefallen war.

»Hallo, mein Engel!« Ihre Stimme war so weich und warm, dass Marleen fast schon ein schlechtes Gewissen bekam, weil sie nicht ganz in die märchenhafte Szenerie passte.
»Wie schön du bist, trotz der Trennung. Wie geht es dir?«

»Gut, Mama, und dir wohl auch.« Marleen blickte sich um, während sie sprach. »Äh, ich dachte, es würden nur ein paar Gäste kommen?«

Ihre Mutter lächelte weise und ließ Marleen los. »Ja, wir waren auch überrascht. Aber dein Vater... du weißt ja, er liebt es, wenn die Energie gut fließt. Und anscheinend fließt sie heute besonders gut.«

Marleen hob eine Augenbraue. »Besonders gut« bedeutete, dass mindestens fünfzig Menschen auf der Wiese herumstanden, im Gras saßen oder diskutierend im Kreis lagen. Einer hielt eine Kokosnuss in der Hand, als wäre es das Normalste der Welt, und ein anderer strickte. Ja, strickte.

»Natürlich«, murmelte Marleen, als sie sah, dass ein älterer Mann versuchte, auf einem wackeligen Baumstamm zu balancieren, während er eine Rede über Minimalismus hielt. »Ein ganz normaler Geburtstag bei euch.«

Silvia lachte glockenhell. »Ja, dein Vater mag das ja.« Sie zwinkerte Marleen zu und wirkte dabei fast stolz auf das Chaos, das sich hier abspielte.

Marleen seufzte. Sie wollte gerade etwas sagen, als ihre Mutter ihr den Arm drückte. »Und schau mal, da drüben ist Marvin!«

Natürlich war Marvin da. Wer hätte auch gedacht, dass er sich das entgehen lassen würde?

Marvin hatte sie sofort entdeckt und schien mit einem neuen, merkwürdig wiegenden Schritt auf sie zuzutänzeln. Marleen war sich nicht sicher, ob er jetzt auf einmal Yoga-Lehrer geworden war oder ob er einfach nur vergaß, seine Hüften stillzuhalten.

»Hey!«, sagte er etwas zurückhaltend, als wäre er unsicher, ob er sie umarmen oder einfach nur lässig winken sollte. Marleen vermied es, den Blick zu lange auf sein Hemd zu richten, das eindeutig aus irgendeinem Bio-Stoff bestand und so aussah, als könnte es sich jederzeit von selbst kompostieren.

»Dein Vater hat mich eingeladen, und ich dachte...«

»Ja, das hab ich mir schon gedacht«, unterbrach sie ihn hastig. Sie hatte wirklich keine Lust, in einen dieser tiefsinnigen Gespräche mit Marvin zu verfallen, in denen er über die Rettung der Welt und seinen neuen Kompost-Toiletten-Selbstbau philosophierte. »Ich gehe mal, um Olaf zu gratulieren.«

Ohne eine Antwort abzuwarten, drehte sie sich um und machte sich auf die Suche nach ihrem Vater. Natürlich war er nicht leicht zu finden. Es hätte auch zu einfach sein können, ihn einfach zwischen den Gästen zu entdecken. Nach einigen Minuten, in denen sie durch den Garten irrte, sah sie schließlich das Baumhaus. Sie seufzte und machte sich auf den Weg dorthin.

Als sie die Holzleiter erklomm, merkte sie sofort, dass etwas nicht stimmte. Eine der Stufen knirschte bedrohlich, und sie spürte, wie sie ein wenig nachgab. »Super«, murmelte sie, »wenn ich jetzt abstürze, ist das sicher eine Metapher für mein Liebesleben.« Doch sie schaffte es, oben anzukommen, ohne einen spektakulären Abgang hinzulegen.

Ihr Vater saß gemütlich auf einem alten Kissen, das wahrscheinlich schon seit den 80er Jahren im Baumhaus dahingammelte, und diskutierte mit einem jungen Mann, der aussah, als hätte er die letzten Monate damit verbracht, in einer WG ausschließlich vegane Smoothies zu trinken. Sie hörten sie erst, als Marleen das Baumhaus betreten hatte.

»Ah, meine Tochter!« Ihr Vater strahlte sie an, als hätte er sie seit Jahren nicht mehr gesehen. »Komm, setz dich! Wir reden gerade über Permakultur und nachhaltigen Wohnraum. Das ist Lennon – ein wahres Genie auf diesem Gebiet!«

Marleen musste ein Lächeln unterdrücken. Natürlich hieß er Lennon. Der Name passte perfekt zu seinem Look: Vollbart, Birkenstock-Sandalen und eine tiefenentspannte Aura, die von »Ich habe die Erleuchtung schon gefunden« sprach.

»Hallo«, sagte sie und zwängte sich auf die winzige Bank neben ihren Vater. Sie konnte spüren, wie die Stufen unter ihren Füßen immer noch leicht wackelten.

»Was für ein Glück, dass du hier bist!« Ihr Vater strahlte. »Lennon und ich haben gerade überlegt, ob wir nicht ein paar Solarpanels auf das Baumhaus packen sollten. Und vielleicht noch eine kleine Regenwasseranlage, was meinst du?«

Marleen blickte zwischen den beiden hin und her. »Äh, ich wollte eigentlich nur kurz gratulieren.«

»Ach, danke, mein Schatz! Aber sag mal, wie wäre es, wenn du dich mal ein bisschen mit Lennon unterhältst? Er ist wirklich faszinierend!«

Marleen seufzte innerlich. Zwischen Marvin und dem »Permakultur-Guru« fühlte sich der Tag plötzlich wie ein Nachhaltigkeits-Überfall an. Aber sie hielt durch und lächelte. Vielleicht würde sie irgendwann einfach in den Urlaub fliegen... nach Mallorca... ohne schlechtes Gewissen.

Olaf verabschiedete sich mit einem zufriedenen Nicken, als wäre es sein großer Plan gewesen, Marleen und Lennon alleine im Baumhaus zurückzulassen.

Lennon saß vor ihr und starrte verlegen auf seine Birkenstock-Sandalen. Er war offensichtlich nicht der gesprächigste Typ, und Marleen wusste sofort, dass das hier schwierig werden würde. Er sah sie mit großen Augen an, als hätte sie gerade die Antithese seines Lebens betreten – in einem Designerkleid, das definitiv nicht aus recycelten Materialien war und mit einer Sonnenbrille, die eher nach einem Strandurlaub als nach Selbstversorgerhof aussah. Und dann das Handy, das lässig an einer stylischen Kette um ihren Hals baumelte. Sie hätte auch direkt mit einem Schild »Ich konsumiere und habe keine Reue« kommen können.

»Mein Vater hat Glück mit dem Wetter«, versuchte Marleen, die peinliche Stille zu überbrücken. Ein klassischer Satz, der immer geht, wenn man keine Ahnung hat, was man sonst sagen soll. Obwohl, bei der Hitze hätte wahrscheinlich selbst das Wetter entschieden, heute mal nichts zu sagen.

Lennon hob den Blick, als wäre er von dieser Feststellung über das Wetter aufrichtig berührt.

»Ja, traumhaft«, sagte er langsam und so ernst, als hätte Marleen gerade die Lösung aller Klimaprobleme ausgesprochen.

Es folgte eine weitere Stille. Marleen überlegte kurz, ob sie ihm von ihrem »Marmeladen-Fiasko« erzählen sollte, entschied sich aber dagegen. Zu riskant. Wer weiß, vielleicht war er der Typ, der Marmelade als Symbol des kapitalistischen Zuckerkonsums ansah.

»Also, du... ähm... wohnst hier in der Gegend?« Sie wusste, wie banal das klang, aber sie musste irgendwas sagen.

»Ja, in einer kleinen WG. Wir bauen unser eigenes Gemüse an und sammeln Regenwasser.« Lennon strahlte, als hätte er gerade einen veganen Orden gewonnen.

Marleen nickte höflich. »Klingt... ökologisch.«

»Ja! Wir versuchen, uns so weit wie möglich selbst zu versorgen. Du weißt schon, den Planeten zu schonen.« Lennon sah sie erwartungsvoll an, als ob sie gleich begeistert von ihrem eigenen kleinen Gemüsebeet berichten würde.

»Klar«, sagte sie, obwohl der einzige grüne Daumen, den sie hatte, vermutlich von einem Avocado-Smoothie stammte.

»Ich... äh... kaufe oft regional ein«, fügte sie etwas hilflos hinzu, als wollte sie sich irgendwie in das Gespräch retten. Wobei »oft« und »regional« in diesem Fall eine etwas flexible Interpretation erforderten.

Lennon nickte zustimmend, aber man konnte in seinen Augen sehen, dass er Marleen bereits in die Kategorie »zu retten, aber schwierig« einsortiert hatte.

Marleens Mutter erschien plötzlich wie eine rettende Elfe am Eingang des Baumhauses. »Schatz, kannst du mir mal helfen? Ich brauche noch Unterstützung beim Salatmachen«, rief sie mit ihrer sanften Stimme, und Marleen sah ihre Chance. Noch nie war sie so dankbar für eine Einladung zur Küchenarbeit.

»Klar, Mama, ich komme sofort!« Marleen war schneller die Baumhausleiter herunter, als Lennon »Permakultur« sagen konnte. Der arme Kerl blieb etwas frustriert zurück, wahrscheinlich um noch etwas über den Regenwasser-Kreislauf nachzudenken.

In der Küche angekommen, stand Marleen nun vor einer riesigen Schüssel voll mit Salat, der gerade frisch aus dem Garten geerntet worden war. Der Salat sah lebendig aus – und das war nicht nur metaphorisch gemeint. Eine kleine Armee von Käfern und Schnecken hatte sich anscheinend darin eingerichtet und sah nicht so aus, als hätte sie vor, so bald auszuziehen.

»Äh, Mama, da ist ein... bisschen viel Leben im Salat«, murmelte Marleen vorsichtig, während sie versuchte, eine besonders hartnäckige Schnecke loszuwerden, die sich am Rand der Schüssel entlang hangelte, als wäre sie auf einer Expedition.

»Ach, das ist doch das Schöne daran! Kein Gift, keine Chemikalien. Nur reine Natur!« Ihre Mutter strahlte, als wäre der Salat die Krönung ihres ökologischen Lebenswerks.

Marleen grinste gezwungen und fragte sich, ob es eine ungeschriebene Regel gab, dass nachhaltiger Salat immer mindestens eine Tierfamilie beherbergen musste.

»Wusstest du, dass ein junges Pärchen über uns ein Buch schreiben will?« Ihre Mutter schwenkte von der Tierwelt im Salat zu dieser neuen Information.

»Ein Buch? Über euch?«, wiederholte Marleen und spürte, wie ihre Augenbrauen nach oben wanderten. Sie versuchte sich vorzustellen, wie das Buch aussehen könnte – 'Die Abenteuer des autarken Traumhofs' oder 'Wie man ohne Konsum glücklich wird, während andere im Internet bestellen'.

»Ja! Sie sind total begeistert von unserer Lebensweise und davon, wie wir fast autark sind«, erklärte Silvia stolz und wusch ein besonders widerspenstiges Salatblatt, das gerade versucht hatte, sich aus der Schüssel zu verabschieden.

Marleen biss sich auf die Zunge, um nicht zu sagen, was ihr durch den Kopf ging. Stattdessen murmelte sie nur: »Das ist... toll, Mama.« Sie stellte sich das Buch vor: Kapitel 1: Das Leben ohne Toaster und warum Hühner im Wohnzimmer eine gute Idee sind.

Ihre Mutter, völlig in ihrem Element, schwärmte weiter: »Sie wollen alles darüber wissen, wie wir es schaffen, fast alles selbst zu machen und auf so vieles zu verzichten!«

»Ja, das klingt... spannend«, sagte Marleen und versuchte sich vorzustellen, wie sie das erklären würde, wenn sie mal Freunde aus der Stadt mitbringen würde. »Und hier ist der

Komposthaufen, der gleichzeitig als Sitzgelegenheit dient. Und da drüben das Badezimmer – Regenwasser und Eimer sei Dank!«

Sie schüttelte innerlich den Kopf und wusch tapfer weiter den Salat. Egal, was ihre Eltern anstellten – sie liebte sie, aber ein Buch? Nun gut, vielleicht sollte sie lieber froh sein, dass es keine Doku-Serie wurde...

Die lange Tafel zwischen den Rosensträuchern war beeindruckend – mindestens zehn Meter, und Marleen fühlte sich, als hätte sie sich versehentlich auf eine südfranzösische Familienfeier verirrt. Es fehlten nur noch die Weinreben und ein paar Lavendelfelder. Sie setzte sich an einen Platz in der Mitte, in der Hoffnung, unauffällig zu bleiben, doch kaum hatte sie sich hingesetzt, ließ sich Marvin rechts von ihr nieder. Auf der anderen Seite tauchte Lennon auf. Innerlich schlug sie die Hände vors Gesicht – eingekesselt zwischen ihrem Ex und dem Regenwassersammler. Vermutlich wären die anderen Gäste auch nicht besser gewesen, aber das hier fühlte sich wie eine gezielte Bestrafung an.

»Ich wollte noch mit dir über das Konto sprechen, das wir für unsere Hochzeit angelegt haben«, begann Marvin zögerlich, als ob er spüren würde, dass sie ihm am liebsten ein Stück selbstgemachte Marmelade an den Kopf werfen würde.

Marleen sah ihn mit einem Blick an, der nichts Gutes verhieß.

»Ich überweise dir die Hälfte«, sagte sie trocken, noch bevor er weitersprechen konnte. Marvin schien sich bei dieser knappen Antwort fast zu verschlucken. Hatte er etwa gehofft, dass sie ihm das Hochzeitsgeld großzügig überlassen würde, während er jetzt in seiner WG ökologisch verantwortungsvoll Reis und Bohnen teilte?

In Wirklichkeit hatte sie gehofft, Marvin würde ihr das gesparte Geld für ihre nächste Hochzeit schenken – schließlich sparte er ja jetzt eine Menge, indem er in seiner WG den Luxus des Verzichts lebte. Aber statt sich über Geld zu streiten, fühlte sie sich einfach nur müde. Marvin würde sicher weiterhin die Welt retten wollen, und sie? Sie wollte einfach nur ein Glas Wein – ohne CO2-Debatte.

In einem spontanen Anflug von Trotz und dem Wunsch, Marvin eifersüchtig zu machen, drehte sich Marleen zu Lennon, der inzwischen nervös an einem Weizengras-Smoothie nippte.

»Also, Lennon«, begann sie mit übertriebenem Interesse, »du hast ja wirklich eine besondere… Einstellung zum Leben. Sammelst du auch Regenwasser für... persönliche Hygiene?« Sie blinzelte ihm kokett zu, während Marvin misstrauisch schaute.

Lennon war sichtlich verwirrt und antwortete etwas unbeholfen: »Ja, wir versuchen, unsere Wassernutzung so gering wie möglich zu halten. Wasser ist schließlich... ein kostbares Gut.«

Sie nickte begeistert, als hätte er gerade die Philosophie des Jahrhunderts offenbart. »Das finde ich so beeindruckend!«, sagte sie und legte ihm kurz die Hand auf den Arm. Sie konnte es kaum erwarten, Marvins Reaktion zu sehen. Der jedoch starrte in seine dünne Suppe, als würde er darin Antworten auf die großen Fragen des Lebens suchen.

Marleen lächelte süß und wandte sich wieder Lennon zu, der mittlerweile aussah, als hätte er gerade realisiert, dass er zwischen Ex-Verlobte geraten war, die vielleicht noch nicht ganz abgeschlossen hatten.

Als Marleens Tante Kirsten verspätet auftauchte, fühlte sich Marleen, als hätte ein frischer Windstoß ihr gerade die Rettung gebracht. Sie sprang regelrecht von ihrem Platz auf, ließ Marvin und Lennon verdutzt zurück und eilte ihrer Tante entgegen. Endlich jemand, mit dem sie über die wirklich wichtigen Dinge reden konnte: Mode, Reisen und die neuesten Netflix-Serien.

»Kirsten! Endlich!« Marleen umarmte ihre Tante, die immer aussah, als wäre sie direkt aus einem schicken Fashion-Magazin entsprungen, perfekt gestylt und mit der neuesten Designertasche über der Schulter.

»Entschuldige die Verspätung, Schatz«, sagte Kirsten und schob ihre übergroße Sonnenbrille nach oben, »ich musste noch einen Abstecher bei diesem süßen kleinen Laden machen, die haben jetzt die tollsten Vintage-Sonnenbrillen!«

Marleen strahlte. Vintage, dachte sie. Das klang schon viel besser als »Second-Hand«. Wenn jemand in diesem Familienwahnsinn verstand, dass Vintage zwar alt, aber stilvoll war, dann Kirsten.

»Ich bin so froh, dich zu sehen«, meinte Marleen erleichtert. »Du glaubst nicht, wie sehr ich mich heute schon über Nachhaltigkeit und Regenwassernutzung unterhalten musste.«

Kirsten zog die Augenbrauen hoch. »Oh, hör mir auf! Ich habe einmal versucht, Bambuszahnbürsten zu benutzen. Hat zwei Tage gedauert, bis ich wieder auf meine elektrische umgestiegen bin.«

Marleen lachte. »Ja, ich hab's auch versucht. Ich meine, ich liebe den Planeten und alles, aber ich bin mit Social Media, Technik und Netflix aufgewachsen. Ich brauche meine Online-Bestellungen, meine Serien und meine digitalen Gadgets. Ich kann doch nicht in einem Haus voller Hühner ohne WLAN leben!«

Die Tante nickte verständnisvoll, während sie sich einen Gurkenspieß vom Buffet nahm. »Das ist genau das, was ich immer sage. Man kann doch auf den Planeten achten und trotzdem gut aussehen und Spaß haben. Nachhaltigkeit ist das neue Schwarz, aber ehrlich gesagt – nicht ohne ein bisschen Glitzer.«

»Genau!« Marleen seufzte erleichtert und ließ sich neben ihre Tante sinken. Endlich jemand, der verstand, dass man das Beste aus beiden Welten haben konnte. Sie mochte sich Gedanken über die Umwelt machen, aber sie konnte auch ihre neue Designertasche lieben – und diese Balance musste einfach auch mal sein.

»Also, erzähl mal«, begann Kirsten und schob sich eine Gurke in den Mund. »Was schaust du gerade auf Netflix?«

Marleen lehnte sich zufrieden zurück. Endlich jemand, der nicht über Permakultur oder vegane Kompostierung reden wollte.

»Oh, ich bin gerade bei der neuen Staffel von The Crown. Du wirst es lieben. Drama, Intrigen, und die Outfits erst!«

Für einen Moment war die verrückte Welt mit Bio-Salat und Klimaklebern ganz weit weg. Es gab nur Mode, Serien und die beruhigende Gewissheit, dass sie zumindest für diesen Nachmittag in der Gesellschaft einer Gleichgesinnten war.

Kirsten, die glamouröse Schwester von Marleens Mutter, war das völlige Gegenteil von ihrer naturverbundenen Schwester, und dennoch liebten sie sich innig. Während Silvia im Garten stand und vielleicht gerade ein Gespräch mit einem Marienkäfer führte, saß Kirsten mit perfekt manikürten Fingernägeln und einem makellosen Lippenstift an der zehn Meter langen Tafel und blätterte durch die neueste Ausgabe ihrer Modezeitschrift. Als Redakteurin bei einem renommierten Modemagazin war Kirstens Welt voller Haute Couture, während ihre Schwester eher auf die Vorzüge von handgestrickten Socken aus Bio-Baumwolle schwor.

Ihre unterschiedlichen Lebensansichten hätten theoretisch zu einer epischen Familienfehde führen können – Kirstens Kollektionen von Designertaschen hätten problemlos als

Mordwaffen gegen die selbstgeschnitzten Holzlöffel ihrer Schwester eingesetzt werden können. Doch das passierte nie. Denn die Bindung zwischen den Schwestern war unzertrennlich, geprägt von einem tragischen Ereignis, das sie schon in jungen Jahren zusammengeschweißt hatte.

Als Kirsten 14 Jahre alt war und ihre kleine Schwester gerade mal 10, hatten sie ihre Eltern durch einen tragischen Verkehrsunfall verloren. Von diesem Moment an übernahm Kirsten die Verantwortung für Silvia. Sie, die bereits auf dem besten Weg war, Modemagazine zu verschlingen und sich für Laufstege zu begeistern, musste plötzlich Mutter, Schwester und Beschützerin in einem sein. Und auch wenn ihre Schwester eines Tages beschloss, eher Hühner zu hüten als High Heels zu tragen, blieb die Verbindung unerschütterlich.

In der Familie gab es niemals ernsthaften Streit – höchstens mal hitzige Diskussionen. Wie etwa letztes Weihnachten, als Silvia Kirsten versuchte zu erklären, warum es ethisch sinnvoller sei, ein T-Shirt aus Brennnesselfasern zu tragen. Kirsten hatte daraufhin nur die Augenbrauen hochgezogen und gemurmelt: »Wenn ich ein T-Shirt trage, das mich sticht, fühle ich mich wie eine Wildkatze auf einem Catwalk – das ist vielleicht dein Ding, aber nicht meins.«

Diese liebevollen Kabbeleien waren ihre Art zu kommunizieren, immer ohne bösen Hintergedanken. Während die eine davon träumte, die Welt durch nachhaltige Selbstversorgung zu retten, träumte die andere von der nächsten Paris Fashion Week und davon, welches Outfit am besten zum Eiffelturm passen würde.

Doch egal, wie unterschiedlich ihre Wege waren – wenn es darauf ankam, waren die Schwestern immer füreinander da. Kirsten würde immer die sein, die ihrer Schwester an einem Geburtstag wie diesem zur Seite stand, auch wenn sie sich dabei durch den Gemüsegarten kämpfte und aufpassen musste, keinen modischen Fehltritt in einen Misthaufen zu machen.

Olaf kam mit strahlendem Lächeln auf Kirsten und Marleen zu und schwang dabei stolz einen Teller mit seltsam aussehenden Muffins in der Hand.

»Na, meine Hübschen! Amüsiert ihr euch gut?« Er stellte den Teller direkt vor die beiden, als hätte er ihnen gerade das kulinarische Highlight des Jahrhunderts serviert. »Habt ihr schon von den Löwenzahn-Muffins probiert?«

Marleen warf einen schnellen Blick auf die kleinen, bräunlichen Klumpen, die in ihren Augen nicht gerade wie Muffins aussahen, eher wie etwas, das ein Eichhörnchen in einer Krise zusammengetragen hatte. Kirsten sah genauso skeptisch aus, während sie ihre Designertasche zur Seite schob, als könnte diese durch den bloßen Anblick der Muffins Schaden nehmen.

»Das Rezept hab ich mir selbst ausgedacht«, fuhr Olaf fort, mit einer Begeisterung, die man nur von Menschen kennt, die fest davon überzeugt sind, die Welt im Alleingang zu retten. »Es besteht aus den Löwenzahnwurzeln, die alle verteufeln. Sie sind so wertvoll, und niemand beachtet sie. Es ist ein Jammer! Niemand begreift, dass wir uns aus dem Garten kostenlos und gesund ernähren können, während alle das teure Zeug kaufen, das eingeflogen wird.«

Die Redakteurin hob eine Augenbraue und sah ihre Nichte an. Marleen erwiderte ihren Blick und beide versuchten, ihr Lächeln nicht in ein schiefes Grinsen ausarten zu lassen. Sie dachten sich ihren Teil: Natürlich, warum sollte man sündhaft teure Macarons aus Paris genießen, wenn man stattdessen Löwenzahnwurzeln essen kann?

»Das klingt… total innovativ, Papa«, sagte Marleen mit einem gezwungenen Lächeln und schob den Teller ein kleines Stück von sich weg, als wäre er radioaktiv. »Wirklich, du hast es drauf.«

Kirsten, die Meisterin im Umgang mit schwierigen Situationen, griff mit perfekt manikürten Fingernägeln nach einem Muffin und nahm einen winzigen Bissen. »Mmmh, interessant«, sagte sie und schluckte mit sichtlicher Mühe. »Sehr… erdig.« Dann griff sie schnell nach ihrem Glas Wasser, als wäre es ein Rettungsring.

Marleens Vater war jedoch nicht zu bremsen. »Das ist der Geschmack der Natur, Kirsten! Rein, unverfälscht, frei von all dem künstlichen Schnickschnack, den ihr in euren Modemetropolen so liebt.«

Kirsten lächelte gequält und nickte. »Ja, rein und unverfälscht… das trifft es ziemlich gut.« Sie wandte sich zu Marleen und flüsterte: »Wenn er uns jetzt noch Brennnessel-Smoothies anbietet, laufe ich weg.«

Marleen unterdrückte ein Kichern. »Keine Sorge, ich bin schon in Position.«

»Und, wie findest du Lennon?«, flüsterte Marleens Vater verschwörerisch in ihr Ohr, während er sie von der Seite anstupste. Marleen verdrehte innerlich die Augen. Natürlich hatte sie sofort bemerkt, dass er wieder einmal sein Lieblingshobby ausübte: das subtilste Kuppelspiel diesseits von Bio-Bauernhöfen. Schließlich war sie nun offiziell wieder Single, und in seinen Augen war Lennon mit seinem vollen Bart und diesem unverfälschten »Ich-umarme-Bäume«-Charme doch der perfekte Kandidat, um Marleen in die naturverbundene Lebensweise ihrer Eltern zu integrieren.

»Oh Papa, du glaubst doch nicht im Ernst, dass Lennon und ich…?« Sie seufzte und schüttelte leicht den Kopf. »Dann hätte ich auch Marvin behalten können. Nur mit mehr Bart und einem selbstgeflochtenen Gürtel aus Jutefasern.«

Ihr Vater blinzelte verwirrt. »Was ist falsch an einem Gürtel aus Jute?«

»Nichts, wenn man gern aussieht, als würde man in einem Waldhäuschen in der Tundra leben«, erwiderte Marleen trocken. »Es tut mir leid, aber ich bin einfach anders, Papa. Ich liebe euch und finde es toll, wie ihr lebt, wirklich. Aber das bin nicht ich. Ich möchte auch mal in einem Flugzeug sitzen, ohne dabei an den CO2-Ausstoß zu denken, oder einen Cocktail am Strand schlürfen, ohne den Strohhalm aus Bambus. Das ist einfach die Wahrheit.«

In diesem Moment kam Kirsten, die Retterin in all ihren modischen Glanz, zu Hilfe. »Genau, Marleen! Man kann doch nachhaltig leben, ohne sich komplett aufzugeben. Ich meine, wir können die Welt retten, während wir dabei gut aussehen, oder?« Sie ließ ihre perfekt manikürten Nägel funkeln und zwinkerte Marleen zu. »Und außerdem, Lennon? Ehrlich, Olaf. Marleen braucht keinen Mann, der wie ein wandelndes Öko-Projekt aussieht. Sie braucht jemanden, der sie zu Fashion Weeks begleitet und nicht zum Wildkräutersammeln.«

Marleens Vater zog die Augenbrauen hoch. »Aber er hat ein gutes Herz!«

»Das mag ja sein«, antwortete Kirsten und klopfte ihm freundlich auf die Schulter. »Aber ein gutes Herz hat mich noch nie zu einem Schuhverkauf bei Chanel begleitet.«

Marleen prustete los und sah ihre Tante dankbar an. »Danke, Kirsten.«

Ihr Vater schüttelte schmunzelnd den Kopf. »Na gut, ich habe verstanden. Keine Jute-Gürtel und keine Bartmänner für dich.«

»Genau«, grinste Marleen. »Vielleicht eines Tages. Aber bis dahin… vielleicht lieber jemand, der eine normale Toilette besitzt.«

Die Geburtstagsfeier war erstaunlich harmonisch verlaufen, trotz der Löwenzahn-Muffins und Lennons unbeholfener Flirtversuche. Silvia hatte um Mitternacht eine Torte aufgetischt, die — Überraschung! — wirklich gut schmeckte. Sogar Kirsten hatte sie lobend erwähnt, obwohl Marleen den Verdacht hegte, dass sie das nur tat, um ihrem Vater den Muffin-Moment zu verzeihen.

Als Marleen in ihrer Wohnung ankam, schlich sich das neue Gefühl der Einsamkeit wie ein kalter Luftzug durch die Tür. Die Räume wirkten plötzlich viel größer, irgendwie leerer, als wären sie gerade erst gebaut und noch nicht bewohnt. Sie stellte sich in ihr Schlafzimmer und ließ den Blick über das ordentlich gemachte Bett schweifen. »Wieder bei Null anfangen, und das mit dreißig«, murmelte sie und ließ sich in Zeitlupentempo aufs Bett plumpsen. »Warum kann das Leben nicht so einfach sein wie ein Salat zubereiten? Ein bisschen Rucola hier, ein bisschen Dressing da, und alles ist wunderbar zusammengefügt.«

Sie griff nach ihrem alten Teddybären, einem abgewetzten Plüschfreund, der sie schon durch einige stürmische Phasen des Lebens begleitet hatte – ein Überlebenskünstler mit verfilztem Fell und leicht verschobenen Augen, die den Blick eines erfahrenen Psychotherapeuten hatten. Sie drückte ihn fest an ihre Brust, als könnte er all die Lasten abfangen, die ihr Herz in den letzten Wochen eingesammelt hatte.

»Na, Teddybär, wie machen wir das jetzt?«, fragte sie flüsternd, während sie ihm in die glasigen Knopfaugen schaute, die irgendwie immer das Versprechen eines guten Endes in sich trugen.

Ein Lächeln huschte über ihr Gesicht, als sie sich an eine besonders niedliche Geste von Marvin erinnerte. Er hatte dem Teddy mal ein Puppenkleid gekauft — ganz stolz in irgendeinem Laden für Retro-Spielzeug erstanden. »Hier, damit er nicht so nackt rumliegt«, hatte er damals gesagt, und Marleen hatte sich köstlich darüber amüsiert. Ach Marvin! Du warst so süß gewesen, dachte sie und starrte zur Decke.

»Was zur Hölle ist nur passiert?«, fragte sie in Gedanken den Teddy, der schweigsam blieb.

»Vom Banker zum Öko-Revoluzzer… und jetzt stehe ich wieder alleine da. Und das mit dem Puppenkleid. Es war irgendwie süß… und irgendwie schräg.«

Sie seufzte, warf einen kurzen Blick auf ihr Handy und überlegte, ob sie Marvin schreiben sollte. Aber stattdessen legte sie das Handy beiseite und kuschelte sich tiefer in die Decke.

»Vielleicht gibt's da draußen noch jemanden, der mich und meinen Teddy nicht in Jutefasern wickeln will«, murmelte sie, bevor sie schließlich einschlief.

*

Am Sonntagmorgen saß Marleen mit ihrem obligatorischen Kaffee am Küchentisch und blätterte durch Wohnungsanzeigen auf dem Tablet, während ihr angebissenes Brötchen wie ein trauriger Statist auf dem Teller lag. Bei jedem Klick auf die nächste Anzeige verdrehte sie genervt die Augen. »1.200 Euro für 40 Quadratmeter im Souterrain! Und dazu noch eine ‚charmante' Aussicht auf die Mülltonnen – wow, da hat jemand wohl ein echtes Talent für Euphemismen«, murmelte sie sarkastisch und schob das Tablet frustriert beiseite.

Die Wohnung, die sie und Marvin gemeinsam von einem Bekannten übernommen hatten, war ein echter Glücksgriff. Traumlage, Blick auf die Alster, ein Wohnzimmer groß genug, um rein theoretisch einen Tanzsaal daraus zu machen – ein Schnäppchen, das sie beide gefeiert hatten. Jetzt saß sie hier, in einem Zuhause, das sie sich auf Dauer allein nicht leisten konnte, und versuchte sich eine Zukunft vorzustellen, die nicht im Finanz-Fiasko endete. Und das, nachdem sie mühsam das hübsche Nest aufgerüstet hatten: neue Küche, renoviertes Bad – alles in Eigeninvestition! Es fühlte sich an, als hätte sie ein prunkvolles Schiff gebaut, nur um dann von Marvin und seiner Klimaretter-Mission auf dem offenen Meer abgesetzt zu werden.

»Vielleicht sollte ich mir doch eine Mitbewohnerin suchen?«, fragte sie ins Nichts, ihr Blick skeptisch auf den Küchentisch gerichtet. »Aber bitte keine Chaotin. Und keine, die die Wohnung in eine Werkstatt für Makramee oder Chia-Pudding-Versuche verwandelt.« Sie konnte förmlich spüren, wie sie bei jeder Besichtigung potenzieller Mitbewohnerinnen zwanghaft die Lebensgewohnheiten abklopfte. »Rauchst du? Magst du laute Musik? Wie stehst du zu Veganismus, und – ganz wichtig – was sind deine Gedanken zu selbst gebackenem Löwenzahn-Brot?«

Noch konnte sie die Miete ein paar Monate alleine stemmen, also schob sie die Entscheidung, eine Mitbewohnerin zu suchen, erst einmal hinaus. Schließlich war heute Sonntag, und da sollte man sich nicht mit unnötigem Stress belasten, redete sie sich ein. Was sie aber auch nicht wusste, war, was sie mit dem sonnigen Tag anfangen sollte.

»Ich könnte meinen Eltern beim Aufräumen helfen«, überlegte sie kurz, rief sich aber sofort die chaotische Szenerie des Gartens in Erinnerung – inklusive der Hühner, die in der Küche herumliefen. »Lieber nicht«, sagte sie schnell.

»Joggen wäre eine Option«, dachte sie weiter, aber irgendwie fehlte ihr jeglicher Elan. Sich in Laufklamotten zu quälen und durch den Park zu rennen, während Paare glücklich mit ihren Hunden spazieren gingen? Klingt nicht nach Spaß.

Am Ende blieb sie einfach in der Wohnung und ließ den Tag ungenutzt verstreichen. Sie verbrachte Stunden damit, durch Instagram zu scrollen, wo sie sich an Bildern von perfekt inszenierten Frühstücksbowls und Strandurlauben in Portugal ergötzte. »Das Leben der anderen«, murmelte sie und ließ sich tief in ihr Sofa sinken.

Irgendwann stellte sie fest, dass es draußen langsam dunkel wurde, und sie hatte nichts erreicht außer dem Verzehr eines halben Bechers Eis. Aber immerhin war das Sofa bequem, und das war doch auch was, oder?

*

Am Montagmorgen betrat Marleen pünktlich um acht Uhr die Bank, und für einen kurzen Moment fühlte sie sich tatsächlich erleichtert, dort zu sein. Die Arbeit war wie ein kleiner Fluchtort. Ein Ort, an dem sie den ständigen Gedanken an Marvin und sein neues, selbsternanntes »Weltretter«-Dasein kurz entkommen konnte. Und dann war da noch die kleine, nicht zu unterschätzende Tatsache, dass ihre Kollegen sie seit der Trennung behandelten, als wäre sie aus feinstem Porzellan. Und das gefiel ihr. Ein bisschen Mitleid schadet nie, dachte sie sich, während sie den Flur entlangging und sanftes Kopfnicken und besorgte Blicke kassierte. Fast wie eine Königin auf einem Leidensmarsch.

Die Privatbank, in der sie seit sechs Jahren arbeitete, war ein echtes Schmuckstück – ein hübscher Altbau in der Nähe der Alster, mit hohen Decken, Marmorböden und knarrenden Treppen. Es hatte etwas Gemütliches, hier zu arbeiten, als wäre die Bank mehr ein stilvolles Wohnzimmer als ein Ort für trockene Finanzgeschäfte. Früher, als Marvin noch da war, gingen sie oft auf den hübschen Balkon und tranken ihren Kaffee mit Blick auf das glitzernde Wasser. Marleen hatte damals gedacht, dass sie dieses Ritual für die nächsten 30 Jahre fortführen würden. Aber jetzt stand sie allein da und Marvin klebte irgendwo auf einer Straße fest. Buchstäblich.

Marvins Vater, dem die Bank gehörte, sah es natürlich anders. Ihm stand die Enttäuschung ins Gesicht geschrieben, auch wenn er sich stets bemüht hatte, kein schlechtes Wort über seinen Sohn zu verlieren. »Es ist bestimmt nur eine Phase«, hatte er Marleen zugeflüstert, als er ihr ein Stück von Susannes selbstgebackenem Kirschkuchen anbot. Marleen zweifelte daran. »Eine Phase? Die dauert schon verdächtig lange, wenn du mich fragst«, dachte sie, aber sie nickte nur höflich und aß den Kuchen, während Gerold seine Hoffnungen nicht aufgab, dass Marvin bald mit zerzaustem Haar und einer Reue-erfüllten Miene durch die Banktüren marschieren würde, um zu verkünden: »Ich bin zurück! Und habe einen Anzug an!«

Doch diese Vorstellung konnte Marleen nicht mehr ernst nehmen. Marvin in einem Anzug war mittlerweile genauso absurd wie die Vorstellung, dass sie demnächst anfangen würde, Salat im Garten ihrer Eltern anzubauen. »Die Bank übernehmen?«, dachte Marleen und schmunzelte. »Der übernimmt jetzt höchstens noch einen veganen Kochkurs.«

Trotz allem genoss Marleen die morgendlichen Gespräche mit den Kollegen und das leise Tröpfeln der Kaffeemaschine im Hintergrund. Diese kleinen Rituale gaben ihrem Tag Struktur – und das Gefühl, dass zumindest irgendetwas in ihrem Leben geordnet ablief. Klar, die Gespräche drehten sich meistens um die üblichen Bankthemen: Zinssätze, die neuesten Bilanzstrategien und das ungelöste Mysterium, warum Herr Müller aus der Buchhaltung nie Urlaub nahm. Angeblich hatte er seit drei Jahren ein »Langzeit-Projekt« am Laufen, aber keiner wusste so genau, was das eigentlich war.

Doch genau das war es, was Marleen gerade brauchte: eine Portion Normalität und dazu ein bisschen Tratsch, der niemandem wehtat. So konnte sie zumindest für ein paar Stunden vergessen, dass sich ihr Ex-Freund quasi über Nacht von einem leidenschaftlichen Beziehungspartner in eine protestierende Klima-Ikone verwandelt hatte,

Kurz bevor Marleen ihren wohlverdienten Feierabend antreten wollte, klingelte das Telefon. Auf dem Display stand »Charlotte«, und Marleen wusste sofort, dass das kein »Lass uns einen gemütlichen Kaffee trinken«-Anruf sein würde. Sie nahm ab und hörte schon am ersten Seufzen, dass ihre Freundin sich in einem desolaten Zustand befand.

»Maaarleen... ich brauch' dich«, klang es weinerlich aus dem Hörer. »Ich hab' mir was eingefangen... Magen-Darm... vom Allerfeinsten.« Im Hintergrund kreischten ihre Zwillinge so laut, dass Marleen dachte, gleich würde jemand von der Feuerwehr anrücken müssen.

»Oh nein, Charlotte...«, setzte Marleen an, doch ihre Freundin schnitt ihr gleich das Wort ab. »Und Felix ist in Dubai... wieder auf Geschäftsreise... ich kann nicht mehr! Kannst du bitte kommen?«, fragte Charlotte mit einer quälenden Verzweiflung in der Stimme.

Eigentlich hatte Marleen sich den Abend ausgemalt wie ein kleines Paradies: Eine Pizza, fettig und triefend vor Käse, dazu eine Familienpackung Chips (für sich allein, versteht sich) und stundenlanges gedankenloses Herumzappen im TV – das wäre ihr perfekter Feierabend gewesen. Sie hatte es sich regelrecht verdient nach diesem stressigen Arbeitstag, der wie ein endloser Marathon aus höflichen Smalltalks und finsteren

Finanzberatungen war. Doch jetzt? Magen-Darm-Virus plus Zwillinge?

Aber dann kam das schlechte Gewissen. Charlotte hatte sich in den schlimmsten Stunden ihrer Trennung um sie gekümmert, war immer zur Stelle gewesen, wenn Marleen sich in Selbstmitleid badete und Marvin verfluchte, weil er plötzlich Secondhand-Klamotten über Armani-Anzüge stellte. Charlotte hatte sie getröstet, mit endlosen Tassen Tee und ihrer ganz besonderen Mischung aus Sarkasmus und Pragmatismus.

»Okay, ich komme«, sagte Marleen seufzend. »Aber wenn ich mir auch noch einen Magen-Darm-Virus einfange, dann erwarte ich einen lebenslangen Vorrat an Wein als Wiedergutmachung.«

Charlotte lachte schwach.

Marleen legte auf, warf ihre Sachen hektisch in die Tasche und verabschiedete sich in Gedanken von ihrem gemütlichen Abend mit Pizza und Chips. Stattdessen würde sie gleich Chaos, Kindergebrüll und – wahrscheinlich – eine spontane Desinfektionsaktion erwarten.

»Immerhin wird's nicht langweilig«, murmelte sie und machte sich auf den Weg in das Abenteuer.

Kaum hatte Charlotte die Tür geöffnet, sah Marleen, dass die Lage schlimmer war, als sie befürchtet hatte. Charlottes Gesicht war eine Mischung aus blass und grün, und sie sagte keinen Ton, bevor sie hektisch Richtung Bad rannte. Die Zwillinge im Hintergrund stimmten synchron in einen Weinkanon ein, als wäre es eine perfekt einstudierte Nummer.

»Na super«, murmelte Marleen, während sie vorsichtig die Tür schloss und sich dem tobenden Chaos im Wohnzimmer stellte. Die Kinder hüpften wild auf dem Sofa herum, als ob es ein Trampolin wäre. »Das hier ist keine olympische Disziplin, Leute«, sagte Marleen halb ernst, halb verzweifelt. Doch die Zwillinge ließen sich davon nicht beeindrucken.

Kurze Zeit später schleppte sich Charlotte zurück, blasser als zuvor, und lehnte sich schwer an den Türrahmen. Marleen winkte ab, bevor ihre Freundin irgendwas sagen konnte. »OK! Du legst dich jetzt ins Bett und ich kümmere mich um die kleinen Hummeln.«

Charlotte sah sie mit glasigen, aber dankbaren Augen an. »Danke, du bist eine wahre Freundin. Du hast was gut bei mir«, krächzte sie und schlurfte Richtung Schlafzimmer, als wäre sie in einem Zombie-Film.

Marleen war nun allein mit den beiden Mini-Kraftpaketen, die gerade dabei waren, das Wohnzimmer in einen Indoor-Spielplatz zu verwandeln. Sie legte sich innerlich einen Plan zurecht. »Also gut, wie kriegt man euch ruhig, ohne einen Nervenzusammenbruch zu riskieren?« Sie schielte Richtung Fernseher, aber erinnerte sich an Charlottes strengen Erziehungskurs. Fernsehen war tabu.

»Vielleicht… ein Film auf dem Handy?«, überlegte sie laut. Sie wusste, dass das grenzwertig war, aber hey – Ausnahmesituationen erforderten kreative Lösungen. Sie zog ihr Handy aus der Tasche und klickte durch die Filme. Ein kurzer Moment der Ruhe kehrte ein, als die Zwillinge neugierig über ihre Schulter lugten.

»Okay, wie wär's mit etwas Animiertem? Tiere gehen doch immer, oder?«, fragte sie sich selbst und scrollte weiter.

»Mama erlaubt kein Fernsehen«, sagte der eine Zwilling plötzlich.

»Das ist kein Fernsehen«, entgegnete Marleen in gespielter Unschuld. »Das ist... eine pädagogische, multimediale Erfahrung.«

Der Zwilling sah sie skeptisch an, aber sie warf ihm ein strahlendes Lächeln zu und drückte auf Play. Die Ruhe, die sich über das Wohnzimmer legte, war so willkommen wie ein Urlaub auf den Malediven.

Nach einer halben Stunde waren die Zwillinge plötzlich mit dem Bären, der verzweifelt seine Mutter suchte, durch. Die Realität holte Marleen ein, als sie auf einmal zwei hungrige Augenpaare auf sich gerichtet sah.

»Wir haben Hunger«, sagten sie im Chor, wie kleine Roboter, programmiert auf das Signal »Essenszeit«.

»Na gut, ich zaubere euch etwas Leckeres«, versprach Marleen und steuerte unsicher auf den Kühlschrank zu. Als sie die Tür öffnete, starrte sie in ein chaotisches Gemüse-Museum. Grüne Blätter, Wurzeln und seltsame Knollen, die aussahen, als hätte sie ein Botaniker nach einer Weltreise mitgebracht.

»Was... zur Hölle ist das alles?«, murmelte sie und hob eine lila Wurzel hoch, die irgendwie an eine deformierte Karotte erinnerte. Ihr Magen knurrte, aber Pizza bestellen war eine Todsünde in Charlottes Welt. Falls die konsequente Mutter jemals erfahren würde, dass hier eine Pizza bestellt wurde, wäre das das Ende ihrer Freundschaft.

Also musste Marleen kreativ werden. Sie erinnerte sich vage an ein Youtube-Video, in dem ein Typ aus purem Gemüse die absurdesten Kunstwerke geschnitzt hatte. »Okay, das ist meine Chance«, dachte sie mit einem Funken Hoffnung. Sie holte ihr Handy hervor, suchte das Video und sah fasziniert zu, wie jemand aus einer Gurke einen Delphin schnitzte.

»Easy«, murmelte sie, während sie nach einem scharfen Messer kramte. Sie schnappte sich eine Gurke und wollte gerade anfangen, als das rhythmische Trommeln von Metall auf Metall hinter ihr ertönte. Die Zwillinge hatten sich in der Zwischenzeit ein anderes Hobby gesucht: Töpfe, die sie mit Besteck bearbeiteten.

»Super«, seufzte Marleen und versuchte, gleichzeitig dem Gemüse und den Kindern Herr zu werden. Sie konzentrierte sich wieder auf das Youtube-Tutorial.

Der Typ schnitzte inzwischen ein Gesicht in eine Zucchini. Marleen hob das Messer und legte los. »Wenn das was wird, könnt ihr mich bei der nächsten Food-Art-Show anmelden«, murmelte sie. Doch ihre Gurke verwandelte sich nicht in einen kunstvollen Delphin, sondern eher in ein trauriges Boot. Ein sehr, sehr trauriges Boot.

Die Zwillinge starrten sie entgeistert an.

»Na gut... wie wär's mit einem kleinen Rohkost-Picknick?«, fragte Marleen mit einem gezwungenen Lächeln. »Karottensticks sind doch auch super, oder?«

Die Kinder warfen ihr einen Blick zu, der irgendwo zwischen Enttäuschung und »Du hast uns jetzt wirklich mit Karotten abgespeist?« lag.
Während Marleen mit der Zahnbürste in der einen Hand und einer anderen in der anderen Hand gegen die zwei quirligen kleinen Hummeln kämpfte, kam Charlotte mit dem Ausdruck, als hätte sie gerade den Hauptgewinn in der Lotterie gewonnen – und sofort wieder verloren. Sie taumelte ins Badezimmer und murmelte etwas von »Ich glaube, ich brauche dringend frische Luft.«

Die Ersatzmama hatte gerade das Schrubben der kleinen Zähnchen erfolgreich in Gang gebracht, als sie Charlottes schockierten Ausdruck sah. »Alles ok?«, fragte sie, bevor Charlotte sich über den Waschbeckenrand beugte und die Farben, die sie zum Frühstück gegessen hatte, wieder zum Vorschein brachte.

Die Zwillinge, die noch nie zuvor gesehen hatten, wie ihre Mutter die Bühnenversion von »Die Rückkehr der Nahrungsmittel« aufführte, begannen in einem Ausmaß zu weinen, das fast schon Oscar-reif war. »Mama, nein!« Mama stirbt!«, schrien sie und rannten schreiend aus dem Badezimmer wie kleine Feuerwehrmänner, die aus einem brennenden Gebäude fliehen.

Marleen, ganz in der Rolle der verzweifelten Babysitterin, rannte hinter ihnen her und rief: »Wartet! Es ist nur ein kleines Missgeschick! Mama hat sich... ähm... vielleicht etwas zu viel Gemüse gegönnt!« Das klang so unglücklich, dass Marleen selbst darüber lachen musste.

»Mama mag das Gemüse nicht mehr!«, rief einer der Zwillinge aus der sicheren Entfernung hinter dem Sofa.

»Das kann schon mal passieren!«, erklärte Marleen hastig, während sie versuchte, die beiden mit einer Mischung aus Überredung und Verwirrung zurückzuholen. »Es ist nichts Schlimmes, sie macht nur einen kleinen Tanz!«

Die Zwillinge schauten sich fragend an. »Sie tanzt?«, fragte einer.

»Ja, genau! Sie macht den... ähm, wie nennt man das? Den »Küchen-Walzer«!«

Die Kinder schienen einen Moment lang über diese Vorstellung nachzudenken, während Marleen innerlich feierte, dass sie sie zumindest für einen kurzen Augenblick ablenken konnte.

Als die Zwillinge endlich schlummerten, nachdem Marleen gefühlt das gesamte Märchenrepertoire aus dem Gedächtnis runtergerattert und ihnen Milchfläschchen wie Friedensangebote überreicht hatte, saßen die Freundinnen völlig erschöpft auf dem Sofa. Beide hielten einen Kamillentee in den Händen, als wäre er der letzte Anker in einer Welt voller schreiender Kleinkinder und unverdautem Gemüse.

»Ich danke dir, wirklich«, murmelte Charlotte und sah noch blass, aber zumindest lebendig aus. »Jetzt geht es mir schon besser.«

»Kein Problem. Das habe ich sehr gerne gemacht«, antwortete Marleen, wobei ihr Tonfall vermuten ließ, dass sie jetzt jede Menge Karma-Punkte gesammelt hatte und direkt ins Freundinnen-Paradies einziehen könnte. Sie war so müde, dass sie das Gefühl hatte, beim nächsten Blinzeln gleich im Sitzen einzuschlafen.

Charlotte sah sie prüfend an. »Willst du nicht einfach hier schlafen? Es ist schon spät, und du siehst... naja, genauso fertig aus wie ich.«

Marleen überlegte kurz, doch dann blitzten in ihrem Kopf Bilder von Horrorszenarien auf, die mitten in der Nacht mit Schrei-Attacken begannen und mit »Mamaaaa, ich will mehr Milch!« endeten. Sie schüttelte rasch den Kopf. »Danke, aber ich glaube, ich wage es, die zehn Minuten nach Hause zu schaffen. Ich brauche mein eigenes Bett, meinen... Teddybär«, fügte sie leise hinzu, als hätte sie gerade ein Staatsgeheimnis preisgegeben. »Und ich vermute, deine kleinen Monster machen gegen Mitternacht die nächste Schicht auf.«

*

Marleen wurde von einem stechenden Gefühl im Magen geweckt, und als sie eine starke Übelkeit überkam, schaffte sie es gerade noch rechtzeitig ins Bad. Es kam von oben und unten – der klassische Doppelschlag. Während sie sich an die Toilettenschüssel klammerte, wurde ihr sofort klar: Sie hatte sich bei Charlotte angesteckt. »Super!«, murmelte sie und setzte sich mit hängendem Kopf auf den Boden des Badezimmers.

Da an Arbeiten nicht zu denken war, griff sie zum Handy und rief Gerold an, der sich schon seit Tagen überlegt hatte, ihr eine Auszeit zu verordnen. Als er hörte, dass Marleen flachlag, reagierte er sofort mit besorgter Stimme: »Oh nein, dann bleib bloß zu Hause! Hoffentlich ist es nicht das Norovirus. Komm erst wieder, wenn du gesund und munter bist!«

»Danke, Chef. Wird gemacht«, murmelte sie, bevor sie das Handy beiseitelegte. So erschöpft, wie sie sich fühlte, hätte sie sich zu gerne Marvin an ihre Seite gewünscht. Er war immer so fürsorglich gewesen, hatte ihr Tee ans Bett gebracht und seine zärtlichen Hände über ihren schmerzenden Nacken gleiten lassen. Eine kurze nostalgische Welle durchfuhr sie, als sie ihren Teddy fester an die Brust drückte.

»Ach Marvin«, seufzte sie, bevor der Schlaf sie überwältigte. Wenn sie Glück hatte, träumte sie von einem fieberfreien Tag und einem Tee, der von unsichtbaren, aber zärtlichen Händen serviert wurde.

Am Nachmittag lag Marleen immer noch elendig im Bett, die Übelkeit war hartnäckig, und das Einzige, was sich in ihrem Schrank befand, waren leere Teedosen und das Aspirin, das vor

Monaten abgelaufen war. »Großartig«, murmelte sie. In ihrer Verzweiflung dachte sie an ihre Eltern – die Helden der Naturheilkunde – doch der Versuch, sie zu erreichen, war fast genauso hoffnungslos wie ihre Teevorräte.

Ihre Eltern besaßen nämlich kein Handy. »Angst vor Strahlung«, hatten sie immer gesagt. »Wir haben's doch früher auch ohne den ganzen Kram geschafft!« Natürlich, früher. Aber früher hatte man auch Pferdekutschen benutzt, dachte Marleen genervt. Wenigstens hatten sie ein Festnetztelefon, das allerdings nicht schnurlos war. Sie wählte die Nummer, während sie sich bildlich vorstellte, wie ihre Mutter gerade im Garten mit Hühnern umringt irgendein geheimes Kräuterelixier zusammenbraute. Natürlich, keine Antwort.

Marleen versuchte es weiter. Zehn Anrufe, zwanzig Anrufe. Vermutlich waren ihre Eltern gerade dabei, liebevoll mit den Karotten zu reden oder das Unkraut nach seinen Gefühlen zu fragen, dachte sie spöttisch. Dann, nach dem gefühlt hundertsten Versuch, passierte das Wunder: Sie hörte die helle Stimme ihrer Mutter am anderen Ende.

»Oh, Kindchen! Du hörst dich ja furchtbar an!«, rief Silvia alarmiert. »Ich komme sofort! Ich pflücke nur schnell ein paar Kräuter für einen Tee, der dir helfen wird.«

Marleen fiel ein Stein vom Herzen. »Danke, Mama, du bist ein Schatz.«

Ob der Tee wirklich gegen Übelkeit oder nur gegen schlechte Laune half, war ihr inzwischen egal. Hauptsache, jemand kümmerte sich um sie – auch wenn es mit einem Bündel Kräuter statt mit Medikamenten war.

Silvia kam mit einem riesigen Korb voll Grünzeug herein, als wäre sie gerade aus dem Dschungel ausgebrochen. Sie breitete ihre Sammlung aus Blättern, Stängeln und Kräutern auf der Küchenarbeitsplatte aus, und Marleen konnte nur hilflos zusehen, wie eine Armada an kleinen Insekten ihre Küche eroberte. »Oh, prima«, murmelte sie, »jetzt habe ich auch noch Mitbewohner. Mama, hast du einen Mundschutz mitgebracht? Ich will nicht, dass du dich auch noch ansteckst«, sagte Marleen schwach, während sie sich vorsichtig auf die Küchenbank setzte.

Marleens Mutter lachte herzhaft und winkte ab. »Ach, Kindchen! Seitdem dein Vater und ich täglich unser natürliches Antibiotikum aus Ingwer, Kurkuma, Knoblauch und noch so ein paar anderen Wundermitteln nehmen, waren wir nicht mehr krank! Ich habe dir ja immer gesagt, du solltest es auch mal probieren.«

Marleen erinnerte sich nur allzu gut an dieses »Wundermittel«. Sie hatte es einmal tapfer probiert, aber nachdem sie fast das Gefühl hatte, Feuer zu atmen, beschloss sie, dass sie lieber die gelegentliche Erkältung in Kauf nahm, als täglich dieses flüssige Inferno zu schlucken. »Ja, Mama, ich weiß. Aber irgendwie... ich krieg's einfach nicht runter.«

»Tja, das muss man halt üben!«, meinte Silvia und begann, Blätter in heißes Wasser zu werfen, als würde sie eine Zaubertrankmeisterin sein. Marleen seufzte leise und beobachtete ihre Mutter skeptisch.

Silvia genoss es, sich um Marleen zu kümmern, was eine seltene Gelegenheit war, seitdem ihre Tochter ungefähr mit zwölf beschlossen hatte, dass sie komplett autark sei und keine mütterliche Fürsorge mehr benötige. Als Marleen früh in die Pubertät gerutscht war, hatte sie sich mit einem Eifer von ihren alternativen Eltern abgegrenzt, als hätte sie herausgefunden, dass sie von einem anderen Planeten stammten. Ihre Mutter mit den selbst gestrickten Pullovern und ihr Vater, der barfuß Tomaten anbaute, waren ihr so furchtbar peinlich gewesen.

Während ihre Mitschüler in den Sommerferien mit ihren Familien im Ausland waren, durfte Marleen mit Hühnern, die durchs Haus liefen, Urlaub machen. »Warum könnt ihr nicht einfach normale Eltern sein und bei einer Versicherung arbeiten?«, hatte sie mit einer Mischung aus Verzweiflung und Trotz gefragt. Sie hatte heimlich von einem Leben geträumt, in dem ihr Vater im Anzug zur Arbeit ging und sie sich nicht jeden Tag dafür rechtfertigen musste, dass bei ihnen zu Hause der Komposthaufen wichtiger war als ein Flachbildfernseher.

Damals hatte sie sich geschworen, dass sie eines Tages einen richtigen, seriösen Beruf und einen Mann im Anzug haben wollte. Und so hatte sie mit eiserner Entschlossenheit Volkswirtschaft studiert und sich einen schicken Job in einer Bank gesucht – mit Büro, Schreibtisch und einem Gehalt, das sich sehen lassen konnte. Eine Art Anti-Protest gegen das naturverbundene Chaos ihrer Kindheit.

Was Marleen manchmal zur Weißglut brachte, war die Tatsache, dass ihre Eltern das alles ohne Widerstand akzeptierten. Kein Flehen, kein Versuch, sie zu bekehren oder zu überzeugen, dass der Weg der Natur und des Selbermachens der einzig wahre war. Nichts! Sie ließen ihre Tochter einfach machen, als würde es sie nicht einmal kümmern. Das war fast noch schlimmer, als wenn sie versucht hätten, sie mit Kräutertees zu therapieren.

Silvia legte sich behutsam neben ihre Tochter aufs Bett, fast wie damals, als Marleen noch klein war. Sie sah sie mit einem Blick an – einer Mischung aus Fürsorge und unterschwelliger Erwartung, dass ein ehrliches Mutter-Tochter-Gespräch folgen würde.

»Bist du sehr traurig, dass ihr euch getrennt habt?«, fragte Silvia leise, als ob sie fürchtete, Marleen könnte in ihrer geschwächten Verfassung in Tränen ausbrechen.

Marleen, der noch immer übel war, schloss die Augen und seufzte innerlich. Jetzt nicht, Mama. »Mama, ich bin krank und brauche Ruhe«, sagte sie mit einem Hauch von Verzweiflung in der Stimme. »Marvin ist Geschichte, und ich schaue positiv in die Zukunft. Ihr müsst euch keine Sorgen um mich machen.« Sie versuchte sich so selbstbewusst wie möglich anzuhören, auch wenn der Gedanke an Marvin immer noch ein kleines Ziehen in ihrer Brust verursachte.

»Alles klar, mein Schatz«, sagte Silvia sanft und ließ sich davon nicht beirren. »Du weißt, dass Papa und ich immer für dich da sind.« Sie strich Marleen sanft über die Haare, als ob das alles heilen könnte.

»Ja, danke Mama, das weiß ich. Der Tee war echt gut, ich würde jetzt gerne schlafen. Kannst du vielleicht noch den Briefkasten leeren?« Marleen öffnete ein Auge, um den Effekt ihrer subtilen Bitte zu überprüfen. Sie liebte ihre Mutter, aber sie brauchte dringend etwas Ruhe – und etwas weniger Räucherkerzen-Energie im Raum.

»Natürlich, mein Schatz«, sagte Silvia, küsste sie auf die Stirn und erhob sich leise, als hätte sie gerade eine spirituelle Zeremonie vollzogen.

Der magische Kräutertee zeigte tatsächlich seine Wirkung, denn am Abend bekam Marleen wieder Appetit und fühlte sich nicht mehr ganz so schlapp. Vielleicht hatten ihre Eltern ja doch ein kleines bisschen recht mit ihren Naturmitteln – aber das würde sie natürlich nie zugeben.

*

Zwei Tage nach ihrer Krankheit fühlte sich Marleen wieder fit und wollte unbedingt zurück in die Bank. Schließlich hatte sie genug davon, sich wie ein Höhlenmensch in ihrer Wohnung zu verstecken. Doch Gerold schickte ihr eine Nachricht, die ihr energisches Vorhaben zunichtemachte: »Bleib doch bitte noch bis Mittwoch zu Hause. Sicher ist sicher.« Hat er Angst, dass ich das Virus in die Bank einschleppe, fragte sie sich.

Schnell fiel ihr die Decke auf den Kopf. Sie war es nicht gewohnt, so lange alleine zu sein, und das ständige Netflixen verlor langsam seinen Reiz. Putzen? Auf keinen Fall. Nicht in diesem Leben. Sie beschloss, an der Alster spazieren zu gehen – ein kleines bisschen Frischluft würde ihr guttun. Sie gönnte sich ein Eis, und während sie den kühlen Schokoladengeschmack in ihrem Mund genoss, ließ sie ihre Gedanken schweifen. Es war ein heißer Tag, die Sonne spiegelte sich glitzernd im Wasser, und Marleen erinnerte sich an die vielen Ausflüge mit Marvin. Bei gutem Wetter waren sie immer spontan an die Ost- oder Nordsee gefahren, das Cabrio-Dach offen, Musik laut, und die Meeresluft hatte ihr die Haare zerzaust.

Ja, sie hatten eine gute Zeit gehabt. Aber jetzt? Marvin pflanzte Gemüse auf dem WG-Balkon an und verbrachte seine Wochenenden vermutlich mit DIY-Bienenhäusern und Diskussionskreisen über $CO_2$-Fußabdrücke. Naja, dachte sie und lächelte in sich hinein. Vielleicht hat er ja irgendwann die Nase voll von Jutebeuteln und veganen Brotaufstrichen und sehnt sich nach einem Leben, in dem man einfach mal ein Wochenende im Luxushotel verbringt, ohne über den Wasserverbrauch nachzudenken.

Ein bisschen Hoffnung schimmerte in ihr auf, und vielleicht würde Marvin bald erkennen, dass es sich auf einer Designer-Couch doch etwas bequemer liegt als auf einer selbstgebauten Palette.

# DREI

An einem Sonntag stand Charlotte plötzlich vor Marleens Tür, und das Beste daran: ohne Kinder. Das war schon mal ein guter Start. »Hast du im Lotto gewonnen?«, fragte Marleen, als sie das freudige Grinsen ihrer Freundin und das Stück Papier, mit dem sie wedelte, sah.

»Viel besser!« Charlotte strahlte. »Hast du Sekt im Haus?«

»Ja, aber… was ist denn los? Jetzt bin ich neugierig.« Marleen holte den Sekt aus dem Kühlschrank, während Charlotte es sich auf dem Sofa gemütlich machte. Das Ganze schien wirklich spannend zu werden. Marleen beeilte sich, die Gläser zu füllen.

»Auf unseren Urlaub!«, rief Charlotte und stieß ihr Glas kräftig gegen Marleens, dass es fast überschwappte.

»Unseren Urlaub? Meinst du etwa, du und ich?« Marleen schaute sie verdattert an.

»Ja, genau!«, bestätigte Charlotte, als wäre das die selbstverständlichste Sache der Welt. Sie kippte den Sekt in einem Zug herunter, während Marleen immer noch ungläubig starrte.

»Ich habe mir von Felix zum Geburtstag gewünscht, dass er sich eine Woche ganz alleine um die Zwillinge kümmert, während ich in den Urlaub fahre. Mit dir! Er soll mal sehen, wie es ist, den ganzen Tag mit den beiden Rabauken zu verbringen. Danach wird er mich für meine Care-Arbeit vergöttern!«

Marleen blinzelte. »Warte mal, das klingt ja alles super, aber… du und ich? Urlaub? Wohin soll's denn gehen?«, fragte Marleen und nippte zögerlich an ihrem Sektglas.

»Mallorca, Baby! Sonne, Meer und Ruhe! Und kein einziges 'Mamaaaa!' weit und breit. Felix hat keine Ahnung, was auf ihn zukommt. Aber wir werden uns am Strand bräunen, während er…«

»... während er bei den Zwillingen um sein Leben kämpft?«, ergänzte Marleen und konnte sich ein Lachen nicht verkneifen. Sie sah schon Felix vor sich, wie er mit zwei aufgedrehten Kindern völlig überfordert um Hilfe rief.

»Ganz genau!«, sagte Charlotte triumphierend. »Es wird episch!«
«Aber Mallorca? Wollen wir nicht etwas… ruhigeres?«, entgegnete Marleen und sah in Gedanken saufende, grölende Männergruppen und überfüllte Strände. »Und außerdem ist es da doch jetzt viel zu heiß.«

Charlotte grinste breit. »Felix' Kollege hat mir eine Finca auf Mallorca empfohlen und die war noch frei. Also nix mit Ballermann und überfüllten Stränden. Wir haben einen eigenen Pool und absolute Ruhe.«

»Okay… wann soll's denn losgehen?« Marleen war immer noch skeptisch.

»In zwei Wochen!«, verkündete Charlotte triumphierend. »Du hast doch gesagt, dass Gerold dich unbedingt in den Urlaub schicken wollte. Und, ähm… ich hab die Flüge schon gebucht.« Sie schenkte sich nochmal großzügig Sekt nach.

»Ach, schon gebucht?« Marleen hob überrascht eine Augenbraue. »Na gut, dann… dann freue ich mich«, sagte sie, jedoch nicht ganz überzeugt. In ihrem Kopf sah sie sich jetzt weniger inmitten einer betrunkenen Partymeute, sondern auf einer verlassenen Finca mit Grillenzirpen und vielleicht einer Ziege, die irgendwo in der Ferne meckerte. Nicht gerade das, was sie sich vorgestellt hatte, aber immerhin: ein eigener Pool.

Als Charlotte nach nur einer halben Stunde auf dem Sprung zurück zu ihren Kindern war, stand Marleen verwirrt, aber leicht beschwingt da. »Mallorca, ich komme!«, flüsterte sie halb ungläubig zu sich selbst, als sie sich zum Kleiderschrank begab, um nachzusehen, ob sie überhaupt noch akzeptable Bikinis besaß. Der Blick auf die etwas knapper gewordenen Stofffetzen erinnerte sie allerdings auch daran, dass sie nach Marvins Auszug ein paar Pfunde zugelegt hatte – nicht, dass es tragisch war, aber die Vorstellung, in einem Bikini am Pool zu liegen, motivierte sie plötzlich, die Pfunde wieder loszuwerden.

»Zwei Wochen… kein Problem!«, sagte sie, sich selbst anfeuernd, während sie den Kleiderschrank durchstöberte. Die Idee, mit ihrer besten Freundin in den Urlaub zu fahren, wie früher, als sie mit Rucksäcken durch Südspanien getingelt waren, brachte sie in eine überraschend gute Stimmung. Es war an der Zeit, mal rauszukommen, den Kopf freizubekommen und das Leben zu genießen.

»Und mit Charlotte hab ich sowieso immer viel Spaß«, dachte sie und stellte sich vor, wie sie abends bei einem Glas Wein auf der Finca sitzen würden, während Felix vermutlich daheim verzweifelt versuchte, zwei aufgedrehte Zwillinge ins Bett zu bringen.

Gerold zeigte sich überaus erfreut, als Marleen ihm von ihrem geplanten Urlaub auf Mallorca erzählte. Mit einem breiten Grinsen begann er, von Mallorca zu schwärmen. Er erzählte von idyllischen Stränden, die noch nicht von Touristen überrannt sind, und ließ ganz nebenbei fallen, dass er selbst schon lange mit dem Gedanken spielte, sich eine Finca auf Mallorca zu kaufen – natürlich, um dort irgendwann den Lebensabend zu verbringen. »Und dann laden wir alle ein! Stell dir vor, du könntest jederzeit hinkommen, wenn dir das Stadtleben zu viel wird.«

Marleen nickte, höflich lächelnd, aber innerlich schüttelte sie den Kopf. Ein Lebensabend auf Mallorca war für sie schwer vorstellbar. »Ja, das klingt toll«, antwortete sie, um die Begeisterung nicht zu dämpfen.

*

Als Marleen ihre Eltern besuchte, die im Garten kniend ein neues Beet anlegten, stieß ihre Ankündigung auf... sagen wir mal, gemischte Reaktionen.

»Mallorca?« Ihr Vater hob den Kopf aus der Erde und blickte sie mit einem tiefen Stirnrunzeln an. »Warum denn ausgerechnet Mallorca? Was hat die Nordsee dir getan? Die Nordsee hat doch auch ihren Charme – ehrlicher Wind, dramatische Wolkenformationen, kräftiger Regen! Da kann kein Süden mithalten!«

Marleen musste schmunzeln. Er war eben ein echter Nordmensch, für den »ehrlicher Wind« das höchste aller Gefühle war. Sie stellte sich vor, wie er ihr den Wetterbericht für den Tag durchgeben würde: »Heute haben wir zwanzig Knoten Wind und null Palmen. Perfekt für einen Spaziergang im Regen!«

Silvia hingegen, deren Blick schon leicht abwesend ins Leere ging, warf Marleen ein vielsagendes Lächeln zu. »Mallorca klingt himmlisch!« Sie buddelte zwar weiter in der Erde, aber ihre Augen verrieten, dass sie mit dem Kopf schon längst in einer spanischen Finca war, in Espadrilles am Strand entlangspazierte, während jemand ihr eine Sangria anbot. Man konnte fast sehen, wie ihre Gummistiefel in Sandalen übergingen und der Gartenschlauch in ein elegantes Sommergetränk.

*

Marleen durchwühlte ihre Wohnung zweimal, aber der Reisepass blieb verschwunden. »Typisch«, murmelte sie. Eigentlich brauchte sie ihn nicht für den Flug nach Mallorca, doch der Gedanke, vielleicht spontan auf die Malediven weiterzufliegen, ließ sie nicht locker. Sicher war sicher! Vermutlich war der Pass in dem Durcheinander nach Marvins Auszug bei ihm gelandet – ihre Unterlagen hatten sich irgendwie vermischt.

»Na toll, jetzt muss ich zu Marvin«, seufzte sie und schüttelte leicht den Kopf. Allerdings war sie klug genug, nicht spontan bei ihm aufzutauchen. Sie wollte auf keinen Fall riskieren, dass einer seiner WG-Mitbewohner ihr nackt die Tür öffnete oder dass das Chaos dort sie endgültig um den Verstand brachte. Ein durchdachter Plan war nötig.

Erst überlegte sie, ihm einfach eine Nachricht zu schreiben. »Kurzer Text, unpersönlich, fertig«, dachte sie. Aber dann… na ja, sie wollte seine Stimme hören. Die mochte sie nämlich immer noch. Also griff sie zum Telefon und wählte seine Nummer. Während es klingelte, dachte sie: »Was mach ich hier eigentlich? Vielleicht höre ich ja im Hintergrund schon das Lachen einer neuen Freundin…« Aber es war zu spät, das Gespräch wurde angenommen.

»Hey, Marvin…«

»Hallo Marleen. Wie geht's dir?« Marvins Stimme klang sanft, fast besorgt, was Marleen kurz innehalten ließ. »Gut, danke«, log sie charmant. »Kannst du mal deine Unterlagen durchgucken? Ich finde meinen Reisepass nicht und vermute, dass er bei dir gelandet ist.«

»Den Karton mit meinen Papieren hab ich noch nicht ausgepackt, aber ich schau morgen mal rein«, antwortete er. Im Hintergrund hörte Marleen Frauenstimmen – für einen winzigen Moment stellte sie sich eine wilde WG-Orgie vor, schüttelte aber schnell den Gedanken ab.

»Willst du verreisen?«, fragte Marvin plötzlich ernster. Marleen schluckte. Auf keinen Fall durfte sie ihm verraten, dass sie mit dem Flugzeug, diesem ultimativen Klimakiller, nach Mallorca flog. Das würde in eine endlose moralische Debatte ausarten.

»Ähm, ja, also… Charlotte hat spontan Mallorca gebucht«, stammelte sie.

»Toll! Fahrt ihr mit dem Auto?«, fragte er tatsächlich ernsthaft.

Marleen erstarrte kurz. Mit dem Auto nach Mallorca?! »Äh... meine Suppe kocht über!«, warf sie hastig ein und tat so, als wäre sie extrem beschäftigt. »Meldest du dich, wenn du den Pass gefunden hast.«

»Klar«, sagte Marvin, offenbar etwas verwirrt. Marleen legte schnell auf und atmete tief durch. Das letzte, was sie wollte, war, sich für ihren kleinen Mallorca-Trip rechtfertigen zu müssen.

*

Am nächsten Tag vibrierte Marleens Handy und sie sah eine Nachricht von Marvin: »Ich hab deinen Reisepass gefunden. Du kannst ihn dir heute Abend abholen. Wenn du magst, kannst du mit uns essen. Paul kocht heute. Und der kann wirklich gut kochen.«

Marleen starrte auf die Nachricht und fühlte sich hin- und hergerissen. Wollte sie wirklich einen Abend in der WG verbringen? Andererseits, wer würde eine kostenlose Mahlzeit ablehnen, wenn man doch sowieso hinmusste?

Schließlich antwortete sie: »Okay, ich komme. Aber nur wegen meines Passes. Und vielleicht ein bisschen wegen des Essens.«

Während sie sich für den Abend vorbereitete, überlegte sie, ob sie sich schick machen sollte. Aber dann dachte sie: Warum? Das ist nicht 'Dinner bei Kerzenschein', sondern eher 'Linsen mit Marvin und Mitbewohnern'. Sie entschied sich für ihren bequemsten Hoodie – perfekt für die WG-Atmosphäre, in der sie vielleicht auch über Fußböden stolpern würde, die nie einen Wischmopp gesehen hatten.

Marvin eilte zur Tür und überraschte Marleen mit einem Hemd, das sie ihm zu Weihnachten geschenkt hatte. Zudem waren seine Haare frisch geschnitten. Was ist denn hier los, wunderte sie sich. Will er etwa zurück in sein altes, kapitalistisches Leben? Kurz schwelgte sie in einer Fantasie, in der Marvin reumütig vor seinem Vater in der Bank stand, mit dem Satz auf den Lippen: »Papa, ich will zurück!« Schon sah sie ihn vor ihrem inneren Auge wieder in ihre Wohnung einziehen, die hochwertige Kaffeemaschine polieren und sich wieder in sein schickes Banker-Outfit werfen. Doch bevor sie die Fantasie weiterspinnen konnte, wurde sie aus ihren Gedanken gerissen: Plötzlich standen vier Männer im Flur und empfingen sie wie eine VIP-Gästin.

»Hey, schön dich kennenzulernen!«, rief einer der Mitbewohner und nahm ihr den Mantel ab, während ein anderer sich höflich das besondere Kraut schnappte, das sie im Bioladen extra besorgt hatte. Sie fühlte sich ein bisschen wie auf einer Comedy-Show, bei der der Star plötzlich in eine ganz andere Szene stolpert.

Oh Mann, was für ein Empfang, dachte Marleen, als die Männer sie förmlich in die Küche geleiteten, die gleichzeitig als Esszimmer diente. Sie hatte sich auf Chaos, Unordnung und merkwürdige WG-Gerüche eingestellt, doch das Bild, das sich ihr bot, war das Gegenteil. Die Wohnung war sauber, ordentlich – fast wie in einem Hochglanzmagazin für minimalistisches Wohnen. Und der Duft aus der Küche war köstlich.

Sie nahm auf einer gemütlichen Bank Platz, während die vier Männer wie gut trainierte Butler um sie herumwirbelten. »Was möchtest du trinken?«, fragte Marvin. Sie dachte kurz über ein Glas Wein nach, aber das Angebot war überschaubar: Wasser, Tee oder selbstgemachte Limonade. Kein Wein, kein Bier, nichts. Aha, alles klar! Das hier ist wohl die keusche Kommunen-Version von 'Feierabendbier', dachte sie schmunzelnd. »Limonade klingt super«, sagte sie schließlich und versuchte, ihre Überraschung zu überspielen.

»Wow, wie organisiert sie sind. Fehlt nur noch, dass sie mich nach meiner Blutgruppe fragen«, dachte Marleen, während sie das trübe Getränk annahm und sich auf ein kurioses, aber irgendwie amüsantes Abendessen einstellte.

Als das dampfende Essen auf dem Tisch stand und die sprudelnde, saure Limonade vor Marleen fröhlich vor sich hin blubberte, stellten sich die Männer der Reihe nach vor. Liam, der angehende Arzt, war ihr bereits bekannt, doch die anderen überraschten sie. Einer war Anwalt, der andere Meeresbiologe, und jeder von ihnen schien eine beeindruckende Geschichte zu haben. Nicht schlecht, dachte Marleen, während sie versuchte, nicht zu offensichtlich die neuen Bekanntschaften zu mustern.

Später beim Essen – das wirklich hervorragend schmeckte, auch wenn sie anfangs skeptisch war, ob man mit so viel Gemüse und Quinoa tatsächlich satt werden konnte – lenkte das Gespräch schnell auf die großen Themen der Welt. Es ging um Umweltschutz, den Klimawandel und gescheiterte Beziehungen. Marleen hörte fasziniert zu, während die Männer ihre gescheiterten Liebschaften mit einem charmanten Augenzwinkern und ein paar ungeschminkten Wahrheiten erzählten. Es fühlte sich fast wie eine Gruppentherapiesitzung an, nur dass alle am Ende lächelten.

Dann kam das unvermeidliche Thema auf: Umweltaktivismus. Die Männer schienen sich sehr dafür zu engagieren, aber sie machten schnell klar: »Keine Sorge, wir kleben uns nicht auf Straßen fest«, erklärte Paul grinsend. »Wir finden subtilere Wege, um die Welt zu retten.« Sie sprachen mit solcher Überzeugungskraft über erneuerbare Energien, Plastikvermeidung und ihre eigenen kleinen Projekte, dass Marleen fast den Drang verspürte, sofort ihren gesamten Müll zu trennen – sogar die Pizzaschachtel von letzter Woche.

Je länger der Abend dauerte, desto faszinierter war sie von dieser ungewöhnlichen Männerrunde. Keine Klischees, kein Macho-Gehabe. Stattdessen – und das überraschte sie am meisten – echte Gespräche und Engagement für eine bessere Zukunft. Als der Abend sich dem Ende zuneigte, ertappte sich Marleen bei dem Gedanken, ob sie nicht vielleicht Teil dieser WG werden könnte. Hätte ich vielleicht doch einfach die Männer-WG wählen sollen, statt mit Charlotte nach Mallorca zu fliegen?

Als Marvin ihr beim Abschied den Reisepass überreichte, sah er sie an, wie damals bei ihrem ersten Date. Oder bildete sie sich das nur ein? Sein Blick war weich, und für einen kurzen Moment spürte sie dieses altbekannte Kribbeln.

»Es war ein sehr netter Abend, und ich finde wirklich toll, was ihr macht...« Marleen bemühte sich um Fassung und fügte etwas hastig hinzu: »Ich wünsche dir alles Gute, Marvin.«

Während sie das sagte, musste sie plötzlich mit den Tränen kämpfen. Warum? Weil sie den Marvin von damals vermisste? Oder weil der Marvin von heute ihr immer noch irgendwie gefiel? Oder war es einfach die Limonade, die sie so aufgewühlt hatte?

Als sie die Treppen hinuntereilte, spürte sie, wie sich Tränen ihren Weg bahnten. Sie rannte, denn sie wollte auf keinen Fall, dass Marvin ihre tränenden Augen sah. Kaum war sie draußen, flossen die Tränen richtig, und Marleen war sich nicht mal sicher, warum. War es die Erinnerung an die gemeinsame Zeit, die plötzliche Erkenntnis, dass es mit Marvin wirklich vorbei war, oder einfach nur das Gefühl, dass sie noch immer so viele Fragen hatte, auf die keiner eine Antwort wusste?

»Super, jetzt heule ich wegen einem Abendessen mit Limonade und Quinoa«, murmelte sie, als sie mit einem Taschentuch ihre Wangen abtupfte.

*

Als Marleen am nächsten Tag gut gelaunt die Bank betrat und Gerold fröhlich begrüßte, konnte sie es nicht lassen, ihm von ihrem Besuch bei Marvin zu erzählen. »Ich war gestern bei deinem Sohn, in seiner WG«, begann sie zu berichten, während sie sich ihren Arbeitsplatz zurechtrückte.

Gerold schnaubte und schüttelte entschieden den Kopf. »In der WG? Nein, danke, das muss ich mir nicht antun. Mit dreißig wieder in eine WG ziehen... Er wollte doch eigentlich ein schönes Haus für euch bauen, und jetzt das!« Seine Stimme war deutlich verärgert.

»Die WG ist wirklich sehr nett«, versuchte Marleen ihn zu beruhigen und legte einen Aktenstapel beiseite. »Du musst dir das nicht so ... alternativ und chaotisch vorstellen. Die Männer sind total ordentlich, und sie kochen besser als ich! Es ist schön zu sehen, dass es Marvin gutgeht.«

Gerold sah sie ungläubig an, seine Stirn hochrot. »Ordentlich? Die kochen? In einer WG?« Er atmete tief durch und massierte sich den Nasenrücken. »So sehr ich meinen Sohn verstehen will, Marleen, es tut mir im Herzen weh. Das mit dem Haus war ein fester Plan. Er wollte in ein paar Jahren auf meinem Platz sitzen und sich nicht um vegane Linseneintöpfe oder was weiß ich kümmern.«

Marleen unterdrückte ein Lachen, als sie sich Gerold in Marvins WG vorstellte, wie er mit hochgezogenen Augenbrauen den selbstgemachten Linseneintopf beäugt.

»Vielleicht braucht er einfach eine Pause... und vielleicht solltest du den Linseneintopf mal probieren. Der war echt gut!«

»Linseneintopf...«, murmelte Gerold kopfschüttelnd und sah dabei aus, als hätte sie ihm gerade erzählt, Marvin plane demnächst, nackt in den Wald zu ziehen.

»Susanne leidet sehr unter eurer Trennung«, seufzte Gerold schwer und lehnte sich in seinem Stuhl zurück. »Sie hatte sich schon so auf eure Hochzeit und... auf Enkelkinder gefreut. Alles sah danach aus. Wir können uns keine bessere Schwiegertochter vorstellen.« Seine Stimme klang fast flehend, als hätte er insgeheim die Hoffnung, dass sein einziger Sohn das Ruder noch herumreißen könnte. »Vielleicht kommt Marvin doch noch zur Vernunft.«

Marleen schluckte und versuchte, ihre Stimme ruhig zu halten.

»Wir bleiben Freunde.« Sie lächelte tapfer, aber tief in ihr zog sich etwas zusammen. Sie verstand sich wirklich gut mit Marvins Eltern, besonders mit Susanne. Und wenn sie ehrlich war, hatte sie sich ja auch auf die große, pompöse Hochzeit gefreut, die Susanne geplant hatte – inklusive Blumenarrangements und einer mehrstöckigen Torte.

Sie erinnerte sich daran, wie sie mit Charlotte heimlich in einen Brautmodenladen geschlichen war, nur mal so zum Gucken, versteht sich. Marvin hatte ihr keinen Antrag gemacht, aber insgeheim hatte sie immer gewartet. Jedes Mal, wenn er in die Knie ging – um sich die Schuhe zuzubinden oder eine Münze aufzuheben – hatte ihr Herz kurz ausgesetzt, nur um dann enttäuscht wieder weiterzuschlagen, als er mit einem schiefen Grinsen aufstand und keine Samtschachtel in der Hand hatte.

»Susanne würde sich sehr freuen, wenn du sie besuchst«, fügte Gerold hinzu, wie ein Vater, der seinem Kind eine verlorene Hoffnung schenken möchte.

»Ich weiß«, sagte Marleen leise. »Ich werde sie besuchen.« Am liebsten hätte sie hinzugefügt: Sobald ich mir sicher bin, dass ich bei ihrem Anblick nicht sofort in Tränen ausbreche. Aber stattdessen lächelte sie tapfer und versuchte, nicht an das Brautkleid zu denken, das sie damals fast anprobiert hätte... nur mal so, versteht sich.

Gerold nahm Marleen herzlich in die Arme und wünschte ihr einen wunderschönen Urlaub.

»Erhol dich gut, und vergiss die Bank! Aber nur im Urlaub!«, fügte er mit einem Zwinkern hinzu. Marleen lachte und verabschiedete sich dann von ihren Kollegen. Jeder einzelne erzählte ihr begeistert, wie toll Mallorca sei. »Oh, du wirst die Strände lieben!« »Das Essen, Marleen! Du musst unbedingt Tapas probieren!« »Und vergiss nicht, den Sonnenuntergang in den Bergen anzuschauen!« Marleen fühlte sich fast wie ein Exot

– offenbar war sie die Einzige auf dem ganzen Planeten, die noch nie auf der Insel gewesen war.

»Na toll, alle waren schon da. Nur ich nicht«, dachte sie und war fast beleidigt – aber nur ein bisschen. Doch die Vorfreude auf die Reise mit Charlotte wuchs, und als sie die Bank verließ, breitete sich ein angenehmes Kribbeln in ihr aus. »Mallorca, ich komme!«

Auf dem Weg zu Marvins Elternhaus hielt sie noch schnell in einem Blumengeschäft an und suchte einen wunderschönen, farbenfrohen Strauß aus. »Etwas für Susanne«, murmelte sie vor sich hin, als die Floristin sie anlächelte.

Mit den teuren Blumen in der Hand machte sich Marleen auf den Weg zu Susanne. Sie wusste, dass es ein emotionaler Besuch werden könnte – schließlich war sie quasi die fast-schon-Schwiegertochter gewesen. Vielleicht hatte Susanne ja noch irgendwo das Hochzeitsmagazin rumliegen, in dem sie schon fleißig markiert hatte. Aber Marleen war fest entschlossen: Heute würde sie stark bleiben.

Als Susanne die Tür öffnete, wurde sie sofort von einem emotionalen Ansturm überrollt – und Marleen gleich mit. Susanne fiel ihr um den Hals, bevor Marleen überhaupt »Hallo« sagen konnte. Das schwere Parfum, das sie trug, stieg Marleen direkt in die Nase und machte sie für einen kurzen Moment schwindelig. Oder war es doch die kräftige Umarmung, die ihr die Luft abschnürte? »Oh je, wenn das so weitergeht, kippe ich hier noch um«, dachte sie und versuchte, unauffällig nach Luft zu schnappen.

Susanne steckte nicht wie sonst in einem schicken Hosenanzug oder einem eleganten Designer-Kleid. Stattdessen trug sie einen gemütlichen, lilafarbenen Hausanzug aus Samt, der Marleen an eine Mischung aus »Luxus-Pyjama« und »Couch-Potato-Outfit« erinnerte. Susannes rotes Haar, die normalerweise professionell gestylt waren, sahen aus wie ein

Vogelnest, das bei starkem Wind entstanden war. Marleen unterdrückte ein Lächeln. Offensichtlich hatte Susanne sich seit der Wandlung ihres Sohnes nicht gerade in Bestform gehalten.

»Schön, dass du mich besuchen kommst! Gerold hat mir schon erzählt, dass du nach Mallorca fliegst«, plapperte Susanne los, während sie Marleen weiterhin fest im Griff hielt.

»Ja, Charlotte hat mich…«, begann Marleen, doch Susanne schnitt ihr sofort das Wort ab. »Komm doch erstmal rein! Ich kann uns einen Sekt einschenken«, sagte sie und zog Marleen mit sich, bevor diese protestieren konnte.

»Auf nüchternen Magen vertrage…«, wollte Marleen anmerken, aber sie biss sich auf die Zunge. Sie wollte nicht spießig wirken – und ehrlich gesagt, klang ein Glas Sekt gerade gar nicht so schlecht.

Susanne kam mit einer Champagnerflasche zurück, öffnete sie mit einem eleganten »Plopp« und füllte die Gläser fast bis zum Rand. Marleen konnte nicht umhin zu bemerken, wie routiniert das Ganze wirkte. »Hoffentlich kippt sie sich das nicht zu oft hinter die Binde«, dachte sie, während sie das sprudelnde Glas skeptisch betrachtete.

»Ich freue mich so über deinen Besuch! Ich kann es noch immer nicht fassen, dass ihr kein Paar mehr seid. Ihr wart wie füreinander geschaffen.«

»Ja, ich kann es auch noch nicht…« Marleen begann einen Satz, nur um ihn gleich wieder schlucken zu müssen. Susanne hatte die schlechte Angewohnheit, ihre Gesprächspartner ständig zu unterbrechen. Vielleicht lag es daran, dass sie zu viel alleine war, oder vielleicht war es einfach ihre quirlige Art, die nie wirklich stillstehen konnte – nicht mal in einem Gespräch.

»Auf deinen Urlaub!«, rief Susanne und hob ihr Glas, bevor sie hastig einen großen Schluck nahm.

»Ich war gestern bei Marvin...«, begann Marleen und griff nach einer Grissini-Stange. Susanne stellte ihr Glas ab, die Neugier blitzte in ihren Augen. »Und?«

»Es war sehr nett in seiner WG. Du musst dir das nicht vorstellen wie in einer typischen Studenten-WG mit schmutzigen Socken und leeren Pizzakartons«, erklärte Marleen. »Dort leben vier intellektuelle, intelligente Männer, die etwas in der Welt bewegen wollen – auf friedliche Art und Weise, versteht sich. Ich finde es wirklich toll, was Marvin macht. Natürlich bin ich noch sehr traurig, dass wir...« Sie stockte kurz, während sie den Champagner herunterkippte, den sie sich nicht jeden Tag gönnte.

»Aber es ist mir wichtig, dass er glücklich ist und seine Träume verwirklicht«, fügte sie hinzu und ließ sich von den prickelnden Bläschen aufheitern.

Susanne nickte und schien, tief in Gedanken versunken, als würde sie das Konzept von »intellektuellen Männern, die die Welt retten wollen« abwägen. Sie schaute nachdenklich und murmelte etwas, was Marleen nicht ganz verstand.

»Besuche Marvin doch mal. Ich glaube, dass er sich sehr freuen würde«, schlug Marleen ihr vor.

»Ja, ich werde mal schauen, ob er Besuch von seiner kapitalistischen Konsum-Mutter haben möchte«, meinte Susanne mit einem leichten Lächeln, das sich eher wie ein gezwungenes Zucken anfühlte. »Weißt du, Gerold hat nun mal die Bank geerbt, und von ihm wurde erwartet, dass er sie übernimmt. Das war damals gar keine Frage! Die Kinder haben einfach gemacht, was man von ihnen erwartet hat – wie beim Schach, nur dass es nicht die Bauern waren, die nach vorne marschierten. Und ich befürworte das natürlich nicht unbedingt. Gerold wäre auch lieber Pianist geworden, aber er ist stolz auf das, was seine Vorfahren erschaffen haben, und er macht seine

Arbeit gerne. Heute will sich jeder selbst verwirklichen, und alles, was die Eltern machen, ist sowieso blöd.«

Marleen musste unweigerlich an ihre eigene Kindheit und ihre legendäre Trotzphase denken – jene Phase, in der sie ein ganzes Jahr lang nur mit einem selbstgemalten T-Shirt herumlief, auf dem stolz »Kein Gemüse!« prangte. Sie hatte sich nie zu einer richtigen Revolution durchringen können.

»Gleich kommt meine Kosmetikerin«, sagte Susanne mit einem bedeutungsvollen Blick auf die Uhr, als wäre die Ankunft dieses mystischen Wesens der Höhepunkt des Tages. »Es war wirklich schön, dich zu sehen, und ich wünsche dir einen ganz tollen Urlaub. Schick mir doch ein Bild vom Meer.« Sie hob das Glas zum Abschied, während Marleen insgeheim an den CO2-Ausstoß von Susannes bevorstehenden Flug nach Neuseeland dachte. Verglichen damit war ihr Kurztrip nach Mallorca wie ein Spaziergang in der Nachbarschaft.

»Marleen, warte mal kurz!« Susanne sprang plötzlich auf, oder so gut man das in plüschigen Puschen eben konnte, und verschwand ins Nebenzimmer. Marleen nutzte die Gelegenheit, um noch einen letzten Schluck Champagner zu nehmen, bevor Susanne zurückkam und eine kleine, aber auffällige Schatulle in den Händen hielt.

»Du bist uns wie eine Tochter«, begann Susanne mit einem feierlichen Ton, »und ich wollte dir das eigentlich zur Verlobung geben, aber jetzt ist der richtige Moment gekommen. Vielleicht kommen du und Marvin ja doch wieder zusammen.«

Marleen schluckte leicht überrascht, während Susanne die Schatulle öffnete und einen funkelnden Rubinanhänger zum Vorschein brachte. Rubin war nicht gerade das, was Marleen sich an einem entspannten Sonntagnachmittag um den Hals hängen würde, aber sie lächelte tapfer.

»Oh... die ist... wunderschön«, sagte sie, während sie den blinkenden Anhänger näher betrachtete. In Gedanken sah sie schon, wie sie mit diesem glitzernden Geschmeide am Pool der Finca auf Mallorca Cocktails schlürfte – nicht gerade das Accessoire, das zu Badelatschen passt.

»Sie gehörte meiner Schwiegermutter«, unterbrach Susanne ihre Gedanken, schon mit den Händen dabei, Marleen die Kette umzulegen. Sie schaute in den Spiegel und stellte sich die elegante, fortschrittliche Mutter von Gerold vor, die sie nur von Fotos kannte. Wahrscheinlich hatte sie die Kette ausschließlich zu festlichen Anlässen getragen, dachte Marleen und stieß sich innerlich auf die Schulter, da sie gerade dabei war, einen Bikini auszusuchen.

Gerührt umarmte sie Susanne zum Abschied. »Vielen Dank, Susanne. Ich werde gut auf die Kette aufpassen.«

»Das hoffe ich doch«, sagte Susanne und zwinkerte. »Und denk an das Foto vom Meer!«

*

Wie erwartet, blieb Marleen beim Vorhaben, ihre kleinen Fettpolster loszuwerden, erfolglos. Schließlich war es auch wirklich schwer, weniger zu essen, wenn man abends allein und frustriert auf dem Sofa saß. In diesen Momenten schmeckte das Eis doppelt so gut – und nicht zu vergessen: die Schokolade und die ein oder andere Tüte Chips, die im Schrank lauerte und quasi rief, »Iss mich!«

Aber gut, dachte sie, vielleicht würde das Leben auf Mallorca ja ihre Rettung sein. Bestimmt würde sie viel Zeit im Pool verbringen und dabei quasi nebenbei abnehmen. Oder zumindest so tun, als wäre das der Plan. Und wer wusste schon, wie viele Kalorien ein Sprung ins kühle Nass verbrennen konnte?

Wenn sie wirklich fleißig wäre, wäre das vielleicht sogar ein zwei-Kugeln-Eis-und-eine-handvoll-Chips Pooltraining.

*

Marleen überlegte kurz, Marvin von dem Rubin-Erbstück zu erzählen. Schließlich war es nicht irgendeine Kette, sondern das »Familienschmuckstück«, das Susanne ihr unter Tränen überreicht hatte. Marleen entschied sich dagegen. »Lass ihn mal selbst zu seinen Eltern gehen«, dachte sie, »und vielleicht bekommt er dann auch eine Kette.« Wahrscheinlicher war jedoch, dass ihm sein Vater einen symbolischen Kontoauszug überreichte.

Einen Tag vor dem Abflug nach Mallorca kam eine Nachricht von Marvin: »Wünsche dir einen schönen Urlaub. Vielleicht hast du Lust, uns nochmal zu besuchen. Meine Mitbewohner mögen dich.« Marleen las die Nachricht zweimal. Hatte sie wirklich so einen guten Eindruck hinterlassen? Sie, die Bankangestellte, die eine heimliche Liebe zu Konsumgütern pflegte und sich in einer Welt aus Gehaltstabellen und gelegentlichen Shopping-Exzessen bewegte – während Marvins Mitbewohner unermüdlich über die Rettung der Natur oder die Vorteile von Möbeln aus Treibholz philosophierten.

Anscheinend schon! Wahrscheinlich lag es weniger an ihrer neu entdeckten Begeisterung für Bio-Produkte als an ihren strategisch platzierten »Likes« und ihrem taktisch klugen Loben der genialen Recycling-Ideen, die sie kaum verstand. Tja, dachte sie und grinste, während sie einen neuen Bikini skeptisch begutachtete, mit Komplimenten kommt man eben überall weiter – sogar in den Olymp der Nachhaltigkeitsgötter.

*

Charlottes Mann chauffierte die Freundinnen zum Flughafen, während die Zwillinge auf der Rücksitzbank ein Konzert der besonderen Art gaben. Ihre kleinen Füße trommelten unermüdlich gegen die Vordersitze, und Marleen, die dazwischen kauerte, hatte nach einer halben Stunde das klare Gefühl, urlaubsreif hoch zehn zu sein. Eigentlich träumte sie ja auch von eigenen Kindern – aber nach diesem Trip dachte sie ernsthaft darüber nach, sich vielleicht noch ein paar Jahre Zeit zu lassen. Oder ein paar Jahrzehnte.

Am Flughafen angekommen, nahm das Drama dann richtig Fahrt auf. Die Zwillinge starrten entsetzt, als sie merkten, dass Mama tatsächlich ohne sie verreiste, und begannen mit einer Theatralik zu weinen, die jeden Musicalpreis verdient hätte. Wie Kletten hingen sie an Charlottes Rockzipfeln, bereit, ihre Mutter notfalls eigenhändig am Boarding zu hindern.

»Mama ist bald wieder da, und Papa macht sich eine ganz tolle Zeit mit euch«, versuchte Charlotte geduldig zu beschwichtigen. »Ich sage nur: Tierpark!« Marleen beobachtete nervös, ob Charlotte vielleicht nachgeben und die Reise noch absagen würde. Doch Felix erkannte die Dringlichkeit der Lage und griff ein. Er packte die Kinder sanft, aber bestimmt an den Schultern und flüsterte ihnen das magische Versprechen ins Ohr: ein Rieseneis und danach Pommes.

Kaum waren die Worte »Eis« und »Pommes« gefallen, war das Geheul wie weggeblasen. Mit glänzenden Augen ließen die beiden von Mama ab und wollten plötzlich sofort in Richtung Ausgang stürmen.

»So, das hätten wir«, murmelte Charlotte und warf einen flüchtigen Blick auf Felix, den sie zum Abschied noch schnell küsste. Marleen beobachtete die Szene und dachte, dass das irgendwie auch nicht mehr nach leidenschaftlicher Liebe aussah, sondern eher nach dem Kuss, den man seinem Steuerberater gibt, nachdem er die Abrechnung gemacht hat.

»Mallorca, wir kommen«, seufzte Marleen und schleppte ihren schweren Koffer Richtung Check-in. Sie hatte mal wieder keine Ahnung gehabt, was sie eigentlich wirklich brauchen würde, und so war ihr Koffer zu einem wahren All-Inclusive-Paket mutiert. Vier Romane für sieben Tage, drei Gesellschaftsspiele (falls es regnete – auf Mallorca, wohlgemerkt), Kleider für jedes mögliche Szenario von »Strandspaziergang« bis »Ballgala«, ihren unverzichtbaren Lockenstab, elektrische Zahnbürste und natürlich das eigene Kopfkissen – was, wenn die Kissen unbequem wären?

Als sie am Check-in standen und die Waage bei satten 26 Kilo stehen blieb, war sie sichtlich überrascht. Die junge Frau hinter dem Schalter hob eine Augenbraue und erklärte freundlich: »Das macht sechzig Euro extra.«

»Was? Aber ich habe doch nur ein bisschen ...«, begann Marleen zu protestieren, doch dann realisierte sie, dass »ein bisschen« offensichtlich eine sehr subjektive Einschätzung war. »OK, ich bezahle mit Karte«, sagte sie schließlich kleinlaut und zog ihre Kreditkarte aus der Tasche. Während sie noch leise über den Extra-Aufpreis fluchte, der für das Kilo Romane und den unnötigen Lockenstab fällig wurde, stand Charlotte daneben und schmunzelte. Ihr Koffer war wesentlich leichter – aber sie hatte ja auch keinen Lockenstab mit.

»Vielleicht hätte ich auf das Kissen verzichten sollen ...«, murmelte Marleen, als sie ihr Portemonnaie wieder verstaute.

»Oder auf die halbe Bibliothek«, grinste Charlotte und klopfte ihr auf die Schulter.

Die Reise schien unter keinem guten Stern zu stehen. Kaum hatten Marleen und Charlotte die Sicherheitskontrolle passiert, wurde eine Verspätung von einer Stunde angekündigt.

»Na toll«, murmelte Marleen, doch Charlotte blieb gelassen. »Lass uns was essen«, schlug sie vor, und die beiden machten sich auf den Weg zu einem kleinen Bistro.

Als Charlotte in ihr Sandwich biss, klingelte ihr Handy. Es war Felix, und schon am Klang seiner Stimme konnte man die Verzweiflung hören. Marleen schielte zu Charlotte hinüber, während sie einen tiefen Seufzer ausstieß und das Gespräch annahm. Im Hintergrund hörte man das Weinen der Zwillinge und ihr verzweifeltes »Mama!« rufen.

Charlotte verdrehte die Augen und machte sich bereit für den unvermeidlichen »Papa-mit-den-Kindern-allein«-Anruf.

»Die Pflaster sind im Badezimmerschrank«, erklärte sie ruhig, während sie einen Bissen vom Sandwich nahm. »Sein Hasi war doch heute Morgen noch im Bettchen. Der kann nicht einfach weg sein ... Zwei Kappen Waschmittel pro Ladung, Schatz ... NEIN, Betty darf keinen Honig essen! Sie ist doch allergisch!«

Marleen konnte sich ein Kichern nicht verkneifen. Die Szene war einfach zu klischeehaft: ein Mann, der im Berufsleben alles im Griff hatte, aber beim Thema Kinderbetreuung komplett überfordert war. Sie stellte sich vor, wie Felix verzweifelt durch die Wohnung stapfte, auf der Suche nach dem ominösen Stoffhasen, mit zwei heulenden, an seinen Beinen klammernden Zwillingen im Schlepptau.

Charlotte seufzte und legte das Handy beiseite. »Und das nach nur einer Stunde allein mit den Kindern. Was glaubst du, wie das nach einem ganzen Tag aussehen wird?«

Marleen versuchte, ihr Lachen zu unterdrücken. »Vielleicht haben wir nach dem Urlaub ein völlig neues Familienmodell: Felix schaukelt den Haushalt mühelos und plant die perfekten

Kinderzimmer-Rituale, während du als Globetrotterin die Welt bereist.«

»Das wäre das ultimative Souvenir! Vielleicht bestelle ich dann demnächst die Tickets für Bali.«

Als sie endlich im Flieger saßen, atmete Charlotte tief durch und schaltete ihr Handy mit einem triumphierenden Grinsen aus – der Inbegriff von Freiheit. »Endlich mal nicht erreichbar sein!«, sagte sie und lehnte sich in ihrem Sitz zurück. Doch kaum war das Handy aus, schien die Ruhe direkt wieder dahin zu sein. Sie versuchte sich verzweifelt in ihr Buch zu vertiefen, während Marleen entspannt in der Bordzeitung blätterte, als würde sie bereits die Sonne Mallorcas auf ihrer Haut spüren. Aber ihre Gedanken drifteten ständig zurück nach Hause. Sie konnte förmlich sehen, wie ihr Mann heillos überfordert durch die Wohnung irrte, während die Zwillinge mit zerzausten Haaren hinter ihm her kreischten.

»Bestimmt hat er schon wieder vergessen, die Fläschchen abzukochen«, murmelte sie plötzlich und Marleen sah irritiert von ihrem Magazin auf.

»Was?«

»Oder er sucht jetzt immer noch den Hasi«, fügte Charlotte hinzu, fast wie im Selbstgespräch. »Und wenn er den nicht findet, haben wir beim nächsten Anruf nicht nur Geschrei im Hintergrund, sondern einen regelrechten Kinderaufstand.«

Marleen musste schmunzeln. »Du wirst sehen, sie überleben. Er bringt sie sicher nicht um, zumindest nicht aus Versehen.«

Charlotte verzog das Gesicht, klappte dann aber doch entschlossen ihr Buch auf. »Recht hast du. Wenn er das schafft, ohne die Küche in Brand zu setzen, bekommt er einen Orden.«

Trotz der guten Vorsätze blieben ihre Augen jedoch stur auf denselben Absatz geheftet, ohne dass sie ein Wort verstand.

»Es sind doch nur sieben Tage«, versuchte Marleen sie zu beruhigen.

»Sieben Tage«, erwiderte Charlotte und lachte trocken. »In Kindertagen ist das eine Ewigkeit!«

»Was ist denn hier los? Wollen die hier alle Urlaub machen?« Marleen starrte erstaunt auf die Menschenmassen, die sich um das Kofferband drängten, als wäre das hier ein riesiges Festival. »Ist die Insel denn überhaupt groß genug für all diese Leute?«

Charlotte zuckte nur mit den Schultern. »Mallorca ist eben immer noch das beliebteste Reiseziel.« Sie hatte ihr Handy immer noch ausgeschaltet, aus gutem Grund. Sie war sich ziemlich sicher, dass da unzählige Nachrichten von Felix warteten, beginnend mit »Wo sind die Windeln?« und »Wie kriege ich Betty dazu, dass sie aufhört, mich anzuschreien?«.

Marleen verzog skeptisch das Gesicht, während ein besonders riesiger Koffer mit kaputtem Rad und wackelnden Riemen vorbeiratterte. »Ich hab keine Ahnung, wie das hier funktionieren soll. Die bräuchten ja fast ne zweite Insel nur für all die Koffer.«

»Keine Sorge. Mallorca hat Platz für uns alle. Und für deinen Koffer… na ja, zumindest theoretisch.«

»Ja, mein Koffer. Ich bin mir sicher, dass die Waage am Check-in nicht richtig kalibriert war«, seufzte Marleen und sah nervös zum Band. »Wenn der nicht ankommt, sind die 26 Kilo extra für den Müll gewesen.«

Charlotte hatte sich fest vorgenommen, den Urlaub in vollen Zügen zu genießen, und das bewies sie gerade eindrucksvoll. Nachdem sie sich tapfer mit ihren Koffern durch die Menschenmassen geschoben hatten – alle offenbar entschlossen, Mallorca heute ganz für sich zu beanspruchen – standen sie endlich am Mietwagenschalter, wo eine Schlange so lang auf sie wartete, dass man meinen könnte, es gäbe kostenlose Limousinen.

Marleen ließ sich seufzend auf ihren Koffer fallen, als wäre er ein gemütliches Sofa, und nahm einen Schluck von ihrem mittlerweile lauwarmen Wasser. »Willst du nicht doch lieber dein Handy einschalten?«, fragte sie mit einem schiefen Lächeln. »Vielleicht hat Felix ja noch eine dringende Frage zu den Basics, wie, sagen wir, 'Wie überlebt man das Abendessen mit Kleinkindern?'«

Charlotte hob stolz das Kinn und warf Marleen einen Blick zu, der die Energie von »Jetzt erst recht« ausstrahlte. »Da muss er jetzt durch«, sagte sie mit einem fast schon feierlichen Unterton. »Er lässt mich auch oft genug allein mit den kleinen Chaoten. Jetzt ist es mal umgekehrt.«

Sie klang standhaft, ja fast trotzig – und Marleen grinste breit. Da war ein kleiner Hauch von Genugtuung in Charlottes Stimme, und Marleen konnte förmlich sehen, wie sie sich innerlich die Hände rieb.

»Erstaunlich«, meinte Marleen grinsend, »du bist schon fast so entspannt, dass man dir einen Cocktail in die Hand drücken könnte. Wer hätte gedacht, dass das alles ist, was du brauchst – eine halbe Stunde in einer endlosen Warteschlange, um dich von den Kindern zu erholen?«

»Es sind nicht die Warteschlangen, Marleen. Es ist die Freiheit. Eine ganze Woche ohne die Worte 'Mama, wo ist mein Hasi?' zu hören.«

Marleen nippte an ihrem Wasser und schüttelte den Kopf. »Ich wette, spätestens am dritten Tag bekommst du Entzugserscheinungen und vermisst ihre kleinen Schreie.«

»Warte ab, bis wir am Pool liegen«, antwortete Charlotte schmunzelnd. »Dann reden wir weiter.«

Die Schlange bewegte sich um keinen Zentimeter, aber Charlotte schien das nicht im Geringsten zu stören. Sie warf einen zufriedenen Blick auf die Menschenmenge, als würde sie einen entspannten Nachmittag auf dem Sofa genießen. »Weißt du, ich könnte hier Stunden warten. Das ist immer noch besser als das Chaos daheim.«

Nach über einer Stunde, die sich wie eine Ewigkeit angefühlt hatte, standen Marleen und Charlotte endlich vor ihrem Mietwagen – einem kleinen, winzigen Fiat.

»Der ist ja süß«, hatte Charlotte beim Anblick des Autos gesagt, aber Marleen sah das anders. Süß war gut für Kekse und Welpen, aber definitiv nicht für Autos, in die große Koffer passen sollten.

Marleen kämpfte mittlerweile verzweifelt damit, ihren überdimensionalen Koffer im Kofferraum des Fiat zu verstauen. Sie drehte ihn nach links, dann nach rechts, versuchte ihn schräg hineinzuquetschen und überlegte kurz, ob sie ihn vielleicht in zwei Hälften zerlegen könnte.

»Wer entwirft denn solche Autos, in die nicht mal ein Koffer passt?«, schimpfte sie, während sie den Koffer erneut aus dem Kofferraum zog und frustriert gegen das Auto lehnte.

»Wahrscheinlich die gleichen Leute, die glauben, dass Frauen mit Handtaschen reisen«, murmelte Charlotte, während sie auf dem Fahrersitz saß und vergeblich versuchte, das Navi auf Deutsch umzustellen. »Wieso redet das Ding immer noch Spanisch? Ich habe doch schon fünf Mal gedrückt ...«

Marleen hob eine Augenbraue und schaute zu Charlotte hinüber. »Vielleicht denkt das Navi, du brauchst ein bisschen Spanischunterricht.«

»Ich brauche kein Spanisch, ich brauche eine Wegbeschreibung, die ich verstehe!«, fauchte Charlotte zurück, dann klopfte sie mit dem Finger erneut energisch auf das Display.

Marleen gab auf und schob den Koffer mit einem frustrierten Stoß auf den Beifahrersitz, und fragte sich, wie sie selbst noch Platz finden sollte.

»Hey, es hätte schlimmer kommen können. Stell dir vor, wir wären auf einem Esel unterwegs. Da wären wir erst Weihnachten am Ziel.«

»Wenigstens hätte der Esel mein Gepäck getragen«, gab Marleen zurück und quetschte sich auf die Rückbank. »Wenn der Pool wenigstens größer ist als dieses Auto, werde ich nichts sagen.«

»Das sieht hier ja alles ganz schön vertrocknet aus«, stellte Marleen fest, während sie aus dem Fenster starrte und sich von der Klimaanlage eiskalte Luft ins Gesicht pusten ließ. »Nicht so schön grün wie in Hamburg.«

Charlotte, die sich auf den Verkehr konzentrierte, schnaubte. »Na ja, hier regnet es halt nicht jeden Tag, dafür gibt's Sonne satt. Ist doch auch was, oder?«

Marleen zuckte mit den Schultern und schaute weiter auf die von der Hitze ausgebrannten Felder. Sie liebte die Sonne, aber wenn es nach ihr ginge, könnte die Landschaft ruhig etwas saftiger aussehen. Währenddessen rumpelte der kleine Fiat über eine steinige Straße, die eher einem Feldweg glich. Die beiden wurden ordentlich durchgeschüttelt.

»Ich hoffe, das Navi weiß überhaupt noch, wo wir sind. Oder sind wir jetzt auf einem Eselpfad unterwegs?«

»Das Navi ist total nutzlos. Es zeigt uns seit fünf Minuten im Nirgendwo an. Ich wünschte, ich hätte die Beschreibung besser abgespeichert. Irgendwas mit einem Olivenhain und einer Ruine … aber bisher sehe ich nur Staub und Ziegen.«

Plötzlich tauchte ein riesiger SUV vor ihnen auf, der sich majestätisch durch den engen Pfad zwängte. Natürlich erwartete der Fahrer, dass Charlotte zurücksetzt. Er winkte energisch mit den Händen und gab deutlich zu verstehen, dass sie gefälligst den Rückwärtsgang einlegen sollte.

»Oh, das ist ja wohl nicht sein Ernst«, fluchte Charlotte, während sie tief durchatmete und ruhig blieb. Mit der Präzision eines Chirurgen manövrierte sie den Wagen langsam und vorsichtig zurück, bis sie endlich eine kleine Ausweichfläche erreichte.

»Puh«, stöhnte Marleen, als der SUV mit einem herrischen Hupen an ihnen vorbeifuhr. »Ich bin so froh, dass du fährst und nicht ich. Ich wäre wahrscheinlich einfach ausgestiegen und hätte dem Typen den Schlüssel in die Hand gedrückt. 'Hier, mach du doch!'«

Charlotte lachte. »Glaub mir, ich war kurz davor.« Als sie den Fiat endlich wieder auf die steinige Straße lenkte, fügte sie hinzu:

»Aber hey, wenn das hier vorbei ist, haben wir uns den Pool wirklich verdient.«

»Und einen Drink. Einen großen«, ergänzte Marleen und blickte hoffnungsvoll in die Richtung, in der ihre Finca liegen sollte.

Nach einer gefühlten Ewigkeit des Herumirrens durch die staubigen, engen Straßen, an denen sich die Landschaft kaum veränderte, sahen Marleen und Charlotte endlich das erlösende Ziel: das große, schmiedeeiserne Tor der Finca. Ihre Gesichter waren vor Erschöpfung gerötet.

»Endlich!«, rief Charlotte erleichtert, als sie den Eingang zum Anwesen erreichten.

Marleen stieß einen Seufzer der Erleichterung aus. »Ich dachte schon, wir schlafen heute Nacht auf einem Heuballen!« Sie kramte in ihrer Tasche nach dem Code für das Schlüsselkästchen, während Charlotte mit müden Augen das Tor betrachtete, als wäre es der Eingang zu einem Luxus-Spa.

Als das Tor sich öffnete und sie auf das Anwesen fuhren, stieg ihnen sofort der Duft von Blüten und warmem Olivenholz in die Nase. Vor ihnen lag ein typisch mallorquinisches Haus mit ockerfarbenen Wänden, schweren Holzläden und einem Dach aus Terrakotta-Ziegeln. Ein üppiger Garten erstreckte sich um das Gebäude, mit hohen, majestätischen Palmen, uralten Olivenbäumen, die sicher schon einige Geschichten erzählen könnten, und bunten Blumen in großen Terrakottakübeln. Die Kulisse war wie aus einem Reisemagazin entsprungen.

»Das ist ja ein riesiges Anwesen, und der Blick! Einfach traumhaft!«, schwärmte Marleen und drehte sich im Kreis, als wolle sie jede Ecke sofort in sich aufsaugen. Hinter der Finca erstreckte sich eine endlose Weite mit dem azurblauen Meer in der Ferne.

Charlotte stand völlig geschafft neben ihr und konnte nur noch müde lächeln. »Ja, traumhaft... aber ich träume jetzt nur noch von einem Bett.«

Marleen konnte sie verstehen, doch der Anblick des wunderschönen Anwesens gab ihr plötzlich einen Energieschub. »Ach komm, ein kleiner Sprung in den Pool, dann bist du wieder fit!«, sagte sie munter und deutete auf den blauen, glitzernden Pool, der in der Mitte des Gartens lag.

»Ja...«, murmelte Charlotte, die schon halb dabei war, in ihren Koffer zu kriechen.

Marleen konnte ihre Begeisterung kaum zurückhalten. Wie ein kleines Kind, das zum ersten Mal einen riesigen Spielplatz entdeckt, lief sie durch den Garten. Sie steckte einen Fuß in den Pool und quietschte erfreut. »Das Wasser ist perfekt!«, rief sie, als hätte sie sofort vor, den Pool komplett für sich zu beanspruchen. Dann schnupperte sie an einer duftenden Blume, die in einem Terrakottakübel neben dem Pool stand. »Das hier ist einfach der Himmel auf Erden. So schön habe ich es mir gar nicht vorgestellt!«

Sie drehte sich zu Charlotte um, die mit dem Koffer kämpfte. »Ein bisschen groß, das Haus, nur für uns beide, oder? Ich meine, es hat bestimmt zehn Schlafzimmer!«

Charlotte stöhnte erschöpft und wischte sich eine Haarsträhne aus dem Gesicht. »Ach, dann können wir uns schön ausbreiten. Ich nehme den Westflügel, du den Ostflügel. Vielleicht stelle ich meinen Koffer in ein Zimmer und mich selbst gleich in ein anderes.« Sie grinste halbherzig.

Marleen klatschte in die Hände. »Ich gehe dann schon mal die Zimmer inspizieren!«, rief sie fröhlich, drehte sich auf dem Absatz um und marschierte Richtung Eingang. »Komm! Lass uns ins Haus gehen!«

Charlotte nahm die letzten Reserven an Energie zusammen und folgte ihr, den Koffer hinter sich herziehend. »Ich hoffe nur, es gibt drinnen eine Kaffeemaschine und kein weiteres Rätsel zu lösen«, murmelte sie.

»Wow! Genau mein Geschmack!«, schwärmte Marleen, als sie den großen, lichtdurchfluteten Wohnraum betrat. Die Wände waren in einem warmen Ton gestrichen, und die Möbel strahlten diese typische mediterrane Leichtigkeit aus. Dunkle Holzmöbel, bunte Kissen und ein paar kunstvoll platzierte Muscheln auf den Regalen – es war, als ob das Haus direkt aus einem Mallorca-Katalog gesprungen wäre.

»Hier könnte ich direkt einziehen«, sagte Marleen verträumt, während sie den Raum durchquerte und die weichen Vorhänge bewunderte, die sanft im Wind wehten.

Charlotte nickte zustimmend, aber ihre Augen hatten einen leicht müden Blick. »Hauptsache, es gibt genug Steckdosen«, murmelte sie.

Die Frauen stiegen die knarrende Treppe ins obere Stockwerk hinauf, wo sie sich für ihre Schlafzimmer entschieden. Marleen schnappte sich das Zimmer mit dem Balkon und dem Blick auf die Palmen – »Wach werden mit Meerluft in der Nase, ja bitte!« – während Charlotte das etwas größere Zimmer mit der bequemen Leseecke wählte.

»Jetzt holen wir das restliche Gepäck und dann...« Marleen sah aus dem Fenster zum funkelnden Pool und ihre Augen leuchteten auf. »Also ich packe sofort aus und hüpfe in den Pool. Wer weiß, wann es das nächste Mal so warm ist.«

Kaum hatte Marleen ihren Bikini an, überkam sie dieses wohlige Urlaubsgefühl, als hätte jemand einen Schalter umgelegt. Alles Stressige – Erinnerungen an Marvin und die ewige Koffer-Odyssee – schien auf einmal meilenweit entfernt. Freudestrahlend hüpfte sie zu Charlotte ins Zimmer, wo ihre Freundin mit finsterem Blick auf ihr Handy starrte, als ob es gerade verkündet hätte, dass die Welt untergeht.

»Und? Wie läuft's zu Hause?«, fragte Marleen, während sie ihre Bikinihose zurechtzupfte.

Charlotte warf das Handy aufs Bett, als wäre es ein verhasster Exfreund. »Schlecht. Felix hat seine Mutter geholt. Anscheinend kriegt er's keine sechs Stunden allein mit den Kids hin. Traurig, wirklich. Und zu allem Überfluss vermisse ich die Kleinen schon, obwohl ich mich so auf diese Auszeit gefreut habe.«

Marleen unterdrückte ein Lachen, fühlte aber gleichzeitig Mitleid. »Was hast du erwartet? Du könntest ja auch nicht ohne Vorbereitung seinen Job übernehmen«, sagte sie und bereute sofort diesen Vergleich, der doch etwas hinkte.

Charlotte stand sie abrupt auf und zog einen Bikini aus dem Koffer.

»Weißt du was? Ich ziehe mich jetzt um, und dann springen wir in den Pool. Egal, was zu Hause los ist, ich bin jetzt im Urlaub.« Sie verschwand im Bad, entschlossen, den Alltag einfach mal für ein paar Stunden beiseite zu schieben.

Marleen legte einen eleganten Köpper hin, tauchte ins kühle Nass und ließ sich von der Frische umhüllen, während Charlotte sich vorsichtig und mit viel Bedacht ins Wasser gleiten ließ.

»Ist das herrlich! Und dann dieser Blick«, schwärmte Marleen, während sie sich am Beckenrand festhielt und den atemberaubenden Blick auf das Meer genoss. »Du hast eine wunderschöne Unterkunft ausgesucht. Ich bin jetzt schon total in die Insel verliebt.«

»Jetzt fehlt nur noch ein Butler, der uns einen Cocktail bringt.« Und kaum hatte sie das ausgesprochen, tauchte wie aus dem Nichts ein Mann auf, der mit federnden Schritten aufs Grundstück trat.

»Wer ist das denn?«, flüsterte Marleen, leicht irritiert.

»Vielleicht der Verwalter?«, antwortete Charlotte und zuckte mit den Schultern.

»Hola, entschuldigen Sie die Störung...«, begann der Mann, der sich am Poolrand postierte. Er sprach mit einem leichten Akzent, sah aber aus wie der Prototyp eines spanischen Mannes: dunkles Haar, braune Augen und ein Hauch von Machismo in der Haltung. »Ich wollte mich nur erkundigen, ob alles in Ordnung ist.«

Charlotte lächelte höflich und antwortete: »Ja, alles bestens.« Sie überlegte kurz, ob sie ihm von ihrem überforderten Mann zu Hause erzählen sollte, entschied sich aber, dass das vielleicht nicht der richtige Moment war. Marleen, die den Fremden kritisch musterte, dachte nur: Der sieht verdammt gut aus, aber irgendwie auch, als würde er sich selbst ziemlich gut finden.

Während der Verwalter mit seinem charmanten Lächeln den Pool umkreiste, konnte Marleen nicht widerstehen, Charlotte zuzuflüstern: »Wenn er uns jetzt noch Cocktails bringt, sage ich, das ist Schicksal!«

»Ich bin Roberto und kümmere mich um die Finca. Falls irgendetwas sein sollte, melden Sie sich. Meine Nummer steht in der Mappe. Ich wünsche Ihnen einen schönen Urlaub«, sagte er mit einem charmanten Akzent, der sich anhörte, als sei er direkt dafür gemacht, Frauenherzen zum Schmelzen zu bringen.

»Danke!«, antwortete Charlotte, während sie Roberto nachschaute, wie er in lässigen Schritten davonging. Sobald er außer Sichtweite war, drehte sich Charlotte zu Marleen und grinste breit. »Wow! Das ist ja mal ein scharfer Typ. Wenn ich nicht verheiratet wäre, dann…« Sie ließ den Satz absichtlich offen und kraulte spielerisch durch den Pool.

Marleen, die den Anblick des Spaniers ebenfalls genossen hatte, tat so, als würde sie ihn völlig kalt lassen. Sie schüttelte nur den Kopf und schnitt eine müde Miene. »Ach, bitte. Ich bin doch nicht so oberflächlich. Es gibt wichtigere Dinge im Leben als... äh... schöne Augen und... äh... starke Arme.« Dabei ließ sie sich elegant zurück ins Wasser gleiten, aber Charlotte konnte das Schmunzeln auf ihren Lippen sehen.

Nach dem erfrischenden Bad im Pool durchstreiften die Frauen die Finca und stießen in der Küche auf eine Flasche Wein, Wasser und einen Obstkorb, der so üppig aussah, als hätte er der Garten Eden persönlich verlassen.

»Na, das fängt ja gut an!«, sagte Marleen grinsend, als sie eine Traube naschte und sich vorstellte, dass sie genau diese Trauben in slow motion durch die Luft schleudern könnte, wie in einem Werbespot.

Charlotte, die schon gedanklich ihr perfektes Urlaubsfrühstück plante, schaute auf die Uhr und sagte: »Die Geschäfte haben bis neun auf. Wollen wir noch schnell einkaufen fahren?«

Schnell war relativ, denn kurz darauf rumpelten sie über den unebenen Feldweg, das Auto ächzte bei jeder Bodenwelle, als würde es jeden Moment auseinanderfallen. »Beim nächsten Mal nehm' ich 'nen Panzer!«, murmelte Marleen, während sie sich am Griff festhielt, als wäre sie auf einem wilden Ritt.

Nach einer Stunde, die sich eher wie eine Ewigkeit anfühlte, kehrten sie mit vollen Tüten zurück zur Finca, wobei Charlotte die Eier so vorsichtig behandelte, als wären sie kostbare Juwelen. »Kein Bruch heute, danke«, flüsterte sie, als sie die Tüten auslud.

Als sie den Einkauf verstaut hatten, suchten sie im Internet ein schönes Lokal. Marleen las gerade eine Beschreibung durch: »Schau mal, das hier sieht toll aus – direkt am Meer, und sie haben frischen Fisch!«

Charlotte, die sich mittlerweile in ein Outfit geworfen hatte, das jeden Instagram-Influencer neidisch gemacht hätte, nickte begeistert. »Perfekt! Ich hab richtig Lust auf Fisch und diesen gigantischen Blick.«

Mit einem letzten prüfenden Blick in den Spiegel machten sie sich auf den Weg. Der warme Abend und der Gedanke an dem bevorstehenden Dinner mit Meerblick ließen die Strapazen des Tages wie von selbst verblassen.

Als sie mit viel Glück noch einen Zweiertisch direkt am Meer ergatterten, konnte sich Marleen kaum einkriegen vor Freude. »Das ist einfach traumhaft!«, schwärmte sie, während die untergehende Sonne das Wasser in goldenes Licht tauchte. Die Wellen glitzerten, als hätte jemand Diamanten ins Meer gestreut, und das sanfte Rauschen war für Marleen die schönste Musik.

»Es ist wirklich wunderschön hier«, stimmte Charlotte zu, während sie sich auf die Speisekarte konzentrierte. Doch Marleen war völlig in den Bann des Meeres gezogen. Es war, als würde jede Welle einen ihrer Gedanken mit sich forttragen. Sie träumte davon, eines Tages am Meer zu leben, in einem kleinen Häuschen mit Blick auf den Horizont. Die frische Brise im

Gesicht, das Meeresrauschen im Ohr – das war das Leben, das sie sich insgeheim immer gewünscht hatte.

»Ich würde so gern am Meer leben«, sagte sie plötzlich, fast mehr zu sich selbst als zu Charlotte. »Es zieht mich einfach magisch an. Aber realistisch ist das wohl nicht.«

Charlotte schmunzelte und nahm einen Schluck Wein. »Ach komm, du hast noch Zeit, dir all deine Träume zu erfüllen. Und bis dahin genießen wir einfach diesen Moment. Man muss ja nicht gleich umziehen, um das Meer zu lieben.«

Marleen lächelte verträumt und ließ ihren Blick über die Wellen schweifen. Auch wenn es nur ein Traum blieb, in diesem Moment fühlte es sich an, als wäre das Meer nur für sie da.

Nach drei köstlichen Gängen und einem halben Liter Sangria fühlten sich die Frauen allmählich angenehm erschöpft. Charlotte hatte vernünftigerweise nur ein Glas genossen, da sie noch fahren musste, während Marleen sich den Rest der Sangria mit der Hingabe eines Sommertags im Süden gegönnt hatte.

Als sie sich dann auf den Rückweg machten, stellte sich die Heimfahrt im Dunkeln als kleines Abenteuer heraus. Beide Frauen hatten keinen besonders guten Orientierungssinn, was in Verbindung mit mallorquinischen Straßen, die nie so recht als »Straßen« durchgehen würden, eine fatale Mischung war. Sie landeten immer wieder an falschen Abzweigungen, ohne wirklich zu merken, wie das passierte.

»Ich glaube, wir sind gerade das dritte Mal am gleichen Olivenbaum vorbeigefahren«, kicherte Marleen, während Charlotte das Navi, das mehr versuchte, sie in den Wahnsinn zu treiben als sie zu führen, halb amüsant, halb genervt betrachtete.

»Vielleicht sollten wir den Baum fragen, wie wir nach Hause kommen«, schlug Marleen vor, und beide brachen in schallendes Gelächter aus. Da standen sie nun, mitten in der Nacht, mit einem Navi, das sich ständig neu berechnete, und einem Olivenbaum, der unschuldig in der Dunkelheit stand.

Schließlich fanden sie doch noch den richtigen Weg zur Finca, wenn auch mit einigen unfreiwilligen Extraschleifen und einem abenteuerlichen Umweg durch mehrere Olivenhaine. Um Mitternacht fielen sie, völlig erledigt von der Sangria, dem guten Essen und dem »orientierungstechnischen« Spaß, müde in ihre Betten.

»Na gut, für die erste Nacht haben wir Mallorca schon mal erobert«, murmelte Marleen schläfrig, während sie die Augen schloss – und schlief sofort ein.

*

Am nächsten Morgen wurde Marleen unsanft von der Sonne geweckt, die wie ein gnadenloser Wecker direkt in ihr Gesicht schien. Noch etwas benommen brauchte sie einen Moment, um sich zu orientieren – und als ihr endlich einfiel, dass sie im Urlaub war, breitete sich ein breites Grinsen auf ihrem Gesicht aus. Sie streckte sich genüsslich und spürte das Prickeln der Vorfreude auf den Tag.

Charlotte war bereits auf den Beinen und werkelte mit einer fast schon verdächtigen Frische in der Küche herum. Als Marleen auf die Terrasse trat, stellte sie fest, dass der Frühstückstisch wie in einem Hotel prospektverdächtig gedeckt war: frisches Brot, bunte Früchte, duftender Kaffee. Der Himmel strahlte in einem blitzblauen Ton, und der Pool blubberte leise im Hintergrund, als wäre er die Kulisse in einer Szene für den perfekten Sommermoment.

»Es war wirklich genial, dass du dir mal einen Urlaub ohne Mann und Kinder gewünscht hast und mich mitgenommen hast«, sagte Marleen grinsend, während sie sich Kaffee einschenkte. »Allein wäre ich nie gefahren.« Sie nippte genüsslich an ihrer Tasse und fühlte sich tatsächlich wie in einem Werbespot für mediterranes Lebensgefühl.

»Weißt du was«, sagte Charlotte und ließ sich mit einem zufriedenen Seufzer auf den Stuhl fallen, »nächstes Jahr wünsche ich mir das wieder. Felix wird natürlich nicht begeistert sein, aber hey, bis dahin wird er ja wohl gelernt haben, mit den Zwillingen besser klarzukommen.« Sie grinste verschmitzt.

»Hast du heute schon was von ihm gehört?«, fragte Marleen neugierig. Charlotte schüttelte den Kopf. »Nein, weil... ich habe mein Handy ausgeschaltet.« Sie lehnte sich genüsslich zurück und nahm einen Schluck Orangensaft. »Ich brauche einfach mal Abstand. Außerdem ist ja jetzt auch meine Schwiegermutter da, und die hat ja bekanntlich immer alles im Griff.«

Marleen lachte. »Na dann, Prost auf die Schwiegermütter! Mögen sie alle chaotischen Situationen retten!«

»Bist du eigentlich schon über die Trennung von Marvin hinweg?«, fragte Charlotte plötzlich, nachdem sie bemerkt hatte, dass Marleen gedankenverloren in die Ferne schaute.

Marleen seufzte und spielte mit dem Henkel ihrer Kaffeetasse. »Ich weiß nicht... Ich kann es immer noch nicht wirklich fassen, dass er sich so verändert hat. Klar, ich verstehe, dass er was in seinem Leben ändern wollte, aber musste er denn gleich alles auf den Kopf stellen? Er hätte ja auch erstmal kleine Schritte machen können.«

Charlotte nickte verständnisvoll, während Marleen fortfuhr: »Ich war ja in seiner WG, und ehrlich gesagt, die Jungs sind echt nett. Eine richtig coole Truppe, die auch für ihren Einsatz für die gute Sache zu bewundern ist. Aber... insgeheim hoffe ich trotzdem, dass Marvin irgendwann zu mir zurückkommt.« Sie lächelte traurig.

»Vielleicht ist es ja wirklich nur so eine Phase. So ein Selbstfindungsding. In ein paar Monaten merkt er, dass ihm die geregelten Tage mit dir fehlen – und wer weiß, vielleicht steht er dann vor deiner Tür, mit einem Blumenstrauß und einem entschuldigenden Blick.«

Marleen lachte leise und rührte in ihrem Kaffee. »Oder er kommt in seinem WG-Look, mit Birkenstocks und einem Jutebeutel, vollgepackt mit Bio-Gemüse und dem neuesten Buch über Minimalismus.«

Charlotte grinste. »Na, besser als nie. Hauptsache, er kommt überhaupt.«

Die Freundinnen saßen entspannt auf der Terrasse, die Sonne wärmte ihre Gesichter, und zum ersten Mal seit langem hatten sie die Gelegenheit, sich wirklich auszusprechen - keine Männer, keine Kinder, und vor allem: kein Zeitdruck. Der Alltag war weit weg, und das Einzige, was die Ruhe störte, war das gelegentliche Blöken der Schafe vom Nachbargrundstück.

»Weißt du noch, als du dich damals in unseren Mathelehrer verliebt hattest?«, fragte Charlotte plötzlich mit einem schelmischen Grinsen.

Marleen rollte die Augen und lachte. »Oh Gott, hör bloß auf! Ich war fest überzeugt, dass er meine Blicke erwidert. Hab ständig extra lang an der Tafel gestanden, nur um ihm nah zu sein. Und weißt du, das Lustigste? Ich habe ihn vor ein paar Wochen beim Einkaufen getroffen. Und ich hab mich ernsthaft gefragt, wie ich den damals toll finden konnte! Der hat inzwischen mehr Falten als mein Lieblingspullover nach dem Trockner. Was habe ich mir bloß dabei gedacht!«

Sie lachten, bevor eine angenehme Stille einkehrte. Schließlich fragte Marleen, etwas nachdenklich: »Bist du eigentlich glücklich und zufrieden mit deinem Leben? Ich meine, schau dich an: Du hast einen erfolgreichen, gutaussehenden Mann, zwei süße Kinder und eine tolle Eigentumswohnung. Wäre ich du, wäre ich im siebten Himmel. Und ich? Ich habe keinen Mann, kein Haus und keine Kinder. Kein Wunder, dass ich in Mathelehrer verknallt war – ich scheine ein Händchen für die falschen Entscheidungen zu haben.«

Charlotte schmunzelte und legte den Kopf schief. »Ja, von außen sieht das alles super aus, aber ich wette, du weißt nicht, wie oft ich davon träume, einfach mal für eine Woche allein zu sein. Kein Geschrei, keine Fleckenentfernungstipps googeln müssen, und vor allem kein 'Wo sind meine Socken?' von meinem ach so erfolgreichen Mann hören. Außerdem ist er zwar gutaussehend, aber auch die Optik hilft nicht, wenn er mal wieder beim Frühstück ins Handy starrt, als wäre es die zweite Liebe seines Lebens.«

Marleen lachte. »Na, dann bin ich ja beruhigt, dass auch deine perfekte Welt ein paar Kratzer hat.«

Während sie den Tisch abräumten, tauchte Roberto plötzlich wieder auf dem Grundstück auf.
»Buenos días! Ich wollte nur den Pool säubern. Lassen Sie sich nicht stören«, rief er vom Pool aus und hob lässig seinen Kescher.

Marleen spürte, wie ihr Herz einen kleinen Hüpfer machte, als sie ihn erblickte: Roberto, der Poolboy. Er trug nur eine Shorts, sein Oberkörper war sonnengebräunt und muskulös, die Brust rasiert – er sah aus, als wäre er direkt einem Werbekatalog für tropische Träume entsprungen. Mit geschickten Bewegungen fischte er ein paar Blätter aus dem Wasser und warf dabei den Frauen immer wieder charmante Blicke zu, begleitet von einem strahlenden Lächeln, das glatt als Aufwachhilfe in der Kaffeewerbung durchgehen könnte.

Marleen konnte nicht anders, als unauffällig hinüberzuschauen – und sich dabei an ihren alten Mathelehrer zu erinnern. Ein leises Lachen konnte sie nicht unterdrücken. Da lagen Welten dazwischen. Roberto fischte Blätter aus dem Pool, Herr Weber damals höchstens Kreidestaub aus dem Ärmel.

Charlotte hingegen war ganz pragmatisch und ging direkt zu Roberto hinüber. »Können Sie uns vielleicht ein paar Tipps geben, was man sich hier in der Umgebung angucken könnte?«, fragte sie, als wäre der gut gebaute Poolboy ein gewöhnlicher Reiseführer.

Roberto legte den Kescher zur Seite, wischte sich mit dem Handrücken den Schweiß von der Stirn und überlegte kurz. »Sí, Sie können nach Port de Pollenca fahren. Dort gibt es eine schöne lange Promenade.« Seine tiefbraunen Augen funkelten, als er fortfuhr. »Und Sie sollten unbedingt zum Cap de Formentor fahren, das ist der nördlichste Punkt der Insel. Die Aussicht dort ist unglaublich. Alcúdia ist auch sehr schön – historisch und charmant.«

Marleen versuchte, sich auf das Gespräch zu konzentrieren, aber es war schwierig, wenn Roberto mit seinen weißen Zähnen lächelte, als wäre er gerade aus einer Zahnpastawerbung gestolpert. Charlotte, die offenbar völlig unbeeindruckt blieb, bedankte sich freundlich, während Marleen versuchte, sich zusammenzureißen und nicht zu starren.

»Klingt alles toll«, sagte Charlotte lässig, während Roberto den Kescher wieder aufnahm und mit einer eleganten Bewegung weitermachte, als wäre es das Normalste der Welt, als wandelnder Adonis auf einem Finca-Gelände zu arbeiten.

Nachdem Roberto das Grundstück verlassen hatte und Marleen immer noch verträumt an seinen Anblick dachte, schüttelte Charlotte nur leicht den Kopf. »Ein ziemlicher Angeber, findest du nicht? Der ist doch oben ohne rumgelaufen, nur um uns seine Muskeln zu zeigen – und nicht, weil es so warm ist. Der reißt hier bestimmt regelmäßig Touristinnen auf, die ihm in die Falle gehen.« Ihre Stimme klang trocken, wie jemand, der den Zaubertrick längst durchschaut hat.

Marleen räusperte sich und versuchte, ihre Begeisterung herunterzuspielen. »Ja, wahrscheinlich.« Sie nickte halbherzig, obwohl ihre Gedanken eher um Robertos strahlende Zähne und die gebräunte Haut kreisten. Sicher, vielleicht hatte Charlotte ja recht – aber wer wollte sich schon über so einen Anblick beschweren?

Den Rest des Tages verbrachten die Frauen entspannt am Pool, in völliger Harmonie mit den Liegen und einem Berg von Zeitschriften. Die Ruhe wurde nur gelegentlich vom sanften Blöken der Schafe in der Ferne unterbrochen – ein idyllischer Soundtrack für den Urlaub. Marleen lag zufrieden in der Sonne und ließ die Strahlen auf ihren Bauch scheinen. Sie dachte daran, wie schön es war, einfach mal nichts tun zu müssen. Na gut, fast nichts – abgesehen davon, sich hier und da an einen gewissen muskulösen Spanier zu erinnern.

Am Abend fuhren sie gut gelaunt ans Meer und gönnten sich ein köstliches Essen. Die Luft war warm und angenehm, eine sanfte Brise trug den Duft von Salz und Oliven herüber, und die beiden waren sich einig: Mehr Urlaubsfeeling ging nicht. Nach dem Essen schlenderten sie gemächlich die Promenade entlang, bestaunten funkelnden Schmuck in kleinen Lädchen und fühlten sich wie echte Touristinnen, die endlich alles richtig machten – bevor sie schließlich, selig und zufrieden, zur Finca zurückkehrten.

Auf der Terrasse mit einem Glas Wein in der Hand und Blick auf den beleuchteten Pool, seufzte Marleen glücklich. »In Hamburg haben wir selten so milde Nächte. Ich könnte mir echt vorstellen, hier mal für ein Jahr zu leben«, träumte sie vor sich hin. Innerlich malte sie sich aus, wie sie mit Roberto in einer schicken Finca lebte, während ihre Kinder fröhlich im Pool plantschten. Es war eine herrliche Vision... bis sie merkte, dass Charlotte sie ansah.

»Na, woran denkst du?«, fragte ihre Freundin prompt, und Marleen fühlte sich ertappt.

»Ach... einfach daran, wie meine Zukunft aussehen könnte«, antwortete sie schnell.

»Vielleicht mit Marvin und drei Kindern, die in einem schicken Elbvorort leben, und euch geht's finanziell super?«, schlug Charlotte mit einem Augenzwinkern vor.

Marleen lachte kurz auf und nippte an ihrem Wein. »Oder... vielleicht doch eher in einer mallorquinischen Finca mit einem heißen Spanier und ein paar kleinen Fischernetzen am Pool.«

Charlotte zog eine Augenbraue hoch und grinste: »Jetzt wird's interessant!«

»Ich habe keine Ahnung, was das Leben noch mit mir vorhat, und lasse mich einfach mal überraschen. Vielleicht ist es gut, eine Weile alleine zu leben und nachzudenken«, sinnierte Marleen, während sie einer Fledermaus nachsah, die hektisch vor ihnen hin und her flatterte. »Und wo siehst du dich, wenn die Kinder groß sind?«, fragte sie dann neugierig.

Die junge Mutter nahm einen Schluck Wein und seufzte. »Ja, das ist eine gute Frage. Mir wird vermutlich das Herz bluten, wenn die Kinder ausziehen. Ich kann mir das noch gar nicht vorstellen. Seitdem die beiden auf der Welt sind, hat sich unsere Beziehung total verändert.« Sie schaute nachdenklich in die Dunkelheit. »Ich habe oft das Gefühl, dass ich an meine Grenzen komme. Ich funktioniere nur noch, und habe null Zeit für mich. Manchmal schaffe ich es nicht mal, mir die Zähne zu putzen, weil einfach keine Zeit bleibt.« Sie lachte bitter, »Das klingt verrückt, oder? Ich bin ständig gereizt, meckere viel mit Felix und wünsche mir oft, dass wir wieder mal Zeit für uns haben.«

Marleen nickte verständnisvoll. »Das klingt nicht verrückt. Das klingt nach dem, was alle Mütter durchmachen.«

»Ja, aber manchmal frage ich mich, ob das so sein muss. Ich meine, was ist, wenn es nie wieder so wird wie früher?« Charlotte fuhr sich durch die Haare. »Manchmal denke ich, ich habe mich als Frau völlig verloren. Ich bin nur noch Mutter, Hausfrau und Ehefrau. Wo ist die alte Charlotte geblieben?«

»Vielleicht sitzt sie gerade in einer Finca auf Mallorca und genießt endlich mal wieder etwas Ruhe«, sagte Marleen grinsend und hob ihr Glas. »Auf uns!«

»Auf uns und die verdiente Auszeit«, antwortete Charlotte und stieß lachend mit ihr an.

*

Am nächsten Morgen kam Roberto wieder, um die Blumen zu gießen, und diesmal trug er ein luftiges, weißes Leinenhemd, das perfekt zu seiner gebräunten Haut passte. Marleen saß alleine auf der Terrasse, während Charlotte noch unter der Dusche war. Sie beobachtete, wie der Spanier das Grundstück betrat, die Gießkanne in der Hand. Ihre Gedanken drifteten kurz ab – an einen kitschigen Film erinnernd, in dem der Gärtner der Protagonistin plötzlich den Kopf verdrehte.

»Hola!«, begrüßte sie ihn und versuchte, locker zu klingen.

»Buenas dias. Alles in Ordnung?«, fragte Roberto und kam mit federnden Schritten näher.

»Ja, alles wunderbar. Es ist einfach traumhaft hier«, antwortete Marleen und versuchte, ihre innere Aufregung zu überspielen.

Er stellte die leere Gießkanne ab und lehnte sich entspannt an den Terrassentisch. »Warum sprechen Sie so gut Deutsch?«, wollte Marleen wissen, neugierig und zugleich dankbar, dass sie das Gespräch auf neutrale Bahnen lenken konnte.

Roberto schwenkte die Gießkanne spielerisch und lächelte. »Meine Mutter ist Deutsche und mein Vater Spanier. Sie hat hier Urlaub gemacht und sich in meinen Vater verliebt.«

Marleen lachte auf, ein bisschen zu laut vielleicht. »Ah! Wie schön!«

Sie konnte sich ein Schmunzeln nicht verkneifen und ein Funke blitzte in ihren Augen auf, denn die Idee, dass sich die Geschichte vielleicht wiederholen könnte, erschien ihr nicht so abwegig.

Der smarte Spanier sah sie mit seinen warmen, braunen Augen an, und in diesem Moment fühlte Marleen, wie sie innerlich dahinschmolz. Da war etwas an ihm – die Mischung aus Gelassenheit und Charme, die Art, wie er sie ansah, als würde er wissen, dass er sie völlig durcheinanderbrachte.

»Und… haben Sie auch vor, sich in Spanien zu verlieben?«, fragte er plötzlich und ließ die Frage im Raum schweben, während er den Blick nicht von ihr nahm.

Marleen spürte, wie ihre Wangen heiß wurden. »Wer weiß«, antwortete sie lächelnd, obwohl ihr Herz in diesem Moment einen kleinen Sprung machte.

Charlotte erschien mit einem charmanten Turban auf dem Kopf und einem leichten Sommerkleid, das in der warmen Brise flatterte.

»Oh, wir haben Besuch!«, bemerkte sie und setzte sich entspannt zu Marleen auf die Terrasse.

Roberto, der gerade dabei war, einen großen Kübel zu gießen, drehte sich mit einem schelmischen Lächeln zu den beiden um. »Ich wünsche euch einen schönen Tag«, sagte er lässig und warf Marleen dabei einen bedeutungsvollen Blick zu, bevor er winkend das Grundstück verließ.

Kaum war er außer Sichtweite, drehte sich Charlotte grinsend zu Marleen. »Ich glaube, er hat sich in dich verguckt! Hast du seinen Blick eben gesehen, als er sich verabschiedet hat?«

Marleen winkte ab, spürte aber, wie ihr Herz noch immer ein bisschen schneller schlug. »Quatsch! Er hat dich angesehen. Du siehst einfach umwerfend aus. Man sieht dir an, dass du total entspannt bist. Übrigens, hast du dein Handy eingeschaltet?«

»Ja, seit gestern. Aber stell dir vor: Felix hatte keine Fragen mehr! Er hat mir nur geschrieben, dass er alles gut im Griff hat und ich mich entspannen soll.« Charlotte schüttelte ungläubig den Kopf, als wäre das eine kleine Sensation.

»Das sind doch mal gute Nachrichten von zu Hause! Wollen wir heute einen Ausflug machen? Vielleicht zum Cap Formentor?«

»Daran habe ich auch gedacht! Dann lass uns packen«, antwortete Charlotte und war bereits voller Vorfreude.

Da man von Juni bis September nicht mit dem Auto zum Cap de Formentor fahren darf, mussten Charlotte und Marleen den Shuttle nehmen – eine Entscheidung, die sich bei der brütenden Hitze schnell als weniger glamourös herausstellte. Der Bus war voll, die Luft stickig, und Marleen, deren Frisur sich langsam in eine Art tropisches Gewächs verwandelte, sehnte sich seufzend zurück an den hauseigenen Pool. Doch sie hielt durch, denn die Aussicht, die sie am Cap erwartete, war berühmt-berüchtigt für ihre atemberaubende Schönheit.

Als der Bus sich langsam die gewundenen Kurven der MA 2210 hinaufarbeitete, klammerte sich Charlotte leicht nervös an den Sitz vor ihr. »Es ist wirklich beeindruckend, wie karg und felsig es hier ist«, sagte sie, während sie versuchte, sich von der schwindelerregenden Höhe abzulenken. Marleen, die sich mittlerweile eine improvisierte Fächertechnik mit ihrer Sonnenbrille angeeignet hatte, nickte. »Ja, so karg, dass nicht mal mein Orientierungssinn hier irgendwas finden würde.«

Trotz der holprigen Fahrt durch die zerklüftete Landschaft, war der Blick auf die schroffen Felsen, die sich fast 360 Meter in die Höhe streckten, beeindruckend. Die steilen Klippen schienen sich endlos ins Meer zu ergießen. Immer wieder tauchten atemberaubende Ausblicke auf, die den Frauen einen kleinen Vorgeschmack auf das versprachen, was sie am Cap de Formentor erwartete.

»Kein Wunder, dass sie hier früher Wachtürme gegen Piraten gebaut haben. Bei dieser Aussicht hätte man sicher jedes Piratenschiff schon von einer Meile entfernt entdeckt.«

Als der Bus endlich an der Haltestelle hielt, mussten die Frauen noch einen kleinen Fußmarsch bewältigen. Doch der Ausblick am Ende lohnte sich. Von der Spitze des Wachturms hatten sie ein 360-Grad-Panorama, das die Bucht von Alcudia und das legendäre Hotel Formentor umfasste, wo schon Churchill logiert hatte. Die Aussicht war schlichtweg überwältigend, und für einen Moment vergaß Marleen sogar die Hitze.

Der Ausflug hatte sich definitiv gelohnt. Auf dem Rückweg beschlossen sie, einen Stopp in Port de Pollenca einzulegen. Die lange Promenade am Meer, der Pine Walk, war gesäumt von uralten Pinien und malerischen Fischerbooten, die sanft auf den Wellen schaukelten. Die beiden gönnten sich ein Eis und schlenderten gemächlich entlang des Wassers. Die Sonne spiegelte sich im Meer, und die leichte Brise war genau das, was sie nach der Hitze am Cap de Formentor brauchten.

»Ich habe mich verliebt!«, meinte Marleen plötzlich, nachdem sie tief durchgeatmet hatte. Charlotte drehte sich sofort zu ihr um. »In Roberto?«, fragte sie mit einem breiten Grinsen, bereit für eine neue romantische Offenbarung.

Marleen lachte und schüttelte den Kopf. »Nein, in die Insel! Weißt du, ich hatte immer nur die üblichen Klischees im Kopf: saufende Männer, überfüllte Strände und Sonnenbrand im Übermaß. Aber jetzt... jetzt sehe ich, wie vielfältig und wunderschön Mallorca wirklich ist.«

Charlotte nickte zustimmend. »Es ist kein Wunder, dass die Insel immer so voll ist. Die Leute wissen mittlerweile, wie viel sie zu bieten hat. Aber irgendwann wird Mallorca die Menschenmassen nicht mehr bewältigen können.«

Marleen schaute auf das ruhige Wasser hinaus. »Ja, das stimmt... aber für den Moment genieße ich es einfach. Wer hätte gedacht, dass ich einmal so schwärmen würde?«

»Vielleicht hilft auch der Tapetenwechsel«, fügte Charlotte schmunzelnd hinzu, »oder vielleicht ist es doch Roberto!«

»Ach, hör auf!«, lachte Marleen, während sie eine weitere Löffelspitze Eis in den Mund schob. »Aber ja... der Tapetenwechsel tut verdammt gut.«

Am Nachmittag, als die Sonne warm auf den Pool schien und das Wasser angenehm kühl war, entspannten die Frauen auf den Liegen. Sie badeten, tranken eiskalte Limonade und führten tiefe Gespräche, die sonst oft im hektischen Alltag zu kurz kamen. Marleen seufzte leise und sah nachdenklich in den Himmel.

»Weißt du, Charlotte«, begann sie, »ich habe dich schon immer beneidet. Deine Eltern sind so normal. Du hattest irgendwie immer das Glück auf deiner Seite. Einen tollen Mann, Kinder, den Job... alles, was man sich wünscht. Klar, ich will nicht jammern. Ich habe auch viel, aber...«

Charlotte schaute sie aufmerksam an, während Marleen sich etwas aufrichtete. »Wenn man mit dreißig von seinem Partner verlassen wird, bei dem man sich so sicher fühlte, dann kriegt man echt Angst. Diese Sicherheit... sie ist plötzlich weg. Und jetzt noch einen Mann zu finden, das ist einfach schwierig. Ich hab keine Lust auf dieses ganze Online-Dating. Allein der Gedanke, mich durch Profile zu wühlen und in verkrampften Dates zu sitzen, um zu prüfen, ob er passt... puh, das ist einfach nicht meins.«

Marleen nahm einen Schluck Eistee und legte den Kopf auf die Liege zurück. »Manchmal frage ich mich, ob ich überhaupt noch jemanden finde. Oder ob ich am Ende die komische Tante werde, die bei jedem Familienfest solo auftaucht und zu Weihnachten den Kindern überteuerte Geschenke mitbringt, um ihre Einsamkeit zu kompensieren.«

»Ach, Marleen, das wird nicht passieren. Du bist viel zu toll, um alleine zu bleiben. Und vielleicht ist es auch gut, dass du das jetzt durchlebst. Wer weiß, was das Leben noch für dich bereithält.«

Marleen seufzte tief und sah über den Rand des Pools in die Ferne, als würde sie die Antwort auf all ihre Lebensfragen in der Landschaft suchen.

»Ich kann mir einfach nicht vorstellen, jetzt noch dreißig Jahre in der Bank zu arbeiten«, meinte sie nachdenklich. »Das kann doch nicht alles sein, oder? Ehrlich gesagt, je älter ich werde, desto mehr beneide ich meine Eltern. Sie haben immer so gelebt, wie sie es wollten. Keine Zwänge, keine Verpflichtungen. Gut, sie mussten sich nie Sorgen ums Geld machen, weil sie früh geerbt haben... Aber sie waren immer frei und, so verrückt es klingt, immer irgendwie glücklich.«

Charlotte kaute nachdenklich auf einer Erdnuss herum und schaute Marleen mit einem wissenden Blick an. »Denkst du denn, dass ich glücklich und zufrieden bin? Klar, ich habe Felix und die Kinder, und es gibt Momente, da denke ich: Ja, das ist Glück. Wenn die Kinder spielen oder wenn Felix und ich mal Zeit für uns haben. Aber das sind eben nur Momente.«

Marleen nickte. »Ja, das ist es. Es sind diese kurzen, flüchtigen Augenblicke, die einem wie kleine Glücksblitze vorkommen. Aber dieses Gefühl, wirklich immer glücklich zu sein... Ich frage mich manchmal, ob das überhaupt möglich ist.«

Charlotte warf eine Erdnuss in den Mund. »Dauerglücklich? Das wäre doch anstrengend. Ich glaube, die kleinen Glücksmomente sind es, die uns über die Phasen tragen, in denen wir nicht so strahlen. Ein bisschen wie die salzigen Erdnüsse hier... hin und wieder ein Happen, der den Tag besser macht, aber satt wird man davon nicht.«

»Schönes Bild. Ich will mehr vom Hauptgericht, weniger Erdnüsse!«

»Tja, dann musst du vielleicht auch anfangen, das Leben unkonventioneller zu sehen. Vielleicht steckt in dir ja doch etwas von deinen Eltern.«

Marleen grinste. »Ja, oder ich ziehe nach Mallorca und eröffne eine kleine Strandbar.«

Am Abend war es wieder soweit: Die Frauen machten sich schick, als wären sie auf dem Weg zu einem Schulball. Sie schnappten sich ihre besten Klamotten, schminkten sich wie die Profis und zogen eine Menge Modeschmuck hervor, als wäre es ein Wettkampf, wer den besten Glitzerfaktor hat.

»Es ist fast wie früher, als wir uns für das Schulfest hübsch gemacht haben!«, kicherte Marleen und drapierte eine bunte Kette um ihren Hals.

Nach einigem Herumprobieren und dem Schmeicheln der Spiegelbilder waren sie bereit, das Nachtleben in Alcudia zu erobern. Die Stadt war wie aus einem Urlaubskatalog entsprungen – mit lauschigen Gassen, in denen kleine Geschäfte und Restaurants wie Glitzersteine verstreut waren. Sie fanden schnell ein nettes Lokal, wo gerade ein Tisch für zwei frei wurde. »Das nenne ich Timing!«, rief Marleen, als sie sich setzten.

»Tapas!«, rief Charlotte begeistert. Die Frauen teilten sich alles, als wären sie wieder Teenager, die ihre Süßigkeiten im Pausenraum tauschten. Während sie genüsslich aßen, bemerkten sie, dass zwei Männer am Nachbartisch ihnen zuwinkten und flirteten, als wären sie auf einer Bühnenaufführung.

»Ich glaube, wir haben Interesse geweckt!«, flüsterte Marleen aufgeregt. Charlotte grinste und fuchtelte mit ihrem Wein-Glas. Die Männer schienen es zu genießen, ihre Blicke hin und her zu schicken. Doch als einer der Männer sich schließlich traute, sie direkt anzusprechen, zeigte Charlotte ihm mit einem siegreichen Funkeln in den Augen ihren Ehering.

Sofort wendeten sich die Männer enttäuscht ab. »Urlaubsbekanntschaften kannst du vergessen«, sagte Charlotte mit einem schulterzuckenden Lächeln. »Erstens wohnen die im ungünstigsten Fall in München oder haben eine Freundin zuhause, die sie nur für einen Urlaubsflirt betrügen wollen.«

Marleen nickte und kippte ihren Kopf schief. »Du hast recht, ich glaube, ich brauche jetzt auch eine Beziehungspause. So eine Art von 'Urlaubs-Zufriedenheit' ist mir im Moment viel lieber.«

»Genau! Lass uns die Tapas genießen und keine komplizierten Männergeschichten! Wir sind schließlich hier, um Spaß zu haben und nicht um die nächste Beziehung zu managen!« Charlotte prostete Marleen mit ihrem Glas zu. Und während sie weiter aßen, vergaßen sie alles andere – inklusive der enttäuschten Männer, die nun wie überreife Tomaten am Nachbartisch saßen.

*

Marleen träumte in der Nacht von Roberto, und als sie am Morgen aufwachte, war sie voller Vorfreude auf seinen Besuch. Sie kramte ein enges Kleid hervor, das ihre Kurven perfekt in Szene setzte, und ließ ihre Haare offen über die Schultern fallen. Das Kleid betonte ihre große Oberweite, und sie wusste genau, was sie damit bezwecken wollte. Natürlich blieb Charlottes scharfem Blick nicht verborgen, dass Marleen sich besonders in Schale geworfen hatte – es war eindeutig für den charmanten Roberto.

»O la la, du siehst aber heiß aus!«, neckte Charlotte sie mit einem breiten Grinsen und knipste prompt ein Foto von Marleen, die sich geschmeichelt, aber auch ertappt fühlte.

»Ach, ich hatte heute einfach Lust, mich hübsch zu machen«, erwiderte sie beiläufig, während sie ihren Kaffee rührte, doch Charlotte durchschaute sie sofort.

Während sie frühstückten, ließ Marleen keinen Blick zur Toreinfahrt aus. Jedes Mal, wenn sie eine Bewegung hörte, zuckte sie hoffnungsvoll zusammen – aber Roberto ließ auf sich warten.

»Tja, das war dann wohl alles umsonst«, zog Charlotte sie augenzwinkernd auf. »Vielleicht kommt er später. Also, was machen wir? Am Pool bleiben oder doch an den Strand fahren?«

Marleen, die sich schon eine dramatische Begegnung mit Roberto ausgemalt hatte, seufzte und versuchte cool zu bleiben.

»Wir fahren an den Strand. Ich will endlich im Meer baden!«, verkündete sie und stand auf, als wäre es die Entscheidung ihres Lebens.

»Vielleicht ist das Meer ja genauso heiß wie Roberto«, fügte Charlotte lachend hinzu.

»Ach, sei still!«, rief Marleen, konnte sich das Lächeln aber nicht verkneifen.

Der Strand war so voll, dass es aussah, als hätten die Handtücher den Sand besiegt. Es gab kaum Platz, um überhaupt einen Fuß zwischen die sonnenhungrigen Urlauber zu setzen. Doch die Frauen ließen sich nicht abschrecken und sicherten sich einen Quadratmeter »Luxusfläche« inmitten der Menschenmassen.

Kaum hatte Marleen ihr Handtuch ausgebreitet, stürzte sie sich direkt ins Meer. Charlotte hingegen blieb wachsam bei den Wertsachen, denn Felix hatte ihr vor dem Urlaub eindringlich eingebläut, dass Mallorca angeblich von Kriminellen überschwemmt wurde – besonders an den Stränden. Mit einem

Auge auf die spritzenden Wellen und dem anderen auf den Rucksack, saß Charlotte wie ein menschlicher Wachhund auf ihrem Handtuch.

Als Marleen schließlich aus dem Wasser stieg, tropfend und strahlend, übernahm Charlotte das Meer-Bad-Staffelholz und stürzte sich ins kühle Nass. Marleen, die sich von der Sonne trocknen ließ, stellte bald fest, dass »trocken« eher in »Schmorbraten« überging. Schnell spannte sie den winzigen Sonnenschirm auf, den sie in einem Anfall von kluger Voraussicht mitgebracht hatten.

»Dieser Schirm ist ungefähr so effektiv wie ein Teelöffel im Ozean«, murmelte sie und versuchte, sich in den kleinen Schatten zu falten, während die Menschen um sie herum sich wie Sardinen in der Sonne brutzeln ließen.

Lange hielten sie es nicht am Strand aus. Als sie zurückkehrten und das Tor zur Finca offenstehen sahen, spürte Marleen einen kleinen freudigen Hüpfer im Herzen. Robertos Auto stand auf dem Grundstück, und da war er auch – in voller Aktion, wie er an einer großen Palme herumschnitt.

Ihr Herz machte ein paar Extra-Schläge, während sie ihn beobachtete, wie er sich an einer riesigen Palme zu schaffen machte. Schweiß glitzerte auf seiner Stirn, während er konzentriert mit der Säge arbeitete, und Marleen musste zugeben, dass selbst Palmenpflege bei ihm irgendwie attraktiv wirkte.

»Schau mal, dein Lieblingsgärtner ist da«, sagte Charlotte grinsend, als sie Marleens strahlendes Gesicht bemerkte.

»Ja, und er schneidet Palmen... sehr professionell«, erwiderte Marleen ein wenig zu beiläufig und versuchte, ihre Begeisterung zu verbergen.

Roberto sah auf und winkte den beiden zu. »Hola, chicas! Seid ihr am Strand gewesen?«, rief er und legte die Säge zur Seite.

Robertos Stimme klang wie Musik in Marleens Ohren, auch wenn sie sich in diesem Moment alles andere als »hübsch« fühlte. Ihre Haare hingen platt und leicht verklebt vom Salzwasser um ihr Gesicht, und das alte, ausgebeulte Strandkleid, das sie trug, war so ziemlich das Gegenteil von dem sexy Outfit, das sie am Morgen voller Hoffnung angezogen hatte.

»Ja, aber es war so voll, wir mussten flüchten«, antwortete Charlotte mit einem lockeren Lächeln, während Marleen stillschweigend damit kämpfte, sich nicht selbst ein Loch in den Boden zu wünschen.

»Ja, die Strände sind im Sommer leider immer voll«, meinte er und schnitt weiter an der Palme herum, seine muskulösen Arme blitzten unter dem T-Shirt hervor.

Marleen setzte sich ihren Sonnenhut auf und fragte: »Gibt es denn noch Buchten, die nicht so überlaufen sind? So ein kleines, geheimes Paradies?«

Roberto grinste breit. »Es gibt noch ein paar geheime Orte. Aber die verrate ich nur ganz besonderen Menschen.«

Marleen spürte, wie ihr Herz einen kleinen Hüpfer machte. War sie besonders genug?

»Na, da musst du uns aber einweihen! Wir halten es streng geheim, versprochen«, fügte Charlotte mit einem verschmitzten Blick hinzu.

Roberto lehnte sich lässig gegen die Palme und sah die beiden Frauen herausfordernd an. »Wenn ihr morgen früh Zeit habt, könnte ich euch zu einer dieser unberührten Buchten bringen.

Aber nur, wenn ihr bereit seid, den Sonnenaufgang mitzunehmen.«

»Sonnenaufgang?« Charlotte sah ihn überrascht an. »Von welcher Uhrzeit reden wir?«

»Sehr früh. Aber der Anblick wird euch umhauen«, antwortete er, während seine braunen Augen auf Marleen ruhten. »Und ich verspreche, der Ort wird euch nicht enttäuschen.«

Charlotte, die die stumme Spannung zwischen den beiden deutlich spürte, zwinkerte Marleen zu. »Das klingt doch nach einem Abenteuer. Also, was sagst du?«

»Ich... ähm... klar, warum nicht!«, stotterte Marleen und hoffte, dass Roberto das leichte Zittern in ihrer Stimme nicht bemerkte. Denn eines war sicher: Sie war bereit, für diesen Moment viel früher als sonst aufzustehen.

»Biete Roberto doch etwas Kaltes zu trinken an. Dann kannst du ihn gleich mal nach seinem Beziehungsstatus fragen. Ich werde mich mal zurückziehen und mit meinen Kindern facetimen. Mich überkommt gerade Sehnsucht«, flüsterte Charlotte ihrer Freundin ins Ohr.

Marleen eilte ins Schlafzimmer, kämmte sich hastig die Haare, zog ein luftiges weißes Kleid an, und sprühte sich einen Hauch von dem mallorquinischen Parfum, das sie am Vortag gekauft hatte, auf die warme Haut. Tief durchatmen, das kriegst du hin, gab sie sich Mut.

Roberto hatte gerade das letzte Palmenblatt auf seinen Pick-up geworfen und machte sich bereit, aufzubrechen.

Währenddessen stand Marleen wie angewurzelt da und fühlte, wie ihr Herz plötzlich in einem völlig ungesunden

Rhythmus trommelte. »Magst du vielleicht etwas Kaltes trinken?«, rief sie, ihre Stimme etwas höher als beabsichtigt. »Es ist ja ziemlich heiß heute.«

»Oh, sehr gerne.« Roberto warf die Handschuhe ins Auto und kam mit einem zögerlichen Lächeln auf die Terrasse.

Marleen, in ihrer Nervosität, fummelte hektisch an der Limonadenflasche herum – bis sie sie prompt umstieß. Die Flasche kippte in einer dramatischen Zeitlupe um und gluckste ihren prickelnden Inhalt über den Tisch.

Er grinste charmant und Marleen konnte nicht anders, als zu lächeln, auch wenn sie am liebsten im Boden versunken wäre.

Als sie schließlich beide ein Glas Limonade in der Hand hielten, herrschte kurz Stille. Marleen suchte fieberhaft nach einem Gesprächsthema. Was sollte sie bloß fragen? Den Beziehungsstatus? Oder doch lieber subtiler anfangen? Vielleicht etwas über die Palmen – wie schwer ist es eigentlich, so eine Palme zu pflegen? Oder nein, vielleicht doch einfach über das Wetter reden?

Sie hörten im Hintergrund Charlottes Stimme aus dem Schlafzimmer, wie sie ihren Kindern über Facetime erklärte, dass die Sonne hier viel heißer sei als in Hamburg.

»Also, äh... wohnst du schon immer auf der Insel?«, begann Marleen unsicher.

Roberto lehnte sich zurück, als hätte er alle Zeit der Welt.

»Ja, mein ganzes Leben lang.«

Der Spanier stellte Marleen keine Fragen und war offensichtlich ein sehr zurückhaltender, höflicher Mann, was ihn nur noch attraktiver machte. Er war nicht der Macho, den er auf den ersten Blick abgab.

»Ich lebe in Hamburg«, erzählte Marleen, während sie versuchte, nicht in diese tiefbraunen Augen zu schauen, in denen sie sich fürchtete, zu verlieren.

»Hamburg soll sehr schön sein. Meine Mutter kommt aus Heidelberg. Dort bin ich oft gewesen, als meine Großeltern noch lebten.«

Marleen hörte aufmerksam zu, aber in ihrem Kopf wirbelten die Gedanken durcheinander – vor allem, weil sie sich so heiß fühlte, dass sie das Gefühl überkam, sie könnte gleich anfangen zu hyperventilieren.

Roberto grinste, als er Marleen mit der Serviette herumwedeln sah. »Dann bist du wohl nicht an die Hitze hier gewöhnt?«, fragte er und hob leicht eine Augenbraue.

»Ach, na ja«, antwortete sie und versuchte, ihre Nervosität zu überspielen. »Ich kann schon ganz gut mit Hitze umgehen. Zumindest, solange sie mich nicht so... überraschend erwischt.« Sie lachte leicht und hoffte, dass es überzeugend klang. In Wahrheit fühlte sie sich immer noch wie ein Fisch auf dem Trockenen.

Er nickte verständnisvoll und ließ seinen Blick über die Palmen und den azurblauen Himmel schweifen.

»Ja, der Sommer hier ist anders – es ist, als würde die Zeit langsamer fließen.«

Marleen schaffte es endlich, ihm in die Augen zu sehen, und sofort spürte sie, wie die Hitze nochmal ein paar Grad zunahm. Sie versuchte, sich auf das Gespräch zu konzentrieren und nicht darüber nachzudenken, wie charmant er aussah, wenn er so entspannt dasaß.

»Das klingt verlockend... ein bisschen weniger Hektik könnte ich tatsächlich gebrauchen.«

Roberto lächelte und nahm einen kleinen Schluck Wasser.
»Vielleicht ist das ja das, was du auf deiner Reise finden wirst – ein bisschen Abstand vom Alltag und Zeit für dich.«

Marleen nickte, innerlich jedoch versank sie langsam in einem Tagtraum, in dem Roberto und sie das Leben auf Mallorca ganz entspannt gemeinsam genossen.

»Bei uns in Hamburg ist es nicht oft so heiß wie hier«, erklärte sie und versuchte, lässig zu lächeln.

»Das ist interessant. Ich habe gehört, dass es dort viel Regen gibt?«

»Ja, genau! Es regnet viel, aber wir haben auch unsere schönen Tage«, antwortete Marleen eifrig, als hätte sie gerade das Geheimnis des Lebens gelüftet. »Man sagt, es gibt kein schlechtes Wetter, nur falsche Kleidung. Ich habe tatsächlich immer einen Regenschirm dabei.«

»Ein Regenschirm? Das klingt, als wäre das dein bester Freund in Hamburg.« Roberto lachte und es klang wie Musik in ihren Ohren.

In diesem Moment fühlte es sich an, als ob zwischen ihnen eine unsichtbare Verbindung entstanden wäre – eine, die vielleicht sogar die Küstenlinie von Hamburg bis nach Mallorca überbrücken konnte.
Robertos Handy klingelte und unterbrach den magischen Moment. Er lächelte sie an, dieses süße, verführerische Lächeln, das ihr fast den Verstand raubte, und sie spürte, wie ihre Gedanken sofort Achterbahn fuhren.
»Entschuldige«, sagte er sanft, bevor er das Handy an sein Ohr hielt und begann, schnell auf Spanisch zu sprechen.

Marleen verstand kein Wort. Sie nippte an ihrer Limonade, aber ihre Gedanken überschlugen sich. War das seine Freundin? Oder vielleicht sogar seine Frau? Sie malte sich eine wunderschöne Spanierin mit langen, dunklen Haaren, einer beneidenswerten Figur und einem engelsgleichen Gesicht aus. Die Art von Frau, die aussieht, als würde sie den ganzen Tag auf Instagram perfekt posieren und dabei niemals schwitzen. Marleen seufzte innerlich. Natürlich hatte Roberto jemanden.

Sie starrte in ihr Glas und dachte, dass sie ihre Hoffnungen besser direkt begraben sollte. Aber dann endete das Gespräch, und Roberto steckte sein Handy weg. Er stand auf, seine Augen funkelten immer noch. Marleen konnte nicht anders, als die Luft ein wenig anzuhalten.

»Entschuldige, aber ich werde gebraucht«, sagte er, und sie spürte, wie die Realität ihre Träumereien zerplatzte wie ein Luftballon.

»Soll ich euch morgen früh zu der Bucht führen? Oder möchtet ihr lieber ausschlafen?« Er klang völlig unschuldig, als wäre das die normalste Frage der Welt.

»Auf jeden Fall möchte ich den Sonnenaufgang sehen«, platzte Marleen heraus, bevor sie noch weiter nachdenken konnte. Was tat sie da?

Roberto schmunzelte und nickte. »Gut, dann bin ich um fünf Uhr bei euch.«

Als er sich verabschiedete und das Grundstück verließ, fühlte sich Marleen wie ein verliebter Teenager. Sie war fest entschlossen, morgen um fünf blendend auszusehen.

Sie sah dem Pick-up verträumt nach, als er in einer Staubwolke verschwand. Kurz darauf kam Charlotte aus dem Schlafzimmer, ihre Haare zerzaust und der Ausdruck neugierig wie immer.

»Ist er schon weg?«, fragte sie mit einem vielsagenden Grinsen.

»Ja, sein Handy klingelte, jemand braucht ihn«, antwortete Marleen und versuchte betont lässig zu klingen, während sie in Wirklichkeit innerlich immer noch ein bisschen zitterte.

»Und? Ist er Single?« Charlotte sah sie erwartungsvoll an, als wäre das die entscheidende Frage des Tages.

»Weiß ich nicht«, meinte Marleen und tat, als würde es sie nicht interessieren. »Natürlich hat er eine Partnerin. Bei dem Aussehen. Da ist doch bestimmt schon längst jemand an seiner Seite.«

»Vielleicht ist er frisch getrennt. Ich meine, hallo. Er flirtet offensichtlich mit dir.«

Marleen zuckte mit den Schultern, als wäre das alles völlig unwichtig, obwohl in ihrem Kopf die Gedanken Achterbahn fuhren. Flirtet er wirklich mit mir?

»Jedenfalls holt er uns morgen um fünf Uhr ab«, sagte sie schließlich, um das Thema zu wechseln.

Charlotte riss die Augen auf. »Was? Um fünf Uhr? Bist du verrückt! Ohne mich! Ich bin im Urlaub und will endlich mal ausschlafen. Es ist doch sowieso besser, wenn ihr alleine seid. Vielleicht kommt ihr euch dann auch näher?«

Marleen schnaubte und warf einen Topflappen nach ihr. »Träum weiter!«

Als sie daran dachte, dass sie morgen früh alleine mit Roberto in einer abgelegenen Bucht sein würde, schlug ihr Herz bis zum

Hals. Wer weiß, vielleicht wurde dieser Urlaub noch aufregender als gedacht.

*

Am Abend fuhren die Frauen wieder ans Meer, um dort zu speisen. Es gab kaum etwas Schöneres, als den sanften Klang der Wellen im Hintergrund zu hören und das sanfte Licht der untergehenden Sonne zu bestaunen. Dieses Mal hatten sie einen Tisch reserviert – ohne Reservierung hatte man in der Hauptsaison wirklich keine Chance auf einen Platz.

Während Charlotte enthusiastisch von ihrem letzten Telefonat mit den Kindern erzählte, drifteten Marleens Gedanken immer wieder ab – zu dem anstehenden Sonnenaufgang mit Roberto. Was, wenn er sie küssen würde? Was, wenn er sich in sie verliebte?

Ihre Vorstellungskraft lief auf Hochtouren. Roberto, der charmante Spanier, der sie bei Sonnenaufgang in einer einsamen Bucht sanft in die Arme nahm... doch zugleich schob sich eine andere Frage in den Vordergrund: Wollte sie wirklich riskieren, ihr Herz an einen Mann zu verlieren, der vermutlich schon zahlreiche Frauen verführt hatte? Marleen schüttelte innerlich den Kopf. Sie wusste, sie war frei. Warum sollte sie sich jetzt selbst bremsen? Was vor ein paar Monaten noch unmöglich schien, lag nun in greifbarer Nähe: die Freiheit, zu tun und zu lassen, was sie wollte.

»Die Zwillinge waren so süß«, schwärmte Charlotte plötzlich mit glasigen Augen und zog Marleen aus ihren Tagträumen. »Sie haben extra für mich Bilder gemalt.«

Marleen lächelte. Kinderbilder waren süß, aber ihre Gedanken waren eindeutig woanders. »Das ist toll«, antwortete sie vage, während sie sich insgeheim fragte, ob sie bereit war, ihren eigenen Sonnenaufgang mit Roberto zu erleben – und was sie tun würde, wenn es mehr als nur ein Sonnenaufgang wurde.

In der Nacht bekam Marleen kein Auge zu. Sie wälzte sich hin und her, die Gedanken kreisten nur um eines: Roberto. Und vor allem um die Tatsache, dass sie ganz alleine mit ihm sein würde, weil Charlotte sich lieber dem Ausschlafen widmen wollte, statt dem Sonnenaufgang mit »dem spanischen Casanova«, wie sie ihn scherzhaft genannt hatte. Toll, allein mit Roberto, dachte Marleen nervös und fragte sich, wie sie das überstehen sollte, ohne sich komplett zum Narren zu machen.

Gegen drei Uhr morgens fiel sie dann endlich in einen unruhigen Schlaf. Doch um vier Uhr riss sie das Handy mit seiner leisen Weckmelodie aus den Träumen – was auch gut war, denn in ihrem letzten Traum hatte Roberto plötzlich ein Flamenco-Tanzkleid getragen.

Todmüde, aber fest entschlossen, stellte sie sich an die Kaffeemaschine und kippte sich rasch einen doppelten Espresso hinter die Binde. Sie warf einen Blick in den Spiegel und stellte fest, dass sie nicht gerade wie eine strahlende Morgenschönheit aussah, aber es war noch Zeit, das Beste daraus zu machen.

Dann kam das nächste Problem: die Klamotten. Marleen stand ratlos vor dem Schrank und zog ein Kleid nach dem anderen heraus, als würde eines plötzlich ein leuchtendes Schild tragen: »Das hier ist perfekt für einen romantischen Sonnenaufgang mit Roberto!« Aber natürlich nicht.

Am Ende entschied sie sich für ein Top und eine kurze Jeans, die jedoch... ja, definitiv enger geworden war. Die vielen Tapas und das Eis zeigen ihre Wirkung, dachte sie mit einem kurzen Anflug von Panik, aber es war zu spät für Selbstvorwürfe.

Es war noch dunkel, als Marleen am Küchenfenster stand und wie gebannt auf das Tor starrte. Warum war sie eigentlich so aufgeregt? Es war nur ein Sonnenaufgang. Mit einem gutaussehenden Spanier. Ganz normal, oder? Nein, dachte sie, das ist nicht normal, das ist total verrückt!

Charlotte kam verschlafen in die Küche getapst, ihre Haare standen in alle Richtungen ab.

»Hi, guten Morgen«, murmelte sie und klopfte Marleen aufmunternd auf die Schulter. »Ich wollte dir viel Vergnügen wünschen und vergiss nicht, ein paar Bilder für mich zu machen.«

»Mal sehen, wie es wird«, sagte Marleen, obwohl sie innerlich vor Aufregung fast platzte. Ihr Herz hämmerte so laut, dass sie sicher war, Charlotte müsste es hören. Doch bevor die Nervosität sie komplett übermannen konnte, sahen sie plötzlich Scheinwerfer aufblitzen, und das Tor öffnete sich.

»Das ist dein Moment«, scherzte Charlotte und umarmte Marleen fest, als würde sie sie in ein gefährliches Abenteuer verabschieden. Vielleicht hatte sie damit auch nicht ganz unrecht.

Roberto stieg aus seinem Pick-up, sah wie immer viel zu gut aus und lächelte Marleen entgegen. »Hola!« Er öffnete galant die Beifahrertür und deutete ihr, einzusteigen. Warum konnte er nicht ein bisschen weniger charmant sein?

»Und deine Freundin wollte nicht mit?«, fragte der Spanier, während er mit beeindruckender Geschwindigkeit rückwärtsfuhr. Marleen versuchte, ihre Panik zu unterdrücken – der Mann hatte wirklich Talent für Rückwärtsfahren. Aber bitte nicht so schnell!

»Das war ihr zu früh«, erklärte Marleen und versuchte, sich zu entspannen. »Sie freut sich, im Urlaub endlich mal auszuschlafen. Charlotte hat kleine Zwillinge, die nur wenig schlafen.«

Roberto nickte verständnisvoll, während er auf die Autobahn einbog, immer noch ein bisschen zu rasant für Marleens Geschmack.

»Ah, verstehe. Und du? Hast du auch Kinder?«

Oh Gott, warum diese Frage? Marleen schluckte und antwortete: »Nein, ich... habe keine Kinder.«

Roberto warf ihr einen kurzen, neugierigen Blick zu, bevor er sich wieder auf die Straße konzentrierte. »Hm, okay. Vielleicht eines Tages?«

»Vielleicht«, antwortete sie und versuchte, die Nervosität mit einem Lächeln zu überdecken.

»Gefällt dir die Insel?« Roberto wechselte das Thema, während er mehr zu Marleen als auf die Fahrbahn schaute. Ihr Herz klopfte schneller, und nicht nur wegen seiner fragwürdigen Fahrtechnik. »Oh ja, sehr«, antwortete sie und versuchte, ruhig zu klingen, obwohl sie innerlich zitterte. »Ich habe zwar noch nicht alles gesehen, aber das, was ich gesehen habe, ist traumhaft. Ich beneide dich wirklich, dass du hier wohnst.«

Roberto lächelte leicht, als wäre das nichts Besonderes für ihn.

»Ja, ich liebe meine Insel auch, aber manchmal muss ich aufs Festland.«

Er bog auf einen engen Feldweg ab, und Marleen spürte, wie der Pick-up leicht über das unebene Gelände holperte. Roberto schien sich an den holprigen Weg nicht im Geringsten zu stören. Schließlich hielt er am Fahrbahnrand und sagte: »Da wären wir. Wir müssen noch ein kleines Stück laufen.«

Mit einem charmanten Lächeln stieg er aus und öffnete Marleen die Tür. Seine Hand war warm, als er ihr half, aus dem hohen Wagen zu klettern, und für einen Moment verlor sie sich in seinen tiefbraunen Augen. Wie konnte jemand so... perfekt sein, fragte sie sich.

Der Spanier ging zum Kofferraum und zog einen Picknickkorb heraus.

»Ich habe ein kleines Frühstück dabei.« Sein Lächeln war sanft und so unwiderstehlich, dass Marleen unwillkürlich strahlte. Vielleicht wird das wirklich der romantischste Tag meines Lebens, dachte sie und fühlte, wie sich ein warmes, wohliges Gefühl in ihrer Brust ausbreitete.

Sie folgten einem schmalen Pfad, der sie zu einer abgelegenen Bucht führte. Der Himmel begann allmählich in sanften Rosa- und Orangetönen zu leuchten, während die Sonne langsam über dem Meer aufging. Die Wellen schwappten leise gegen die Felsen, und die Welt schien für einen Moment stillzustehen.

Roberto breitete eine Decke aus und packte das Frühstück aus – frisches Brot, Käse, Oliven und ein paar süße Leckereien.

»Ich hoffe, du magst es«, sagte er, während er sie mit diesem unverwechselbaren Lächeln ansah, das ihre Knie weich werden ließ.

Marleen setzte sich neben ihn, immer noch ein bisschen fassungslos, dass sie hier, mit ihm, in dieser traumhaften Kulisse war. War das real oder nur ein wunderschöner Traum?

Marleen knipste unzählige Fotos von der aufgehenden Sonne, fasziniert von den atemberaubenden Farben, die den Himmel malten. Das sanfte Rosa und Orange spiegelte sich auf dem Meer wider, und das Beste daran war, dass sie diese winzige Bucht ganz für sich allein hatten. Es fühlte sich wie ein kleines, verborgenes Paradies an.

»Steht diese Bucht noch nicht in einem Reiseführer oder wurde von einem Influencer gepostet?«, fragte Marleen, während sie in einen süßen Kuchen biss und Roberto einen neugierigen Blick zuwarf.

Er lachte leise und schüttelte den Kopf. »Nein, bisher kennen nur Einheimische diese Bucht. Aber ich fürchte, auch das wird nicht mehr lange so bleiben.«

Marleen nickte verständnisvoll und stellte die nächste Frage, die ihr schon lange auf der Zunge lag. »Wie stehst du eigentlich zum Massentourismus auf der Insel?« Sie bemerkte dabei, wie dicht sie auf der Decke nebeneinandersaßen. Ihre Arme berührten sich leicht, und ein kleiner Schauer lief ihr über den Rücken. Ob er das auch fühlt, fragte sie sich insgeheim.

Roberto atmete tief durch, bevor er antwortete. »Es ist ein schwieriges Thema. Die meisten Einwohner leben vom Tourismus, ich eingeschlossen. Ohne ihn wäre vieles nicht möglich. Aber... es ist außer Kontrolle geraten. Viele können sich keine bezahlbaren Wohnungen mehr leisten, und im Sommer müssen wir uns unsere Strände mit unzähligen Touristen teilen. Ganz zu schweigen von dem Müll, den manche hinterlassen.« Er runzelte leicht die Stirn, als er über die Herausforderungen nachdachte, denen die Inselbewohner ausgesetzt sind.

Marleen konnte den Frust in seiner Stimme hören, aber auch den Widerstand, sich zu sehr darüber zu beklagen. Sie betrachtete ihn von der Seite, bewunderte sein Profil, die Art, wie seine Lippen sich bewegten, während er sprach.

»Das klingt wirklich nicht einfach«, sagte sie einfühlsam.

»Und was machst du in Hamburg?«, fragte Roberto, während sein Blick in die Ferne wanderte, als wolle er sich kurz von seinen Gedanken lösen.

»Ich arbeite in einer Bank«, antwortete Marleen und nahm einen kleinen Schluck Kaffee. »Es ist nicht besonders aufregend, aber noch macht es mir Spaß.« Sie musste dabei kurz an Marvin denken, den sie unerwähnt ließ. Das war ein Kapitel, das sie hinter sich lassen wollte.

Roberto hob überrascht eine Augenbraue und lächelte. »Ich hätte eher vermutet, dass du in einem kreativeren Bereich arbeitest. Vielleicht als Künstlerin oder Designerin.«

Marleen lachte leise und fühlte, wie sein charmantes Kompliment ihre Wangen leicht erröten ließ.

»Wer weiß, vielleicht werde ich in ein paar Jahren auch etwas ganz anderes machen.« Sie ließ den Blick schweifen. »Und du kümmerst dich um Ferienhäuser?«

Er nickte und goss ihr Kaffee nach. »Ja, aber das mache ich erst seit einem halben Jahr. Eigentlich hatte ich ganz andere Pläne.«

Marleen spürte, dass er auf etwas hinauswollte, und hörte aufmerksam zu.

»Ich habe studiert und wollte in Barcelona arbeiten«, fuhr er fort und sein Lächeln wurde schwächer. »Ich hatte dort schon einen Job... aber dann kam alles anders.«

Sein Gesichtsausdruck verdüsterte sich, und Marleen konnte die Schwere in seiner Stimme hören. Es musste etwas passiert sein, das ihn tief getroffen hatte. Sie wollte nicht neugierig wirken und bohrte nicht weiter. Also ließen sie das Thema in der Luft hängen und genossen die friedliche Stille, die sich um sie legte.

Die Sonne kroch langsam über den Horizont, tauchte die Landschaft in ein goldenes Licht. Es war ein atemberaubendes Schauspiel, aber viel zu schnell vorbei. Marleen wusste, dass dieser Moment mit Roberto, in der Einsamkeit dieser kleinen Bucht, etwas Besonderes war. Ein kurzer Augenblick, der sich für immer in ihr Gedächtnis einbrennen würde.

»Hast du Lust zu baden?«, fragte er, sein Gesicht wieder von einem sanften Lächeln erhellt.

Marleen lächelte zurück. »Ja, habe ich. Ich habe meinen Bikini schon an.« Sie spürte, wie ihr Herz schneller schlug, während sie sich auf das bevorstehende Bad in der abgelegenen Bucht freute.

»Perfekt«, sagte er und stand auf, streckte seine Hand aus, um ihr aufzuhelfen. »Das Wasser hier ist so klar, du wirst es lieben.«

Gemeinsam gingen sie die paar Schritte hinunter zum Meer, das in der frühen Morgensonne wie ein glitzerndes Juwel vor ihnen lag. Marleen ließ den weichen Sand zwischen ihren Zehen hindurchrieseln, während sie Roberto beobachtete, wie er sich sein Shirt über den Kopf zog. Sein Körper war muskulös und stark gebräunt, und Marleen spürte, wie sich ihre Wangen leicht röteten.

»Kommst du?«, fragte er, und ein schelmisches Lächeln spielte um seine Lippen.

Marleen zögerte nur kurz, bevor sie ebenfalls ihr Kleid auszog und ihren Bikini offenbarte. Sie trat langsam ins kühle Wasser, das sofort eine erfrischende Wirkung auf ihre erhitzte Haut hatte. Roberto tauchte weiter draußen unter, und sie folgte ihm, bis sie schließlich zusammen im Wasser standen. Das Meer war ruhig, und sie konnten den weiten Horizont vor sich sehen.

»Es ist wunderschön«, flüsterte sie, mehr zu sich selbst als zu Roberto.

»Ja, das ist es.« Wassertropfen glänzten auf seiner Haut, und seine Augen waren fest auf sie gerichtet. Für einen Moment schien alles still zu stehen, die Wellen, der Wind, sogar die Zeit selbst. Marleen fühlte, wie ihr Herz schneller schlug, als Roberto sich langsam zu ihr beugte.

»Marleen«, sagte er leise, »du bist wunderschön.«

Und bevor sie überhaupt darüber nachdenken konnte, was gerade geschah, spürte sie seine Lippen sanft auf ihren, kühl vom Wasser, aber warm vor Leidenschaft. Es war ein Kuss, der sich so natürlich anfühlte, als wäre er lange überfällig gewesen. Marleen ließ sich von dem Moment treiben, das Rauschen des Meeres in ihren Ohren, und das Kribbeln auf ihrer Haut.

Es fühlte sich für sie an wie ein Traum. Noch immer spürte sie den Kuss auf ihren Lippen, und ihr Herz schlug so wild, dass sie unter Wasser eine Hand an ihr Bein legte und sich leicht kniff – nur um sicherzugehen, dass sie nicht träumte. Dieser Kuss, voller Zärtlichkeit und Leidenschaft, hatte sie in einen Zustand des höchsten Glücks versetzt. Doch nun schwamm Roberto weit hinaus ins Meer, während Marleen in den flachen Wellen verweilte und nachdachte.

Was sollte das zwischen ihnen werden? Sie fühlte, wie ihr Herz unkontrolliert für diesen Mann raste, aber gleichzeitig war da die Unsicherheit. Sie wusste noch so wenig über ihn. Ja, Roberto war charmant, attraktiv und hatte diese verführerische, ruhige Art, die sie von der ersten Begegnung an in den Bann gezogen hatte. Aber sicher hatte er schon viele Frauen gehabt – vielleicht auch aktuell jemanden. Doch dann schlich sich ein anderer Gedanke ein: Selbst wenn es nur eine kurze Urlaubsromanze war, warum sollte sie sich das nicht erlauben? Sie war frei. Es gab niemanden, dem sie Rechenschaft ablegen musste.

Mit einem zufriedenen Lächeln ging Marleen zurück auf die Decke und ließ die warme Sonne ihre Haut trocknen. Ihr Blick wanderte immer wieder zu Roberto, der gemächlich durch das Wasser schwamm. Seine kräftigen Züge ließen das Wasser kaum erzittern, und er wirkte so souverän, so in sich ruhend. Sie genoss diesen Augenblick – die Ruhe, die Einsamkeit und die Anziehung, die immer deutlicher zwischen ihnen wuchs.

Als Roberto schließlich zurück ans Ufer kam, tropfte das Wasser von seinem Körper und er lächelte ihr entgegen. Ihr Herz machte einen kleinen Sprung, und sie wusste: Egal, was die Zukunft für sie bereithalten würde, dieser Moment gehörte nur ihnen.

Er legte sich neben Marleen auf die Decke, sein kräftiger Oberkörper hob und senkte sich noch immer schnell von der körperlichen Anstrengung. Er schloss die Augen, als wolle er den Moment auskosten – oder wartete er darauf, dass Marleen die Initiative ergriff? Ihr Herz pochte laut in ihrer Brust, während die Zeit sich zu dehnen schien. Nach einer kurzen Weile griff sie vorsichtig nach seiner Hand, spürte die Wärme seiner Haut, die raue Textur seiner Finger. Es war das Zeichen, das er gebraucht hatte.

Roberto drehte sich sanft zu ihr, öffnete die Augen und sah sie an, während er ihr eine lose Strähne aus dem Gesicht strich. Seine Berührung war so zärtlich, dass Marleen ein leises Beben durchfuhr. Mit einem Finger fuhr er langsam um ihre Lippen, und sie hielt den Atem an. Ihre Augen blieben geschlossen, die Welt schien sich um sie herum aufzulösen, und alles, was zählte, war dieser Moment. Ihr ganzer Körper brannte vor Verlangen, seine Nähe zu spüren, ihn zu küssen, seine Haut auf der ihren zu fühlen.

Er beugte sich vor, drückte seine Lippen sanft auf ihre. Es war ein Kuss, der sanft begann, aber schnell an Intensität gewann. Marleen spürte, wie sein Körper sich näher an ihren schmiegte, wie die Hitze ihrer Leidenschaft die Sonne in den Schatten stellte. Sie verlor sich in dem Kuss, in dem Moment, und wusste, dass es keinen Weg zurückgab. Es fühlte sich so richtig an, so unvermeidlich.

Während ihre Körper im Moment der Leidenschaft verschmolzen, hörten sie plötzlich Stimmen. Schnell lösten sie sich voneinander, als ein junges, spanisch sprechendes Pärchen die Bucht betrat. Die beiden Neuankömmlinge grüßten freundlich und begannen, in aller Seelenruhe ihre Decke auszubreiten. Marleen, die noch ganz aufgewühlt vor Liebesglück war, fühlte eine kleine Welle der Enttäuschung. Dieser perfekte, magische Moment war jäh unterbrochen worden.

Roberto blickte sie an und fragte sanft: »Wollen wir gehen?« Marleen nickte, auch wenn ein Teil von ihr noch länger bleiben wollte. Sie packten ihre Sachen zusammen, während das andere Pärchen sich in der Bucht einrichtete. Die Ruhe und Intimität, die sie eben noch genossen hatten, schien sich allmählich zu verflüchtigen.

Als sie im Auto saßen, waren ihre Blicke voller unausgesprochener Worte. Die Spannung zwischen ihnen war greifbar. Und ehe sie es realisierte, hatten sich ihre Lippen wieder gefunden. Dieser Kuss war anders – voller Sehnsucht, intensiver, als ob die Welt um sie herum aufgehört hatte zu existieren. Ihre Münder zogen sich wie von einer unsichtbaren Kraft magisch an.

Roberto löste sich sanft von ihren Lippen und schaute auf seine Smartwatch. »Ich muss jetzt leider los«, sagte er leise. Marleen nickte nur, innerlich völlig durcheinander. Ihr Herz schlug so schnell, dass sie in diesem Moment fast bereit gewesen wäre, ihn auf der Stelle zu heiraten. Während der Rückfahrt redeten sie kaum – die Worte schienen überflüssig, so intensiv war die Spannung zwischen ihnen.

Als sie schließlich bei der Finca ankamen, drehte sich Roberto zu ihr und fragte: »Wollen wir uns heute Abend sehen?«

Marleen war hin- und hergerissen. Sie konnte Charlotte, die ihr diese Reise geschenkt hatte, nicht einfach im Stich lassen.

Außerdem wuchs in ihr der Zweifel: Sollte sie sich wirklich so schnell auf Roberto einlassen?

»Ich kann meine Freundin nicht alleine lassen«, gestand sie, »und ich weiß auch nicht, ob es klug ist, dass wir uns wiedersehen.«

Roberto sah sie verständnisvoll an. In seinen Augen schimmerte etwas, das Marleen zeigte, dass er es ernst meinte.

»Okay«, sagte er sanft und zog aus seiner Tasche einen kleinen Zettel hervor. »Hier ist meine Nummer. Rufe mich an, wenn du mich sehen möchtest.«

Bevor er ging, zog er sie noch einmal an sich und küsste sie mit einer Leidenschaft, die Marleen den Atem raubte. Dieser Kuss war voller Versprechen, voller Zuneigung – und ließ keinen Zweifel daran, dass Roberto nicht nur eine flüchtige Urlaubsromanze suchte. Als er schließlich wegfuhr, blieb Marleen mit weichen Knien und einem Kopf voller Gedanken zurück, während ihr Herz noch immer in seinem eigenen Rhythmus schlug.

Charlotte legte ihr Buch zur Seite und sah Marleen neugierig an. »Und?«, fragte sie mit einem breiten Grinsen, als ihre Freundin auf sie zukam. Marleen schmunzelte und ließ Charlotte absichtlich ein bisschen zappeln. »Es war... ziemlich romantisch«, begann sie zögerlich.

»Ihr habt euch geküsst, oder?« Charlotte lehnte sich vor und sah Marleen erwartungsvoll an.

Marleen seufzte leicht und nickte schließlich. »Ja, haben wir. Eigentlich wollte ich nicht, aber... es hat sich einfach so ergeben. Unsere Körper haben sich magisch angezogen, und es war wunderschön.«

»Ooooh, okay! Das ging ja schnell!« Charlotte hob überrascht eine Augenbraue. »So kenne ich dich gar nicht. Aber ehrlich gesagt, wer könnte Roberto schon widerstehen?« Sie lachte leise. »Und wie geht es jetzt weiter?«

»Er will mich heute Abend wiedersehen, aber... ich weiß nicht. Ich will dich nicht alleine lassen.«

Charlotte winkte ab und lehnte sich entspannt zurück. »Ach, das ist für mich wirklich kein Problem. Ich habe ein dickes Buch dabei. Solange du nicht den ganzen Tag weg bist, kannst du ihn ruhig treffen.«

Marleen schaute ihre Freundin dankbar an. »Du bist die Beste«, sagte sie lächelnd, doch die Unsicherheit ließ sie nicht los. »Ich werde es mir überlegen.«

»Na, dann überleg nicht zu lange. Wer weiß, wann du das nächste Mal die Chance auf eine Romanze mit einem heißen Spanier bekommst!«

Marleen zeigte Charlotte gerade die atemberaubenden Bilder des Sonnenaufgangs, als plötzlich eine Nachricht von Marvin auf ihrem Handy aufblinkte. Sie las die Nachricht, die sie augenblicklich aus ihrer heilen Welt riss:

»Liebe Marleen, leider gibt es schlechte Nachrichten. Gerold kam gestern mit einem Schlaganfall ins Krankenhaus, und es geht ihm nicht gut. Ich war hin- und hergerissen, ob ich dir schreiben soll, aber ich denke, dass du es wissen wolltest. Marvin.«

Sie spürte, wie ihr Herz schwer wurde, und Tränen stiegen in ihre Augen. Charlotte bemerkte sofort, dass etwas nicht stimmte. »Was ist denn passiert?«, fragte sie besorgt und sprang auf, um sich neben Marleen auf die Liege zu setzen.

Marleen rang mit den Worten, ihre Stimme zitterte, als sie flüsterte: »Gerold... hatte einen Schlaganfall.«

»Oh nein!« Charlotte legte eine Hand auf Marleens Schulter. »Und wie geht es ihm?«

Marleen starrte noch immer auf den Bildschirm, als ob sie auf eine Antwort wartete. »Nicht so gut, schreibt Marvin. Es klingt ernst.«

Die Nachricht traf sie wie ein Schlag. Gerade noch hatte sie einen magischen Morgen mit Roberto erlebt, und jetzt fühlte sich die Welt plötzlich schwer und dunkel an. Die Liebe, die sie für Roberto empfand, stand plötzlich im Schatten dieser schrecklichen Nachricht. Sie war hin- und hergerissen – zwischen der Freude, die sie für Roberto verspürte, und der Sorge um Gerold.

Marleen überlegte fieberhaft, was sie tun sollte. Sie atmete tief durch, nahm das Handy fest in ihre Hand und rief Marvin an. Ihr Herz klopfte wild, während das Freizeichen ertönte.

»Hallo Marleen. Es tut mir leid, dass ich dir das mitteilen muss...«, sagte Marvin mit einer erschöpften Stimme am anderen Ende der Leitung.

»Nein, das war richtig. Du weißt, dass mir dein Vater sehr viel bedeutet. Warst du schon bei ihm im Krankenhaus? Wie geht es ihm jetzt?« Marleen versuchte, ruhig zu bleiben, obwohl in ihrem Kopf tausend Gedanken durcheinanderwirbelten.

»Ja, ich bin bei ihm. Susanne auch. Wir weichen nicht von seiner Seite. Er wird noch untersucht, und wir sprechen gleich mit dem Arzt«, erklärte er, seine Stimme klang besorgt.

Sie schloss kurz die Augen und lehnte sich zurück. »Es tut mir so leid, Marvin. Das kam so plötzlich. Letzte Woche war noch alles in Ordnung. Er wirkte so fit.«

»Ja... Er hatte wohl Stress, und dann... die Sache mit mir«, sagte er leise, als würde er die Schuld am Zustand seines Vaters tragen.

»Du kannst doch nichts dafür«, beruhigte Marleen ihn sanft, auch wenn sie wusste, dass er das vermutlich anders sah. Sie zögerte einen Moment und atmete tief durch. »Soll ich kommen?«

»Nein. Genieß deinen Urlaub. Es bringt nichts, wenn du jetzt alles stehen und liegen lässt. Ich halte dich auf dem Laufenden, okay?«

Marleen wollte protestieren, aber sie wusste, dass er recht hatte. Es würde nichts an der Situation ändern, wenn sie jetzt sofort nach Hause fliegen würde. Doch der Gedanke, dass sie so weit weg war, während Marvin und seine Familie durch diese schwere Zeit gingen, ließ sie nicht los.

»In Ordnung. Aber bitte ruf mich sofort an, wenn es Neuigkeiten gibt, ja?« Ihre Stimme zitterte ein wenig.

»Mach ich«, antwortete Marvin. »Danke, dass du dir Sorgen machst. Es bedeutet mir viel.«

Sie verabschiedeten sich, und als Marleen das Telefon beiseitelegte, fühlte sie sich hin- und hergerissen. Gerade hatte sie einen romantischen, beinahe perfekten Morgen mit Roberto verbracht, und jetzt lag diese schwere Last auf ihrem Herzen. Sie wusste nicht, was sie tun sollte – ihr Herz zog sie in zwei völlig unterschiedliche Richtungen.

Charlotte brachte Marleen ein kaltes Glas Wasser und setzte sich neben sie auf die Liege.

»Willst du nach Hause fliegen?«, fragte sie leise, während sie ihre Hand auf Marleens Arm legte. Marleen schüttelte den Kopf, ihre Augen immer noch auf das Handy gerichtet, als würde sie jede Sekunde auf eine weitere Nachricht warten.

»Nein«, murmelte sie. »Das möchte ich dir nicht antun. In vier Tagen sind wir ja ohnehin zurück.«

Charlotte nickte verständnisvoll. »Gerold wird sich bestimmt gut erholen. Meine Oma hatte auch einen Schlaganfall und ist jetzt wieder ganz fit«, erzählte sie und versuchte, ihrer Freundin Mut zu machen.

Marleen seufzte tief. »Ich hoffe es. Marvin tut mir so leid. Er ist so sensibel, und obwohl er gerade keinen Kontakt zu seinem Vater hatte, weiß ich, dass er ihn über alles liebt.« Ihre Stimme brach fast, als sie an Marvin dachte. Sie wusste, wie schwer diese Situation für ihn sein musste, auch wenn er es nicht direkt zeigte.

Der magische Morgen mit Roberto war mit einem Mal völlig verblasst, als wäre er nur ein schöner Traum gewesen, der jetzt in den Hintergrund trat. Sie spürte plötzlich keine Freude mehr bei dem Gedanken, ihn wiederzusehen. Ihre Gedanken waren bei Marvin und Gerold. Die Aufregung, das Kribbeln, das Roberto in ihr ausgelöst hatte – alles war wie ausgelöscht.

Charlotte, die spürte, wie tief der Schmerz saß, stand auf und schlug vor: »Wollen wir heute nach Palma fahren? Ein bisschen Ablenkung tut dir sicher gut.«

Marleen schaute zu ihrer Freundin auf und nickte langsam. »Ja«, sagte sie schließlich, »das ist eine gute Idee.«

Marleens Gedanken waren tausende Kilometer entfernt, bei Marvin und Gerold in Hamburg, als der Mietwagen an der beeindruckenden Kathedrale von Palma vorbeifuhr. Normalerweise hätte sie den Anblick bewundert, vielleicht sogar ein Foto gemacht, aber sie spürte nichts, außer einer tiefen Schwere in ihrem Herzen. Das majestätische Gebäude und die lebendigen Straßen zogen einfach an ihr vorbei.

Charlotte, die die angespannte Stille bemerkte, versuchte alles, um Marleens Stimmung zu heben. Sie schlug vor, durch kleine Boutiquen zu bummeln, hielt hübsche Kleider hoch und sagte scherzhaft, sie solle sich für ein Date mit Roberto neu einkleiden. Marleen lächelte schwach, aber ihre Gedanken kehrten immer wieder nach Hamburg zurück.

Schließlich landeten sie in einem kleinen Süßwarenladen, wo Charlotte Marleen mit einem Berg von Pralinen und Gebäck zu trösten versuchte. Doch auch das brachte keine Freude in ihr Gesicht.

Als sie schließlich in einem Café saßen und der Kellner ihnen ihre Getränke brachte, summte Marleens Handy. Eine Nachricht von Marvin. Mit klopfendem Herzen öffnete sie den Chat und las:

»Gerold ist halbseitig gelähmt, aber ansprechbar.«

Die Worte trafen sie wie ein Schlag. Tränen schossen ihr in die Augen, und sie stellte sich Gerold vor – den stets aktiven, sportlichen Mann, der so gerne Tennis spielte und Golf liebte. Würde er jemals wieder auf den Platz zurückkehren? Die Vorstellung, dass er vielleicht nie wieder die Freiheit genießen konnte, die ihm so viel bedeutete, schnürte ihr die Kehle zu.

Charlotte sah Marleens Reaktion und schob ihr schweigend eine Serviette hinüber.

»Es tut mir so leid, Marleen«, flüsterte sie mitfühlend und drückte ihre Hand.

»Ich weiß nicht, wie ich damit umgehen soll«, sagte Marleen schließlich, ihre Stimme zitternd. »Gerold war immer so stark, so voller Leben. Und jetzt ...« Sie konnte den Satz nicht zu Ende bringen, die Vorstellung war zu schmerzhaft.

»Es ist ein Schock, aber die Medizin ist heute so weit«, versuchte Charlotte, sie zu trösten. »Vielleicht kann er sich teilweise erholen. Du darfst die Hoffnung nicht aufgeben.«

Marleen nickte, aber die Traurigkeit ließ sich nicht so einfach abschütteln.

Auf der Heimfahrt herrschte Stille. Die ausgelassene Urlaubsstimmung war verschwunden, und Charlotte spürte den Kummer ihrer Freundin deutlich. Sie wusste, dass es Marleen guttat, einfach nur da zu sitzen und ihren Gedanken nachzuhängen, und so ließ sie sie in Ruhe. Auch Charlotte konnte die Leichtigkeit des Urlaubs nicht mehr so richtig genießen. Die Unbeschwertheit war verflogen.

Am Abend entschieden sie, zuhause zu essen. Während sie zusammen am Tisch saßen, hatte Marleen ihr Handy in der Hand und tippte eine lange Nachricht an Susanne. Ein Telefonat wäre zu schmerzhaft gewesen, sie wusste, dass es nur in Tränen geendet hätte. Als sie die Nachricht abgeschickt hatte, seufzte sie tief und sagte: »Wie schnell sich das Leben ändern kann.«

Charlotte nickte, ihre Stimme sanft und nachdenklich.
»Ja, es ist wirklich beängstigend, wenn man daran denkt, was alles passieren kann. Vor allem, wenn man Kinder hat. Man entwickelt plötzlich so viele neue Ängste. Man will sie vor allem beschützen, aber das geht einfach nicht immer. Ehrlich gesagt, zerreißt es mir das Herz, die Zwillinge so lange alleine zu lassen.

Es ist das erste Mal, dass ich so lange von ihnen getrennt bin. Aber ich brauchte das für mich, um wieder neue Kraft zu tanken und mich auf meine Familie zu freuen. Ich vermisse meine Kinder und auch meinen Mann sehr. Ich genieße die Zeit hier mit dir, aber es wird Zeit, wieder nach Hause zu kommen.«

Marleen senkte den Blick. »Es tut mir so leid, dass ich jetzt die Stimmung drücke«, sagte sie leise.

»Ach, Quatsch!«, antwortete Charlotte sofort. »Mach dir da keinen Kopf. Wir machen uns die restliche Zeit hier noch so schön wie möglich. Und was ist mit Roberto? Hast du darüber nachgedacht?«

Marleen seufzte tief und schüttelte den Kopf.
»Es war ein Fehler. Ich habe mich einfach treiben lassen ... buche es unter einem kurzen Urlaubsflirt ab. Wenn er morgen kommt, möchte ich ihn nicht sehen. Kannst du ihm sagen, dass es mir nicht gut geht und dass es zuhause einen Vorfall gab.«

Charlotte sah ihre Freundin prüfend an. »Bist du sicher? Ich kann das machen, wenn du es wirklich möchtest.«

»Ja, ich bin mir sicher. Es ist besser so.«

Die Frauen saßen noch lange auf der Terrasse, eingehüllt in die milde Nachtluft, den Blick in die Sterne gerichtet. Der Wind spielte leicht mit den Blättern der Palmen, und das entfernte Zirpen der Grillen füllte die Stille zwischen ihnen. Marleen nahm einen tiefen Atemzug und ließ ihre Gedanken schweifen. Sie wusste nicht, was die Zukunft für sie bereithielt. Diese Ungewissheit machte ihr einerseits Angst, andererseits verspürte sie eine leise Hoffnung, dass ihr Leben in Zukunft von wenigen Schicksalsschlägen getroffen werden würde.

Charlotte blickte in ihr Glas und seufzte leise. »Manchmal wünschte ich, man könnte einen Blick in die Zukunft werfen – nur um zu wissen, dass nichts Schlimmes passiert.«

Marleen lächelte traurig. »Ja, das wäre schön. Aber gleichzeitig ... wäre es auch beängstigend. Vielleicht ist es gut, dass wir nicht alles wissen. Sonst würden wir ständig nur in Angst leben.«

»Wahrscheinlich hast du recht. Aber trotzdem, manchmal frage ich mich, warum Dinge so laufen, wie sie laufen. So wie mit Gerold. Man denkt, alles ist in Ordnung, und dann kommt das Leben und haut einem einfach eine rein.«

»Ja, das Leben ist unberechenbar. Man kann nur hoffen, dass man mit dem, was kommt, umgehen kann.«

Sie tranken schweigend, jede in ihren eigenen Gedanken versunken. Die Zukunft fühlte sich wie ein unbeschriebenes Blatt an – und obwohl das beängstigend war, lag darin auch eine gewisse Freiheit.

Marleen wälzte sich unruhig im Bett, ihre Gedanken wirbelten wie der warme Wind draußen. Die Hitze der Nacht machte es unmöglich, richtig zu schlafen, und ihre Stirn war schweißnass. Mehrmals stand sie auf, trank kühles Wasser und trat ans Fenster, um in den klaren Sternenhimmel zu blicken. Sie suchte verzweifelt nach einer Sternschnuppe – als ob ein Wunsch, leise geflüstert in die Nacht, das Blatt wenden könnte. Möge Gerold wieder gesund werden, dachte sie jedes Mal, bevor sie sich wieder ins Bett legte.

Am frühen Morgen weckte sie das Geräusch von Stimmen. Sie blinzelte müde, ging zum Fenster und sah, wie Charlotte und Roberto am Pool standen. Roberto, mit seiner lässigen Art, sah so entspannt aus, als würde er sich einfach dem Leben hingeben, ohne all die inneren Kämpfe, die Marleen in sich trug.

Marleen lauschte, aber der Wind trug die Worte davon, sodass nur einzelne Fetzen zu ihr drangen. Sie lehnte sich ans Fenster und betrachtete Roberto aus der Ferne. Die Erinnerung an den Kuss vom Vortag schlich sich in ihr Herz und ließ es schneller schlagen.

Doch ihre Vernunft klopfte leise an – Nein, das darfst du nicht, dachte sie. So sehr sie sich auch zu ihm hingezogen fühlte, wusste sie, dass es besser war, Abstand zu halten.

Mit einem leisen Seufzer ließ sie sich wieder aufs Bett fallen und griff nach ihrem Handy. Keine Nachricht von Marvin. Ein schweres Gefühl legte sich auf ihre Brust. Der Zauber des gestrigen Morgens war verblasst, überschattet von der Sorge um Gerold. Marleen wusste nicht, wie sie die nächsten Tage überstehen sollte – gefangen zwischen zwei Welten, zwei Männern, und der Ungewissheit, was die Zukunft brachte.

Sie schloss die Augen, während sie den Arm über ihr Gesicht legte. Der Duft von Robertos Haut, seine Berührungen und die Wärme seines Körpers, all das war noch so präsent, dass sie sich dagegen wehren musste, wieder in die Fantasie abzudriften. Aber die Realität war schwerer als ihre Sehnsüchte. Das Leben in Hamburg wartete auf sie.

Ein Teil von ihr wollte einfach hinausgehen, ihn anlächeln und die Spannung zwischen ihnen auflösen. Doch sie wusste, dass sie mit Roberto nicht einfach nur einen harmlosen Urlaubsflirt hatte. Es fühlte sich tiefer an, und genau das machte ihr Angst.

Gerold, Marvin, Hamburg – das alles fühlte sich gerade an wie eine Last, die sie von dieser neuen Anziehungskraft wegzog. Sie musste stark bleiben, durfte sich nicht in einem impulsiven Abenteuer verlieren.

Als Marleen das Geräusch von Robertos Auto hörte, das sich von der Finca entfernte, atmete sie im Badezimmer unter dem kalten Wasserstrahl auf. Es war, als ob die Kühle nicht nur ihren Körper, sondern auch ihren Geist erfrischte. Was ist bloß los mit mir, fragte sie sich, während das Wasser über ihre Schultern lief und die Hitze der Nacht abspülte.

Charlotte hatte bereits das Frühstück vorbereitet, als Marleen sie mit einem künstlichen Lächeln begrüßte. Sie wollte sich zusammenreißen, denn die letzten Tage mit ihrer Freundin sollten unbeschwert und voller Freude sein.

»Guten Morgen! Was hat Roberto gesagt?«, fragte Marleen, bemüht, ihr Desinteresse zu betonen, obwohl in ihrem Inneren ein Sturm wütete.

»Er fragte, ob er etwas falsch gemacht hat und war ein wenig verwundert. Ich glaube, er denkt, dass er dich zu früh geküsst hat. Er machte einen geknickten Eindruck, und ich soll dich grüßen.«

Marleen biss sich auf die Lippe, während ihr Herz einen kleinen Satz machte. Wie sehr sie sich wünschte, dass er nicht einfach aufgeben würde!

»Ich werde ihm schreiben und ihm alles erklären«, sagte sie entschlossen, auch wenn ihre Stimme leicht zitterte. »Aber jetzt lass uns frühstücken. Und wenn du Lust hast, machen wir einen Ausflug.«

Die Idee eines Ausflugs beruhigte Marleen ein wenig, und sie spürte, wie sich eine leichte Vorfreude in ihr regte. Vielleicht konnte sie ihre Sorgen für einen Tag beiseiteschieben, um die Schönheit der Insel zu genießen. Vielleicht würde es ihr helfen, die Gedanken an Roberto aus ihrem Kopf zu verbannen – zumindest für einen Moment.

Charlotte hatte sich fest vorgenommen, Valldemossa zu besuchen, das kleine Bergdorf, das in jedem Reiseführer angepriesen wird.

Der Himmel war wolkig, und die Temperatur erträglicher als an den heißen Tagen zuvor – perfekt für einen Ausflug.

Als die Frauen in Valldemossa ankamen, war das Dorf wie ein lebendiges Gemälde. Die Straßen waren gesäumt von charmanten Geschäften und einladenden Lokalen. Marleen ließ sich von der Atmosphäre mitreißen, während sie Charlotte folgte, die begeistert aus dem Reiseführer vorlas. »Wusstest du, dass der Ort seine Bekanntheit vor allem dem polnischen Komponist Frederic Chopin, der hier einen Winter mit der französischen Schriftstellerin George Sand verbrachte, verdankt. Später verfasste Frau Sand über eben jenen Winter das Buch ein »Winter auf Mallorca«. In diesem Werk beschreibt sie die Landschaft sehr malerisch und eindrucksvoll. Leider mussten die beiden ihren Aufenthalt in Valldemossa sehr schnell, schon nach zwei Monaten, wieder abbrechen, da die Tuberkulose Chopins sich deutlich verschlimmerte. Obwohl der Aufenthalt der beiden hier nur sehr kurz war, zieht diese Tatsache noch heute zahlreiche Touristen an, die die Räumlichkeiten besichtigen in denen die beiden während der Zeit hier gelebt haben. Das ehemalige Kloster das den Berühmtheiten als Aufenthaltsort diente, wurde inzwischen für Besucher umgebaut und beherbergt einige Chopin-Reliquien.«

Marleen hörte aufmerksam zu. Was für eine schöne Liebesgeschichte. Hier wäre sie auch gerne mit Roberto für zwei Monate oder länger untergetaucht.

Die engen Gassen, die bunten Blumen vor den Türen und die atemberaubende Aussicht auf die Berge ließen Marleen für einen Moment alles andere vergessen. Sie sog die Schönheit des Augenblicks in sich auf, das Rauschen des Windes und das Lachen der anderen Touristen um sie herum. Es war ein friedlicher Moment, den sie tief in ihrem Herzen festhalten wollte.

Sie setzten sich in ein kleines Café, bestellten den berühmten Mandelkuchen. Jeder Bissen schien die süße Atmosphäre des Ortes zu verstärken. Marleen genoss die Zeit mit Charlotte, die fröhlich über ihre Kaufpläne plauderte und die nächsten kleinen Läden auf der Liste abcheckte.

»Komm schon, lass uns noch ein paar Souvenirs kaufen!«, rief Charlotte und zog Marleen mit sich. Marleen lachte und ließ sich anstecken von der Vorfreude auf die kleinen Schätze, die sie mit nach Hause nehmen wollte. In diesem Moment fühlte es sich so an, als wäre alles perfekt.

Die Sorge um Gerold schien für einen kurzen Augenblick weit weg, während die Freundinnen durch die Straßen des kleinen Dorfes schlenderten und die Magie von Valldemossa auf sich wirken ließen.

Als sie am späten Nachmittag zurück zur Finca kamen, entdeckte Charlotte einen Korb mit Orangen auf der Terrasse. Neben dem Korb lag ein leicht verwelkter Blumenstrauß und ein Kuvert, auf dem Marleens Name stand. Charlottes Neugier trieb sie die Treppe hinauf, um Marleen davon zu erzählen.

»Draußen liegt ein Umschlag für dich«, sagte sie atemlos, nachdem sie die Treppen hochgerannt war.

»Okay«, antwortete Marleen ruhig, als ob sie sich Zeit lassen wollte. Sie zog sich langsam ihren Badeanzug an, band ihre Haare zusammen und ging hinaus, als wäre der Brief nichts Außergewöhnliches. Doch innerlich war sie aufgewühlt. Ihr Herz klopfte schneller, als sie den Korb mit den Orangen erblickte. Sie nahm eine Orange, schnupperte an ihr und schloss kurz die Augen, um den Duft einzuatmen – ein Moment des stillen Genusses inmitten all ihrer Gefühle. Sie nahm den Blumenstrauß und stellte ihn in eine Vase, bevor sie schließlich das Kuvert in die Hand nahm.

Mit zitternden Fingern öffnete sie es.

»Liebe Marleen, es tut mir leid, dass du eine schlechte Nachricht aus deiner Heimat erhalten hast. Ich hoffe sehr, dass es gut ausgeht. Der Morgen mit dir war wunderschön und unvergesslich. Ich hätte mir gewünscht, dass wir uns weiter kennengelernt hätten, denn ich habe tiefe Gefühle für dich entwickelt. Vielleicht kommst du bald wieder auf die Insel und wir können dort weitermachen, wo wir aufhören mussten. Ich werde nicht mehr kommen, da es für uns beide das Beste ist. Alles Gute, Roberto.«

Als Marleen die letzten Zeilen las, liefen ihr Tränen übers Gesicht. Ihr Herz krampfte sich zusammen. Es fühlte sich an, als hätte sich ein unsichtbares Band zwischen ihr und Roberto gelöst, und die Erinnerung an den Morgen, der so romantisch und voller Hoffnung gewesen war, schmerzte plötzlich nur noch.

Charlotte kam leise hinzu, sah die Tränen in Marleens Augen und nahm sie stumm in die Arme. Ohne ein Wort zu sagen, reichte Marleen ihr den Brief.

»Oh, Marleen…«, flüsterte Charlotte, als sie die Worte las. Sie hielt ihre Freundin fest, während die Abenddämmerung sich langsam über die Finca legte. Die Stille sprach für sich, und die Traurigkeit hing schwer in der Luft.

Marleen versuchte, sich einzureden, dass es Schicksal war, dass Gerold gerade jetzt so schwer krank geworden war. Vielleicht war es ein Zeichen, dass sie keine Beziehung mit Roberto eingehen sollte – dass das Leben sie auf Abstand hielt, damit sie sich nicht zu sehr in etwas verlor, was letztlich vielleicht nur Schmerz bedeuten würde. So rationalisierte sie ihre Gefühle, legte Robertos Brief behutsam in ihren Koffer, als wolle sie ihn mit ihren Gedanken und Hoffnungen wegpacken. Doch so sehr sie es versuchte, Roberto aus ihrem Kopf zu verbannen, ihr Herz machte ihr einen Strich durch die Rechnung. Sie war verliebt, das wusste sie jetzt sicher, und der Versuch, ihn zu vergessen, fühlte sich wie ein Kampf gegen die eigene Sehnsucht an.

Charlotte, die Marleen wie ein offenes Buch kannte, sah, wie sehr ihre Freundin unter der inneren Zerrissenheit litt.

»Warum triffst du dich nicht einfach noch einmal mit Roberto?«, fragte sie behutsam, in der Hoffnung, dass Marleen es sich vielleicht anders überlegen würde. Doch Marleen schüttelte nur den Kopf, als wäre die Entscheidung längst gefallen.

»Es ist besser so«, flüsterte sie und wirkte dabei, als wollte sie sich selbst mehr überzeugen als Charlotte.

Später rief sie Susanne an, aber die erwartete Erleichterung blieb aus. Susanne weinte viel und konnte kaum etwas Neues über Gerolds Zustand berichten.

»Ich bin so froh, dass Marvin mir zur Seite steht«, sagte Susanne schluchzend. »Er ist täglich viele Stunden bei Gerold. Sie haben sich versöhnt. Darüber bin ich sehr froh.« Diese Worte trafen Marleen tief. Auf einmal schien alles so klar: Während sie auf einer Insel, weit entfernt von Zuhause, mit einer inneren Unruhe rang, passierte im Hintergrund die wahre Versöhnung – die Wiederherstellung einer Beziehung, die viel tiefer ging als ihre flüchtige Romanze mit Roberto.

Am Abend fuhren die Freundinnen ans Meer, aßen in einem kleinen Restaurant und gönnten sich einen Cocktail. Das Meeresrauschen und der warme Wind auf ihrer Haut sollten die Atmosphäre eigentlich heiter machen, doch die ausgelassene Stimmung der ersten Tage war verschwunden. Die Gespräche waren schwer, und obwohl Charlotte alles versuchte, um ihre Freundin aufzumuntern, schien der Abend in ein melancholisches Schweigen zu gleiten.

Marleen blickte aufs Meer hinaus und fragte sich, wie es so weit kommen konnte, dass sie zwischen Liebe, Verlust und dem Gefühl, die Kontrolle über ihr Leben zu verlieren, gefangen war.

*

Die letzten Tage auf Mallorca waren wie ein bittersüßes Rauschen an Marleen vorbeigezogen. Sie hatte sich nicht mehr bei Roberto gemeldet, obwohl ihr Herz bei jedem Gedanken an ihn schmerzte. Innerlich zerrissen, hatte sie versucht, vor Charlotte den Schein zu wahren, war in Gespräche verwickelt, hatte gelacht und sich bemüht, die Zeit zu genießen. Doch tief in ihrem Inneren lastete die Sehnsucht, und sie konnte das Gefühl der Leere nicht abschütteln.

Als sie schließlich ihre Koffer packten und die Finca aufräumten, war es, als ob Marleen einen Teil von sich zurücklassen würde. Die weiten Felder, die Palmen im Wind, die stille Schönheit des Ortes – all das erinnerte sie an die unbeschwerten Momente, die sie hier erlebt hatte. Und dann war da Roberto, mit seinem tiefen Blick, der sie in den Bann gezogen und in eine Welt der Leidenschaft und Verwirrung gestürzt hatte. Sie erinnerte sich an den magischen Sonnenaufgang, die stille Bucht, die Gespräche, und an den einen Kuss, der alles verändert hatte. Sie seufzte, als sie ein letztes Mal die Terrassentür hinter sich schloss und in den Mietwagen stieg.

Auf dem Weg zum Flughafen konnte Marleen die Melancholie nicht abschütteln. Die Straßen, die ihr nun so vertraut waren, glitten an ihr vorbei, während ihre Gedanken immer wieder zu Roberto und der Entscheidung, sich nicht mehr bei ihm zu melden, zurückkehrten. Hatte sie das Richtige getan?

Oder würde sie sich für immer fragen, was aus ihnen hätte werden können, wenn sie sich getraut hätte?

Als die grünen Hügel und der blaue Himmel der Insel langsam im Rückspiegel verschwanden, fühlte sich Marleen wie eine Fremde in ihrem eigenen Leben. Zuhause erwartete sie nur Schmerz – Gerolds Krankheit, das Gefühl der Ohnmacht, das Wiedersehen mit Marvin, der sich um seinen Vater kümmerte. Marleen war unsicher, was sie daheim erwarten würde, aber eines wusste sie: Nichts würde mehr so sein wie zuvor.

Sie seufzte leise, legte den Kopf gegen die Fensterscheibe und ließ die letzten Sonnenstrahlen Mallorcas auf ihrer Haut tanzen, während sie sich fragte, ob sie jemals wieder so unbeschwert würde fühlen können wie an jenem Morgen, als sie Roberto zum ersten Mal in die Augen gesehen hatte.

Als Marleen aus dem kleinen Flugzeugfenster blickte und die Küstenlinie Mallorcas langsam im Dunst verschwand, fühlte sie einen stechenden Schmerz in ihrem Herzen. Die Insel, die so viel versprochen und so viele Emotionen in ihr geweckt hatte, lag nun hinter ihr, und mit ihr auch Roberto. Plötzlich durchzuckte sie der Gedanke, dass es ein Fehler gewesen war, ihn einfach so aufzugeben. Sie hätte ihn noch einmal sehen, ihn umarmen und ihm sagen sollen, was sie wirklich empfand.

Charlotte saß neben ihr und zeigte ihr fröhlich die Bilder ihres gemeinsamen Urlaubs.

»Schau mal, du siehst immer so toll aus auf den Fotos! Ich dagegen ziehe ständig irgendein komisches Gesicht«, lachte sie und versuchte Marleen aufzumuntern. Marleen zwang sich zu einem Lächeln, obwohl sie innerlich zerrissen war. Charlotte war für sie da, doch in diesem Moment fühlte sich Marleen isoliert, allein mit ihrer wachsenden Reue und den unausgesprochenen Gefühlen für Roberto.

Als sie am Hamburger Flughafen landeten, erwartete sie eine warme Begrüßung. Felix stand dort mit den Zwillingen, die laut schrien und aufgeregt umherliefen, während der junge Vater sichtlich erleichtert und glücklich war, seine Frau wiederzusehen. Es war ein Bild der familiären Freude, aber Marleen konnte sich nicht ganz darauf einlassen. Sie stand etwas abseits, ihre Gedanken waren noch auf der Insel, bei Roberto und bei der Frage, ob sie die Liebe ihres Lebens einfach davon hatte ziehen lassen. Während Charlotte und Felix sich innig umarmten, spürte Marleen die Schwere auf ihrem Herzen und fragte sich, ob sie jemals wieder so glücklich und leicht würde fühlen können wie an jenen Tagen auf Mallorca.

Marleens Wohnung war kühl und still, fast so, als hätte sie während ihrer Abwesenheit eine Extraportion Kälte gesammelt.

»Na toll, willkommen zurück im realen Leben«, dachte sie und drehte die Heizung auf, bis das vertraute Rauschen sie zumindest ein bisschen beruhigte. Sie kochte sich einen Tee, den sie mit einer gewissen Melancholie umrührte, bevor sie sich an das Ausräumen ihres Koffers machte. Robertos Brief fiel ihr dabei in die Hände, und mit einem Seufzen setzte sie sich aufs Sofa. Schluckweise trank sie ihren Tee, während sie seine Worte las – Worte, die ihr Herz in der Ferne noch schwerer machten. Sie versuchte, sich den Kuss von damals ins Gedächtnis zu rufen, aber die Realität hatte leider einen schlechten Sinn für Timing. Das Klingeln ihres Handys riss sie aus ihren Tagträumen. Sie warf einen Blick aufs Display und sah den Namen ihrer Mutter. Natürlich.

»Hallo, mein Engel! Bist du gut angekommen? Und wie war der Urlaub?«, fragte Silvia ganz aufgeregt.

»Sehr schön, Mama. Ich hab mich gut erholt«, antwortete Marleen, ohne Roberto zu erwähnen. Irgendwie fühlte sich das Thema nicht ganz telefonreif an.

»Das freut mich. Sag mal, könntest du uns vielleicht beim Einrichten eines Computers helfen?«

Marleen brach in Gelächter aus. »Was? Sag nicht, dass ihr euch tatsächlich einen zugelegt habt! Ihr wolltet doch die letzten Menschen auf der Erde sein, die sowas haben!«

»Ja, ja, ich weiß! Aber es geht doch nicht mehr ohne. Wir müssen das leider zugeben. Wir können ja nicht jedes Mal den Nachbarn fragen, wenn wir ins Netz müssen.«

Marleen grinste. »Also gut, Mama. Ich wollte sowieso mal vorbeikommen. Wie wäre es morgen?« Sie zögerte kurz, bevor sie fragte: »Übrigens... hast du schon von Gerold gehört?«

»Ja, Marvin hat uns angerufen. Wir wollten Gerold im Krankenhaus besuchen, aber Susanne meinte, wir sollten noch warten. Es ist wirklich schlimm, nicht wahr?«

Sie seufzte leise. »Ja, das ist es. Aber zuerst helfe ich euch morgen beim technischen Neuland.«

Silvia lachte am anderen Ende der Leitung. »Oh, du wirst Geduld brauchen. Du weißt, dein Vater und ich – wir sind ganz unbedarft mit diesen Dingen.«

Marleen legte auf und ließ sich zurück ins Sofa sinken. Der Gedanke, ihren Eltern beim Computereinrichten zu helfen, brachte ein wenig Normalität in ihr Leben – genau das, was sie jetzt brauchte.

Nachdem sie die Waschmaschine gefüllt und den Auflauf in den Ofen geschoben hatte, griff sie zögernd nach ihrem Handy und wählte Marvins Nummer. Sie war nervös, unsicher, wie das Gespräch verlaufen würde. Am anderen Ende erklang bald seine vertraute Stimme. »Danke, dass du dich meldest. Es tut mir leid, dass ich dich im Urlaub gestört habe. Hast du dich gut erholt?«, fragte er höflich, seine Stimme klang ruhig, aber erschöpft.

»Es war sehr entspannend«, antwortete sie und spielte nervös mit ihren noch feuchten Haaren. »Sag, wie geht es Gerold?« Die Worte kamen stockend über ihre Lippen, als ob sie Angst hatte, die Antwort zu hören.

Marvin zögerte kurz. »Geht so. Wenn du möchtest, kannst du ihn morgen besuchen. Er hat nach dir gefragt.« Marleen spürte, wie sich ihr Herz zusammenzog. Gerold hatte nach ihr gefragt. Der Mann, den sie wie einen Vater liebte, lag dort und wartete auf sie.

»Ja, gut. Wann meinst du, kann ich zu ihm?«, erkundigte sie sich, unsicher, ob sie überhaupt bereit war, ihn in diesem Zustand zu sehen.

»Eher am Nachmittag. Vormittags ist Susanne bei ihm, und er bekommt seine Therapie«, antwortete Marvin. Dann herrschte für einen Moment Stille zwischen ihnen, bevor Marleen die Stille brach.

»Und wie geht es dir?«, fragte sie vorsichtig. Sie konnte sich vorstellen, wie schwer diese Situation für ihn sein musste, auch wenn er es nicht offen zeigte.

Marvin seufzte leise. »Es war schon ein großer Schock. Und in der Bank ist Not am Mann. Ich bin wieder dabei«, erklärte er, als ob es das Selbstverständlichste der Welt wäre.

Marleen hielt inne, völlig perplex. »Was? Du arbeitest wieder in der Bank?«, fragte sie ungläubig.

»Gerold wird vermutlich... nicht mehr wiederkommen. Ich habe ihm versprochen, dass ich... die Bank ab sofort leiten werde«, erklärte er in einem Ton, der eine Mischung aus Pflichtbewusstsein und tiefer Traurigkeit enthielt.

»Oh, OK«, stammelte Marleen, unsicher, was sie darauf erwidern sollte. »Das freut mich... und Gerold wird sich auch freuen.« Doch die Worte fühlten sich hohl an. Sie konnte die Schwere in seiner Stimme spüren, die Last, die er nun auf seinen Schultern trug.

»Ich muss jetzt Schluss machen. Danke für deinen Anruf. Wir sehen uns dann am Montag in der Bank«, sagte Marvin und legte auf, bevor Marleen etwas erwidern konnte.

Sie starrte aus dem Fenster, gegen das der Regen prasselte. Ihre Gedanken kreisten. Das Leben hatte sich für alle so schnell verändert, und sie wusste nicht, wie sie sich in dieser neuen Realität zurechtfinden sollte.

# VIER

Marleen war auf dem Weg zu ihren Eltern, aber in Gedanken noch immer auf Mallorca. Die Insel hatte sie beim ersten Anblick verzaubert. Es war, als hätte sie dort eine neue Heimat gefunden. Hamburg, so sehr sie die Stadt auch liebte, schien im Vergleich plötzlich grau und kalt. Zu viele regnerische Tage und zu viele schlechtgelaunte Menschen prägten ihre Heimat. Doch kaum hatte sie die Wohnung ihrer Eltern betreten, wurde sie aus ihren melancholischen Gedanken gerissen.

Silvia empfing sie, wie immer, überschwänglich. Bevor Marleen sich überhaupt richtig umschauen konnte, drückte ihre Mutter ihr mit strahlenden Augen eine frisch gezogene Möhre in die Hand. »Probier mal! Das ist eine neue Sorte«, verkündete sie stolz.

Marleen hob die Augenbrauen und betrachtete das Gemüse skeptisch. »Aber da ist ja noch Erde dran!«

»Die kann man essen! Alles bio«, erwiderte ihre Mutter, als wäre das völlig normal. Marleen konnte nur den Kopf schütteln und unterdrückte ein Lachen.

»Komm, ich zeige die unseren Computer«, sagte Silvia und führte ihre Tochter ins Wohnzimmer, wo sie voller Stolz auf einen gigantischen, uralten PC zeigte, der so gar nicht in die gemütliche Einrichtung passte.

Sie starrte das Gerät an, als ob es ein Relikt aus der Steinzeit wäre. »Wo habt ihr das alte Stück denn her?«, fragte sie ungläubig.

»Von Klaus. Das war sein erster Computer«, erklärte Silvia, als wäre es das modernste Gerät auf dem Markt.

Marleen schlug gedanklich die Hände vors Gesicht und konnte sich ein Lachen nicht verkneifen. »Ihr wisst schon, dass Klaus seinen ersten Computer wahrscheinlich gekauft hat, als ich noch mit Puppen gespielt habe, oder?«

Ihre Mutter zuckte nur mit den Schultern. »Aber er funktioniert noch.«

Marleen setzte sich vor das Monstrum und grinste. »Na dann, viel Spaß in der digitalen Steinzeit!«
Olaf kam aus dem Garten hereingeschlurft, und als seine Tochter ihn sah, konnte sie sich ein Grinsen nicht verkneifen. Mit seiner grünen Latzhose und der knallroten Mütze sah er ein bisschen wie ein Gartenzwerg aus.
»Papa, du solltest in den Vorgarten – die Nachbarn würden dich für Deko halten«, neckte sie ihn und wurde sofort in eine erdige Umarmung gezogen.

Er lachte und ließ sie wieder los. »Mama wollte den unbedingt haben. Ich war dagegen«, meinte er entschuldigend, als er die Mütze abnahm und Richtung Badezimmer verschwand.

Marleen sah an sich herunter und wischte sich die Erdreste von ihrem weißen T-Shirt, die durch die Umarmung haften geblieben waren.

Nach vier langen Stunden, die sich wie eine Ewigkeit angefühlt hatten, schaffte es Silvia, den uralten PC hochzufahren. Als das Schreibprogramm lief und das Internet sich öffnete, war sie außer sich vor Freude. »Schau mal, es funktioniert! Jetzt kann ich endlich alles googeln!«

Marleen lachte. »Mama, pass nur auf, dass du dich im Internet nicht verirrst. Es ist ein gefährlicher Ort, besonders für jemanden mit einem Computer aus dem letzten Jahrhundert.«

Ihre Mutter winkte ab. »Ach, Unsinn! Ich werde gleich mal nach neuen veganen Rezepten suchen. Und schau dir das an! Eine ganze Welt von Informationen, nur einen Klick entfernt.«

»Ich muss jetzt zu Gerold«, sagte Marleen, während sie sich ihre Tasche schnappte. »Wenn du Fragen hast, ruf mich einfach an. Aber bitte, lass den Computer in einem Stück.«

Kurz bevor Marleen das Haus verließ, drückte Silvia ihr noch einen Korb mit frischem Gemüse in die Hand – Möhre inklusive. Marleen schaute den Korb an, als hätte er gerade von selbst angefangen zu wachsen. »Immerhin habe ich jetzt Proviant, falls ich bei Gerold länger bleiben muss«, sagte sie schmunzelnd und machte sich auf den Weg.

Marleen betrat das Krankenhaus, bewaffnet mit einem üppigen Blumenstrauß, den sie auf dem Weg noch schnell gekauft hatte. Sie hatte kurz überlegt, ob sie Pralinen mitbringen sollte, aber dann fiel ihr ein, dass Gerold übergewichtig war und die Ärzte ihm vermutlich längst eine Diät verordnet hatten. Pralinen wären da wohl nicht die beste Wahl.

Krankenhäuser mochte Marleen so gar nicht – allein der Geruch und die kranken Menschen, die langsam durch die Flure schlurften, machten sie nervös. Es erinnerte sie immer an die traurigen Besuche bei ihren Großeltern, die als kleines Mädchen tiefen Eindruck auf sie hinterlassen hatten. Doch als sie Gerolds Einzelzimmer betrat, versuchte sie, sich nichts anmerken zu lassen.

Gerold saß aufrecht in seinem Bett, starrte aus dem Fenster. Seine Augen leuchteten auf, als er sie sah, doch als er etwas sagte, verstand Marleen kein Wort. Sein Mund war schief, und die Worte kamen undeutlich heraus.

»Gerold, kaum bin ich mal nicht da, und schon machst du solche Dummheiten!«, versuchte Marleen, die Situation mit Humor zu überspielen. Gerold lachte – oder versuchte es zumindest, doch es klang eher wie ein seltsames, halb ersticktes Gurgeln. Marleen biss sich auf die Lippe und drückte ihm sanft ein Küsschen auf die Wange.

»So, jetzt brauchen wir eine Vase für diese wunderschönen Blumen«, sagte sie und sah sich im Zimmer um. Gerold deutete schwach auf einen Schrank in der Ecke, und Marleen machte sich auf die Suche.

»Na, schau an! Sogar mit Luxus-Schrank hier, das ist ja fast wie im Hotel«, kommentierte sie trocken, als sie eine Vase hervorkramte.

Sie setzte sich neben Gerolds Bett und rückte einen Stuhl näher, um seine Hand zu halten. Erst als sie die schlaffe Hand in ihrer spürte, wurde ihr bewusst, dass es sein gelähmter Arm war. Unsicherheit machte sich in ihr breit, und sie wusste nicht recht, was sie sagen sollte. Schweigen war unerträglich, also begann sie, von ihrem Urlaub zu erzählen. Sie schwärmte von Mallorca – von der Sonne, den malerischen Dörfern und der atemberaubenden Natur. Sie wusste, dass Gerold immer davon geträumt hatte, dort ein Haus zu bauen, und die bittere Realität, dass dieser Traum nun vielleicht unerreichbar war, brachte ihre Augen zum Glänzen.

Während sie sprach, versuchte Gerold, etwas zu erwidern. Doch die Worte, die er mühsam formte, waren unverständlich, und Marleen musste hart schlucken, um nicht in Tränen auszubrechen. Sie lächelte tapfer, auch wenn es ihr das Herz brach, ihn so zu sehen.

Zu ihrer Erleichterung öffnete sich plötzlich die Tür, und Marvin trat ins Zimmer. Marleen musste zweimal hinschauen – sie hatte ihn fast nicht wiedererkannt. Da stand er, wie ausgewechselt. Seine Haare waren kurz, fast militärisch, und er trug einen Anzug. Vermutlich war er direkt aus der Bank gekommen. Die Veränderung in seinem Auftreten war verblüffend.

Marleens Herz schlug schneller, als er sie zur Begrüßung umarmte. Der vertraute Duft seines Rasierwassers erfüllte ihre Sinne, und für einen kurzen Moment fühlte sich alles wie früher an. Doch der Gedanke, dass Gerold hilflos im Bett lag, riss sie sofort wieder in die Realität zurück.

»Marleen«, sagte Marvin sanft und musterte sie mit seinen durchdringenden Augen, »schön, dass du da bist.«

Sie brachte nur ein leises »Ja, ich bin froh, hier zu sein« heraus und ließ sich von der Welle der gemischten Gefühle überrollen, die sie in diesem Moment durchflutete.

Marvin holte sich einen Stuhl und setzte sich dicht an das Bett seines Vaters. Gerold, dessen Gesicht durch die Lähmung verzerrt war, versuchte zu lächeln, doch es wirkte schwach und schief. Sein einst starkes, stolzes Gesicht war nun gezeichnet von der schweren Krankheit. Trotzdem lag in seinem Blick noch immer die tiefe Liebe und das Vertrauen, das er seinem Sohn entgegenbrachte.

»Hallo, Papa«, begrüßte Marvin ihn liebevoll und beugte sich vor, um ihm einen sanften Kuss auf die Stirn zu drücken.

Gerold versuchte, etwas zu sagen. Seine Lippen formten Worte, doch alles, was herauskam, war ein undeutliches Gemurmel. Er brach ab und seufzte tief. Seine Augen, die einst so lebendig waren, füllten sich mit Tränen der Frustration und Hilflosigkeit. Es schmerzte ihn sichtlich, dass er nicht einmal einfache Sätze herausbringen konnte.

Marvin legte beruhigend eine Hand auf die seines Vaters.

»Papa, keine Sorge. Das wird wieder. Du musst Geduld haben«, sagte er mit fester Stimme, obwohl es ihm schwerfiel, die Hoffnung aufrechtzuerhalten. Er wollte etwas sagen wie »Du musst alles neu lernen, wie ein kleines Kind«, aber er biss sich auf die Zunge. Der Gedanke, seinen Vater mit einem Kind zu vergleichen, fühlte sich falsch an. Dieser Mann, der sein Leben lang so stark und unabhängig gewesen war, sollte nicht in solch einer Schwäche gefangen sein.

»Ich komme gerade aus der Bank«, fuhr Marvin fort, um seinen Vater abzulenken. »Du musst dir keine Sorgen machen. Ich habe alles im Griff.« Gerold sah seinen Sohn an, und in diesem Moment schien etwas in seinen Augen aufzuflackern – Stolz, Erleichterung, vielleicht sogar Dankbarkeit. Mit seiner noch funktionsfähigen Hand griff er nach Marvins Hand und drückte sie so fest, wie er konnte. Es war ein schwacher Druck, aber dennoch stark genug, um ihm zu zeigen, dass sein Vater ihm vertraute.

Gerold nickte, während eine Träne seine Wange hinunterrollte. Marvin drückte die Hand seines Vaters sanft zurück, und für einen Moment schien alles gesagt, ohne dass ein Wort ausgesprochen wurde.

Marleen saß etwas abseits und beobachtete die Szene, tief berührt. Sie fühlte, wie sich ihre Augen mit Tränen füllten. Es war ein überwältigendes Gefühl, zu sehen, wie sich Vater und Sohn wieder näherkamen.

Ihr Herz wurde warm, und sie spürte eine sanfte Weichheit in ihrer Brust. Sie hatte immer gewusst, dass die Beziehung zwischen Marvin und Gerold kompliziert war, doch diesen Moment der Versöhnung mitzuerleben, war mehr, als sie erwartet hatte. Sie hatte befürchtet, dass der Schlaganfall die Familie endgültig auseinanderreißen könnte, aber stattdessen brachte er sie näher zusammen.

Gerold versuchte, Marleen anzusehen, und als sie seinen Blick bemerkte, schenkte sie ihm ein aufmunterndes Lächeln. Sie stand auf, ging zu ihm und legte sanft ihre Hand auf seine Schulter.

»Es ist so schön, dich zu sehen, Gerold«, sagte sie mit sanfter Stimme. »Und ich bin froh, dass Marvin hier ist. Ihr beide seid ein starkes Team.«

Er schien ihre Worte zu schätzen. Er nickte wieder leicht, und Marleen konnte sehen, wie sehr er sich anstrengte, um sich zu verständigen. Sie setzte sich neben Marvin und spürte die tiefe Verbindung, die zwischen Vater und Sohn spürbar war. Es war, als hätten die unausgesprochenen Worte endlich ihren Platz gefunden – die Worte von Liebe, Respekt und Vergebung, die zwischen ihnen schwebten.

Es war ein Augenblick voller Emotionen, in dem Schmerz und Hoffnung gleichermaßen Platz hatten. Marleen wusste, dass es ein langer Weg sein würde, bis Gerold wieder auf die Beine kam, aber in diesem Moment zählte nur eines: dass sie zusammen waren und sich gegenseitig stützten. Und das war, wie sie fand, das Wichtigste.

Marvin begleitete Marleen aus dem Krankenzimmer, und die Tür schloss sich leise hinter ihnen. Sie spürte die kühle Luft des Krankenhausflurs, die einen scharfen Kontrast zu der emotionalen Intensität im Raum bildete. Marvins Anwesenheit fühlte sich vertraut an, beinahe wie ein Stück ihrer alten gemeinsamen Zeit, bevor alles kompliziert wurde. Er blieb stehen, drehte sich zu ihr und sah sie mit einem sanften Lächeln an.

»Schön, dass du gekommen bist«, sagte er. »Gerold hat sich sehr gefreut.« Seine Stimme war ruhig. Es war, als wäre der alte Marvin wieder zurück.

Marleen spürte, wie sich ihr Herz zusammenzog, als sie in seine blauen Augen blickte – diese Augen, in die sie sich damals sofort verliebt hatte. In diesem Moment wurde ihr bewusst, wie sehr sie ihn vermisst hatte. Marvin war jetzt anders, vielleicht reifer, vielleicht sogar weiser. Es war nicht mehr der Marvin, der sie verlassen hatte, um die Welt zu retten und sich in seinen Überzeugungen zu verlieren.

»Wirst du in der Bank bleiben?«, fragte sie schließlich, neugierig auf seine Antwort, aber auch ängstlich, weil sie spürte, dass dieser Moment entscheidend sein könnte.

Er hielt ihrem Blick stand und ohne zu zögern nickte er mit dem Kopf. »Ich werde die Bank weiterführen. Etwas anderes bleibt mir nicht übrig, denn ich weiß, dass es meinem Vater das Herz brechen würde, wenn ich es nicht tue.« Seine Worte waren voller Ernsthaftigkeit, aber da lag auch etwas Neues in seinem Ton – ein Gefühl von Akzeptanz, das er früher nicht gehabt hatte. »Ich hatte Zeit zum Nachdenken. Während meiner Auszeit habe ich verstanden, dass ich nicht nur gegen die Probleme der Welt kämpfen muss. Banken sind wichtig, und ich kann etwas bewirken, indem ich Gelder an nachhaltige und ökologische Unternehmen vergebe. Ich kann so eine positive Veränderung bewirken, ohne mein Leben komplett auf den Kopf zu stellen.«

Marleen fühlte sich von seinen Worten beeindruckt.

»Das freut mich für dich, Marvin«, sagte sie aufrichtig. »Es ist schön, dass du einen Weg gefunden hast, in der Bank zu bleiben, ohne in einen Gewissenskonflikt zu geraten.« Sie sah ihn an, und für einen Moment fühlte sich alles wieder so an wie früher, als sie noch zusammen waren.

Marvin trat einen Schritt näher und nahm sie sanft in die Arme. Seine Umarmung war warm und vertraut, und sie lehnte sich gegen seine Brust, spürte den vertrauten Herzschlag unter seinem Hemd. Für einen kurzen Moment war es, als ob all die Zeit, all die Probleme und all die Zweifel nie existiert hätten. Sie fühlte sich sicher in seinen Armen, aber gleichzeitig war da diese Unsicherheit – was bedeutete diese Umarmung? War es ein Abschied, oder war es ein Versprechen auf etwas Zukünftiges?

»Pass auf dich auf«, flüsterte Marvin schließlich, als er sich langsam von ihr löste. Seine Augen sahen tief in ihre, und Marleen konnte den inneren Konflikt darin sehen. Er war hin- und hergerissen, genauso wie sie.

»Du auch«, antwortete sie sanft und zwang sich zu einem Lächeln. Sie wollte stark wirken, auch wenn ihr Herz schwer war und sie unsicher war, ob sie jemals wieder zusammenfinden würden.

Als Marvin sich schließlich umdrehte und den Gang hinunterging, blieb Marleen einen Moment lang stehen, blickte ihm nach und fühlte, wie sich in ihrem Inneren eine leise Traurigkeit breit machte. Hatte sie ihn jetzt endgültig verloren, oder war dies nur ein weiterer Schritt auf ihrem gemeinsamen Weg?

Als sie nachdenklich nach Hause kam, fand sie zu ihrer Überraschung ihre Mutter im Wohnzimmer sitzend.

»Hallo, mein Liebling«, begrüßte sie ihre verwunderte Tochter mit einem strahlenden Lächeln. »Ich habe dir etwas zu essen mitgebracht. Und außerdem... der Computer. Er spinnt.«

Marleen seufzte innerlich, aber sie konnte nicht anders, als über den unerwarteten Besuch ihrer Mutter zu schmunzeln. Sie ging in die Küche und sah in den Kochtopf, der auf der Herdplatte stand, runzelte die Stirn und fragte: »Ein neues Rezept aus dem Internet?«

»Nein, das Internet ging ja nicht mehr.«

Marleen schaltete die Herdplatte ein und rührte vorsichtig im Topf herum, während Silvia sich zu ihr gesellte und ihr eine Hand auf die Schulter legte. »Und, wie war es im Krankenhaus?«, fragte sie sanft.

»Tja, was soll ich sagen… es ist erschreckend, wie Gerold nach dem Schlaganfall aussieht. Er kann nicht sprechen und nur noch seinen rechten Arm bewegen. Und Marvin… er kümmert sich rührend um seine Eltern und wird die Bank wohl übernehmen.«

Marleen nahm einen kleinen Löffel und probierte das »Quer durch den Garten«-Gericht. Überraschenderweise schmeckte es wirklich gut. »Mhh, das schmeckt ja richtig lecker. Magst du mit mir essen?«, fragte sie höflich.

»Nein, nein«, winkte ihre Mutter ab, »wir haben schon gegessen, aber hast du vielleicht einen Dinkelkaffee für mich?«

Marleen grinste, während sie sich zum Vorratsschrank umdrehte. »Natürlich, Mama. Dinkelkaffee, dein Retter in allen Lebenslagen.« Sie nahm die Packung heraus und setzte Wasser auf. Ihre Mutter saß derweil am Küchentisch und schien über etwas nachzudenken.

»Also, Marleen«, begann sie mit ihrem typisch neugierigen Ton, »was ist mit dir und Marvin? Ich meine, jetzt nach allem, was passiert ist?«

Sie zögerte kurz, während sie den Kaffee aufbrühte. »Er ist... anders, Mama. Er wirkt reifer, ruhiger. Fast so, als hätte ihm diese Auszeit in der WG gutgetan. Er hat viel nachgedacht, und jetzt ist er zurück in der Bank.«

»Hmm«, machte Silvia, während sie ihre Brille hochschob. »Das klingt ja fast, als würde er erwachsen werden.«

»Ja«, bestätigte Marleen nachdenklich. »Es ist schon seltsam. Ich war so lange wütend auf ihn, weil er mich einfach verlassen hat, um seine eigene Selbstfindung zu starten. Aber jetzt, wo ich ihn so sehe...«

Ihre Mutter nickte verständnisvoll, nippte an dem Dinkelkaffee, und grinste plötzlich verschmitzt. »Und? Gibt es da noch ein bisschen... Funken zwischen euch?«

Marleen verdrehte die Augen, musste aber lachen. »Mama, bitte! Das ist doch jetzt nicht der Moment für solche Fragen.«

»Ach, mein Schatz«, sagte Silvia und legte den Kopf schief, »du weißt, ich meine es nur gut. Aber vielleicht wird aus dem alten Funken ja doch noch ein Feuerchen?«

»Oder es verpufft einfach in Rauch«, erwiderte Marleen scherzhaft, aber tief im Inneren wusste sie, dass ihre Mutter nicht ganz unrecht hatte.

Während sie ihren Teller zum zweiten Mal auffüllte und aß, blieb die Stimmung leicht und vertraut, bis ihre Mutter plötzlich aufsprang. »Ach ja, der Computer! Marleen, du musst mir helfen, bevor ich noch wahnsinnig werde. Er macht alles falsch, und ich finde das Internet nicht!«

Marleen legte ihre Gabel ab und sah ihre Mutter belustigt an. »Mama, das Internet findet man nicht, das ist überall.«

»Ja, ja«, winkte ihre Mutter ab. »Aber ich will doch nur diesen... wie heißt er noch mal? Google! Ich will googeln! Und der Computer macht es einfach nicht.«

Marleen konnte nicht anders, als laut loszulachen. »Okay, Mama. Ich mache das gleich. Aber eins muss ich dir sagen – der Computer von Klaus ist aus der Steinzeit. Kein Wunder, dass er spinnt!«

»Er ist vielleicht alt«, meinte Silvia trotzig, »aber er hat Charme.«

»Charme und Technikprobleme«, konterte Marleen grinsend.

So sehr ihre Mutter sie auch manchmal in den Wahnsinn trieb – in diesen Momenten spürte Marleen, wie schön es war, eine Familie zu haben, die einem zur Seite stand.

*

Am Montagmorgen begann für Marleen der Alltag wieder, und obwohl sie versuchte, professionell zu bleiben, konnte sie eine gewisse Aufregung nicht leugnen. Schließlich war Marvin jetzt ihr Chef. Wie würde er sich in dieser neuen Rolle verhalten? Diese Frage brannte ihr den ganzen Morgen über unter den Nägeln. Sie zog ihr neues Kostüm an, das sie extra für den ersten Tag nach dem Urlaub gekauft hatte – klassisch, aber mit einem Hauch von Eleganz. Und dazu die hohen Pumps. Aber egal, für den ersten Eindruck lohnte es sich.

Als sie die Bank betrat, fiel ihr sofort die gedrückte Stimmung auf. Es herrschte fast eine gespenstische Ruhe. Die Angestellten wirkten niedergeschlagen, und kein Wunder: Alle waren noch immer geschockt von Gerolds Schlaganfall. Er war der Fels in der Brandung gewesen, der alle zusammenhielt, und nun, da er nicht mehr da war, fühlte es sich an, als hätte die Bank ihren Anker verloren.

Timo, der immer gerne die neuesten Nachrichten verbreitete, zog Marleen zur Seite.

»Das ist so schrecklich, oder?«, flüsterte er verschwörerisch, während er seine Teetasse in der Hand hielt. »Hast du schon gehört, dass Marvin…«

»Ja«, unterbrach Marleen ihn, bevor er weiterreden konnte. »Ich habe mit ihm gesprochen und war auch bei Gerold im Krankenhaus.«

Timo nickte ernst, aber in seinen Augen blitzte die übliche Neugier auf. »Und wie war dein Urlaub?«, fragte er und wechselte abrupt das Thema, wobei er die Augenbrauen hochzog.

Marleen lächelte gezwungen. »Sehr schön. Aber ich muss jetzt arbeiten«, sagte sie und entschlüpfte elegant der bevorstehenden Urlaubsgeschichten-Tortur. Timo hätte sie stundenlang ausquetschen können, doch sie hatte heute einfach keinen Nerv dafür.

Kaum war sie an ihrem Schreibtisch angekommen und hatte den Computer hochgefahren, stand Marvin plötzlich in der Tür. Seine blauen Augen suchten ihren Blick.

»Guten Morgen, Marleen«, begrüßte er sie mit einem warmen Lächeln. »Ich wollte später in Ruhe mit dir reden. Wollen wir in der Mittagspause zu ‚Angelo'?«

Marleen blinzelte überrascht. 'Angelo' war das kleine italienische Restaurant um die Ecke, in dem sie regelmäßig zusammen Mittag gegessen hatten. Sollte das ein privates oder ein berufliches Gespräch werden, fragte sie sich und versuchte, in Marvins Gesicht eine Antwort zu finden, aber er hielt seinen Blick professionell.

»Ja, gerne«, antwortete sie schließlich und fühlte, wie ihr Herz ein klein wenig schneller schlug. Sie fragte sich, ob die hohen Pumps bis dahin schon ihre Füße ruiniert hätten, aber das war jetzt das kleinste ihrer Probleme.

Die nächsten Stunden waren eine Qual. Nicht nur, weil ihre Schuhe sich tatsächlich als Folterinstrumente entpuppten, sondern auch, weil sie ständig darüber nachdenken musste, was Marvin ihr wohl bei 'Angelo' sagen wollte. Würde es ein reines Businessgespräch werden, in dem er sie vielleicht in seine Pläne für die Zukunft der Bank einweihte? Oder war da vielleicht doch noch mehr?

Während sie versuchte, sich auf ihre Arbeit zu konzentrieren, klopfte ihr Herz jedes Mal schneller, wenn sie das vertraute Klacken seiner Schritte auf dem Flur hörte. Die Stunden zogen sich wie Kaugummi in die Länge, bis schließlich die ersehnte Mittagspause nahte.

Als sie zusammen das Büro verließen und Richtung Italiener gingen, fühlte sich alles fast wieder wie früher an. Der vertraute Weg, die flüchtigen Blicke, die sie austauschten, die kleinen Momente des Schweigens, die bei ihnen nie unangenehm gewesen waren.

Bei 'Angelo' angekommen, suchten sie sich einen ruhigen Tisch in der Ecke. Marvin bestellte wie immer für sie beide, ohne zu fragen, und das brachte Marleen zum Schmunzeln.

»Du weißt immer noch, was ich gerne esse«, sagte sie, und Marvin lächelte charmant.

»Ein paar Dinge ändern sich nie«, antwortete er, und da war es wieder – dieser Hauch von Intimität, den sie vermisst hatte.

Doch bevor sie weiter darüber nachdenken konnte, wechselte Marvin das Thema.

»Marleen, ich wollte dir persönlich danken, dass du Gerold besucht hast.«

Marleen nickte und fühlte, wie ihre Schultern sich ein wenig entspannten.

»Natürlich. Er war immer gut zu mir, und es tut mir weh, ihn so zu sehen.«

Marvin nahm einen Schluck Wasser und sah sie ernst an.

»Ich weiß, dass es schwer ist. Aber ich wollte auch über etwas anderes mit dir sprechen.« Er zögerte kurz, und Marleen konnte die Spannung fast greifen. »Ich... habe viel nachgedacht in letzter Zeit. Über uns, über alles, was passiert ist.«

Marleens Herz setzte für einen Moment aus. »Und?«, fragte sie leise, unsicher, ob sie wirklich die Antwort hören wollte.

Ein Schatten fiel über Marvins Gesicht, und er senkte den Blick.

»Es tut mir leid, dass wir uns getrennt haben«, begann er leise. »Aber ich war in einer Identitätskrise. Mir wurde plötzlich alles zu viel. Ich wusste nicht mehr, ob der Weg, den ich eingeschlagen hatte, der richtige war. Ich wollte die Welt verändern, aber ich habe mich selbst dabei verloren. Und dann… dann habe ich dich verloren.« Seine Stimme stockte, als er weitersprach. »Marleen, ich liebe dich noch immer. Ich brauche jedoch noch Zeit. Ich werde erstmal bei meinen Eltern wohnen. Susanne und Gerold brauchen mich jetzt, und ich muss mich auf sie und die Bank konzentrieren.«

Marleen spürte, wie ihr Herz schwer wurde. Seine Worte trafen sie tief. Sie hatte gehofft, dass er vielleicht bereit wäre, die Beziehung wieder aufzunehmen, aber stattdessen sagte er ihr, dass er Zeit brauchte. Sie verstand das – wirklich –, aber es tat trotzdem weh.

»Ja, natürlich«, sagte Marleen, ihre Stimme zitterte leicht, aber sie fing sich schnell. »Ich finde es toll, dass du deine Eltern unterstützt. Wenn du irgendetwas brauchst, Marvin – wirklich, egal was – lass es mich wissen.«

Als Marleen wieder in ihrem Büro saß und den vertrauten Geruch von Akten und Papier inhalierte, konnte sie ihre Gedanken kaum bei der Arbeit halten. Statt Zahlen und Konten kreisten ihre Gedanken um die Zeit auf Mallorca, um Roberto. Sie erinnerte sich an die sonnengetränkten Tage auf der Finca, die warmen Abende unter dem Sternenhimmel und Robertos Lächeln, das sie jedes Mal schmelzen ließ. Wie anders war das Leben dort gewesen! Die Leichtigkeit, das Unbeschwerte, das Gefühl, einfach in den Moment hineinzufallen, ohne an das Morgen zu denken.

Jetzt saß sie wieder hier, umgeben von der Hektik des Alltags und den Verpflichtungen, die sie einzunehmen schienen. Es war wie ein krasser Gegensatz zu den Tagen auf der Insel. Die Bank fühlte sich erdrückend an, der Druck, die Erwartungen – und die ständige Anwesenheit von Marvin, der immer wieder in ihrem Büro auftauchte, um über die Arbeit zu sprechen. Jedes Mal, wenn er hereinkam, spürte sie die vertraute Nervosität, die sie früher in seiner Nähe verspürt hatte. Doch diesmal war es anders. Es war komplizierter. Sie fragte sich immer wieder, ob Marvin auch zurückgekommen wäre, wenn sein Vater nicht diesen tragischen Schlaganfall erlitten hätte.

Hätte er die Bank wirklich übernommen, wenn das Schicksal nicht eingegriffen hätte? War er jetzt glücklich mit dieser Entscheidung, oder tat er es nur, um seinem Vater einen Wunsch zu erfüllen? Marleen grübelte. Sie sah, dass Marvin sich bemühte, Verantwortung zu übernehmen, aber sie wusste auch, dass er immer Zweifel daran gehabt hatte, ob die Bank wirklich sein Lebenstraum war. War er nur hier, weil er das Gefühl hatte, es müsse so sein? Und würde er jemals in dieser Rolle glücklich werden?

Marleen fühlte sich durcheinander. Sie wusste selbst nicht, was sie wollte. Da war Marvin, der Mann, den sie einst geliebt hatte, der ihr so vertraut war, dass es fast schmerzte. Und dann war da Roberto, der geheimnisvolle Spanier, der ihr Herz im Sturm erobert hatte. Die Erinnerung an seinen Kuss ließ sie sehnsüchtig seufzen. Sie wusste nicht, ob es nur eine flüchtige Urlaubsromanze gewesen war oder ob Roberto es tatsächlich ernst mit ihr meinte. Die Vorstellung, zu ihm nach Mallorca zurückzukehren, wühlte sie innerlich auf.

Doch wie realistisch war das? Sie hatte hier ein Leben, eine Arbeit, eine Verantwortung. Würde sie alles für eine unsichere Zukunft mit Roberto aufs Spiel setzen? Und was war mit Marvin? Ihre Gefühle für ihn waren nicht einfach verschwunden, nur weil sie getrennt waren. Er bedeutete ihr noch immer viel. Aber reichte das?

Während Marleen versuchte, sich auf die Arbeit zu konzentrieren, klopfte es erneut an ihrer Bürotür. Marvin steckte den Kopf durch den Türspalt.

»Alles in Ordnung?«, fragte er mit einem Lächeln, das so vertraut und zugleich so fern wirkte.

Marleen nickte nur stumm, doch innerlich tobte das Chaos.

Als Marleen gerade ihren Computer herunterfahren und sich auf den Feierabend freuen wollte, summte ihr Handy auf dem Schreibtisch. Es war Charlotte. »Kannst du kurz vorbeikommen? Ich muss dir was erzählen.« Der ernste Ton in Charlottes Stimme ließ Marleen sofort aufhorchen. Wenn Charlotte besorgt klang, war das meistens kein gutes Zeichen.

»Was ist denn los?«, fragte Marleen, während sie schnell ihre Sachen packte. »Ich komme gleich, bin aber noch in der Bank.«

»Ich warte auf dich«, kam die knappe Antwort.

Marleen spürte, wie ihre Nackenhaare sich leicht aufstellten. Nicht schon wieder eine schlechte Nachricht, dachte sie besorgt. War Charlotte in Schwierigkeiten?

Sie verabschiedete sich hastig von Marvin, der sie mit einem fragenden Blick ansah.

»Alles okay?«, erkundigte er sich, doch Marleen winkte nur ab. »Charlotte braucht mich.« Marvin hob nur leicht die Augenbrauen und nickte.

Marleen eilte aus der Bank und lief in zügigen Schritten zur U-Bahn-Station. Natürlich, wie sollte es anders sein, fuhr die Bahn genau in dem Moment ab, als sie auf den Bahnsteig zugelaufen kam. Sie sah nur noch, wie die Türen sich schlossen und das vertraute Brummen der abfahrenden Bahn sie höhnisch zurückließ.

»Wirklich jetzt?«, murmelte sie genervt und sah auf die Anzeigetafel. Die nächste Bahn würde in zwölf Minuten kommen. Sie stöhnte innerlich auf. Mit ihren hohen Pumps, die nach einem langen Arbeitstag ohnehin schon schmerzten, ließ sie sich auf einer Bank nieder.

Als sie endlich bei Charlotte ankam, war sie völlig außer Atem. Die verpasste U-Bahn, das lange Warten auf dem zugigen Bahnsteig – und das alles in diesen mörderischen Pumps! Sie warf ihre Schuhe erleichtert in den Flur und atmete tief durch, während sie Charlotte und die kleine Betty freundlich begrüßte. Die Kleine sah nicht gut aus, die Nase lief, und sie machte diese typischen kränklichen Geräusche, bei denen man weiß, dass die Nacht kurz werden würde.

»Magst du was trinken?«, fragte Charlotte, und Marleen sah das besorgte Gesicht ihrer Freundin. Oh nein, dachte sie. Bestimmt will sie wieder, dass ich Babysitter spiele.

»Ja, ein Wasser, bitte«, antwortete Marleen bescheiden, aber in ihrem Kopf schrie sie: »Und eine riesige Pizza mit extra viel Käse, dazu eine heiße Dusche und einen Abend auf dem Sofa!«

Während Charlotte in die Küche ging, versuchte Marleen, ihren Plan für den Abend gedanklich noch nicht ganz zu beerdigen. Vielleicht war es ja etwas anderes? Vielleicht wollte Charlotte einfach nur reden? Aber der Blick auf den kleinen Schniefzwerg ließ diese Hoffnung schnell schwinden.

Als Marleen auf dem Sofa saß, das mit Flecken übersät war – ein kunterbuntes Kunstwerk, das die Kinder hinterlassen hatten – und an ihrem Wasser nippte, ließ Charlotte die Bombe platzen: »Roberto hat mir geschrieben.«

Marleen verschluckte sich prompt an ihrem Wasser, hustete und versuchte, das plötzliche Keuchen zu unterdrücken. Ihr Herz schlug plötzlich so schnell, dass sie dachte, es würde aus ihrer Brust springen.

»W-Was?«, stammelte sie ungläubig. »Roberto hat dir geschrieben?«

Charlotte nickte und beobachtete Marleen mit einem amüsierten Grinsen.

»Ja, er wollte wissen, wie es dir geht.« Sie ließ eine bedeutungsvolle Pause, als würde sie einen besonders spannenden Krimi erzählen. »Und... er kommt nächste Woche nach Hamburg.«

»Was?« Marleen spürte, wie ihr schwarz vor Augen wurde und sie beinahe das Glas fallen ließ. Roberto – nach Hamburg! Kam er etwa, um sie zu sehen? Wollte er sie treffen, weil er sie nicht vergessen konnte? Tausend Gedanken schossen durch ihren Kopf, und sie konnte sich kaum auf eine logische Erklärung festlegen. War das Schicksal, das plötzlich bei ihr an die Tür klopfte?

»Und warum kommt er nach Hamburg?«, flüsterte Marleen schließlich mit einer Stimme, die wie ein verzweifeltes Echo in ihrem eigenen Kopf klang.

»Na ja, ich denke, um dich zu treffen«, meinte Charlotte lässig und lehnte sich entspannt auf dem Sofa zurück. »Er wollte wissen, ob du was für ihn empfindest. Und... ob du mit mir über ihn geredet hast.« Charlotte hob die Augenbrauen, als würde sie ihr eigenes kleines Meisterwerk genießen. »Ich hab ihm noch nicht geantwortet.«

Marleen biss sich auf die Unterlippe und spürte, wie die Verzweiflung in ihr wuchs. Das war doch alles wie ein schlechter Film. Gerade jetzt, wo Marvin wieder in ihr Leben getreten war – und zwar als der »alte Marvin«, der Marvin, den sie einmal geliebt hatte und der vielleicht sogar bereit war, ihre Beziehung wieder aufzunehmen – schoss plötzlich Roberto, dieser faszinierende Spanier mit seinen strahlenden Augen und dem geheimnisvollen Lächeln, wie ein Komet aus dem Nichts zurück in ihr Leben.

»Das ist doch verrückt«, murmelte sie, als sie gedankenverloren auf die verbliebenen Wasserperlen in ihrem

Glas starrte. »Wieso passiert mir das? Ich meine, ernsthaft, was will das Universum von mir? Soll ich etwa eine Entscheidung treffen?«

»Tja, manchmal schickt dir das Universum zwei Optionen, und du musst wählen«, sagte sie und zuckte mit den Schultern, als wäre das die einfachste Sache der Welt. »Vielleicht will es dir einfach die Wahl lassen: den bodenständigen Marvin, der Bankdirektor oder den heißen Spanier, der... na ja, vermutlich besser tanzt.«

Marleen war nicht sicher, ob sie lachen oder weinen sollte. »Danke, Charlotte, du machst es dir ja echt einfach«, sagte sie sarkastisch und verdrehte die Augen. »Es ist nicht so, als würde ich hier zwei Sorten Schokolade aussuchen.«

Charlotte schnalzte mit der Zunge. »Du hast recht. Das wäre viel einfacher. Aber ernsthaft, Marleen. Roberto ist offenbar immer noch interessiert. Du kannst dir überlegen, ob du ihm antworten willst oder nicht.« Sie stand auf, nahm Marleens leeres Glas und hielt es hoch. »Noch einen Schluck Wasser? Vielleicht hilft das ja, deinen Herzschlag zu beruhigen.«

Marleen seufzte und ließ sich tiefer in die Couch sinken, ihre Gedanken völlig verwirrt. Sie hatte keine Ahnung, was sie tun sollte. Auf der einen Seite Marvin, mit dem sie schon so viel durchgemacht hatte und bei dem sie spürte, dass ihre Verbindung noch nicht ganz abgerissen war. Auf der anderen Seite Roberto, der aufregende, leidenschaftliche Spanier, der sie allein mit einem Blick hatte um den Verstand bringen können.

»Charlotte... was soll ich nur tun?«, fragte Marleen schließlich verzweifelt und legte ihren Kopf in ihre Hände.

»Ich würde sagen, du lässt dich von beiden Männern umwerben und schaust, wer besser abschneidet«, scherzte Charlotte mit einem zwinkernden Lächeln.

Marleen sah sie an, als wäre ihre Freundin völlig übergeschnappt. »Das ist doch kein Wettbewerb, Charlotte!«

»Warum nicht? Es wäre mal was anderes. Stell dir vor: Marvin, der seriöse Bankchef, und Roberto, der leidenschaftliche Spanier – beide kämpfen um dein Herz. Du könntest es genießen und am Ende den Sieger küren.«

Marleen schüttelte den Kopf und lachte. »Du spinnst doch. Ich habe nicht mal ansatzweise die Nerven für sowas!«

»Ach, komm schon«, sagte Charlotte und lehnte sich zurück. »Es könnte spannend werden. So eine Dreiecksgeschichte bringt immer ein bisschen Schwung in den Alltag!«

Marleen konnte nicht anders, als zu schmunzeln. »Ja, genau das fehlt mir. Ein Liebesdreieck in meinem chaotischen Leben.« Aber tief in ihrem Inneren wusste sie, dass Charlotte irgendwie recht hatte. Irgendwie war da plötzlich ein Hauch von Abenteuer in ihrem Alltag – und das machte die Situation fast schon… aufregend.

Aber bevor sie weiter darüber nachdenken konnte, musste sie sich erstmal überlegen, wie sie auf diese Roberto-Nachricht reagieren sollte.

Nach dem Besuch bei Charlotte lief Marleen nach Hause, während sich ein Gewitter zusammenbraute. Die Luft war schwül, und dunkle Wolken zogen bedrohlich über den Himmel. Sie schlüpfte aus ihren unbequemen Pumps und genoss es, barfuß über den warmen Asphalt zu laufen. Es fühlte sich erfrischend und belebend an, als würde sie damit wenigstens ein kleines Stück Kontrolle über ihr Chaos im Kopf zurückgewinnen. Auf dem Weg kam sie am Inder vorbei und kaufte sich spontan ein Curry to go, um den Hunger und vielleicht auch die verwirrenden Gefühle ein wenig zu besänftigen.

Während sie auf das Essen wartete, kreisten ihre Gedanken um Roberto. Was sollte sie nur tun? Sie wusste genau, dass, sobald sie ihm gegenüberstehen würde, seine tiefbraunen Augen sie wieder völlig in den Bann ziehen würden. Dieses intensive Gefühl, sich ihm völlig hinzugeben, war mehr als verlockend. Doch da war auch Marvin, mit dem sie so viel geteilt hatte. Ihr Herz gehörte nicht nur Roberto, sondern auch Marvin. Wie sollte sie sich da nur entscheiden?

Sie kam schließlich zu Hause an, setzte sich mit dem Essen auf das Sofa und schaltete ihre Lieblingsserie ein. Doch selbst das süß-scharfe Curry konnte ihre Grübeleien nicht verdrängen. Die Serie, bei der sich das Pärchen leidenschaftlich näherkam, wirkte plötzlich fade und uninteressant. Marleen kaute auf einem besonders scharfen Stück Chili herum und starrte gedankenverloren auf den Bildschirm, während ihre Gedanken erneut zu Roberto abschweiften.

Warum hatte er ihr eigentlich nicht selbst geschrieben? Vermutlich wollte er sich erst vergewissern, ob sie überhaupt noch Interesse an ihm hatte. Dachte er, dass sie ihn nur als einen flüchtigen Urlaubsflirt sah. Sollte sie Charlotte bitten, ihm mitzuteilen, dass jetzt nicht der richtige Zeitpunkt für ein Treffen war? Alles schien so kompliziert, und je mehr sie nachdachte, desto verunsicherter wurde sie.

»Ach, was soll's!«, murmelte sie schließlich und warf das Handy auf den Couchtisch. Es war wohl das Beste, eine Nacht über alles zu schlafen und zu hoffen, dass der nächste Tag ein bisschen mehr Klarheit brachte. Vielleicht würde sie dann wissen, ob ihr Herz wirklich für Roberto schlug oder ob es nur die Illusion des Urlaubs war, die sie so durcheinanderbrachte.

Kaum hatte sie sich ins Bett gelegt und das Licht ausgemacht, begann das Gewitter, das sich angekündigt hatte, mit voller Wucht. Donnerschläge hallten durch die Straßen, und Blitze erhellten das Zimmer, als hätte jemand das Licht angeknipst. Fasziniert stellte sich Marleen ans Fenster und sah hinaus. Die Blitze zogen sich wie riesige Risse durch den dunklen Himmel, und obwohl sie das Schauspiel beeindruckte, zuckte sie bei jedem Donner zusammen. Es war, als würde das Chaos draußen ihre innere Zerrissenheit widerspiegeln.

»Vielleicht sollte ich mich morgen einfach bei beiden Männern mit einem Blitzeinschlag melden«, dachte sie ironisch, zog die Vorhänge zu und schloss die Augen, aber die Gedanken ließen sie nicht los. Roberto? Marvin? Oder vielleicht sollte sie sich einfach ein paar Monate Auszeit in einer Höhle in den Alpen gönnen, wo es keine Entscheidungen gab – und definitiv keine verwirrenden Männer.

Mit einem leisen Seufzen kuschelte sie sich tiefer in die Decke und lauschte dem prasselnden Regen, der nun die Welt draußen zu beruhigen schien, während ihr eigenes Chaos sie in den Schlaf zog.

# FÜNF

Am nächsten Morgen weckte Marleen das grelle Sonnenlicht, das sich durch die Vorhänge in ihr Zimmer stahl. Die Strahlen der Morgensonne tanzten regelrecht auf ihrem Kissen, als wollten sie sie aus dem Bett ziehen. Sie blinzelte verschlafen und spürte sofort, dass sie sich leichter fühlte als am Abend zuvor. Die schwere, verwirrende Last ihrer Gedanken schien sich über Nacht in Luft aufgelöst zu haben. Mit einem entspannten Seufzer stand sie auf, warf einen Blick aus dem Fenster und wurde von einem strahlend blauen Himmel begrüßt. Kein Wölkchen war in Sicht. Der Tag sah nach einem frischen Start aus, und das war genau das, was sie brauchte.

Beim Frühstück, einer Schüssel Müsli mit extra viel Obst, überlegte Marleen, wie sie am besten mit Roberto umgehen sollte. Die Entscheidung war über Nacht gereift: Sie wollte ihn treffen. Der Gedanke daran, ihn nicht zu sehen, erschien ihr plötzlich absurd. Wieso sollte sie sich von dieser Gelegenheit abhalten lassen, nur weil sie nicht wusste, was die Zukunft brachte? Sie konnte doch unmöglich ignorieren, wie ihr Herz aufgeregt schneller schlug, wenn sie nur an ihn dachte. Die Vorstellung, Roberto näher kennenzulernen, ihn in ihrem Leben willkommen zu heißen, fühlte sich aufregend an.

Marvin war zwar auch wieder in ihrem Leben, aber er hatte sich noch nicht klar für eine Wiederaufnahme ihrer Beziehung ausgesprochen. Außerdem, und das war ein Gedanke, den sie nicht einfach beiseiteschieben konnte: Vielleicht war das Kapitel mit Marvin einfach schon abgeschlossen, und sie beide hatten es nur noch nicht eingesehen. Diese Ungewissheit gab ihr jetzt die Freiheit, Roberto eine Chance zu geben. Schließlich konnte sie das doch, oder? Sie hatte ja schließlich kein Monopol auf Herzverwirrung.

Während sie sich eine zweite Tasse Kaffee einschenkte, begann Marleen laut zu schmunzeln. »Ich führe hier fast ein doppeltes Liebesleben«, sagte sie und stellte sich vor, wie sie heimlich von einem romantischen Treffen mit Roberto zu einem geschäftlichen Meeting mit Marvin hetzte, während sie in Wahrheit mit den Gefühlen für beide jonglierte. »Das klingt fast wie ein schlechter Liebesfilm«, dachte sie. Aber genau das war es doch irgendwie: ein chaotisches, kompliziertes Drama, bei dem sie die Hauptrolle spielte.

Als sie später ihre Sachen packte, um zur Arbeit zu gehen, entschied sie sich für ihr liebstes Sommerkleid – etwas Leichtes, das ihren fröhlichen Entschluss widerspiegelte. Auf dem Weg zur Bank fiel ihr ein, dass Marvin vermutlich irgendwann merken würde, dass etwas anders war. Doch das war ein Problem für später. Jetzt konzentrierte sie sich darauf, Roberto zu treffen und herauszufinden, ob das Feuer, das auf Mallorca entfacht worden war, auch in Hamburg noch brannte.

An der U-Bahn-Station registrierte sie, wie sich die Hamburger in gewohnter Morgenmüdigkeit bewegten, aber heute störte sie das nicht. Sie summte leise eine Melodie vor sich hin und konnte es kaum erwarten, Roberto zu sehen. Würde er genau so charmant und anziehend sein wie auf der Insel? Oder würde der Zauber im Hamburger Alltag irgendwie verpuffen?

»Naja«, sagte sie zu sich selbst, als sie in die Bahn stieg, »ich finde es heraus. Immerhin könnte es ja auch der Beginn einer großartigen Liebesgeschichte sein – oder zumindest ein Abenteuer, das ich nicht missen will.«

Mit einem zufriedenen Lächeln lehnte sie sich zurück. Egal, wie es ausging, sie würde es mit Leichtigkeit und Neugier angehen.

Als Marleen in die Bank kam, hatte sie noch den strahlenden Sonnenschein des Tages in ihrem Kopf und die wachsenden Schmetterlinge im Bauch bei dem Gedanken an Roberto. Doch die Realität holte sie schnell wieder ein, als Marvin sie mit einem leichten Nicken in sein Büro bat. Der riesige Eichentisch, der immer wie ein Monument der Familiengeschichte gewirkt hatte, wirkte plötzlich noch mächtiger.

»Guten Morgen«, sagte Marvin, während er sich auf dem Stuhl niederließ und ein Knopf seines Sakkos gerade noch rechtzeitig öffnete, bevor der Stoff bedrohlich spannen konnte.

»Hast du kurz Zeit? Ich bestelle dir einen Kaffee, extra mit viel Hafermilch. Ich weiß ja, wie du ihn magst.«

Marleen schmunzelte. »Danke, aber ich hatte heute Morgen schon zwei Tassen. Noch mehr und ich springe hier durch die Wände.« Sie setzte sich auf den Stuhl gegenüber von Marvin und spürte den warmen Luftzug, der durch das geöffnete Fenster hereinströmte. »Wie geht es Gerold?«, fragte sie, während sie sich überlegte, wie schnell man sich an diese neue Konstellation gewöhnen sollte – Marvin hinter dem großen Tisch, sie ihm gegenüber, und nicht mehr als seine Partnerin, sondern als eine seiner Angestellten. Oder war sie noch mehr?

»Er macht kleine Fortschritte«, berichtete Marvin und seine Stirn legte sich leicht in Falten. »Aber es wird noch ein langer Weg werden. Wir müssen geduldig sein.«

»Das kann ich mir vorstellen«, erwiderte Marleen.

»Ich wollte dich fragen, ob du am Sonntag zum Essen zu uns kommen möchtest. Susanne würde sich sehr freuen. Sie braucht Ablenkung, und du weißt ja, wie sehr sie deine Gesellschaft schätzt.«

Marleen musste an die vielen Sonntage denken, die sie in der Vergangenheit bei den Beckers verbracht hatte. Harmonische Familientreffen, bei denen Luise, die Köchin, die besten Gerichte auf den Tisch zauberte. So viel gutes Essen, dass sie nach jedem Besuch das Gefühl hatte, einen Marathon laufen zu müssen, nur um das wieder auszugleichen.

»Ja, sehr gerne«, sagte sie lächelnd. »Ich wollte Gerold heute besuchen. Passt das rein in seinen Tagesplan?« Sie wusste, dass er viel Besuch hatte.

»Ja, natürlich«, sagte Marvin und lehnte sich zurück. »Er bekommt viel Besuch, aber ich bin mir sicher, dass er sich sehr freuen wird, dich zu sehen. Aber sag mal – wenn es dir zu viel wird, – dann gib mir Bescheid, ja? Timo könnte übernehmen.«

»Nein, nein«, widersprach Marleen schnell. »Ich schaffe das schon. Ich mag es, beschäftigt zu sein.« Sie lächelte, doch innerlich spürte sie eine kleine Unruhe. Roberto, Marvin, die Bank – es fühlte sich an, als würde sie gerade auf einem Drahtseil balancieren, und ein falscher Schritt könnte sie aus der Balance bringen. Aber das wollte sie sich nicht anmerken lassen.

Marvin nickte, und sein Blick schien sich kurz zu verändern, fast so, als wollte er noch etwas sagen. Doch er ließ es und lächelte stattdessen. »Gut, dann sehen wir uns am Sonntag.«

Marleen wusste, dass Gerolds Krankenzimmer mittlerweile aussah wie eine kleine Filiale eines Blumenladens, daher beschloss sie, sich etwas anderes einfallen zu lassen. Auf dem Weg ins Krankenhaus hielt sie an einer Buchhandlung an und stöberte auf dem Tisch mit den Bestsellern. Gerold liebte Abenteuerromane, also entschied sie sich für einen frisch erschienenen Roman, der von Buchkritiken hochgelobt wurde. »Das wird ihm gefallen«, dachte sie und fühlte sich ein bisschen wie eine Heldin, die einen geheimen Auftrag erfüllte.

Als Marleen die Klinik betrat, musste sie wieder an die Zeiten denken, als sie ihre Großeltern dort besucht hatte, an die bleierne Schwere und die ewig traurigen Gesichter. Schnell verdrängte sie die düsteren Gedanken und rief sich stattdessen Robertos strahlendes Lächeln ins Gedächtnis. Das half – zumindest für den Moment.

Als sie Gerolds Zimmer betrat, sah sie ihn aufrecht im Bett sitzen. Zu ihrer Erleichterung hatte er etwas mehr Farbe im Gesicht und schien in einer erstaunlich guten Verfassung zu sein. Marleen lächelte, während sie nähertrat. Gerold war ein Kämpfer, das wusste sie. Er würde sich von diesem Schlaganfall nicht unterkriegen lassen – das sah sie ihm an.

»Na, Marleen!«, begrüßte er sie mit seiner typischen Mischung aus rauer Herzlichkeit und Humor, während er mit seiner rechten Hand das Buch aus dem Geschenkpapier wickelte. »Was hast du mir denn da Schönes mitgebracht? Ein Abenteuerroman, wie ich sehe! Perfekt. Ich hab schon Kritiken dazu gelesen. Scheint, als hätte ich den Bestseller des Jahres in der Hand.«

Marleen lachte. »Ich dachte, ich verschone dich mal mit noch mehr Blumen. Dein Zimmer sieht schon aus wie ein botanischer Garten.«

»Na, sag das nicht. Ein paar Orchideen fehlen hier noch«, erwiderte er und grinste. »Danke für das Buch, wirklich. Du hast genau meinen Geschmack getroffen.« Er hielt inne und sah sie mit einem durchdringenden Blick an. »Und wie geht's dir, Marleen? Wie macht sich mein Junge als Chef?«

»Er macht sich wirklich gut«, antwortete Marleen ehrlich. »Er hat alles im Griff. Du musst dir wirklich keine Sorgen machen.«

Gerolds Gesicht hellte sich weiter auf, und er lehnte sich entspannt zurück. »Das freut mich sehr zu hören. Du kannst dir nicht vorstellen, wie glücklich es mich macht, dass Marvin zurückgekommen ist und mir versprochen hat, die Bank zu übernehmen, bis er selbst in den Ruhestand geht. Vielleicht war dieser Schlaganfall sogar eine Folge des Stresses, weil mich der Gedanke, die Bank in fremde Hände zu geben, so belastet hat.«

Marleen nickte und lächelte. »Ich glaube, Marvin wäre auch ohne den Schlaganfall zurückgekommen. Seine Selbstfindungsreise wäre bestimmt irgendwann zu Ende gegangen. Aber jetzt ist er zurück, und wir alle sind froh darüber.«

Gerold war jedoch nicht der Typ, der sich mit allgemeinen Floskeln zufriedengab. Er sah Marleen direkt an und fragte unverblümt: »Und wie steht's mit euch beiden? Zieht Marvin zurück zu dir?«

Marleen spürte, wie ihr die Röte ins Gesicht stieg. Also hatte Marvin seinem Vater noch nichts von der Situation erzählt! Sie räusperte sich und suchte nach den richtigen Worten. »Wir... wir brauchen beide noch etwas Zeit«, stammelte sie. »Wir werden sehen, was die Zeit bringt.«

»Na, ich drücke euch die Daumen. Marvin und du, ihr seid ein gutes Team – nicht nur in der Bank, sondern auch im Leben.«

Marleen lachte unsicher und merkte, wie ihr Herz schneller schlug. Sie hoffte, das Gespräch würde bald auf ein anderes Thema übergehen, doch gleichzeitig spürte sie eine gewisse Wärme bei Gerolds direkter Art. Es war eine Erleichterung, dass er sich trotz allem seinen Humor und seine Neugierde bewahrt hatte.

Als Marleen sich gerade von Gerold verabschiedet hatte, trat einer seiner alten Freunde ins Krankenzimmer. Mit einem letzten Lächeln und dem Versprechen, bald wieder vorbeizukommen, machte sie sich auf den Weg zu ihrer nächsten Station: Charlotte.

Ihre Freundin hatte sich seit dem letzten Abend nicht gemeldet, und Marleen wusste, dass das nichts Gutes bedeutete. Entweder war sie wieder im »Überlebensmodus« mit ihren quakenden Kindern oder am Rande eines Nervenzusammenbruchs, weil Felix mal wieder auf einer dieser ominösen »Dienstreisen« war.

Kaum hatte Marleen die Wohnung betreten, wurde ihre düstere Vermutung bestätigt. Charlotte stand mit einem gequälten Gesichtsausdruck in der Tür – und das war noch freundlich formuliert. Ihr Haar war zerzaust, sie hatte einen riesigen Herpes auf der Lippe, der förmlich »Stress pur« schrie, und aus dem Wohnzimmer drangen unheilvolle Kindergeräusche, die irgendwo zwischen quäkendem Fieberwahn und klebrigem Chaos angesiedelt waren.

»Oh Gott, Charlotte, du siehst... äh... besser als erwartet aus«, versuchte Marleen optimistisch zu klingen, während sie ihren Blick über die Szenerie schweifen ließ. Die Wohnung sah aus, als hätte eine Spielzeug-Lawine darin getobt, die Kinder trugen Pyjamas, die schon bessere Zeiten gesehen hatten, und irgendwo roch es verdächtig nach verschüttetem Saft.

»Ja, ja, ich weiß«, stöhnte Charlotte, als sie ihr Haar hastig in einen Dutt zwirbelte, der eher wie ein Vogelnest aussah. »Mir geht's auch nicht gut. Felix ist seit drei Tagen weg, und als wäre das nicht schon schlimm genug, sind beide Kinder krank! Und meine Schwiegermutter, die genießt gerade ihre glamouröse Zeit in Nizza, während ich hier versuche, nicht den Verstand zu verlieren.«

Marleen kicherte, griff aber instinktiv in ihre Tasche und zog zwei kleine Tüten mit »gesundem Zeug« heraus, die sie den Kindern mit einem übertrieben strahlenden Lächeln überreichte. »Schaut mal, was die liebe Marleen euch mitgebracht hat!« Die Kleinen schauten sie skeptisch an, als ob sie wüssten, dass diese »Gesundheit« nicht annähernd so gut schmeckte wie die Süßigkeiten, die sie sich eigentlich erhofften, aber sie nahmen die Tüten trotzdem dankbar an – immerhin war das eine kleine Ablenkung von ihrem elenden Fieberzustand.

Charlotte ließ sich mit einem tiefen Seufzen auf das Sofa fallen. »Ich brauche Urlaub. Am besten sofort und mit dir«, sagte sie halb ernst, halb scherzend. »Wir packen unsere Koffer und verschwinden nach Mallorca, bevor Felix zurückkommt. Und die Kinder können ja... vielleicht bei deiner Mutter einziehen?«

»Die Idee hat was«, lachte Marleen und setzte sich zu Charlotte.

»Ich hab's mir überlegt. Ich werde Roberto hier in Hamburg treffen.« Ihre Stimme war fest, aber gleichzeitig etwas unsicher – wie jemand, der gerade beschlossen hat, vom Dreimeterbrett zu springen, obwohl er nicht weiß, ob das Wasser darunter tief genug ist. »Ich muss wissen, was da zwischen uns ist. Vielleicht... vielleicht ist er meine große Liebe.« Sie machte eine dramatische Pause und sah Charlotte eindringlich an, während sie mit ihren Händen wild gestikulierte, um ihre Unsicherheit zu überspielen.

Charlotte, die gerade an ihrem dampfenden Lindenblütentee nippte, nickte verständnisvoll, wobei ihre Augen kurz über den Rand der Tasse blitzten.

»Also gut, die große Liebe«, murmelte sie, als ob sie gerade eine romantische Soap verfolgte. Der Duft des Tees erfüllte den Raum, während Marleen sich in ihrem gedanklichen Liebeswirrwarr verlor.

»Ich meine, schau mal«, fuhr Marleen fort, während sie energisch mit den Händen wedelte. »Ich habe Marvin auch geliebt. Klar! Und ich mag ihn noch. Aber... war das diese große, leidenschaftliche Liebe? Die Art, bei der man in Flammen steht, das Herz rast und man alles andere vergisst? Ich weiß es nicht!«

Charlotte hob nur eine Augenbraue, während sie den schlafenden Zwilling auf ihrem Schoß betrachtete, der völlig friedlich in den Kissen versank – ein seltener Moment der Stille im sonst so wilden Alltag.

»Und Roberto... Roberto sehe ich nur und mein Herz quillt über! Es explodiert regelrecht! Ich möchte ihn berühren, seine Nähe spüren und... naja, du weißt schon, was ich meine.« Marleen machte eine bedeutungsvolle Geste mit ihren Händen, die Charlotte prompt zum Kichern brachte.

»Ja, ja, ich weiß schon, was du meinst«, sagte sie schmunzelnd und stellte ihren Tee ab. »Dein Herz, deine Gefühle, die großen Fragen des Lebens – und natürlich dieser unbändige Drang, ihm... näherzukommen.«

Marleen schnappte sich ein Kissen und warf es spielerisch nach Charlotte, die es gekonnt abwehrte, ohne den schlafenden Zwilling aufzuwecken.

»Ich meine es ernst! Wenn ich Roberto sehe, dann verliere ich einfach den Boden unter den Füßen.«

»Tja«, begann Charlotte mit einem halb ironischen Seufzer, »wenn du es nicht herausfindest, wirst du dir vermutlich dein Leben lang Vorwürfe machen, oder?« Sie zog ein dramatisches Gesicht, als wäre sie plötzlich eine alte Wahrsagerin, die in die Zukunft blickte. »Du würdest ständig an ihn denken, ihn in deinen Träumen verfolgen, ihn in jedem Urlaub mit anderen Augen sehen. Und Marvin? Der würde nur der Typ sein, den du mochtest, aber nie richtig geliebt hast.«

»Genau!« Marleen nickte eifrig, ihre Augen strahlten aufgeregt. »Ich muss das klären. Sonst bleibt da immer dieses ›Was wäre gewesen, wenn?‹ in meinem Kopf. Ich werde Roberto sagen, dass er kommen soll.«

»Natürlich, über mich«, erwiderte Charlotte trocken und zog die Augenbrauen hoch, während sie dem schlafenden Kind über den Kopf strich. »Ich bin jetzt offenbar die Botschafterin der Liebe.« Sie lachte und nippte wieder an ihrem Tee. »Aber ernsthaft, ich finde es gut, dass du ihn treffen willst. Denn... was ist, wenn er wirklich der Richtige ist? Wenn du ihn nie wiedersiehst, wirst du dir vielleicht ein Leben lang Vorwürfe machen.«

Marleen sah Betty auf Charlottes Schoß an. Sie war so süß, so friedlich.

»Du hast recht«, sagte sie und holte tief Luft. »Ich muss es tun. Ich will wissen, wohin das führt. Und wenn ich mir dabei ein bisschen das Herz breche, dann... dann habe ich es wenigstens versucht.«

Charlotte nickte und grinste. »Tja, und wer weiß – vielleicht ist Roberto wirklich deine große Liebe. Oder... naja, vielleicht ist er nur ein Typ mit wirklich tollen braunen Augen, der sich als furchtbar schlechter Tänzer entpuppt. Aber das wirst du wohl nur herausfinden, wenn du ihn triffst.«

»Du hast recht«, sagte Marleen und lachte. »Vielleicht ist er wirklich ein schlechter Tänzer.«

Als Marleen sich nach dem Besuch bei Charlotte erschöpft auf ihr Sofa fallen ließ, hörte sie das vertraute Vibrieren ihres Handys. Es war eine Nachricht von Charlotte: »Ich habe Roberto vor fünf Minuten geschrieben, und rate mal – er hat sofort geantwortet! Er hat sich bei mir bedankt und meinte, er schreibt dir gleich. Vielleicht hast du schon eine Nachricht bei WhatsApp.«

Marleens Herz schlug sofort schneller. Ihre Finger zitterten leicht, als sie WhatsApp öffnete. Und da war sie – die Nachricht von Roberto.

»Liebe Marleen,
ich habe mich sehr gefreut, dass du mich wiedersehen möchtest. Ich kann dich einfach nicht vergessen und hoffe, dass es dir gut geht und deine traurige Familienangelegenheit sich zum Guten gewendet hat. Ich buche gleich einen Flug für nächste Woche. Kannst du mir ein schönes Hotel empfehlen?«

Marleen las die Nachricht einmal. Dann nochmal. Ihr Herz machte einen regelrechten Purzelbaum, als sie sich die Worte durch den Kopf gehen ließ. Er kann mich nicht vergessen... Der Satz hallte in ihr nach, wie ein Lied, das man nicht aus dem Kopf bekommt.

Sie nahm einen großen Schluck ihrer Zitronenlimonade, ließ die sprudelnde Kälte auf ihrer Zunge zergehen und ihre Gedanken wirbeln. Hotels. Klar, Messezeit in Hamburg – das hieß, viele waren vermutlich ausgebucht oder überteuert. Warum nicht gleich vorschlagen, dass er bei mir im Gästezimmer übernachtet? Der Gedanke kam ihr so spontan, dass sie fast laut auflachte.

Sich eine Handvoll Nüsse in den Mund stopfend – weil man besser denkt, wenn man knabbert, zumindest bei Marleen –, öffnete sie schließlich das Chatfenster und begann zu tippen:

»Lieber Roberto,
ich freue mich auf deinen Besuch! Du kannst gerne bei mir wohnen, denn es ist gerade Messe in Hamburg und die Hotels sind vermutlich ausgebucht. Sag mir einfach, wann du landest, dann hole ich dich vom Flughafen ab. Liebe Grüße, Marleen.«

Zufrieden lehnte sie sich zurück. Sie hatte die Nachricht bewusst sachlich gehalten. Kein übermäßiges Herzklopfen in den Worten, keine Andeutungen von Sehnsucht. Sie wollte Roberto erst besser kennenlernen, bevor sie sich endgültig auf ihn stürzte – oder, wie sie es sich bildlich vorstellte, ins kalte Wasser eines romantischen Ozeans sprang, ohne zu wissen, ob sie schwimmen konnte.

Sie legte das Handy zur Seite und entschied, den Rest des Abends in Ruhe zu verbringen – ohne ständig auf das Display zu starren und auf eine Antwort zu warten. Schließlich hatte sie sich ja vorgenommen, Roberto mit offenem Herzen zu begegnen, aber eben nicht blind vor Verliebtheit. »Alles schön der Reihe nach«, murmelte sie vor sich hin, schaltete den Fernseher ein und ließ sich in die Kissen sinken.

Es dauerte keine fünf Minuten, da vibrierte ihr Handy erneut. »Vielen Dank, dass ich bei dir wohnen kann. Ich freue mich riesig. Liebe Grüße, Roberto.« Marleen las die Nachricht und spürte, wie eine Welle der Vorfreude durch sie hindurchströmte. Trotzdem entschied sie sich, die Nachricht unbeantwortet zu lassen. Es war spät, und der Tag hatte sie ausgelaugt. Sie hatte das Gefühl, dass sie eine Nacht zum Nachdenken brauchte – oder vielleicht auch einfach eine gute Portion Schlaf.

Mit einem Seufzen zog sie sich ins Bett zurück, nahm eine Passionsblumentablette zur Beruhigung, und kurz darauf fiel sie in einen tiefen, traumlosen Schlaf. Nun ja, zumindest anfangs.

Doch mitten in der Nacht begann ein seltsamer Traum, der ihr so real vorkam, dass sie noch während des Schlafens das Gefühl hatte, in einen absurden Film geraten zu sein. In dem Traum standen sich Marvin und Roberto auf einer staubigen Straße gegenüber – als wären sie in einem alten Western gelandet. Beide trugen Cowboyhüte und hatten grimmige Gesichtsausdrücke, als sie die Hände nervös über ihren Holstern schweben ließen. Ein typisches Duell in der Nachmittagshitze, bei dem nur einer als Sieger hervorgehen konnte.

Marvin sah ernst aus, entschlossen, aber auch ein wenig unsicher, als könnte er nicht so recht glauben, dass er sich tatsächlich in dieser Situation wiederfand. Roberto hingegen hatte diesen typischen, leicht lässigen Charme, der ihm eine Spur zu viel Selbstbewusstsein verlieh. Und dann – peng! Marvin wurde getroffen. Er sank dramatisch zu Boden, und Marleen rannte schreiend auf ihn zu, ihre Tränen liefen unkontrolliert über ihr Gesicht.

»Marvin! Nein!«, rief sie, während sie seinen Kopf in ihren Schoß nahm. Sie weinte so bitterlich, dass sie dachte, ihr Herz könnte brechen. Doch als sie aufblickte, sah sie Roberto, wie er seelenruhig seine rauchende Pistole in den Halfter zurückschob. Er stand da mit einem triumphierenden Lächeln, das eine Spur zu selbstzufrieden wirkte, als hätte er gerade einen besonders guten Schachzug gemacht.

In diesem Moment wachte Marleen schweißgebadet auf. Sie brauchte einen Moment, um sich zu sammeln. Ihr Herz raste noch immer, und es dauerte einige Sekunden, bis sie realisierte, dass das alles nur ein Traum gewesen war – und dass Marvin definitiv nicht tot war. »Oh Gott, was für ein Albtraum«, murmelte sie und strich sich über die Stirn.

Doch was sollte dieser seltsame Traum bedeuten? Warum hatte sie so bitterlich um Marvin geweint, wenn sie doch gleichzeitig diesen fast unwiderstehlichen Drang verspürte, Roberto zu sehen? Und was sollte dieses verdammte Lächeln von Roberto am Ende bedeuten?

Eins war ihr klar: Wenn Roberto nach Hamburg kam, konnte sie Marvin nicht einfach im Dunkeln lassen. Er hatte ein Recht darauf, zu wissen, dass sie sich mit jemand anderem traf. Vielleicht… war es gar keine so schlechte Idee, Marvin ein wenig eifersüchtig zu machen? Vielleicht würde ihm das helfen, endlich eine klare Entscheidung zu treffen.

Marleen setzte sich auf und grinste leicht. »Eifersucht ist schließlich die Würze in jeder guten Liebesgeschichte«, flüsterte sie sich selbst zu, bevor sie sich wieder in die Kissen sinken ließ.

*

Als Marleen in der Bank ankam, wurde sie von Marvin mit einem warmen Lächeln begrüßt. Er sah in seinem maßgeschneiderten Anzug aus wie der Inbegriff eines seriösen Bankchefs, und trotzdem schwang da eine Sanftheit mit, die Marleen sofort auffiel. Es war, als hätte er sich vorgenommen, nicht nur äußerlich, sondern auch innerlich an sich zu arbeiten. Vielleicht tat ihm die neue Verantwortung gut. Er strahlte eine Ruhe aus, die so gar nicht zu dem alten, manchmal hitzköpfigen Marvin passte, – und der seinen Vater, der schon mal ordentlich lospolterte, wenn etwas nicht nach Plan lief, auf charmante Weise ersetzte.

»Guten Morgen«, begrüßte Marvin sie mit dieser sanften Stimme, die so gar nicht zu einem Boss passte. Bevor Marleen sich versah, zog er sie zärtlich in die Arme. Es war eine vertraute Geste, und doch lag eine gewisse Unsicherheit in der Luft – als wüsste auch Marvin nicht genau, wie sie gerade zueinander standen. Marleen fühlte die vertraute Wärme seiner Umarmung und musste zugeben, dass da immer noch etwas war. Ein Kribbeln vielleicht, ein Stück Erinnerung an alte Zeiten. Aber sie war hier, um zu arbeiten.

Nachdem sie ein paar berufliche Angelegenheiten besprochen hatten – sie versuchte, sich auf Zahlen und Geschäftliches zu konzentrieren, auch wenn ihre Gedanken schon wieder in Richtung Roberto abdrifteten – fragte Marvin plötzlich: »Wollen wir heute Mittag zusammen essen gehen?«

Marleen erstarrte innerlich. Genau das wollte sie eigentlich vermeiden. Sie brauchte jetzt etwas Abstand zu Marvin. Ja, er gab sich Mühe, das war unverkennbar. Aber ob er ihre Beziehung weiterführen wollte, war noch unklar – und bevor sie sich erneut in alte Muster verstrickte, wollte sie erst einmal sehen, wie es mit Roberto lief. Schließlich stand sie möglicherweise vor einer Entscheidung, die alles verändern könnte.

»Äh, heute Mittag?« Marleen spürte, wie ihre innere Alarmglocke schrillte. »Oh, ich… ich hab schon was vor. Ich muss zu Charlotte… ja, genau! Die Zwillinge sind immer noch krank, und sie braucht dringend Unterstützung.«

Es war nicht ganz gelogen. Charlotte befand sich in der Tat in einem leichten Ausnahmezustand.

»Vielleicht ein andermal?«, setzte Marleen noch schnell hinzu, um die Situation zu entschärfen. Marvin schien nicht allzu enttäuscht, auch wenn er für einen Moment nachdenklich wirkte. »Klar«, sagte er dann und schenkte ihr ein Lächeln. »Ein anderes Mal.«

Kaum war ihr Chef aus ihrem Büro verschwunden, konnte Marleen sich kaum noch auf die Arbeit konzentrieren. Ihre Gedanken drehten sich schon wieder wie ein Karussell. Wie würde es wohl mit Roberto werden? Würde diese Begegnung in Hamburg die Leidenschaft entfachen, die sie auf Mallorca verspürt hatte? Sie stellte sich bereits vor, wie sie dem Spanier die besten Ecken der Stadt zeigte, ihn durch die Speicherstadt führte oder ein entspanntes Picknick an der Alster mit ihm machte.

Und dann war da ja noch das Gästezimmer. Marleen hatte es schon seit Ewigkeiten nicht mehr richtig aufgeräumt. Jetzt musste sie es nicht nur auf Vordermann bringen, sondern am besten auch neu dekorieren. Sie sah sich schon beim Kauf neuer Kissenbezüge, vielleicht etwas in warmen, mediterranen Farben, um die spanische Atmosphäre einzufangen. Sie wollte, dass Roberto sich wohlfühlte – und vielleicht auch, dass er sich ein bisschen wie zu Hause fühlte.

Trotzdem schlich sich ein Gedanke in ihr Bewusstsein, der sie leicht unruhig machte: Was, wenn sie sich zwischen Marvin und Roberto entscheiden müsste? Könnte sie das überhaupt? Aber bevor sie diese Frage zuließ, schob sie sie schnell beiseite. Das würde sich alles klären – mit der Zeit.

Jetzt musste sie erst einmal das Gästezimmer aufräumen!

Nach Feierabend beschloss sie, noch einen Abstecher in ein Geschäft zu machen, das für seine wunderschönen Wohnaccessoires bekannt war. Als sie in das Schaufenster sah, war sie sofort verzaubert. Der Laden war ein Paradies für Menschen, die es liebten, ihr Zuhause zu verschönern – also genau das Richtige für Marleen. Es gab so viele schöne Dinge: von Kissen in allen Farben des Regenbogens bis zu kunstvoll gestalteten Vasen, die aussahen, als wären sie geradewegs aus einem kleinen Töpferstudio in der Provence importiert worden.

Marleen konnte sich kaum entscheiden, doch schließlich fiel ihre Wahl auf ein paar Kissen in warmen Terrakottatönen, ein kuscheliges Plaid und eine filigrane Lampe, die perfekt passte.

Während sie weiter durch die belebten Straßen schlenderte, wurde ihr bewusst, wie sehr sie den Sommer in der Stadt liebte. Überall saßen Menschen draußen in den Straßencafés und Restaurants, lachten, plauderten und wirkten wie befreit von den Lasten des Alltags. Marleen sog diese lockere, ausgelassene Atmosphäre in sich auf und fühlte, wie auch ihre eigenen Sorgen für einen Moment in den Hintergrund traten.

Hungrig setzte sie sich in ihr indisches Lieblingsrestaurant. Der Duft von Gewürzen lag in der Luft, und während sie auf ihr Essen wartete, beobachtete sie die vorbeigehenden Leute. Sie liebte es, Menschen zu beobachten, besonders die kleinen Kinder, die fröhlich umherliefen, ihre Eltern an den Händen zogen oder staunend vor Schaufenstern stehen blieben. Marleen seufzte leise – sie wünschte sich selbst bald Kinder.

Ihre Gedanken wanderten zu Roberto. Wollte er auch Kinder? In ihrer Fantasie stellte sie sich bereits vor, wie ihre zukünftigen Kinder zweisprachig aufwuchsen – spanisch und deutsch natürlich! Sie malte sich aus, wie ihre dunklen Haare im Sonnenlicht glänzten, ihre braunen Augen leuchteten, während sie fröhlich durch den Park tollten. Sie konnte nicht anders, als zu lächeln. Ach, wenn man doch nur in die Zukunft schauen könnte, dachte sie sehnsüchtig.

Nachdem sie ihr scharfes Curry genossen hatte und zufrieden und satt war, machte sie sich auf den Heimweg. In ihrer Wohnung war es angenehm kühl, was eine willkommene Abwechslung zu der schwülen Hitze draußen war. Doch sie hatte keine Zeit zu verlieren. Schließlich stand Robertos Besuch bald bevor, und das Gästezimmer sah noch aus wie nach einem kleinen Erdbeben. Sie krempelte die Ärmel hoch und legte sofort los, alles aufzuräumen und das Zimmer in eine gemütliche Wohlfühloase zu verwandeln. Die Kissen und das Plaid, das sie im Laden gekauft hatte, kamen hier natürlich gleich zum Einsatz.

Während sie ein paar Kisten zur Seite schob und alte Bücher neu sortierte, fragte sie sich, wie wohl die Begegnung mit Roberto verlaufen würde. Würde es so knistern wie auf Mallorca? Oder war das alles nur die Magie eines Urlaubs gewesen? Egal, was passieren würde – sie wollte bereit sein.

Nachdem sie das Gästezimmer in eine kleine Oase verwandelt hatte, war Marleen völlig erledigt. Verschwitzt und erschöpft gönnte sie sich eine kalte Dusche. Mit müden Knochen warf sie sich aufs Sofa und wollte eigentlich nur noch die Füße hochlegen. Da vibrierte ihr Handy. Charlotte.

Marleen hörte sofort, dass etwas nicht stimmte. Charlotte schluchzte und sprach so wirr, dass Marleen kaum ein Wort verstehen konnte. Ohne groß zu überlegen, zog sie sich schnell etwas Bequemes über und machte sich auf den Weg zu ihrer Freundin, die dringend ihre Hilfe brauchte.

Als sie bei Charlotte ankam, war sie erschrocken. Ihre Freundin sah aus, als hätte sie seit Tagen kein Auge zugetan. Die dunklen Ringe unter ihren Augen und ihre fahle Haut verrieten, dass sie absolut am Ende war. Kaum war die Tür hinter Marleen ins Schloss gefallen, fiel Charlotte ihr schluchzend um den Hals.

»Ich kann nicht mehr!«, jammerte sie. »Die Zwillinge sind so anstrengend, und ich hab so schreckliche Halsschmerzen. Ich hab seit vier Nächten nicht mehr richtig geschlafen! Morgen muss ich arbeiten, aber ich kann die beiden doch nicht krank in die Kita bringen!«

Marleen wusste kurz nicht, was sie sagen sollte. Sie tätschelte Charlotte beruhigend den Rücken und folgte ihr in die Küche. Der Duft von Salbei, der aus Charlottes Teetasse aufstieg, füllte den Raum, während sie sich auf die Stühle sinken ließen. Charlotte sah Marleen mit leeren Augen an, klammerte sich regelrecht an ihre Tasse, als wäre sie der letzte Rettungsanker in ihrem mütterlichen Chaos.

»Charlotte«, begann Marleen vorsichtig, »es klingt wirklich, als ob es zu viel ist – die Zwillinge, der Job, und dann ist Felix auch noch ständig unterwegs. Du brauchst dringend eine Pause. Vielleicht solltest du überlegen, den Job aufzugeben? Du wärst viel entspannter, ohne diesen ständigen Druck.«

Charlotte schnaubte in ihre Tasse. »Das hab ich auch schon überlegt. Aber wenn ich jetzt kündige, bin ich raus. Und wir haben doch die Wohnung gekauft. Wir brauchen das Geld. Und Felix…« Sie seufzte tief und rieb sich die müden Augen.

Marleen lehnte sich nachdenklich zurück. »Okay, aber was wäre, wenn ihr euch ein Au-pair holt? Das könnte dir im Haushalt und mit den Kindern helfen, zumindest solange Felix ständig unterwegs ist.«

»Ich habe Felix schon mal darauf angesprochen«, murmelte Charlotte, »aber er möchte keine fremde Frau im Haus haben.«

Marleen rollte innerlich die Augen. Typisch Felix, dachte sie. »Also, ehrlich gesagt, Charlotte, es klingt, als wäre Felix' Problem gerade das kleinste in der ganzen Geschichte. Du gehst hier kaputt! Vielleicht solltest du einfach selbst mal auf den Tisch hauen und sagen: ‚So, es kommt jetzt jemand, der mir hilft.' Ob ihm das gefällt oder nicht.«

»Ja, du hast recht. Vielleicht sollte ich das wirklich machen. Aber… ich weiß einfach nicht, wie.«

»Vielleicht machst du einfach mal einen Probetag für das Au-pair. Felix ist sowieso nie da, er wird es nicht mal merken. Und wenn er wiederkommt, kannst du ihm erzählen, wie viel besser alles läuft. Und wenn er immer noch meckert, dann, na ja… vielleicht kriegt er halt mal eine Tasse kalten Kaffee und sieht, wie das Leben hier ohne Hilfe aussieht.«

Charlotte konnte nicht anders, als ein kleines Lachen herauszubringen, auch wenn ihre Augen müde blieben. »Vielleicht hast du recht, Marleen. Ich werde es ihm nochmal sagen. Aber jetzt brauche ich wirklich erst mal Schlaf.«

Marleen nickte. »Ja, und ich bleib hier und wache über die Zwillinge, keine Sorge. Schlaf dich aus. Morgen sieht die Welt vielleicht schon etwas besser aus.«

Mit einem dankbaren Lächeln stand Charlotte auf und schleppte sich ins Schlafzimmer. Marleen blickte auf die beiden schlafenden Zwillingsgesichter und dachte kurz daran, wie das wohl wäre, wenn sie eines Tages selbst Kinder hätte – vielleicht mit Roberto? Der Gedanke ließ ihr Herz kurz schneller schlagen. Aber das war eine andere Geschichte für einen anderen Tag. Jetzt war erstmal Charlottes Rettung angesagt.

Marleen verbrachte die Nacht bei ihrer Freundin, allerdings nicht wirklich im Tiefschlaf, sondern eher in einem ständigen Halbschlafzustand auf dem unbequemen Sofa, das wahrscheinlich schon bessere Tage gesehen hatte. Die Zwillinge wachten dreimal auf, und jedes Mal versuchte Marleen sie zu beruhigen. Doch ihre Versuche, den beiden mit sanften Worten und lustigen Geschichten die Tränen zu trocknen, scheiterten kläglich. Die Kinder wollten nur ihre Mama – und das in einem lautstarken Crescendo, das sicher die Nachbarn durch die Wände hörten.

»Mama! Mama! Maaamiii!«, schrien die Kleinen, während Marleen hilflos danebenstand und sich vorkam, als würde sie versuchen, einen wütenden Bienenstock mit einem Löffel Honig zu beruhigen. Schließlich musste Charlotte aus dem Bett kriechen, um die Situation zu retten. Am Morgen waren alle völlig erledigt. Die Zwillinge, Charlotte – und Marleen erst recht.

Als sie sah, wie erschöpft und übernächtigt ihre Freundin aussah, konnte sie sie unmöglich in diesem Zustand alleine lassen. Also fasste sie einen spontanen Entschluss: Sie würde sich einen Tag freinehmen. Zwar türmten sich die Aufgaben in der Bank, aber das konnte sie jetzt nicht davon abhalten. »Freundinnen first«, murmelte sie zu sich selbst und schnappte sich ihr Handy.

Marvin reagierte erstaunlich verständnisvoll, als Marleen ihm erklärte, dass sie Charlotte dringend helfen musste.

»Kein Problem«, sagte er in einem ruhigen Ton, der zeigte, dass er wirklich Chefqualitäten entwickelt hatte. »Du kannst auch morgen freinehmen, falls du das brauchst.«

»Wirklich?«, fragte Marleen überrascht. »Das ist nett, aber ich glaube, ein Tag reicht.«

Marleen stürzte sich mit vollem Einsatz in ihre neue Rolle als Tagesmama gestürzt. Während Charlotte sich durch ihren Job biss, stand Marleen vor einer echten Herausforderung: Die Zwillinge hatten nur ein Wort auf den Lippen – »Mami!« – und machten mit lauten Protesten klar, dass ein Ersatz hier nicht willkommen war.

Doch Marleen hatte eine Geheimwaffe: die Macht der Fantasie. Sie begann eine improvisierte Geschichte über einen mutigen Drachen und eine Prinzessin, die nicht nur das Schloss, sondern auch ihre eigenen Windeln verteidigte. Die Kleinen lauschten gebannt, große Augen, offene Münder – und sobald Marleen eine »Überraschung« versprach, die am Nachmittag auf sie wartete, verstummten die Proteste völlig.

Der Erfolg war so groß, dass sie die beiden schließlich sogar in den Mittagschlaf versetzen konnte. Als Charlotte am späten Nachmittag heimkam, bot sich ihr ein friedliches Bild: Marleen saß gemütlich auf dem Sofa, die Kinder an ihre Seite gekuschelt, während sie ihnen ruhig und hingebungsvoll aus einem bunten Bilderbuch vorlas.

»Ich weiß nicht, wie ich dir danken soll«, sagte Charlotte mit tiefer Erschöpfung in der Stimme und ließ sich aufs Sofa fallen, als wäre sie ein nasser Sack Kartoffeln.

»Ach, dafür sind Freundinnen doch da«, meinte Marleen, schmunzelnd und zwinkerte Charlotte zu. Sie fühlte sich ein wenig wie ein Held, der gerade ein Königreich vor einer Katastrophe bewahrt hatte.

Als Marleen endlich nach Hause kam, in ihre ruhige, friedliche Wohnung, atmete sie tief durch und ging ins Gästezimmer. Es war perfekt aufgeräumt und gemütlich. Bald würde Roberto hier schlafen. Der Gedanke brachte ihr Herz zum Hüpfen, und sie konnte es kaum erwarten, ihn wiederzusehen. Wie würde es wohl sein, wenn er da war?

# SECHS

Mit einem Strauß frischer Blumen in der einen und einer Dose selbstgebackener Kekse in der anderen Hand machte sich Marleen auf den Weg zu Marvins Elternhaus. Schon während sie durch die Straßen schlenderte, begann ihr Kopfkino: Soll sie von Roberto erzählen? Immerhin, sie und Marvin waren offiziell getrennt, da gab's keinen Grund für ein »Übrigens, ich treffe mich jetzt mit einem spanischen Adonis«. Aber irgendwie fühlte sie sich trotzdem wie eine Geheimnisträgerin auf Mission Impossible.

»Ach, was soll's«, dachte sie schließlich und setzte sich ein Ziel: Den Abend so entspannt wie möglich zu genießen, ohne dabei das Drama-Level unnötig hochzuschrauben. Ja, dieser Abend würde definitiv ohne große Enthüllungen ablaufen – zumindest, wenn sie ihre Gedanken im Zaum hielt.

Gerold war zwar immer noch im Krankenhaus, machte aber große Fortschritte. Das lag nicht zuletzt an seinem eisernen Willen, wieder laufen und sprechen zu können. Er war bekannt für seinen Ehrgeiz und seine Disziplin, und jeder, der ihn kannte, wusste, dass er alles tun würde, um bald wieder auf den Beinen zu stehen. Doch es war auch klar, dass der Weg noch lang und steinig sein würde.

Als Marleen schließlich das stattliche Haus der Familie erreichte, hielt sie kurz inne und atmete tief durch. Die Villa strahlte wie immer diese perfekte Mischung aus Eleganz und Gemütlichkeit aus – mit ihren hohen Fenstern und der makellosen Fassade. Sie wickelte die Blumen vorsichtig aus dem Papier, um sie Susanne in ihrer ganzen Pracht zu überreichen.

In der Tür stand Marvin und begrüßte sie mit einem zarten Kuss auf die Wangen. Er sah aus, als hätte er die halbe Nacht durchgearbeitet – leicht erschöpft, aber sehr charmant.

»Hallo, pünktlich wie immer«, sagte er mit einem Lächeln, das seine Augen aufleuchten ließ. In seiner Jeans und dem weißen Hemd wirkte er lässig.

Er nahm ihr die Blumen ab, während sie sich bückte, um ihre Schuhe auszuziehen.

»Du brauchst deine Schuhe nicht auszuziehen, wir sind hier nicht in der Bank«, neckte Marvin sie, doch Marleen grinste nur und ließ sie trotzdem im Flur stehen.

Als sie hinaus auf die Terrasse traten, saß Susanne dort mit einem Buch in der Hand, tief in ihre Lektüre vertieft. Die Terrasse war in sanftes Abendlicht getaucht, und Marleen spürte sofort eine gewisse Ruhe, die von diesem Ort ausging. Der Garten war perfekt gepflegt, wie immer, und der Duft von Lavendel hing in der Luft. »Hallo, Marleen! Wie schön, dass du da bist!«, rief Susanne freudig und legte ihr Buch zur Seite.

Marleen setzte sich zu Susanne, und während Marvin im Haus verschwand, um die Blumen in eine Vase zu stellen, schob sie ihr die Kekse rüber. »Ich habe gebacken, um uns den Tag zu versüßen«, sagte sie mit einem Augenzwinkern.

Susanne strahlte über das ganze Gesicht und griff sofort zu.

»Ach, Marleen, du weißt genau, wie du mein Herz eroberst!« In Susannes Welt war die Sache glasklar: Marleen und Marvin gehörten zusammen. In ihrem Kopf war bestimmt schon das nächste Kapitel geschrieben – mit einer Hochzeit, die sie als stolze Schwiegermutter bis ins letzte Detail organisieren würde. Und natürlich gab es da noch ein anderes Thema, das sie gern ins Spiel brachte: Enkelkinder. Susannes Augen glänzten bei der bloßen Vorstellung, die kleinen Racker bei sich zu haben.

Marleen dachte insgeheim: Vielleicht könnte Susanne ja mal Charlottes Zwillinge für ein Wochenende übernehmen? Das wäre der perfekte Testlauf – für alle Beteiligten eine Win-win-Situation!

Das Essen war eine feine Auswahl an Köstlichkeiten, und Marleen freute sich auf die kleinen kulinarischen Kunstwerke, die von der Haushälterin nach und nach aufgetischt wurden. Für sie war es jedes Mal ein echtes Highlight, hier zu speisen – und der gute Wein tat sein Übriges.

»Das Essen schmeckt wieder vorzüglich«, lobte Marleen und strich sich zufrieden über ihren gut gefüllten Bauch.

Susanne lächelte stolz, als wäre das Lob für sie persönlich bestimmt, obwohl sie kaum die Pfannen schwang.

»Gerold vermisst unser Essen sehr«, meinte sie. »Obwohl ich sagen muss, dass er im Krankenhaus recht ordentlich verköstigt wird. Aber stell dir vor, er hat schon acht Kilo abgenommen und ist entschlossen, noch weiter runterzukommen! Er hätte schon viel früher gesünder leben sollen. Aber was will man machen? Er war eben immer ein Genießer.«

Marvin, der bisher eher still zugeschaut hatte, lächelte Marleen über den Tisch hinweg immer wieder vielversprechend an. Sein Blick war schwer zu deuten, aber eines war klar: Da brodelte etwas unter der Oberfläche. Marleen spürte ein Kribbeln, doch sie war unsicher. Hat er sich vielleicht schon entschieden, was er will? Diese Frage beschäftigte sie, während sie versuchte, nicht allzu irritiert von seinen Blicken zu wirken.

Als das Dessert serviert wurde – ein zarter Schokoladenkuchen mit einer leichten Vanillesoße – überlegte Marleen, wie sie sich aus der Situation herauswinden könnte, ohne dabei unhöflich zu sein. Susanne schien nämlich darauf zu brennen, den Abend noch mit einem gemütlichen Spielemarathon abzurunden.

»Du bleibst doch noch?«, fragte Susanne mit der ihr eigenen charmanten Direktheit, die keine echte Wahl ließ.

Marleen räusperte sich und schüttelte leicht den Kopf.
»Ich habe meinen Eltern versprochen, noch bei ihnen vorbeizuschauen. Sie haben jetzt einen Computer – und naja, sagen wir, sie brauchen noch etwas... technisches Coaching.«

Susanne brach in ein schrilles Lachen aus, das durch den Garten hallte. Sie hatte diese leicht abschätzige, aber amüsierte Art, Marleens Eltern zu betrachten. Während Susanne und Gerold in Luxus lebten, mit einem Ziergarten, den man eher in einem Schlosspark vermuten würde, waren Marleens Eltern das genaue Gegenteil mit ihrem Selbstversorgergarten.

»Oh, Marleen, deine Eltern und Technik – das ist ja fast so, als würde man Gerold im Fitnessstudio anmelden!«, witzelte Susanne und schüttelte amüsiert den Kopf.

Marleen lächelte nur höflich. Ach, wenn Susanne wüsste, was wirklich in ihrem Leben los war... Aber eines stand fest: Heute war nicht der Tag für große Geständnisse über spanische Männer, die bald in ihrem Gästezimmer schlafen würden.

Marvin begleitete Marleen zur Tür und schaute ihr tief in die Augen. »Es war schön, dass du da warst. Den ganzen Tag allein mit meiner Mutter zu sein, das kann ganz schön anstrengend sein. Du kennst sie ja«, sagte er mit einem leichten Schmunzeln, das fast wie ein Hilferuf wirkte.

Marleen lächelte und zog sich ihre Schuhe an.

»Ja, es war wirklich schön, und das Essen, wie immer, einfach ausgezeichnet.«

Marvin zog sie plötzlich an sich. Die Umarmung kam unerwartet, und er flüsterte ihr ins Ohr: »Du siehst bezaubernd aus. Ich vermisse dich, Marleen. Ich möchte zurück zu dir.«

Was? Marleen stockte der Atem. Das hatte sie nun wirklich nicht kommen sehen. Noch vor ein paar Tagen hatte er ihr gesagt, er brauche Zeit, um über alles nachzudenken, und jetzt? Jetzt stand er da, als wäre er gerade bereit, vor ihr auf die Knie zu fallen und ihr einen Ring anzustecken.

Sie löste sich behutsam aus seiner Umarmung und versuchte, ihre Überraschung zu verbergen.

»Marvin, das kommt jetzt etwas plötzlich«, stammelte sie, während ihr Herz schneller schlug. »Wir sollten uns vielleicht noch Zeit lassen. Erst hast du mich verlassen, und jetzt…« Sie hielt kurz inne, um sich zu sammeln. »Ich genieße gerade mein Leben als Single, und… vielleicht sollten wir wirklich noch ein bisschen warten.«

Marvins Gesichtsausdruck wurde etwas weicher, aber seine Enttäuschung war ihm deutlich anzusehen.

»Alles klar. Es tut mir leid, wenn ich dich irritiert habe. In letzter Zeit ist so viel passiert, und mir wurde klar, wie schön es mit dir war. Ich glaube wirklich, dass wir füreinander geschaffen sind.«

Marleen kämpfte mit ihren Gedanken. Einerseits fühlte sie sich geschmeichelt von seinen Worten, von dieser plötzlichen Wende. Andererseits schwirrte Roberto in ihrem Kopf herum, dessen Besuch bald bevorstand. Und jetzt stand Marvin hier, mit diesem entschlossenen Blick, der sich in ihre Seele zu bohren schien. Sie rang nach Worten.

»Ich… ich muss jetzt gehen«, sagte sie schließlich und fühlte sich, als wäre sie diejenige, die plötzlich einen Rückzug brauchte. Sie wollte nicht überstürzt handeln – nicht jetzt, wo ihr Herz ein wahres Durcheinander war.

Marvin nickte nur langsam und trat einen Schritt zurück, ließ sie zur Tür gehen, ohne weiteren Druck auszuüben.

Marleen war froh, als sie draußen in der frischen Luft stand. Puh, was für ein Tag, dachte sie. Wenn mir jemand vor ein paar Wochen gesagt hätte, dass ich bald zwischen zwei Männern stehen würde…

Und jetzt? Jetzt war sie hin- und hergerissen. Wäre Marvin wirklich der Richtige für eine Rückkehr – oder sollte sie lieber sehen, was mit Roberto möglich wäre? Diese Frage würde sie wohl noch eine Weile begleiten.

Als Marleen das Haus ihrer Eltern betrat, saß das Ehepaar vor dem Monitor. Ihr Vater schüttelte leicht den Kopf, während ihre Mutter sich die Haare raufte.

»Ah, da kommt unsere Retterin in der Not!«, rief Olaf erleichtert aus und kam seiner Tochter entgegen, um sie liebevoll in die Arme zu schließen.

»Wir sind schon kurz davor, dieses teuflische Gerät aus dem Fenster zu werfen!«

Marleen musste schmunzeln. »Was ist denn das Problem?«, fragte sie und setzte sich an den Schreibtisch, um einen Blick auf den Monitor zu werfen. Ihre Eltern wichen ehrfürchtig zurück, als würde sie eine Zaubershow aufführen. Es dauerte keine fünf

Minuten, da hatte Marleen das Problem gelöst – ein einfaches, aber für ihre Eltern scheinbar unüberwindbares Hindernis.

»Toll, was du alles kannst!«, sagte Silvia bewundernd und schaute Marleen an, als hätte sie gerade den heiligen Gral gefunden.

»Ich habe auch nur ein paar Knöpfe gedrückt, Mama«, lachte Marleen, während ihr Vater triumphierend verkündete: »Magst du ein Stück Spinatkuchen? Wir haben noch welchen übrig.«

»Oh, nein danke«, winkte Marleen ab. »Ich habe gerade ein ganzes Menü hinter mir, ich platze gleich.«

Nachdem sie ihren Eltern zum gefühlt tausendsten Mal erklärt hatte, wie man das Schreibprogramm öffnet und ins Internet kommt, atmete sie erleichtert auf – nur um gleich darauf in den Garten gelotst zu werden. Dort präsentierten die Gärtner stolz ihre prächtigen Pflanzen, die tatsächlich überall blühten, als wäre der Garten ein geheimer Zugang zum Paradies.

»Schau mal, die Tomaten! Und hast du den Salat gesehen?« Silvias Augen leuchteten, als würde jedes Blatt und jede Tomate ein Stück pure Lebensfreude darstellen. »Und die Kürbisse dieses Jahr, Wahnsinn, oder?«

Marleen nickte begeistert, auch wenn sie sich insgeheim fragte, ob diese Kürbisse irgendwann in ihrem Leben eine dramatische Rolle spielen würden. Der Kürbis des Schicksals oder so. Doch die Begeisterung ihrer Eltern war einfach ansteckend. Der Garten war ihr ganzer Stolz – gut, neben ihrer »technisch versierten, unglaublich klugen Tochter«, wie sie immer betonten.

Es war schön, für einen Moment in diese heile Welt einzutauchen, in der die größten Probleme darin bestanden, wie man den Computer hochfährt oder die besten Tomaten züchtet. Nach dem ganzen Drama mit Marvin und Roberto war dieser Besuch wie eine kleine Auszeit von der emotionalen Achterbahnfahrt, auf der sie sich gerade befand.

Am Ende warf ihre Mutter ihr einen wissenden Blick zu. »Und, was gibt's Neues bei dir und Marvin?« Marleen entging diese subtile Spitze natürlich nicht. Sie lächelte leicht und sagte nur: »Ach, alles beim Alten. Aber der Garten sieht toll aus!«

# SIEBEN

Drei Tage vor Robertos Ankunft meldete sich der Spanier mit einem charmanten Text: »Liebe Marleen, ich freue mich riesig auf Hamburg! Ich lande am Donnerstag um 16:30 Uhr. Soll ich dir etwas aus Mallorca mitbringen?« Marleen überlegte kurz, grinste bei der Vorstellung eines vollen Koffers mit spanischen Köstlichkeiten und tippte scherzhaft zurück: »Vielleicht ein paar Orangen aus Sóller?« Sie schickte die Nachricht ab und dachte, er würde sicher über den kleinen Scherz lachen.

In den Tagen vor seiner Ankunft verwandelte sich Marleens Wohnung in ein wahres Schmuckstück. Sie brachte jeden Winkel auf Hochglanz, sodass es in ihrer Wohnung fast wie in einem Einrichtungskatalog aussah. Sogar die Topfpflanzen, die sonst nur sporadisch Wasser sahen, standen plötzlich prall und sattgrün da, als hätten sie sich auf diesen besonderen Besuch mitgefreut.

Natürlich durfte auch eine modische Auffrischung nicht fehlen. Marleen kaufte sich neue Kleider und verbrachte abends Stunden vor dem Spiegel, um Frisuren auszuprobieren. »Ein bisschen Wellen oder lieber glatt?«, fragte sie sich, während sie die Lockenwickler einzeln wieder herauszog. Sie wollte für Roberto perfekt aussehen – er war schließlich ein echter

Hingucker, der mit seinem südlichen Charme ihr Herz zum Stolpern brachte.

Weder Marvin noch ihren Eltern hatte sie von Robertos Besuch erzählt. Marvin, der immer noch glaubte, dass die Zwillinge Charlottes ihrer Zuwendung bedurften, hatte ihr großzügig zwei freie Tage gewährt. Er hatte ihr sogar angeboten, mit den Kindern zu helfen. »Ich bin ein Naturtalent mit Kindern«, hatte er lächelnd hinzugefügt, was Marleen süß, aber auch irgendwie irritierend fand. Marvin zeigte sich plötzlich von einer überaus fürsorglichen Seite.

Während ihr Ex auf einmal alles zu tun schien, um sie zurückzugewinnen, drehte sich in ihrem Kopf alles nur noch um Roberto. Sie war gespannt – ja, fast schon nervös – wie der Besuch verlaufen würde. Würde dieser charmante Spanier wirklich derjenige sein, der ihr Herz endgültig erobert?

Jetzt galt es nur noch, die letzten Vorbereitungen zu treffen und herauszufinden, ob Roberto wirklich die Orangen aus Sóller mitbringen würde.

*

Marleen stand wie festgewurzelt vor der großen Anzeigetafel und kämpfte mit ihren Nerven. Sie kaute auf ihrer Unterlippe, die durch das ständige Beißen schon ganz rau und zerfranst war. In Gedanken malte sie sich die verschiedensten Szenarien aus – was, wenn das Treffen ein Desaster wird? Was, wenn das Feuer, das sie auf Mallorca gespürt hatte, erloschen waren? Sie fühlte sich wie ein Tiger im Käfig und lief nervös auf und ab, bis sie schließlich beschloss, sich ein Wasser zu kaufen. Vielleicht würde das ihre inneren Turbulenzen etwas dämpfen.

Als sie wieder am Ausgang stand, holte sie ihr Handy hervor und rief Charlotte an. Charlotte, die eingeweihte

Mitverschwörerin in diesem »geheimen« Besuch, war natürlich sofort zur Stelle.

»Wie fühlst du dich?«, fragte Charlotte neugierig.

»Ich bin ein Wrack! Sein Flug hat auch noch Verspätung!«, seufzte Marleen, während sie ungeduldig auf die Uhr schaute.

»Entspann dich, der wird schon kommen – und dann wirst du in seine Arme sinken wie in einen romantischen Film«, neckte Charlotte.

»Ja, ja, oder ich stolpere und falle direkt auf die Nase«, murmelte Marleen und legte auf, um wieder nervös Instagram zu durchforsten. Eine kleine Ablenkung konnte schließlich nicht schaden.

Endlich blinkte das ersehnte »Gelandet« auf der Tafel auf. Marleen richtete sich auf, nahm noch einen Schluck Wasser und postierte sich direkt am Ausgang. Ihre Augen scannten ungeduldig die Gesichter der Ankömmlinge – Menschen aus aller Welt strömten an ihr vorbei, aber keiner davon war der Mann, auf den sie wartete.

Und dann – als hätte jemand einen Schalter umgelegt – da war er. Roberto. Marleen zuckte zusammen, als sie ihn erblickte. Er sah noch besser aus als in ihrer Erinnerung, als hätte er die letzten Monate in der Sonne und mit einem persönlichen Fitnesstrainer verbracht. Seine braunen Augen leuchteten, als sie sich entdeckten, und ein Lächeln breitete sich auf seinem Gesicht aus, das Marleens Herz zum Hüpfen brachte.

»Oh. Mein. Gott«, dachte sie nur und spürte, wie ihre Knie weich wurden. Ihre Hand zitterte leicht, als sie versuchte, Haltung zu bewahren. Und dann war er da, direkt vor ihr, strahlend wie die mallorquinische Sonne.

»Marleen!«, rief er mit diesem charmanten Akzent, der ihr direkt wieder Schmetterlinge in den Bauch schickte. Und obwohl sie sich vorgenommen hatte, ganz cool zu bleiben, bebte sie vor

Aufregung. Diese Anziehung, die sie schon auf Mallorca gespürt hatte, war nicht nur noch da – sie war stärker denn je.

Das Wetter in Hamburg zeigte sich von seiner typischen Seite: Es regnete in Strömen. Der kräftige Wind hatte auch kein Mitleid mit Marleens Frisur. Auf dem Weg vom Flughafen ins Parkhaus wurde ihr Haar im Nu zerzaust, und der akribisch geföhnte Look verwandelte sich in ein zerstörtes Vogelnest.

Als sie schließlich im Parkhaus ankamen, war die Stimmung zwischen den beiden eher zurückhaltend und unsicher. Sie wussten beide nicht, wohin diese Begegnung führen würde. Waren sie hier, um alte Gefühle wieder aufleben zu lassen oder um festzustellen, dass es doch nur eine flüchtige Urlaubsliebe gewesen war? Eines stand jedoch fest: Die Anziehung war unübersehbar – ihre Blicke trafen sich immer wieder, und beide spürten das Kribbeln, das ihnen damals schon durch die Adern geschossen war.

Roberto war ein wenig zu groß für Marleens kleinen Smart. Er passte so gerade eben in den Wagen. Der Kleinwagen wirkte wie ein überladener Einkaufswagen, der sich durch den dichten Hamburger Verkehr kämpfte.

Während Marleen den Smart durch die vollen Straßen manövrierte, war sie so nervös, dass sie mehrmals fast dem Vordermann aufgefahren wäre. Sie schaute viel zu oft zu Roberto hinüber, als wäre sie in einem Traum, aus dem sie nicht erwachen wollte. Roberto hingegen lächelte beruhigend, obwohl ihm vielleicht ein bisschen mulmig zumute war – nicht wegen der Gefühle, sondern weil er nicht sicher war, ob sie den Weg nach Hause schaffen würden, ohne einen Unfall zu bauen.

»Schön ist es hier!«, sagte Roberto höflich, als Marleen das dritte Mal an ihrem Haus vorbeifuhr, weil sie keinen Parkplatz fand. Sein Tonfall verriet jedoch, dass er sich das »schön« in erster Linie aus Freundlichkeit heraus abrang. Hamburg im Regen war für jemanden, der aus dem warmen, sonnenverwöhnten Mallorca kam, ein kleiner Kulturschock.

Endlich, nach gefühlten hundert Runden um den Block, ergatterten sie einen Parkplatz.

»So, willkommen in Hamburg – wo der Wind dir die Frisur zerstört und die Straßen nie leer sind!«, sagte sie halb scherzhaft, halb entschuldigend, während sie aus dem Auto stieg. Roberto grinste und streckte sich, als er sich aus dem engen Wagen befreite.

Als Marleen die Haustür aufschloss, kam ihnen sofort ein herrlicher Duft entgegen – eine clevere Mischung aus Meer und Mandelblüten, die Marleen bewusst als Raumduft ausgewählt hatte, um vielleicht ein wenig mediterranes Flair in ihre Wohnung zu bringen. Doch der süße Duft half nicht, ihr rasendes Herz zu beruhigen. Roberto war jetzt wirklich da, in ihrer Wohnung, und obwohl sie sich auf diesen Moment gefreut hatte, wusste sie plötzlich nicht, was als Nächstes geschehen würde. Ihr Magen war eine Mischung aus Schmetterlingen und Knoten, und es fühlte sich an, als ob ihr Herz bis zum Hals schlug.

Roberto verhielt sich so zurückhaltend, als wäre der leidenschaftliche Kuss bei Sonnenaufgang auf Mallorca nur ein schöner Traum gewesen. Nachdem er seine Schuhe ordentlich neben die Tür gestellt hatte, kramte er in seiner Reisetasche und holte tatsächlich einen Beutel mit Orangen hervor.

»Die wolltest du doch haben«, sagte er mit einem schelmischen Grinsen, während der Duft der Früchte sich sofort im Raum verbreitete.

Marleen lachte überrascht. »Oh, danke! Das war aber nicht ernst gemeint. Trotzdem – ich freue mich wirklich!« Sie nahm die Orangen entgegen und atmete tief ein, um den süßen Duft aufzusaugen.

»Du kannst dein Gepäck ins Gästezimmer bringen«, fügte sie hinzu und führte ihn in den Raum, den sie mit viel Liebe aus einer kleinen Rumpelkammer in eine gemütliche Oase verwandelt hatte.

Roberto trat ein und sah sich um. »Das ist schöner als jedes Hotelzimmer«, lobte er mit ehrlicher Bewunderung und ließ seinen Blick über das sorgfältig eingerichtete Zimmer schweifen. Er entdeckte das Fenster und trat näher, um den Blick in den Innenhof zu betrachten. Zugegeben, der Anblick der Mülltonnen und die vereinzelten, verwaisten Gartenstühle waren nicht gerade der romantische »Charme« Hamburgs, aber Roberto lächelte dennoch freundlich.

»Hast du Appetit? Ich habe etwas vorbereitet«, fragte Marleen und rieb sich nervös die Hände, die plötzlich so kalt waren, als hätte sie gerade einen Schneeball geformt.

»Ja, sehr sogar. Ich habe heute nur gefrühstückt«, antwortete er und drehte sich zu ihr um, ein dankbares Lächeln auf den Lippen.

»Perfekt! Ich hoffe, du magst deutsche Hausmannskost mit einem Hauch von… Mallorca?« Sie lachte nervös, bevor sie ihn in die Küche führte, wo sie das Abendessen vorbereitet hatte. Der Tisch war bereits gedeckt, und Roberto warf einen beeindruckten Blick auf die Teller mit Frikadellen, Kartoffelsalat und einem Schälchen Aioli, das Marleen liebevoll hinzugefügt hatte, um ein wenig von Robertos Heimat einzubringen.

»Das sieht fantastisch aus, Marleen«, bemerkte er, und in diesem Moment fühlte sie sich endlich etwas ruhiger. Vielleicht würde alles doch einfacher sein, als sie dachte – oder aber der wahre Sturm, der ihre Gefühle betraf, stand erst noch bevor.

Roberto legte sich die Serviette elegant auf den Schoß und begann in aller Ruhe zu essen. Jeder Bissen wurde bedächtig gekaut, als wäre er ein professioneller Restaurantkritiker.

»Das Essen ist wirklich sehr gut«, lobte er zwischendurch, aber beide wussten nicht so recht, wie sie das Gespräch in Gang bringen sollten. Es war, als hingen ihre Worte an einem seidenen Faden, bereit, jederzeit zu reißen. Roberto sah sich verstohlen um, suchte nach einem unverfänglichen Einstieg.

»Du hast eine wirklich schöne Wohnung«, sagte er schließlich und nickte anerkennend, während er einen weiteren Bissen nahm. »Sie ist ziemlich groß für eine Person, oder?«

Marleen runzelte leicht die Stirn. War das jetzt die berühmte Frage, um herauszufinden, ob sie tatsächlich alleine lebte oder vielleicht doch noch jemand hier herumgeisterte? Sie wollte ihn nicht anlügen, aber die Wahrheit fühlte sich auch ein wenig unangenehm an.

»Ich habe hier mit meinem Freund gelebt... bis wir uns getrennt haben. Jetzt wohne ich alleine«, erklärte sie und spürte, wie sich ihre Stimme veränderte. Sie beobachtete seine Reaktion genau.

»Oh, das tut mir leid. Eine Trennung ist immer sehr schmerzhaft«, antwortete Roberto mit einem mitfühlenden Blick. War das Verständnis in seinen Augen? Oder... sprach er aus eigener Erfahrung? Fragen über Fragen, die sie nicht wagte, sofort zu stellen. Aber der Elefant im Raum, der mit »Ex-Freund« auf dem Rücken stand, hatte sich nun elegant an den Esstisch gesetzt.

In einer plötzlichen Wendung zum Kulinarischen hob Roberto dann eine Frikadelle hoch, als wäre sie ein Kunstwerk und sagte lächelnd: »Diese Finkadellen schmecken wirklich köstlich. Bei uns in Spanien gibt es auch kleine Fleischbällchen, Albóndigas, in Tomatensauce. Aber diese hier... die sind unglaublich.«

Marleen konnte sich das Lachen nicht verkneifen. »Frikadellen. Sie heißen Frikadellen, nicht Finkadellen.«

Roberto hielt inne und grinste. »Frikadellen... Finkadellen... Fast das Gleiche, oder?«

»Nicht ganz, aber ich lasse es mal durchgehen«, antwortete sie mit einem Augenzwinkern.

Roberto nahm die Korrektur sportlich und griff gleich zur nächsten Frikadelle, als wäre sie die Hauptattraktion des Abends.

»Ich lerne gerne. Vor allem, wenn das Essen so gut ist«, sagte er und fügte schmunzelnd hinzu, »Und wenn du mich so charmant korrigierst.«

Das Eis war damit ein gutes Stück weiter geschmolzen, und obwohl noch viel zwischen ihnen unausgesprochen war, hatte dieser kleine kulinarische Fauxpas die Atmosphäre merklich aufgelockert.

Nachdem sie fertig gegessen hatten, überraschte Roberto Marleen, indem er half, den Tisch abzuräumen. Ein Mann, der nicht nur isst, sondern auch abräumt – das war schon mal ein Pluspunkt. Als die Gastgeberin die Weinflasche in der Hand schwenkte und fragte: »Magst du noch ein Glas Wein?«, nickte Roberto sofort.

Sie drückte ihm die Weingläser in die Hand und balancierte selbst die Flasche, als würde sie einen festlichen Umzug anführen. Roberto blieb kurz etwas unschlüssig vor dem Sofa stehen, wie ein Gentleman auf einer steifen Audienz. Doch schließlich ließ er sich nieder, während Marleen es sich im Sessel bequem machte, extra mit ihrem neuen Wohlfühlkissen – das ultimative Zeichen von Gemütlichkeit.

»Morgen zeige ich dir ein paar schöne Ecken von Hamburg. Du wirst sehen, es ist hier nicht nur grau und regnerisch«, versprach sie, innerlich mit dem Wettergott einen stillen Pakt schließend.

Roberto grinste und erwiderte: »Ich muss gestehen, ich habe mir einen Reiseführer besorgt.« Dabei zeigte er ein leichtes, schiefes Lächeln, das sie sofort entwaffnete. »Ich kenne also schon ein paar Orte aus Bildern – aber ich lasse mich gerne überraschen.«

Gerade als das Gespräch in Gang kam, spürte Marleen ein Unwohlsein in ihrem Bauch.

»Entschuldige mich kurz«, murmelte sie, stand hastig auf und eilte in Richtung Badezimmer. Ihr Magen rumorte wie ein Vulkan kurz vor dem Ausbruch. Kaum dass sie es auf die Toilette geschafft hatte, passierte das Unvermeidliche. Durchfall! Ausgerechnet jetzt!

»Oh nein, das kann doch nicht wahr sein!«, stöhnte sie innerlich und lüftete schnell das Badezimmer, sprühte Parfüm und versuchte, in den Spiegel zu lächeln, um ihre Nerven zu beruhigen. Doch das Lächeln fiel schief aus. Sie hörte ein Geräusch. War das die Türklingel?

»Nicht jetzt!«, dachte sie und eilte zur Tür. Wer konnte das denn jetzt bitte schön sein? Sie öffnete und blickte direkt in die blauen Augen von... Marvin!

»Marvin! Was machst du denn hier...?«, fragte sie, während ihre Stimme vor Überraschung fast eine Oktave höher sprang.

»Ich war gerade bei Charlotte, weil du doch gesagt hattest, du würdest auf die Zwillinge aufpassen. Ich wollte dich dabei unterstützen und schon mal üben. Aber sie meinte, du wärst krank. Da dachte ich, ich schau mal nach dir. Brauchst du Hilfe?«

Marleen stand wie versteinert da. Natürlich ausgerechnet jetzt, wo Roberto im Wohnzimmer saß, und sie gerade erst von der Toilette kam! Sie rang nach einer Ausrede.

»Oh, ähm, das ist lieb von dir, Marvin, aber ich... ich habe Magen-Darm. Ganz schlimm. Komme aber klar«, stammelte sie, während sie hoffte, dass er das einfach so hinnahm.

»Soll ich dir was aus der Apotheke besorgen?«, fragte er weiter, ganz der fürsorgliche Marvin, der nicht lockerließ.

»Nein, danke. Ich habe alles, was ich brauche«, erwiderte sie hastig. In diesem Moment hörte man ein Niesen – ein deutlich männliches Niesen – aus dem Wohnzimmer. Marvins Stirn runzelte sich, als er neugierig über ihre Schulter lugte.

»Hast du Besuch?«, fragte er, sichtbar irritiert.

Marleen spürte, wie sich ein Schweißfilm auf ihrer Stirn bildete. »Äh... ja... nein... also, ja, mein Vater ist hier«, log sie und fühlte, wie ihr innerlich das schlechte Gewissen ins Gesicht kroch. Sie wollte nicht lügen, aber was sollte sie jetzt sagen?

»Dein Vater?« Marvins Augenbraue hob sich skeptisch.

»Ja, er... hilft mir, weil es mir so schlecht geht.« Marleen versuchte, überzeugend zu klingen, doch der Gedanke daran, wie Roberto im Wohnzimmer saß und ihre Lüge lauschte, machte die Situation nicht gerade einfacher.

Marvin schien nicht ganz überzeugt, zuckte aber schließlich mit den Schultern. »Na gut, wenn du dir sicher bist, dass du keine Hilfe brauchst... Dann erhole dich gut«, sagte er, immer noch leicht irritiert, und drehte sich zum Gehen.

Marleen atmete tief durch, schloss die Tür und lehnte sich dagegen, während ihr Herz wie wild schlug. Sie musste sich beruhigen – aber wie, wenn ihr Leben gerade einem chaotischen Slapstick-Film glich?

Kaum hatte sie die Tür hinter Marvin geschlossen, spürte sie es wieder: Ihr Magen rebellierte erneut. »Nicht schon wieder!«, fluchte sie leise und rannte zurück ins Badezimmer, gerade rechtzeitig. Was war nur los mit ihr heute? Das Timing war ja katastrophal! Sie riss das Fenster auf, in der Hoffnung, das Bad mit der frischen Sommerluft zu fluten und die unangenehme Situation irgendwie zu vertreiben.

Als sie dann wieder in den Spiegel blickte, sah sie ein blasses Gesicht, und plötzlich überkam sie eine Welle von Erschöpfung. Ihre Beine fühlten sich an wie Wackelpudding, und sie musste sich an der Waschbeckenablage festhalten, um nicht gleich umzukippen.

Mit vorsichtigen, fast schleppenden Schritten ging sie zurück ins Wohnzimmer, wo Roberto sie anlächelte.

»Mir geht's gerade nicht so gut«, gestand sie, während sie sich auf die Lippen biss, um nicht zu sehr ins Detail zu gehen. »Ich habe... äh... Bauchschmerzen.«

Roberto sah sofort besorgt aus. »Oh, das tut mir leid. Soll ich dir etwas bringen? Oder brauchst du Hilfe?« Er klang wirklich mitfühlend, aber in Marleens Kopf drehte sich alles nur um die Frage: Wie komme ich aus dieser peinlichen Situation wieder raus?

»Nein, nein, alles gut«, winkte sie ab, auch wenn sie innerlich das Gegenteil fühlte. »Vielleicht... lege ich mich einfach hin. Ich glaube, es wäre besser, wenn ich mich ausruhe.«

Roberto nickte verständnisvoll. »Natürlich! Ruh dich aus. Ich bin auch müde. Ich musste schon um 6 Uhr aufstehen, also ist es kein Problem, wenn wir den Abend ruhig ausklingen lassen.« Obwohl er es sagte, merkte Marleen, dass Roberto wohl gerne noch die Stadt erkundet hätte – aber der Abend war schon in Schieflage geraten.

»Brauchst du noch etwas?«, fragte sie, während sie versuchte, nicht komplett wie ein Häufchen Elend auszusehen.

»Vielleicht nur noch eine Flasche Wasser. Aber mach dir keine Gedanken. Hauptsache, du wirst schnell wieder gesund.«

»Ich stelle dir eine Flasche in dein Zimmer«, murmelte sie, schon leicht niedergeschlagen. »Und... tut mir wirklich leid, dass das heute so gelaufen ist.«

»Kein Problem«, sagte Roberto beruhigend. »Gute Nacht, Marleen. Wir haben ja noch einige Stunden.«

Marleen zwang sich zu einem Lächeln, das mehr wie eine schiefe Grimasse wirkte, bevor sie sich in ihr Schlafzimmer zurückzog. Sie hatte sich diesen Abend so ganz anders vorgestellt – ein offenes Gespräch, vielleicht sogar eine romantische Stimmung... Aber stattdessen: Magen-Darm und verkrampfte Smalltalks.

Sie ließ sich ins Bett fallen und starrte an die Decke. »Wie heißt es so schön? Es kommt immer anders, als man denkt«, murmelte sie zu sich selbst und seufzte.

Als Marleen im Bett lag, die Wärmeflasche sanft auf ihrem Bauch drückte, hörte sie das leise Plätschern der Dusche. Unweigerlich wanderte ihre Fantasie zu Roberto. Sie stellte sich vor, wie das Wasser über seinen durchtrainierten Körper lief, seine Haut glänzte, und ein wohliger Schauer durchfuhr sie. Ihr Herz klopfte schneller, obwohl sie sich eigentlich entspannen wollte. Aber da war er, nur ein paar Meter entfernt, und sie fühlte diese unausgesprochene Spannung in der Luft, die sie beide noch zurückhielt.

Aber dann – zack – schlich sich Marvin in ihre Gedanken. Ach, Marvin. Sie hatte ihn glatt angelogen. Das schlechte Gewissen packte sie wie ein kalter Schauer. Es war doch nicht ihre Art, zu lügen, vor allem nicht bei Marvin, der ihr jahrelang so nah gestanden hatte. »Was für ein blöder Abend!«, murmelte sie leise vor sich hin und zog die Decke enger um sich. Draußen prasselte der Regen gegen die Fenster, das Hamburger Schmuddelwetter machte die ganze Situation nicht gerade besser. Der Tag, auf den sie sich so gefreut hatte – Roberto bei sich, in ihrer Wohnung, in ihrem Leben – und nun? Bauchschmerzen, Regen und peinliches Schweigen.

Unruhig wälzte sie sich hin und her, bis sie schließlich aufgab, Schlaf zu finden. Stattdessen schlich sie in die Küche, kochte sich einen Kamillentee und spürte die beruhigende Wärme der Tasse in ihren Händen. Sie nippte am Tee und schaute in den Flur. Ihr Blick wanderte zum Gästezimmer, wo noch Licht brannte. Roberto war also auch wach. Schlief er etwa mit Licht? Oder... konnte er genauso wenig wie sie zur Ruhe kommen?

Ein Gedanke nagte an ihr: Was, wenn er genauso unsicher war wie ich? Schließlich hatten sie seit seiner Ankunft kein Wort über ihre Gefühle gesprochen. Alles war so verkrampft gewesen, so anders als der traumhafte Morgen bei Sonnenaufgang. Die wilden Küsse am Strand, die süße salzige Luft, die Hitze der

Sonne und diese spontane, leidenschaftliche Anziehung – all das schien jetzt meilenweit entfernt.

Sie seufzte leise und schüttelte den Kopf. »Aber wir haben noch etwas Zeit«, beruhigte sie sich und trank einen weiteren Schluck Tee. Zeit, um herauszufinden, was das zwischen ihnen wirklich war. Ob es nur eine Urlaubserinnerung war, die besser dort geblieben wäre, oder ob da mehr war. Etwas Echtes, etwas, das über die Bucht von Mallorca hinaus Bestand haben könnte.

Mit diesem Gedanken fühlte sie sich ein wenig besser. Der Kamillentee tat sein Übriges, und sie ging zurück ins Bett, in der Hoffnung, dass der morgige Tag besser verlaufen würde.

*

Als die Sonne am nächsten Morgen durch die Vorhänge in Marleens Schlafzimmer schien, fühlte sie sich endlich wieder wie ein Mensch. Keine nächtlichen Notfälle mehr in Richtung Toilette, kein Unwohlsein. Sie drückte vorsichtig auf ihren Bauch – alles ruhig. »Na also«, murmelte sie zufrieden. Ihr Körper hatte sich offenbar entschieden, dass es Zeit war, sich wieder normal zu verhalten. Doch kaum dachte sie an Roberto, der im Zimmer nebenan schlummerte – oder vielleicht schon wach war? – begann ihr Herz wieder in einem rasanten Takt zu schlagen.

Mit einem Schwung sprang sie aus dem Bett und unter die Dusche. Ihr Spiegelbild sah endlich wieder aus wie das alte: kein gestresster, blasser Schatten ihrer selbst, sondern wieder die gewohnt strahlende Marleen. Das Wetter spielte auch mit, und ein schneller Blick auf die Wetterapp ließ sie innerlich jubeln. Sonnenschein in Hamburg! Das ist praktisch wie ein Sechser im Lotto. »Hamburg bei Sonne kann es locker mit Mallorca aufnehmen«, dachte sie, während sie sich fröhlich in ein frisches Outfit schmiss.

Sie bereitete ein Frühstück vor, das wirklich keine Wünsche offenließ. Brötchen, Obst, Kaffee, Eier und ein Saft aus den berühmten Orangen aus Sóller, die Roberto mitgebracht hatte. Perfekt. Doch während sie hin und wieder lauschte, ob aus dem Gästezimmer Geräusche kamen, blieb es erschreckend ruhig. »Vielleicht ist er ja in der Nacht geflüchtet«, dachte sie mit einem Anflug von Panik. Die Vorstellung, dass Roberto Angst vor einem Magen-Darm-Virus hatte und sich klammheimlich aus dem Staub gemacht hatte, war zwar absurd, aber irgendwie typisch für das Chaos in ihrem Leben.

Gerade als sie sich in die düstersten Gedankenspiralen hineinsteigerte, hörte sie ein Geräusch – das Geräusch einer Tür, die sich öffnete. Sie steckte den Kopf aus der Tür und erstarrte. Da war er: Roberto, nur in Boxershorts, auf dem Weg ins Badezimmer. Sein Oberkörper, den sie einmal bei Sonnenaufgang an der Küste Mallorcas bewundert hatte, war noch beeindruckender als in ihrer Erinnerung. Ihr Blick blieb für einen Moment an den sanft geschwungenen Muskeln hängen, und ein wohliger Schauer lief ihr über den Rücken. Er sieht aus wie aus einem Fitnesskatalog, dachte sie und biss sich auf die Lippe.

Er hatte sie nicht gesehen. »Oh mein Gott«, flüsterte sie und stützte sich auf die Arbeitsplatte und versuchte, wieder einen normalen Puls zu bekommen.

Kurz darauf erschien Roberto, frisch geduscht, seine Haare noch leicht feucht und mit einem zufriedenen Lächeln im Gesicht.

»Guten Morgen. Geht es dir besser?«, erkundigte er sich mit seiner tiefen, sanften Stimme, und Marleen musste sich zusammenreißen, nicht über ihre eigenen Füße zu stolpern.

»Guten Morgen. Ja wieder alles gut. War wohl eine kleine Magenverstimmung«, antwortete sie und deutete auf den gedeckten Tisch. »Ich hoffe, du hast Hunger.«

Roberto lächelte. »Ja, es sieht sehr gut aus.« Er setzte sich und Marleen konnte spüren, wie die Anziehungskraft zwischen ihnen wieder zunahm. Aber diesmal war es irgendwie... ruhiger. Keine Eile, keine Leidenschaft – nur zwei Menschen, die sich langsam annäherten, während die Sonne über Hamburg schien.

Vielleicht wird der Tag doch noch richtig schön, dachte Marleen und schenkte Kaffee ein.

Als sie in ihr Brötchen beißen wollte, vibrierte plötzlich ihr Handy. Es war Charlotte. Natürlich, wer sonst. Diese Frau hatte ein unheimliches Talent dafür, immer im unpassendsten Moment zu stören.
»Entschuldige kurz!«, sagte sie mit einem genervten Gesichtsausdruck und schlüpfte aus der Küche, während sie das Handy an ihr Ohr presste.

»Ist Marvin gestern bei dir gewesen? Ich konnte ihn nicht aufhalten! Ich musste ihm eine haarsträubende Lügengeschichte auftischen, weil er dachte, du hütest meine Kinder. Er wollte unbedingt nach dir sehen! Ich wollte dich warnen, aber Betty... du errätst nicht, wo sie mein Handy versteckt hat!« Charlottes Stimme klang aufgebracht und bereit für eine ausufernde Erzählung.

Marleen schnaubte. »Charlotte, sorry, aber ich hab gerade wirklich keine Zeit für Ratespiele.«

»Im Wäschepuff! Wer tut sowas?« Charlotte ignorierte Marleens genervten Tonfall.

»Schon gut«, seufzte Marleen. »Ich habe Marvin an der Tür abgefertigt. Er ist Roberto nicht begegnet, und ich habe ihm erzählt, ich hätte Magen-Darm.« Sie merkte, dass das Thema sie jetzt wirklich nur noch stresste. Sie wollte zurück zu Roberto und nicht über Marvin und versteckte Handys reden. »Ich muss jetzt auflegen.«

Aber natürlich war Charlotte noch nicht fertig. »Und wie läuft's mit Roberto? Ist er genauso heiß, wie du ihn in Erinnerung hattest?« Ihre Stimme klang verschmitzt neugierig.

»Erzähle ich später. Tschüss!« Marleen beendete das Gespräch abrupt, bevor Charlotte noch mehr peinliche Fragen stellen konnte. Sie steckte ihr Handy weg und atmete tief durch. So, jetzt entspannen.

Sie warf einen kurzen Blick in den Spiegel im Flur. Alles saß noch – Haare einigermaßen okay, Gesicht nicht zu blass, immerhin hatte sie den gestrigen Horror überstanden. Sie richtete ihr Shirt, lächelte sich selbst kurz zu und ging dann zurück in die Küche.

Roberto saß da, ganz entspannt, als wäre er schon immer ein Teil ihres Lebens gewesen. Er blickte auf, als sie hereinkam, und für einen Moment hielt Marleen inne. Wie konnte es sein, dass dieser unglaubliche Mann hier an ihrem Küchentisch saß und irgendwie... perfekt hineinzupassen schien?

»Alles in Ordnung?«, fragte er sanft.

»Ja, ja, alles gut«, antwortete sie und setzte sich wieder hin. Ihre Hände zitterten leicht, aber sie versuchte, das zu überspielen. »Nur eine Freundin, die mal wieder die totale Katastrophe erlebt.«

Roberto lächelte und nahm einen Schluck Kaffee. »Das kenne ich. Aber keine Sorge, ich bin geduldig.« Sein Blick ruhte auf ihr, und Marleen spürte, wie die Atmosphäre zwischen ihnen wieder aufgeladen wurde. Diese Spannung, die gestern durch all die

Missgeschicke und den Magen-Darm-Schreck verloren gegangen war, war jetzt zurück – und zwar stärker denn je.

»Danke, dass du so verständnisvoll bist«, sagte Marleen und merkte, dass ihr Herz wieder schneller schlug. »Ich dachte, du würdest nach der ganzen Geschichte gestern das Weite suchen.«

Roberto lehnte sich zurück und grinste. »Ich bin nicht so leicht abzuschrecken. Außerdem – das Frühstück heute Morgen entschädigt für alles.« Er zwinkerte ihr zu, und Marleen spürte, wie sich ihre Nerven langsam beruhigten.

»Ich hoffe, du magst Hamburg bei Sonnenschein«, scherzte sie und wollte das Thema wechseln. »Es gibt so viele schöne Ecken, die ich dir zeigen will.«

»Ich bin gespannt«, antwortete Roberto und seine Augen funkelten. »Aber ich denke, der beste Ausblick heute Morgen ist hier.« Seine Stimme klang tief und warm, und Marleen spürte, wie ihre Wangen leicht erröteten.

»Also gut«, sagte sie lachend und versuchte, die Aufregung zu überspielen. »Dann lass uns mal das schöne Hamburg erkunden. Du wirst sehen, es ist fast so schön wie Mallorca.«

»Fast?«, neckte er.

»Okay, vielleicht nicht ganz«, gab sie zu. »Aber es hat seinen Charme.«

Roberto lächelte breit. »Ich bin sicher, mit dir an meiner Seite wird es perfekt.«

In der U-Bahn saßen Marleen und Roberto sich gegenüber, und Marleen verwandelte sich in eine wandelnde Touristenführerin. Alles, was sie über ihre Geburtsstadt wusste, plapperte sie heraus – die Geschichte des Hafens, die Entwicklung der Speicherstadt und sogar ein paar Anekdoten über den berühmten »Hamburger Schnack«. Roberto hörte ihr aufmerksam zu und ließ seinen Blick immer wieder aus dem Fenster schweifen, als versuche er, all die neuen Eindrücke aufzusaugen.

Was Marleen aber besonders amüsierte, war seine Angewohnheit, die Namen der U-Bahn-Stationen laut vorzulesen. »Stephansplatz, Reeperbahn, Jungfernstieg...« Er zögerte bei der Aussprache, was ihn jedoch nicht davon abhielt, es immer wieder zu versuchen. Seine Stimme, durchdrungen von diesem unwiderstehlichen Akzent, brachte Marleen jedes Mal zum Schmunzeln. Und nicht nur der Akzent..., dachte sie und konnte sich ein leichtes Kichern nicht verkneifen.

»Was ist?«, fragte Roberto neugierig, als er ihr Lachen bemerkte.

»Ach nichts«, winkte Marleen ab. »Ich finde es einfach schön, wie du die Stationen so ernsthaft liest. Fast wie ein Hamburger Original.«

»Ich versuche, mich zu integrieren«, sagte er mit einem charmanten Grinsen, das Marleen kurz den Atem raubte.

Zuerst führte sie Roberto zum berühmten Jungfernstieg, wo die Schiffe auf die Gäste warteten. »Wie wäre es mit einer Alsterschifffahrt?«, schlug sie vor und wartete gespannt auf seine Reaktion.

Roberto strahlte begeistert. »Das klingt großartig!«

Schon kurz darauf fanden sie sich auf einem gut gefüllten Schiff wieder. Es war Ferienzeit, und das Wetter spielte ausnahmsweise mit, was in Hamburg nicht selbstverständlich war. Familien mit Kindern, ältere Paare und Touristengruppen füllten das Deck, aber Marleen war das egal. Sie saß dicht neben Roberto, und ihre Arme berührten sich immer wieder leicht, während das Schiff langsam über die Alster tuckerte.

Sie bemerkte, dass sie von ein paar Damen – sowohl jüngeren als auch älteren – beobachtet wurden. Immer wieder glitten Blicke zu ihnen herüber, und Marleen konnte sich vorstellen, was sie dachten: Was für ein schönes Paar!

Ein warmes Gefühl breitete sich in ihrem Bauch aus. Ja, er sieht wirklich fantastisch aus, dachte sie und warf einen verstohlenen Blick zu Roberto, der die Aussicht über das Wasser mit einem zufriedenen Lächeln genoss.

»Es ist wirklich schön hier«, sagte er nach einer Weile und drehte sich zu ihr um. »Viel ruhiger als ich erwartet habe.«

»Tja«, antwortete Marleen mit einem Grinsen, »Hamburg kann auch ruhig und entspannt sein – zumindest, wenn man nicht gerade auf der Reeperbahn unterwegs ist.«

Roberto lachte leise. »Die Reeperbahn… davon habe ich gehört. Zeigst du mir die auch?«

»Mal sehen«, antwortete sie kokett und spürte, wie ihr Herz wieder schneller schlug. Die Sonne glitzerte auf dem Wasser, der Wind wehte sanft durch ihr Haar, und sie saß hier, Arm an Arm mit Roberto, während die Stadt in all ihrer Schönheit an ihnen vorbeizog.

Nach der entspannten Alsterfahrt meldete sich bei Marleen und Roberto der Appetit. Während sie gemütlich durch Hamburgs Straßen schlenderten, überlegte Marleen fieberhaft, wo sie ihren spanischen Gast am besten hinführen könnte. Sie wollte etwas Lokales, aber auch Ruhiges – schließlich wollte sie ja auch noch mit Roberto reden, und ein überfülltes Restaurant wäre da eher hinderlich gewesen. Schließlich entschied sie sich für ein charmantes, ruhiges Lokal an einem Fleet, das typisch norddeutsche Gerichte anbot.

»Ich liebe Hamburg«, schwärmte er, während sie die Speisekarte studierten. »Das Wasser, die Gebäude, diese Atmosphäre... es ist so anders als Mallorca.«

Marleen schmunzelte. Warte ab, bis der Regen wiederkommt, dachte sie, war aber gleichzeitig auch ein bisschen stolz, dass ihre Stadt so gut bei ihm ankam.

Sie schlug ihm etwas typisch Hamburgerisches vor – Labskaus. Roberto, neugierig wie er war, ließ sich auf das Abenteuer ein. Doch als der Teller vor ihm stand – eine Mischung aus Roter Bete, Kartoffelpüree, Corned Beef und einem Spiegelei obendrauf – schien seine Begeisterung etwas zu schwinden. Er nahm vorsichtig einen Bissen, kaute gründlich und setzte dann ein diplomatisches Lächeln auf. »Interessant…«, sagte er zögernd.

»Interessant?«, fragte Marleen amüsiert.

»Ja, sagen wir... sehr einzigartig.« Roberto nahm einen weiteren, kleineren Bissen, und Marleen konnte nicht anders, als in schallendes Gelächter auszubrechen. »Du musst es nicht aufessen, wenn es dir nicht schmeckt.«

»Gott sei Dank«, seufzte er und legte die Gabel nieder. »Ich weiß, es ist Tradition, aber vielleicht... nicht meine.«

Nach dem Essen beschlossen sie, sich die Einkaufsstraßen anzusehen. Hamburg hatte schließlich einige der schicksten Luxusläden zu bieten, und Roberto schien nicht abgeneigt, ein wenig shoppen zu gehen. Marleen staunte, als er in die

Schaufenster der hochpreisigen Designerläden blickte und von dem »fantastischen Angebot« schwärmte.

»Du willst wirklich hier einkaufen?«, fragte sie skeptisch, als er bereits den ersten Laden anvisierte.

»Warum nicht?«, antwortete er grinsend und schlenderte hinein.

Marleen folgte ihm, leicht verwundert. War Roberto nicht Finca-Verwalter? Sie stellte sich sein Leben in eher einfachen, ländlichen Verhältnissen vor, aber als sie ihm zusah, wie er mit einem Hauch von Selbstverständlichkeit Hemden und Hosen im Wert von über hundert Euro aus den Regalen zog, begann sie, an ihrer Einschätzung zu zweifeln. Als er schließlich an der Kasse stand und den Betrag ohne mit der Wimper zu zucken bezahlte, war sie mehr als erstaunt.

Sie spazierten von den glitzernden Einkaufsstraßen bis zu den Landungsbrücken. Die Luft war angenehm frisch, und die Elbphilharmonie thronte wie ein Juwel am Hafen.

»Wunderschön!«, rief Roberto aus, und Marleen konnte sehen, dass er wirklich beeindruckt war. Sie lächelte stolz – es war ein schönes Gefühl, ihre Stadt durch seine Augen neu zu entdecken.

Doch nach einer Weile spürte sie, wie ihre Beine müde wurden, und sie schlug vor, nach Hause zu fahren. Roberto stimmte erleichtert zu, als hätte er nur darauf gewartet, denn auch er war erschöpft von dem Tag.

Auf dem Rückweg dachte Marleen an die kleine Überraschung, die sie für den Abend geplant hatte. Sie hatte es sich nicht nehmen lassen, im Alsterhaus ein paar feine Delikatessen zu besorgen – Käse, Oliven, eine Auswahl an Brot und natürlich eine gute Flasche Wein. Perfekt für einen entspannten Abend auf dem Sofa, dachte sie sich und schielte hinüber zu Roberto, der gerade das U-Bahn-System auf seinem Handy studierte, als ob er es perfekt beherrschen wollte. Sie musste schmunzeln. Wie süß er ist, wie sehr er sich anstrengt, sich zurechtzufinden.

Daheim angekommen, legte Marleen die Einkäufe auf den Küchentisch und begann, alles für den Abend vorzubereiten. Der Duft von frischem Brot und aromatischem Käse verbreitete sich in der Wohnung. Roberto warf einen neugierigen Blick in die Küche. »Das sieht ja fantastisch aus!«, lobte er sie mit funkelnden Augen. Marleen fühlte sich geschmeichelt, aber ihr Plan für den Abend ging noch weiter: Jetzt wollte sie endlich mehr über ihn erfahren – über seine Familie, sein Leben auf Mallorca und vor allem über sein Liebesleben.

Sie setzte sich neben Roberto aufs Sofa und spürte wieder das bekannte Kribbeln im Bauch. Der Wein lockerte die Stimmung, und sie plauderten erst einmal über ihre Erlebnisse des Tages.

Als Marleen gerade ansetzen wollte, Roberto über sein Leben zu befragen, klingelte es an der Tür. Das kann doch nicht wahr sein, dachte sie entnervt. Nicht schon wieder! Ihr erster Gedanke war natürlich Marvin – wer sonst würde so unpassend auftauchen? Aber als sie die Tür öffnete, stand nicht Marvin davor, sondern ihre Eltern. Und nicht mit leeren Händen, sondern schwer beladen mit zwei Körben voller Gemüse und Kräutern aus ihrem geliebten Garten.

»Hallo, Kindchen!«, rief Olaf strahlend. »Wir wollten dir ein bisschen was Gesundes vorbeibringen – frische Möhren, Salat, Basilikum. Und ... naja, wir haben noch ein kleines Anliegen.«
Er drängte sich ohne Umschweife an ihr vorbei, schlüpfte routiniert aus seinen Birkenstocks und marschierte mit den Körben direkt in die Küche.

»Aber ... ich habe Besuch«, sagte Marleen hilflos, während sie versuchte, ihren Vater zu stoppen, was allerdings so effektiv war wie der Versuch, einen Bagger mit bloßen Händen aufzuhalten. »Besuch?« Silvia schob sich mit einem charmanten Lächeln an ihr vorbei, als wäre Besuch ein Fremdwort, das nur in seltenen Dialekten existierte. »Ach, wie schön! Dann lernen wir endlich mal jemanden aus deinem Freundeskreis kennen.«

Marleen schloss die Augen und holte tief Luft. »Es ist Roberto, der ... ähm, ein Freund aus Spanien.«

»Spanien! Olé!«, rief Olaf aus der Küche, während er die Körbe mit Gemüse und Kräutern auf der Arbeitsplatte verteilte, als würde er eine Kochshow moderieren. »Wir wollten sowieso schon immer mal Spanisch lernen. Vielleicht kann er uns ja ein paar Wörter beibringen?«

»Papa, Roberto ist hier, um zu entspannen, nicht um Nachhilfe zu geben«, zischte Marleen. Silvia stand bereits im Wohnzimmer und inspizierte Roberto mit einem wohlwollenden Blick, als wäre er eine besonders gelungene Skulptur im Museum.

»Na, was für ein netter junger Mann! Und diese Haare! So schön dunkel. Und die Augen – oh, Olaf, sieh dir diese Augen an!« Silvia winkte ihren Mann zu sich, der prompt mit einem Möhrenbüschel in der Hand hereinstolzierte.

Silvia schaute zwischen ihm und ihrer Tochter hin und her, als hätte sie gerade den Hauptgewinn im Lotto gemacht. Ihre Augen blitzten vor Freude, und Marleen konnte förmlich sehen, wie in ihrem Kopf die Zahnräder zu rattern begannen. Der Ausdruck auf ihrem Gesicht schrie förmlich: Da hast du aber einen guten Fang gemacht!

Roberto blieb gelassen, erhob sich und lächelte. »Sehr erfreut. Ich bin Roberto Ramon Martinez.«

»Er hat Manieren!«, rief Olaf begeistert aus und streckte ihm die Hand entgegen. »Olaf, der Gemüseflüsterer. Das ist meine Frau, Silvia, die Kräuterfee.«

Marleen wollte sich am liebsten in den Polsterbezug ihres Sessels verwandeln. Stattdessen warf sie Roberto einen entschuldigenden Blick zu, den er mit einem charmanten Lächeln quittierte.

»Ich bringe euch einen Tee«, murmelte Marleen und verschwand in der Küche, während sie hörte, wie ihre Mutter begeistert erklärte, dass Basilikum das perfekte Aphrodisiakum sei. Aphrodisiakum! Marleen stieß stumm einen Schrei aus und überlegte, ob sie die Teekanne versehentlich fallen lassen sollte.

Roberto, der die Situation mit einem Lächeln meisterte, bot freundlich an: »Setzen Sie sich doch zu uns. Möchten Sie auch ein Glas Wein?« Marleen schloss innerlich die Augen. Oh Gott, nein!

Sie fühlte, wie ihr Gesicht heiß wurde. Es war dieser unangenehme Moment, wenn man das Gefühl hat, in Zeitlupe alles entgleiten zu sehen.

»Sie sind Spanier, wie aufregend!«, rief Silvia aus und strahlte, als wäre Marleen auf einmal eine Heldin in einer internationalen Liebesgeschichte.

»Nun, Roberto, Sie müssen wissen, unser Garten ist unser ganzer Stolz«, erklärte Olaf und machte es sich inzwischen auf dem Sofa gemütlich. »Marleen hat immer so wenig Zeit zum Einkaufen, da bringen wir ihr ab und zu frisches Gemüse vorbei. Wenn sie es nicht verwendet, bringt sie es meistens ihren Nachbarn. Oder Marvin. Kennen Sie Marvin?«

Marleen verkrampfte sich innerlich bei dem Namen und wollte schon ansetzen, das Gespräch in eine andere Richtung zu lenken, doch Roberto, immer höflich, schüttelte nur freundlich den Kopf. »Nein, ich habe ihn noch nicht kennengelernt.«

»Na, das ist aber schade! Ein toller Kerl«, fuhr Olaf fort, völlig unbeeindruckt von Marleens immer hektischeren Gesten.

»Aber was soll's. Roberto, ich bin sicher, Sie sind auch ein toller Kerl. Marleen hat einen guten Geschmack, das sehen wir ja hier!« Dabei zwinkerte er übertrieben.

»Mama, Papa«, sagte Marleen schließlich etwas lauter als nötig, »Roberto und ich hatten eigentlich vor, einen ruhigen Abend zu verbringen ...«

»Oh! Natürlich, natürlich!«, rief Silvia und griff nach der Hand ihres Mannes. »Wir wollen nicht stören. Komm, Schatz, wir müssen los, bevor es dunkel wird.«

»Ja, ja, natürlich«, stimmte Olaf zu. »Marleen, ich wollte noch fragen, ob du am Wochenende Zeit hast, uns beim Computer zu helfen? Da sind so viele Fenster offen, ich weiß gar nicht, wo ich klicken soll.« Er sah erwartungsvoll zu seiner Tochter.

Marleen presste sich ein Lächeln auf die Lippen. »Papa, das können wir später besprechen.« Sie versuchte, möglichst ruhig zu bleiben, doch ihr Inneres war ein Wirbelsturm aus Genervtheit und Verlegenheit.

»Oh, ja, natürlich, kein Problem.«

Endlich verließen sie die Wohnung, aber nicht, ohne Marleen noch einmal vielsagend zuzulächeln. Kaum war die Tür zu, atmete Marleen erleichtert auf.

»Entschuldige«, sagte sie peinlich berührt zu Roberto, der immer noch lächelte und offensichtlich Spaß an der ganzen Situation gefunden hatte. »Meine Eltern ... sind ein bisschen unberechenbar.«

»Kein Problem«, antwortete er mit einem Schmunzeln. »Ich mag unberechenbar. Außerdem, deine Familie ist sehr herzlich.«

»Herzlich«, murmelte Marleen und verdrehte die Augen. »Das ist eine sehr nette Umschreibung.«

»Und die Möhren sehen wirklich gut aus«, fügte Roberto lachend hinzu.

»So, nun hast du meine lieben Eltern kennengelernt«, begann Marleen, als sie sich auf das Sofa sinken ließ und neben Roberto Platz nahm.

»Sie sind ein bisschen ... anders als andere, aber ganz okay.« Sie rollte die Augen ein wenig und versuchte, das Chaos mit einem Lächeln abzutun. »Sie versuchen, sich selbst zu versorgen und im Einklang mit der Natur zu leben. Jahrelang haben sie sich gegen alles gewehrt, was auch nur im Entferntesten nach Fortschritt riecht. Keine Smartphones, kein WLAN – mein Vater hat sich geweigert, das Wort ‚Internet' überhaupt auszusprechen.«

Roberto schmunzelte und nippte entspannt an seinem Weinglas. Marleen sah, wie er versuchte, sich das Lachen zu verkneifen, während sie fortfuhr: »Aber neulich haben sie kapituliert. Sie haben sich tatsächlich einen Computer angeschafft, weil meine Mutter unbedingt wissen wollte, wie man Sauerteigbrot richtig macht. Sie sagt, die Anleitungen in den Büchern seien ‚nicht authentisch genug'.« Marleen lachte trocken und schüttelte den Kopf. »Das Problem ist nur: Sie beherrschen das Ding natürlich überhaupt nicht. Jedes Mal, wenn ich sie besuche, endet es damit, dass ich erst mal stundenlang als ihre IT-Beraterin fungiere.«

Er lachte jetzt laut und setzte das Weinglas vorsichtig ab..

»Letztens wollte mein Vater sich irgendein Antivirus-Programm runterladen und hatte am Ende sechs verschiedene

Programme installiert, die alle miteinander im Konflikt standen. Der Computer hat sich fast selbst zerstört!«

Roberto schüttelte belustigt den Kopf und nahm einen weiteren Schluck Wein.

»Aber ehrlich gesagt, ich finde deine Eltern sehr sympathisch. Sie sind nett, und ich finde es toll, wenn man versucht, sich selbst zu versorgen. Auf unserer Finca machen wir das auch – wir haben viel Land und bauen auch selbst an. Gemüse, Kräuter, Olivenbäume ... so wie deine Eltern.«

Marleen hob eine Augenbraue. »Also bist du auch ein Selbstversorger?« Sie sah ihn an und stellte sich vor, wie Roberto in der Sonne Mallorcas Tomaten pflückte. Kein schlechter Anblick, musste sie zugeben.

»Es ist schön, wenn man das essen kann, was man selbst anbaut.«

»Ja, das sehe ich ja auch so«, stimmte Marleen zu, während sie den Wein in ihrem Glas schwenkte. »Solange ich nicht täglich mit einem Körbchen voll Möhren und Zucchini überfallen werde, bin ich dabei.«

Marleen spürte, wie die Anspannung des Tages langsam von ihr abfiel. Sie sah Roberto an, der so entspannt und gelassen war, als hätte er keine anderen Sorgen als das Glas Wein in seiner Hand.

»Lebst du bei deinen Eltern?«, fragte sie und versuchte, ihre Neugierde im Zaum zu halten, obwohl sie am liebsten alles über diesen faszinierenden Mann wissen wollte.

Roberto nickte und lehnte sich ein wenig zurück, während er sprach. »Ja, genau. Meine Urgroßeltern besaßen ziemlich viel Land, und meine Großeltern begannen damit, Oliven und

Mandeln im großen Stil anzubauen.« Seine Augen leuchteten auf, als er über seine Familie sprach. »Mein Vater ist dann noch in den Tourismus eingestiegen. Er hat mehrere Finca-Hotels gebaut. Ohne den Tourismus allein könnte man heutzutage kaum überleben, vor allem in der Landwirtschaft. Wir beliefern noch einige Restaurants mit Obst und Gemüse – das gehört einfach zur Familientradition.«

Marleen bemerkte, wie leidenschaftlich Roberto über das Leben auf Mallorca sprach. Sie konnte sich gut vorstellen, wie er mit einer Schürze bekleidet inmitten von Olivenhainen stand und mit der Erde arbeitete. Wie romantisch, dachte sie und musste sich zusammenreißen, nicht in ihren Gedanken zu versinken.

»Die Finca, in der ihr gewohnt habt, gehört uns auch«, fuhr er fort. »Früher haben meine Eltern dort gelebt, bis ...« Er hielt kurz inne, und in seinen Augen blitzte für einen Moment eine tiefe Traurigkeit auf, die Marleen sofort bemerkte. »Bis mein Vater vor drei Jahren ganz plötzlich verstorben ist.«

Marleen schluckte. Sie hatte Roberto bisher nie so ernst erlebt. Der unbeschwerte Mann, der gerade noch über Obstplantagen gesprochen hatte, schien plötzlich einen Schatten über sich zu tragen.

»Oh, das tut mir leid«, sagte sie sanft.

Roberto sah sie an, ein schwaches Lächeln auf den Lippen, aber die Traurigkeit war noch da.

»Es war sehr schwer für uns alle. Aber wir haben weitergemacht. Jetzt lebe ich mit meiner Mutter alleine in dem Haus meiner Großeltern. Sie kümmert sich um die Plantagen, und ich helfe, wenn ich kann, aber hauptsächlich manage ich die Hotels. Es ist ein ruhiges, einfaches Leben – ganz anders als hier.«

Marleen nickte und versuchte, sich das vorzustellen. »Das klingt irgendwie idyllisch«, sagte sie schließlich und fühlte, wie sich das Gespräch in eine tiefere Richtung bewegte, die sie nicht erwartet hatte.

»Ja, es ist schön, aber ich vermisse meinen Vater«, hauchte Roberto und blickte aus dem Fenster, als würde er die Landschaft Mallorcas vor sich sehen. »Ich habe viele Freunde, und natürlich meine Mutter. Und dann gibt es ja noch ... den Tourismus.« Er grinste schelmisch. »Touristen sind immer gut für ein wenig Ablenkung.«

»Ja, ich kann mir vorstellen, dass das so ist.«

»Besonders wenn sie deutsche Frauen sind und so hübsch.« Roberto warf ihr einen bedeutungsvollen Blick zu, und Marleen spürte, wie ihre Wangen leicht erröteten.

Sie spürte ein leichtes Kribbeln im Bauch, als er über sein Zuhause sprach. Es klang so, als ob er fest verwurzelt wäre – ganz anders als sie selbst, die sich oft in der Großstadt verloren fühlte.

»Es muss wirklich schön sein, auf Mallorca zu leben. Es ist ruhiger als hier in Hamburg.«

»Ruhiger, ja«, bestätigte Roberto und ein kleines Schmunzeln huschte wieder über sein Gesicht. »Aber es hat auch seine Herausforderungen. Vor allem mit den Touristen.«

»Das kann ich mir gut vorstellen! Die Instagram-Touristen auf der Jagd nach dem besten Bild.« Sie dachte an ihre eigenen Urlaubsfotos, die sie insgeheim auch immer mit der perfekten Kulisse gemacht hatte.

Roberto lachte, und Marleen war erleichtert, dass das Gespräch wieder eine leichtere Wendung genommen hatte.

»Dein Leben klingt wirklich toll. Vor allem, wenn man so viel Land hat und sich quasi selbst versorgt. Das ist irgendwie … befreiend, oder?«

»Ja, das ist es«, stimmte Roberto zu und sah Marleen an, als überlege er, ob er noch mehr erzählen sollte. Dann sagte er leise: »Ich habe viel darüber nachgedacht, seit mein Vater gestorben ist. Über das Leben, was ich will, was mich glücklich macht. Und ich bin dankbar, dass ich dort leben kann.«

Marleen nickte und fühlte, wie ihre eigenen Gedanken zu Marvin, ihrer Arbeit und ihrem Stadtleben drifteten. Was will ich eigentlich, fragte sie sich und sah Roberto an, der jetzt wieder zu dem Mann wurde, der sie auf Mallorca mit seiner Leidenschaft und seiner ruhigen Stärke verzaubert hatte.

Vielleicht war es Zeit, auch über ihre eigenen Träume nachzudenken.

»Ich bin ja das erste Mal auf Mallorca gewesen und habe mich auch sofort in die Insel verliebt«, meinte Marleen verträumt und erinnerte sich an die wunderschönen Sonnenuntergänge und den warmen Wind, der ihr dort um die Nase geweht war.

Roberto nickte zustimmend, mit einem leichten Schmunzeln.
»Ja, es ist auch schwer, sich nicht zu verlieben«, antwortete er, und dabei schwang etwas in seiner Stimme mit, dass Marleens Herz einen kleinen Sprung machen ließ. Meinte er nur die Insel? Oder auch...? Bevor sie sich in ihren Gedanken verlieren konnte, vibrierte plötzlich Robertos Handy auf dem Tisch.

Er warf einen schnellen Blick auf das Display und stand auf. »Entschuldige, ich muss kurz telefonieren.« Mit diesen Worten verschwand er im Gästezimmer und gleich darauf hörte Marleen ihn auf Spanisch – oder besser gesagt Mallorquin – sprechen. Sie verstand kein Wort, aber es klang vertraut und melodisch, fast wie ein kleines Lied.

Während Roberto telefonierte, schlich Marleen ins Badezimmer. Sie drehte den kalten Wasserhahn auf und hielt ihre Handgelenke darunter. Ihr war auf einmal unglaublich warm geworden. Dieses charmante Lächeln, dachte sie und versuchte, sich zu beruhigen. Nach zehn Minuten kehrte Roberto zurück, als wäre nichts gewesen. Er erwähnte nicht, mit wem er gesprochen hatte, und lächelte wieder dieses unwiderstehliche Lächeln, das bestimmt schon etliche Frauenherzen zum Schmelzen gebracht hatte.

»Erzähl mir von dir, Marleen. Was machst du in deiner Freizeit?« Roberto nippte genüsslich an seinem Wein und schaute sie erwartungsvoll an.

»Oh, da gibt es gar nicht so viel ...« Marleen zögerte, sie wollte nicht zu sehr ins Detail gehen. »Ich arbeite in einer kleinen Privatbank und ...« Sie stoppte, denn die Erwähnung ihres Chefs wollte sie lieber vermeiden. »Die Arbeit macht mir Spaß. Ich fahre gerne Rad und ... lese gerne.« Ihr fiel auf, wie unspektakulär das klang. Super, Marleen, das war ja mal so richtig aufregend. Sie fühlte sich plötzlich wie eine Langweilerin.

Vielleicht hätte sie ihm erzählen sollen, dass sie leidenschaftlich Tennis und Golf spielte, dass sie bei hohem Wellengang surfte oder im Winter die steilsten Berge hinuntersauste. Sie stellte sich vor, wie sie ihm von ihren fiktiven Abenteuern berichtete und musste innerlich lachen. Aber nein, sie wollte ehrlich bleiben. Entweder Roberto mochte sie so, wie sie war, oder eben nicht.

Gerade als er den Mund öffnete, um etwas zu sagen, klingelte es an der Tür. Marleen verdrehte die Augen. Nicht schon wieder! Wer war es dieses Mal? Standen ihre Eltern mit dem kaputten

Computer vor der Tür oder war Marvin gekommen, um ihr einen Heiratsantrag zu machen? Sie seufzte genervt und stand schließlich auf, um zur Tür zu gehen.

Auf der Fußmatte stand ein Bote, der hinter einem riesigen Rosenstrauß verschwunden war, so groß, dass man sein Gesicht kaum erkennen konnte. Marleen nahm die Rosen entgegen und wusste sofort, wer sie geschickt hatte. Schnell lief sie in die Küche, um die Blumen irgendwo zu verstecken, bevor Roberto sie sah.

Als sie den Strauß hektisch verschwinden lassen wollte, kam Roberto in die Küche.

»Ich suche einen Lappen. Ich habe mein Weinglas umgestoßen«, sagte er und schaute direkt auf die Rosen, die wie ein rotes Alarmlicht vor Marleens Brust leuchteten.

»Oh, die sind aber schön!« Roberto lächelte und schaute sie dabei mit einem Hauch von Neugierde an.

Marleen spürte, wie ihr die Röte ins Gesicht schoss, passend zu den Rosen. »Äh, ja, sie sind von ... von ...«

»Von einem heimlichen Verehrer?«, fragte Roberto mit einem Augenzwinkern.

»Nein! Nein, das ist ...« Marleen versuchte, sich eine gute Ausrede einfallen zu lassen. »Oh, die ... ähm, die sind von ... meiner Tante!«, sprudelte es aus ihr heraus, bevor sie ihren Gedanken überhaupt zu Ende führen konnte. Tante?! Echt jetzt, Marleen? Das ist das Beste, was dir einfällt?

»Deine Tante? Schickt sie dir oft Rosensträuße?«

»Ähm, ja... zu besonderen Anlässen«, improvisierte sie hastig, während sie das Kärtchen, das natürlich genau in diesem

Moment aus den Blumen gefallen war, diskret unter den Esstisch kickte.

»Was für ein Anlass ist es heute?« Roberto schien amüsiert, und sein süffisantes Grinsen machte Marleen noch nervöser.

»Äh ... Tante Bärbel ... sie ... feiert immer... den 'Tag der zufälligen Nettigkeiten'. Ja! Genau!« Marleen zwang sich zu einem Lächeln und hoffte, dass Roberto das Thema nicht weiterverfolgte. Sie spürte, wie der Schweiß sich an ihren Schläfen bildete. Tag der zufälligen Nettigkeiten? Wirklich?

Roberto sah sie mit funkelnden Augen an. »Ich muss sagen, das ist das erste Mal, dass ich davon höre, aber klingt nach einer wirklich liebenswerten Tradition.«

»Ja, ja, wirklich toll«, murmelte Marleen, während sie die Rosen hastig in eine Vase stellte.

»Also, du liest und fährst gerne Rad«, nahm Roberto das Gespräch wieder auf, als wäre nichts passiert. »Gibt es ein Buch, das du mir empfehlen kannst? Ich suche immer nach neuen Geschichten.« Seine Augen funkelten wieder, dieses Mal vor echtem Interesse, und Marleen atmete erleichtert auf.

»Oh, naja, ich mag eher so ... Romane, Liebesgeschichten, manchmal auch ein bisschen Spannung.« Sie spürte, wie ihre Anspannung langsam nachließ. »Eines meiner Lieblingsbücher ist 'Der Schatten des Windes' von Carlos Ruiz Zafón. Kennst du das?«

Roberto nickte begeistert. »Ja, ein großartiges Buch! Barcelona wird darin so lebendig beschrieben. Es erinnert mich an die Geschichten, die mein Vater mir über unsere Stadt Palma erzählt hat. Ich liebe es, wenn Orte in Büchern so eine starke Präsenz haben.«

Marleen lächelte. »Genau das mag ich auch daran. Ich kann mich völlig in solchen Büchern verlieren.«

Nachdem sie eine Weile über Bücher und Filme geplaudert hatten, änderte sich die Atmosphäre plötzlich. Roberto stellte sein Weinglas zur Seite, sah Marleen mit einer Intensität an, die sie sofort nervös machte.
»Hat dir unser Kuss etwas bedeutet?«, fragte er leise, fast als fürchte er sich vor ihrer Antwort.

Marleen spürte, wie ihr Herz einen Schlag aussetzte. Das war der Moment, auf den sie gewartet hatte – der Moment, an dem sich entscheiden würde, was das zwischen ihnen war. Sie griff nach ihrem Glas und trank einen Schluck, um Zeit zu gewinnen. Ihre Gedanken wirbelten, doch sie wusste, dass sie ehrlich sein musste. »Ja«, sagte sie schließlich. »Er hat mir viel bedeutet. Sehr viel sogar. Aber dann… dann kam die Sache mit Gerold. Er hatte einen Schlaganfall, und plötzlich stand mein Leben Kopf. Ich hatte solche Angst um ihn, dass alles andere in den Hintergrund rückte. Ich war so durcheinander.«

Roberto nickte verständnisvoll, doch eine leichte Falte erschien auf seiner Stirn. »Wer ist Gerold?«

»Mein Chef«, erklärte Marleen rasch. »Wir sind auch gut befreundet, aber nichts weiter.«

»Geht es ihm inzwischen besser?«, fragte Roberto.

»Ja, er ist außer Lebensgefahr«, erklärte sie und versuchte, sich auf das Gespräch zu konzentrieren, obwohl ihr Herz schneller zu schlagen begann.

Roberto lehnte sich etwas vor und sah ihr direkt in die Augen, als er fragte: »Und jetzt? Jetzt, wo es Gerold besser geht… hast du wieder deinen Kopf frei für die Liebe?«

Marleen fühlte, wie eine Gänsehaut über ihre Arme kroch. Sie spürte die Intensität in seinen Worten, aber auch das Zögern, das darin mitschwang. Sie wusste, dass dieser Moment entscheidend war – für sie beide.

»Ja«, begann sie langsam. »Schon. Aber…« Sie biss sich auf die Lippe. »Es ist kompliziert, Roberto. Du lebst auf Mallorca, ich hier. Ich frage mich, ob wir wirklich eine Chance haben. Und dann… weiß ich nicht, ob du etwas Ernstes suchst.«

Robertos Augen wurden weich und doch lag eine Schwere darin.

»Ich will ehrlich zu dir sein, Marleen. Ich bin verlobt.«

Die Worte trafen sie wie ein Schlag in die Magengrube. Alles um sie herum verschwamm, und für einen Moment hatte sie das Gefühl, als würde sich der Boden unter ihren Füßen öffnen und sie ins Nichts fallen. Sie brachte kein Wort heraus, saß nur stumm da und fühlte, wie ihr Herz in ihrer Brust schmerzhaft pochte.

Roberto fuhr fort, seine Stimme ruhig, aber voller Bedauern.

»Elena und ich kennen uns seit unserer Kindheit. Unsere Eltern sind Freunde, besonders meine Mutter hängt sehr an ihr. Als mein Vater starb, wollte meine Mutter, dass ich Elena heirate. Sie dachte, das wäre das Beste für uns alle, also habe ich ihr einen Antrag gemacht. Aber…« Roberto hielt inne und seufzte schwer. »Ich war mir nie sicher. Elena und ich sind wie alte Freunde. Ich dachte, das würde reichen. Dass das genug wäre. Aber dann habe ich dich gesehen, Marleen. Und da habe ich gespürt, was wahre Liebe ist. Ich weiß, das klingt vielleicht kitschig, aber… als ich dich das erste Mal sah, habe ich mich verliebt. Glaubst du an Liebe auf den ersten Blick?«

Marleen konnte seine Worte kaum verarbeiten. Sie hatte sich gewünscht, dass Roberto offen über seine Gefühle sprechen würde, aber das hier – das war zu viel. Verlobt! Sie hatte nicht damit gerechnet. Ihr Herz schlug wild gegen ihre Rippen, und in ihrem Kopf wirbelten tausend Gedanken durcheinander. Was sollte sie jetzt tun? Sie war enttäuscht, verletzt, verwirrt. Alles, was sie herausbrachte, war ein leises: »Ich weiß nicht.«

Er griff nach ihrer Hand, und seine Berührung war warm und vertraut, doch Marleen spürte den Schmerz, der tief in ihrem Inneren tobte.

»Ich weiß, dass das nicht fair ist. Und ich will dich nicht in eine schwierige Situation bringen. Aber ich musste dir die Wahrheit sagen, weil du mir wichtig bist. Du hast etwas in mir ausgelöst, Marleen. Etwas, das ich schon lange nicht mehr gespürt habe. Und ich weiß, dass es kompliziert ist, aber… ich will ehrlich mit dir sein.«

Marleen schloss die Augen und ließ seine Worte auf sich wirken. Sie hatte gehofft, dass dieser Moment zwischen ihnen Klarheit bringen würde, aber jetzt fühlte sich alles noch viel komplizierter an.

Sie spürte, wie ihr Herz in ihrer Brust pochte, und doch fühlte sie sich wie gelähmt. Robertos Worte hallten in ihrem Kopf wider, während sie gegen den Kloß in ihrem Hals ankämpfte. Er liebt mich. Diese Worte sollten sie glücklich machen, sollten wie ein Sonnenstrahl in ihrem Leben sein, aber stattdessen fühlte sie sich wie in einem Sturm, der nicht enden wollte.

»Roberto«, begann sie leise, fast flehend, »ich weiß nicht, was ich davon halten soll.« Ihre Stimme zitterte, und sie blickte zu Boden, um den Tränen zu entkommen, die sich in ihren Augen sammelten. »Ich möchte keine Beziehung zerstören. Ich mag dich sehr, und ja, ich habe mich in dich verliebt.« Das auszusprechen, fühlte sich an, als würde sie einen Stein von ihrer Brust wälzen – doch dieser Stein wurde sofort ersetzt durch einen noch schwereren. »Aber wenn du Elena das Versprechen gegeben hast, dass du sie heiraten willst…« Ihre Stimme brach, und sie musste tief durchatmen, bevor sie weitersprechen konnte. »Dann will ich auf gar keinen Fall dazwischenstehen. Lass uns die verbleibende Zeit noch genießen und dann… dann sollten wir es gut sein lassen.«

Die Worte kamen ihr schwer über die Lippen und sie fühlte, wie sich ihre Kehle zusammenzog. Sie wollte das nicht. Sie wollte ihn nicht loslassen. Doch was war die Alternative? Roberto war verlobt – und selbst wenn er behauptete, dass er Elena nicht auf die gleiche Weise liebte, so hatte er ihr doch ein Versprechen gegeben.

Roberto sah sie an, seine dunklen Augen verzweifelt und voller Schmerz. Er griff nach ihren Händen und hielt sie fest, als wolle er sie niemals loslassen.

»Marleen, bitte. Ich liebe Elena nicht so, wie ich dich liebe. Du bist diejenige, die mein Herz berührt. Wenn ich Elena heirate, werde ich mir für den Rest meines Lebens Vorwürfe machen. Ich werde unglücklich sein und das will ich nicht. Bitte… gib uns eine Chance.«

Marleen schloss die Augen. Seine Worte brannten sich in ihre Seele, aber sie konnte nicht einfach ihre eigenen Gefühle in den Vordergrund stellen.

»Und was ist mit Elena?«, fragte sie, und ihre Stimme war nun lauter, schärfer. »Sie liebt dich. Du kannst sie nicht einfach so abservieren!«

Roberto schüttelte den Kopf, und Marleen sah, dass auch seine Augen feucht wurden. »Sie will auch, dass ich glücklich bin«, sagte er leise. »Sie ist ein guter Mensch. Sie wird es verstehen. Ich kann nicht mit jemandem zusammen sein, den ich nicht so liebe, wie er es verdient. Und ich liebe dich.«

Marleen war hin- und hergerissen. In ihrem Inneren tobte ein Sturm der Gefühle – Verzweiflung, Liebe, Schuld. Sie konnte Robertos Liebe spüren, doch gleichzeitig fühlte sie sich gefangen in einer Situation, die keinen Ausweg zu haben schien. Sie wollte ihn – und doch konnte sie es nicht. Oder doch?

Der Gedanke, Roberto für immer zu verlieren, schnürte ihr die Kehle zu. Sie konnte sich nicht vorstellen, ohne ihn weiterzumachen, nachdem sie all das erlebt hatten. Was, wenn die Entscheidung, die sie jetzt traf, das Leben einer anderen Frau zerstören würde? Marleen konnte den Schmerz kaum ertragen, und der Gedanke, diese Bürde zu tragen, lastete schwer auf ihr.

Am liebsten hätte sie jetzt Charlotte angerufen, sich ihren Rat geholt, die beruhigende Stimme ihrer besten Freundin gehört. Doch diesmal war sie alleine. Diese Entscheidung, so schwer sie auch war, musste sie selbst treffen. Ihr ganzes Leben, ihr Glück, vielleicht sogar Robertos – alles hing davon ab.

»Ich weiß nicht, was ich tun soll«, flüsterte sie, ihre Stimme kaum hörbar. »Ich will dich nicht verlieren, aber…«

Roberto unterbrach sie, legte einen Finger sanft auf ihre Lippen.
»Lass dein Herz entscheiden, Marleen. Manchmal muss man das Risiko eingehen, um das wahre Glück zu finden.«

Seine Worte ließen ihre Gedanken noch lauter kreisen. Sie wusste nicht, ob sie stark genug war, dieses Risiko einzugehen. Aber sie wusste eines mit Sicherheit: Sie liebte Roberto.
Ihre Blicke verschmolzen, und die Stille, die den Raum erfüllte, sprach Bände. In diesem Augenblick existierte nichts außer der magnetischen Anziehung, die sie beide spürten. Es war, als ob die Welt um sie herum innehielt. Roberto beugte sich vor, und Marleen fühlte, wie ihr Herz einen Schlag aussetzte, als seine Lippen ihre trafen. Zunächst sanft, dann intensiver, fanden

sie sich in einem leidenschaftlichen Kuss wieder, der all die unausgesprochenen Worte und Gefühle übermittelte.

Ihre Herzen schlugen im gleichen Takt, als wären sie schon immer füreinander bestimmt gewesen. Der Kuss war die Antwort auf all ihre Zweifel, ihre Fragen, ihre Unsicherheiten. In diesem Moment zählte nichts mehr – weder Elena noch Marvin, nicht einmal die Rosen, die irgendwo in der Küche lagen. Alles schien unwichtig, alles außer ihnen beiden und diesem intensiven Gefühl der Nähe und Vertrautheit.

Marleen hatte sich so sehr nach diesem Kuss gesehnt. Schon seit ihrem ersten Moment auf Mallorca, als sie sich das erste Mal geküsst hatten, hatte sie sich danach gesehnt, ihn wieder zu spüren. Sein Duft, seine Berührungen, die Art, wie er sie ansah, als wäre sie die Einzige auf der Welt. All das kehrte jetzt in diesem Kuss zurück, und sie wusste, dass sie ihm nicht widerstehen konnte – und auch nicht wollte.

Als sie sich voneinander lösten, war es nur, um sich wieder aneinander zu schmiegen. Marleen legte ihren Kopf auf Robertos Brust, hörte seinen ruhigen Atem und das gleichmäßige Pochen seines Herzens. Sie fühlte sich geborgen und gleichzeitig lebendig, als sie mit ihren Fingern sanft durch sein dunkles, weiches Haar strich. Es war, als hätte die Welt ihren Atem angehalten, nur um ihnen diesen Moment zu schenken.

»Ich hätte es mir nicht schöner vorstellen können«, flüsterte Roberto und küsste sie sanft auf die Stirn. Marleen konnte nur lächeln. Sie war glücklich und für einen kurzen Augenblick schien die Zukunft nicht wichtig.

Die Ungewissheit, die sie so geplagt hatte, war jetzt wie weggeblasen. Die Welt außerhalb dieser kleinen Blase, die sie beide jetzt umgab, konnte warten. Nichts war wichtiger als das hier – das Wissen, dass sie in diesem Moment geliebt wurde und selbst liebte.

Marleen schloss die Augen und ließ sich vollkommen in das Gefühl fallen. Die Sorgen um das, was noch kommen könnte, verblassten. Jetzt, neben Roberto, während sie mit seinen Haaren spielte und seine Hand ihre sanft hielt, fühlte sie sich frei.

Nachdem sie sich leidenschaftlich geliebt hatten, lagen sie nebeneinander, eng umschlungen, als ob die Welt nicht weiterexistierte. Marleen spürte Robertos Atem an ihrem Nacken, sein Herz, das gegen ihren Rücken schlug, und sie wusste, dass der Moment, den sie lange gefürchtet hatte, jetzt gekommen war. Sie musste ehrlich zu ihm sein, denn nur so konnten sie beide eine Chance haben.

»Roberto«, begann sie leise, während sie sich zu ihm drehte, »ich muss dir etwas sagen.« Ihre Stimme zitterte, obwohl sie versuchte, ruhig zu bleiben. Er sah sie aufmerksam an, seine braunen Augen ruhig und verständnisvoll.

»Die Rosen ... die kommen von meinem Ex«, gestand sie schließlich. Sie sah, wie sich Robertos Gesicht leicht veränderte, aber er schwieg und hörte ihr zu. »Er hat mich vor kurzem verlassen, weil er auf einem Selbstfindungstrip war. Dann kam der Schlaganfall seines Vaters. Nun ist er mein Chef ... und er will zurück zu mir.«

Marleen hielt inne, ihre Worte schwebten schwer im Raum. Sie erwartete eine Reaktion von Roberto, doch er blieb still, sein Gesicht nachdenklich. Vermutlich hatte er sich schon gedacht, dass die Rosen nicht von irgendeiner Tante stammten.

»Okay«, sagte er schließlich leise, »dann sind wir wohl beide in einer ähnlichen Situation.« Er hielt kurz inne und sah sie direkt an. »Liebst du ihn noch?« Die Frage hing in der Luft, und Marleen spürte, wie ihre Brust sich zuschnürte.

Sie schwieg eine Weile, nicht sicher, was sie sagen sollte. Die Gefühle für Marvin waren kompliziert. Sie hatte eine lange Zeit mit ihm geteilt, so viele Erinnerungen, gute und schlechte.

»Ich weiß es nicht«, antwortete sie schließlich und ihre Stimme war kaum mehr als ein Flüstern. »Wir waren lange zusammen, und ich habe…«

Roberto nickte langsam, als ob er ihre Worte verarbeitete. Dann legte er sanft seine Hand auf ihren Kopf und strich ihr liebevoll durch das Haar. Es war eine einfache Geste, aber sie fühlte sich beruhigend an, als ob er ihr sagen wollte, dass alles in Ordnung wäre, egal, was sie entschied.

»Könntest du dir vorstellen, auf Mallorca zu leben?«, fragte er dann sanft und schaute sie mit einer Mischung aus Hoffnung und Unsicherheit an.

Marleen schloss für einen Moment die Augen und stellte sich das Leben auf der Insel vor – die warmen Sommerabende, das Geräusch der Wellen, Robertos Hand, die ihre hielt. Es war verlockend, aber auch beängstigend. Sie würde alles zurücklassen müssen: ihr Zuhause, ihren Job, ihr altes Leben.

»Ich … ich weiß es nicht«, gab sie zu. »Ich liebe die Insel, ja, aber mein ganzes Leben ist hier. Meine Familie, meine Freunde, meine Arbeit. Es wäre ein riesiger Schritt.«

Roberto zog sie sanft näher zu sich und legte seine Stirn gegen ihre. »Ich verstehe das. Es wäre nicht leicht, und ich will dich zu nichts drängen. Aber wenn du es dir vorstellen könntest, Marleen, dann weißt du, dass ich dort auf dich warte.«

Marleens Herz pochte heftig, als sie in seine Augen sah. Die Zukunft war unsicher, aber in diesem Moment war sie sich sicher, dass sie ihn liebte.

Die Nacht, die sie in Marleens Schlafzimmer verbrachten, fühlte sich für sie wie ein Traum an, den sie nicht enden lassen wollte. Das warme, sanfte Licht des Morgens flutete durch die Vorhänge, und Marleen erwachte langsam in Robertos Armen. Sie kuschelte sich an seinen kräftigen Körper, fühlte seine ruhige Atmung und den gleichmäßigen Schlag seines Herzens. Es war ein Moment, den sie für immer festhalten wollte – geborgen, geliebt, vollkommen. In diesem Augenblick konnte sie sich tatsächlich eine Zukunft mit ihm vorstellen. Ein gemeinsames Leben auf Mallorca, mit Sonne und Meer, vielleicht sogar mit einem eigenen kleinen Zuhause zwischen Olivenbäumen und Mandelhainen.

Aber dann holte sie die Realität mit einem kalten Schauer ein. Marvin, ihre Familie und vor allem Charlotte, ihre beste Freundin, die sie vermutlich nicht so einfach gehen lassen würde. Die Vorstellung, mit Marvin sprechen zu müssen, schnürte ihr die Kehle zu. Sie wusste, dass er nicht kampflos aufgeben würde. Und ihre Eltern – sie würden vermutlich alles tun, um sie in Hamburg zu halten.

Der Gedanke an diese bevorstehenden Gespräche lastete schwer auf ihr, als sie sich leise aus dem Bett schlich. Sie wollte Roberto nicht wecken, noch nicht. Sie schlüpfte ins Badezimmer, wo sie sich die Haare kämmte und ihr Gesicht erfrischte. Ein wenig Lippenstift hier, ein Hauch Rouge dort – sie wollte an diesem Morgen schön für ihn sein. Doch tief im Inneren wusste sie, dass all diese äußeren Gesten nur eine Ablenkung waren. Die wirklichen Entscheidungen, die sie treffen musste, würden nicht durch eine hübsche Frisur oder ein Lächeln leichter werden.

Als sie sich wieder leise ins Bett legte, zog Roberto sie sofort in seine Arme, als ob er auch im Schlaf spürte, dass sie fort gewesen war. Sie atmete seinen vertrauten Duft ein und wollte diesen Moment noch ein letztes Mal auskosten, bevor die Wirklichkeit sie beide einholen würde.

»Guten Morgen«, murmelte er, noch verschlafen, und zog sie fester an sich. Seine Stimme klang rau und warm, und Marleen lächelte, als sie seine Lippen auf ihrer Stirn spürte.

»Guten Morgen«, flüsterte sie zurück und schloss für einen Moment die Augen. Wer wusste schon, wann sie ihn wiedersehen würde? Die Zeit in Hamburg verflog viel zu schnell, und bald würde er wieder nach Mallorca zurückkehren, während sie hierblieb – umgeben von ihrem alten Leben, ihren Verpflichtungen.

»Was denkst du gerade?«, fragte Roberto plötzlich, als ob er spürte, dass ihre Gedanken irgendwo anders waren.

Marleen öffnete die Augen und drehte sich zu ihm um, sah in sein Gesicht, das so viel Vertrautheit und doch gleichzeitig so viel Unsicherheit ausstrahlte.

»Ich denke daran, dass ich diese Momente mit dir festhalten möchte. Ich weiß nicht, wann wir uns wiedersehen, Roberto, und das macht mir Angst.« Ihre Stimme war leise, aber ehrlich.

Er sah sie liebevoll an und legte seine Hand sanft auf ihre Wange. »Wir werden uns wiedersehen, Marleen. Das verspreche ich dir.«

»Aber was ist, wenn ...?« Sie konnte den Satz nicht beenden. Was, wenn sie sich für Hamburg entschied? Was, wenn Marvin nicht losließ?

»Keine 'Was-wenns'«, flüsterte er und küsste sie zärtlich. »Lass uns einfach diesen Morgen genießen. Der Rest wird sich zeigen.«

Und so lagen sie noch eine Weile zusammen im Bett. Die Wärme seiner Umarmung, das sanfte Streichen seiner Finger durch ihr Haar – all das ließ Marleen die kommende Entscheidung für einen Moment vergessen. Aber tief in ihrem Inneren wusste sie, dass die Zeit, in der sie eine Wahl treffen musste, immer näher rückte.

Der Vormittag verflog in einer Wolke aus Zärtlichkeit und Lachen, und die Leichtigkeit, die zwischen Marleen und Roberto herrschte, ließ ihre Herzen höherschlagen. Sie waren nun nicht mehr zwei Menschen, die umeinanderkreisten, sondern Liebende, die sich ihrer Gefühle sicher waren. Roberto konnte Marleen nicht loslassen – selbst beim Kochen zog er sie immer wieder spielerisch an sich, küsste ihren Hals, flüsterte ihr kleine Komplimente ins Ohr, die sie zum Lachen brachte. Marleen fühlte sich so leicht wie schon lange nicht mehr. Alles schien perfekt. Die Wolken des Zweifels, die noch am Morgen über ihr hingen, hatten sich verzogen und einem klaren Himmel Platz gemacht.

Während Roberto den Tisch deckte, trat er plötzlich auf etwas. Er hob den Fuß, sah, dass es das Kärtchen war, das aus den Rosen gefallen war, und bückte sich, um es aufzuheben. Ohne groß darüber nachzudenken, las er die Zeilen, die darauf standen.

Marleen, die gerade Salat in einer Schüssel anrichtete, drehte sich um, als sie spürte, dass etwas in der Luft lag. Ihre Augen folgten Robertos Blick, der auf die Karte gerichtet war, die nun auf dem Tisch lag – offen und enthüllt, wie eine Bombe, die jeden Moment explodieren konnte. Sie starrte auf die Worte, die darauf geschrieben standen:

»Liebste Marleen, ich möchte, dass du meine Frau wirst und freue mich auf eine wunderschöne, aufregende Zeit mit dir und unseren Kindern. Dein Marvin.«

Marleen fühlte, wie ihre Knie weich wurden, als die Realität mit voller Wucht auf sie niederging. Sie ließ sich schwer auf den Stuhl sinken, als hätte jemand ihr den Boden unter den Füßen weggezogen. Ihre Hand zitterte leicht, als sie das Kärtchen aufnahm und die Worte anstarrte, die plötzlich das gesamte Gefühl der Euphorie, das sie mit Roberto geteilt hatte, wie ein Schatten überdeckte. Ihr Herz stolperte, als würde es nicht mehr wissen, welchen Takt es schlagen sollte.

»Das kommt ... überraschend«, murmelte sie, ihre Stimme kaum mehr als ein Flüstern. Ihr Blick blieb auf dem Kärtchen hängen, als ob sie es nicht glauben könnte, dass diese Worte tatsächlich an sie gerichtet waren. Die Worte »Ich möchte, dass du meine Frau wirst« hallten in ihrem Kopf nach, wie ein Echo, das nicht verstummen wollte.

Roberto stand still, das Kärtchen nun aus den Augen, aber die Bedeutung der Worte lastete schwer auf beiden. Er wusste, dass dieser Moment früher oder später kommen würde – die unvermeidliche Realität, dass Marleen nicht ganz frei war, dass es da noch jemanden gab. Doch jetzt, da er die Worte gesehen hatte, fühlte es sich plötzlich sehr real an. Die Freude, die sie noch vor wenigen Minuten geteilt hatten, schien sich aufzulösen, wie Nebel, der sich vor der grellen Sonne verzieht.

»Es wird nicht leicht für uns werden«, sagte Marleen schließlich, ihre Stimme leiser und gebrochener als zuvor. Sie sah zu Roberto, ihre Stirn in Sorgenfalten gelegt. Die Leichtigkeit, die noch vor kurzem ihr Lachen bestimmt hatte, war verschwunden, ersetzt durch die Schwere der Verantwortung und der Entscheidungen, die vor ihr lagen.

Roberto blieb ruhig, aber er warf ihr einen langen, ernsten Blick zu. »Marleen, ich weiß, dass das schwer ist. Ich wusste, dass es nicht einfach werden würde. Aber ich glaube, dass wir das schaffen können – wenn du es auch willst.« Seine Stimme war sanft, aber bestimmt, seine Augen suchten ihren Blick, als ob er nach einer Bestätigung suchte, dass das, was sie teilten, stark genug war, um all die Hindernisse zu überwinden.

Marleen spürte, wie Tränen in ihren Augen brannten. Sie liebte Roberto, das wusste sie. Doch Marvin war ein Teil ihrer Vergangenheit, ihrer Gegenwart – und womöglich ihrer Zukunft? Diese Worte auf der Karte ließen alles in ihr durcheinanderwirbeln. Sie spürte die Last der Entscheidung schwer auf ihren Schultern, als ob die Welt sie zwingen wollte, zwischen zwei Leben zu wählen, zwei Wegen, die unterschiedlicher nicht sein konnten.

»Ich weiß nicht, was ich tun soll. Es ist so kompliziert. Ich habe mich in dich verliebt ... aber Marvin ...« Ihre Stimme brach ab, und eine Träne rollte über ihre Wange.

Roberto beugte sich vor und wischte die Träne sanft weg. »Du musst nicht jetzt entscheiden, Marleen. Ich weiß, dass es schwer ist. Aber ich will, dass du weißt, dass ich für dich da bin, egal was passiert. Du musst nur auf dein Herz hören.«

Marleen sah ihn an, tief in seine Augen, und in diesem Moment wusste sie, dass die Entscheidung alles verändern würde – nicht nur für sie, sondern auch für Roberto und Marvin. Es war eine Entscheidung zwischen dem, was war, und dem, was sein könnte.

Als Roberto seine Mutter anrief, die ihn bereits vermisste – schließlich gab es viel Arbeit auf der Finca –, entschloss sich Marleen, ebenfalls einen Anruf zu machen. Sie wählte Charlottes Nummer, denn ihre beste Freundin war immer eine wertvolle

Beraterin, gerade in Herzensangelegenheiten. Das Freizeichen ertönte nur kurz, bis Charlottes aufgeregte Stimme erklang.

»Hi, ich ... muss kurz mit dir reden«, begann Marleen zögerlich, die Ernsthaftigkeit in ihrer Stimme kaum verbergend.

Doch Charlotte klang abwesend und in Eile: »Marleen! Du, ich sitze gerade beim Kinderarzt und wir sind gleich dran. Kann ich dich später anrufen?«

Marleen seufzte leise, während ihre Gedanken weiterhin in einem emotionalen Wirrwarr verharrten. »Ja, gut. Bis später«, sagte sie schließlich enttäuscht und legte auf. Ein Gespräch mit Charlotte hätte ihr vielleicht etwas Klarheit verschafft, aber nun war sie wieder allein mit ihren Gedanken – und Roberto.

Die Sonne schien warm, und das grelle Licht, das sich in den Fenstern spiegelte, tanzte wie kleine Glühwürmchen über die Zimmerdecke. Marleen stand am Fenster, die Arme verschränkt und blickte hinaus auf die Straße. Die Wärme des Tages war einladend, doch ihr Herz sehnte sich nicht nur nach Sonne, sondern nach Zeit – Zeit für sie und Roberto, fernab von Sorgen, die wie Schatten an ihren Gedanken hafteten.

Als Roberto den Raum betrat, wurde es augenblicklich heller, als hätte die Sonne noch einmal einen Gang zugelegt.

»Alles geklärt mit meiner Mutter«, sagte er, während er auf sie zuging. Seine Stimme war tief und warm, der Akzent wie ein weicher Schleier, der jeden Satz umhüllte. Er streckte die Arme aus, und sie trat wie von selbst in seine Umarmung. Der Duft seiner Haut ließ sie die Welt um sich herum vergessen.

Marleen lehnte ihren Kopf an seine Brust, fühlte den gleichmäßigen Rhythmus seines Herzschlags, der sie beruhigte und zugleich ermutigte. Ein Gedanke formte sich in ihrem Kopf, hell und lebendig wie das Licht, das den Raum durchflutete.

»Weißt du«, begann sie, die Worte langsam formend, »ich habe eine Idee. Möchtest du mal unser Meer sehen? Das Wasser ist zwar nicht so kristallklar wie bei euch, aber ich verspreche dir, es hat seinen ganz eigenen Charme.«

Roberto zog sich ein Stück zurück, nur so weit, dass er Marleen in die Augen sehen konnte. Seine Lippen verzogen sich zu einem breiten Lächeln, das ihr Herz hüpfen ließ.

»Unser Meer?«, wiederholte er, als ob er die Worte kosten wollte. »Ich bin dabei. Fahren wir an die Ost- oder Nordsee?« Seine Stimme wurde leiser, während er sich zu ihr beugte, und seine Lippen streiften sanft ihr Ohr.

Die Berührung ließ sie schaudern, ein angenehmes Kribbeln, das von ihrem Nacken bis in die Fingerspitzen wanderte. Sie genoss seine Nähe, diese unverstellte Leidenschaft, die in jeder seiner Bewegungen lag.

»Die Nordsee«, antwortete sie schließlich, ihre Stimme sanft, aber bestimmt. »Es ist ruhiger dort. Wir können uns ein schönes Plätzchen suchen, ein bisschen spazieren gehen und einfach den Tag genießen.«

Roberto nickte, seine Begeisterung war ansteckend. »Perfekt«, sagte er, während er ihre Hand nahm und sie sanft drückte. »Ich bin gespannt. Deine Nordsee klingt jetzt schon wie ein kleines Paradies.«

Die Sonne schien warm auf die beiden, als sie das Auto beluden, eine leichte Brise trug den Duft von Sommer durch die Luft. Marleen blickte zu Roberto, der mit einer spielerischen Leichtigkeit seine Jacke in den Kofferraum warf. Sein Lächeln war wie ein Versprechen – unbeschwert, voller Vorfreude auf den gemeinsamen Tag.

»Bereit, meine Entdeckerin?«, fragte er, die spanischen Untertöne in seiner Stimme gaben dem Moment eine Melodie, die ihr Herz schneller schlagen ließ.

»Immer«, erwiderte sie und setzte sich ins Auto, die Hände fest am Lenkrad. Ihr Blick glitt zu Roberto, der sich lässig auf den Beifahrersitz fallen ließ und sie ansah, als könnte er sie den ganzen Tag lang einfach nur betrachten.

Die Fahrt zur Nordsee war eine Mischung aus ausgelassenem Lachen und ruhigen Momenten, in denen beide die Landschaft genossen. Roberto legte eine Hand auf ihren Oberschenkel, ein unscheinbares, aber beruhigendes Zeichen seiner Nähe.

Als sie schließlich ankamen, wirkte der weite Horizont der Nordsee wie ein Gemälde aus Blau und Gold. Der Wind war kräftig, brachte die Frische des Meeres mit sich und ließ Marleens Haare tanzen. Roberto blieb kurz stehen, ließ seinen Blick über das Wasser gleiten und atmete tief ein.

»Es ist anders als unser Meer«, sagte er schließlich und griff nach Marleens Hand, »aber genauso wunderschön. Vielleicht sogar mehr, weil du hier bist.«

Marleen lachte leise, spürte aber, wie ihre Wangen heiß wurden. »Schmeichler«, murmelte sie, doch sein aufrichtiger Blick machte klar, dass er es ernst meinte.

Sie fanden ein ruhiges Plätzchen, legten eine Decke in den Sand und ließen sich nieder. Die Luft hatte diese typische, leicht salzige Kühle, die nur die Nordsee mit sich bringt.

Roberto zog Marleen an sich, seine Arme fest um sie geschlungen, und sie lehnte sich mit einem glücklichen Seufzen gegen ihn.

»Weißt du«, begann er leise, »egal, wo wir sind – hier am Meer oder irgendwo ganz anders – ich habe das Gefühl, dass es nur zählt, dass wir zusammen sind.«

Marleen hob den Kopf und sah ihn an, seine Augen spiegelten das Licht des Himmels wider. Sie wusste, dass sie diesen Moment für immer in sich bewahren würde – die Wärme seines Körpers, die frische Brise und das Wissen, dass sie beide hier und jetzt nichts anderes brauchten als einander.

Später liefen sie Hand in Hand den Strand entlang, die Wellen gluckten sanft an das Ufer, und für einen Moment schien die Welt in perfekter Harmonie zu sein. Es gab nur sie zwei – und den Ozean, der ihnen den Freiraum schenkte, einfach nur zu sein, ohne Entscheidungen treffen zu müssen, ohne die Vergangenheit oder Zukunft zu durchdenken.

Marleen spürte, wie eine Welle des Glücks durch sie hindurchströmte. Vielleicht würde dieser Tag der Anfang einer neuen Geschichte sein – einer, in der es nur sie und Roberto gab.

Der Wind spielte sanft mit Marleens Haaren, während sie auf die endlose Weite des Strandes von St. Peter-Ording blickte. Roberto lief wie ein kleiner Junge durch den Sand, die Schuhe in der Hand, das Lächeln eines Menschen auf den Lippen, der die Welt neu entdeckte. Er war fasziniert von der Ebbe, die er nicht kannte. Die Art, wie der Strand sich schier unendlich ausdehnte, das Meer sich zurückzog und das Watt freilegte, war für ihn ein Wunder. Marleen beobachtete ihn mit einem warmen, stillen Lächeln, in dem sich Liebe und Bewunderung vermischten. Roberto hatte diese Gabe, Begeisterung so pur und kindlich zu zeigen, und genau das liebte sie an ihm. Es war, als würde er den

Augenblick komplett auskosten, als gäbe es nichts anderes auf der Welt.

Als der Hunger sich meldete, fanden sie ein gemütliches Plätzchen auf einem der berühmten Pfahlbauten. Von dort aus hatten sie einen atemberaubenden Blick über das Watt, das sich weit und ruhig vor ihnen erstreckte. Das Mittagessen war einfach, aber köstlich. Frischer Fisch, knusprige Bratkartoffeln und ein Glas kühler Weißwein rundeten den perfekten Moment ab. Doch so schön der Tag auch war, Marleen konnte ihn nicht in vollen Zügen genießen. In ihrem Kopf schwirrten Gedanken, die sich nicht so leicht beiseiteschieben ließen. Da war Roberto, der so nah und doch irgendwie fern war, und dann gab es da noch Marvin – den Mann, der sie einmal geliebt hatte und den sie vielleicht immer noch auf eine gewisse Weise liebte. Beide Männer waren wie zwei Pole in ihrem Leben, und jeder zog an ihr, auf seine Weise.

»Hast du deiner Mutter von mir erzählt?«, fragte Marleen und sah verträumt auf ein Schiff in der Ferne, das langsam über die Nordsee glitt.

Roberto nahm einen Schluck Wein und stellte das Glas behutsam ab. »Nein, noch nicht. Ich wollte erstmal sehen, was zwischen uns ist, bevor ich meine Mutter einweihe.«

Marleen nickte nachdenklich. »Deine Mutter wird nicht begeistert sein, wenn du Elena verlässt«, meinte sie leise. Sie wusste, dass die Bindung zwischen Roberto und seiner Familie eng war, vor allem seit dem Tod seines Vaters. Diese traditionelle Verbindung könnte sich als eine schwere Bürde für sie beide erweisen.

Roberto runzelte die Stirn und fuhr sich nervös durchs Haar, ein Zeichen, dass ihn das Thema belastete.

»Es ist mir egal, was meine Mutter möchte. Es ist wichtig, was ich möchte, damit ich glücklich bin. Sie muss es akzeptieren.« Seine Stimme war fester, als ob er sich selbst Mut zusprach. Doch Marleen spürte, dass dieser Kampf mit seiner Mutter ihn nicht kaltließ. Es ging hier nicht nur um die Liebe zwischen ihm und Elena, sondern um das Erbe seines Vaters, um Verpflichtungen und Erwartungen, die tief in ihm verwurzelt waren.

Marleen schwieg eine Weile, während sie auf ein Schiff starrte. Die friedliche Stille um sie herum stand im krassen Gegensatz zu dem Sturm, der in ihrem Inneren tobte. Roberto war bereit, alles zu riskieren, für sie, für ihre gemeinsame Zukunft. Doch war sie das auch? Konnte sie so einfach alles hinter sich lassen?

Marvin. Sein Name hallte in ihrem Kopf nach, wie ein Echo, das sie nicht ignorieren konnte. Sie hatte sich bei ihm noch nicht wegen des Heiratsantrags gemeldet. Es war seltsam. Vor kurzem noch hatte sie erwartet, dass so etwas zwischen ihnen passiert – nach all den Jahren, die sie zusammen waren. Aber jetzt, wo es tatsächlich geschehen war, fühlte es sich falsch an, fast unangemessen. Warum hatte Marvin diesen Antrag jetzt gemacht? Warum so plötzlich, ohne jegliche Vorwarnung? War es der Schock über den Schlaganfall seines Vaters gewesen, der ihn zu diesem Schritt veranlasst hatte? Oder hatte er tatsächlich erkannt, dass er sie nicht verlieren wollte?

Marvin hatte nie zu den großen Romantikern gehört, aber selbst sie hatte mehr erwartet. Es war, als hätte er den Antrag nur gemacht, weil es das war, was man nach so vielen Jahren Beziehung tat, weil es der nächste logische Schritt war.

Roberto legte sanft seine Hand auf ihre, und als sie aufblickte, sah sie in seine tiefen, braunen Augen. Es war, als würde er sie verstehen, ohne dass sie etwas sagen musste. Er wusste, dass es nicht einfach für sie war, eine Entscheidung zu treffen, und doch hoffte er, dass sie sich für ihn entscheiden würde. Seine Liebe war echt, leidenschaftlich und greifbar.

»Marleen«, begann er leise, »ich weiß, dass das alles nicht leicht ist. Aber ich glaube daran, dass wir es schaffen können. Es geht nicht um Traditionen oder Erwartungen, sondern um uns, um das, was wir füreinander empfinden.«

Sie schluckte, ihre Gefühle waren ein einziges Chaos, und doch wusste sie, dass er Recht hatte. Die Frage war nur, ob sie den Mut hatte, all das hinter sich zu lassen – für eine Liebe, die alles verändern könnte.

Der Abendhimmel leuchtete in sanften Orangetönen, als Marleen und Roberto am Strand von St. Peter-Ording entlangliefen, die Weite des Meeres im Blick. Die Wellen rollten leise an den Strand, während der Wind sanft durch ihr Haar strich. Sie liefen Hand in Hand, ihre Finger fest ineinander verschlungen, als könnten sie sich so vor dem nahenden Abschied bewahren. Jeder Schritt fühlte sich an wie ein Countdown, ein schmerzhaftes Erinnern daran, dass dies ihre letzten gemeinsamer Stunden waren. Bald würde Roberto zurück nach Mallorca fliegen, zurück in seine Welt, und sie würde hierbleiben, in Hamburg, in ihrem Leben, das sich plötzlich so kompliziert anfühlte.

Marleen konnte spüren, wie sich ihr Herz zusammenzog. Es schmerzte, so sehr, dass sie am liebsten stehen geblieben wäre und ihn gefragt hätte: »Kannst du nicht länger bleiben?« Doch sie wusste, dass er Verpflichtungen hatte, genauso wie sie. Es wäre egoistisch, ihn zu bitten, alles aufzugeben, nur um bei ihr zu sein. Und doch wünschte sie sich genau das. Jeden Moment, den sie mit Roberto verbrachte, wollte sie festhalten, als wäre es das Letzte, was ihnen bleiben würde. Seine Nähe, sein Lächeln, seine sanften Berührungen – all das war zu kostbar, um es einfach loszulassen.

Aber da war auch die Realität, die wie ein Schatten über ihrer Liebe lag. Marvin. Das Gespräch, das vor ihr lag, schien wie ein unüberwindbarer Berg. Sie wusste, dass sie ihm alles sagen musste – dass sie ihn nicht heiraten konnte, weil es einen anderen Mann gab, mit dem sie sich eine glücklichere Zukunft vorstellte. Marvin war ein guter Mensch, aber die Verbindung zwischen ihnen hatte sich verändert. Die Wärme und Vertrautheit war geblieben, doch das Feuer war erloschen. Und nun war da Roberto, der mit einer solchen Intensität in ihr Leben getreten war, dass er alles andere überstrahlte.

»Worüber denkst du nach?« Robertos Stimme holte sie aus ihren Gedanken. Er hatte sie beobachtet, seine Augen lagen sanft auf ihr, voller Verständnis und Zuneigung.

Marleen seufzte und sah auf den nassen Sand unter ihren Füßen. »Ich denke daran, wie schwer es wird, Marvin zu sagen, dass ich ihn nicht heiraten werde. Und an Gerold und Susanne... sie sind wie eine Familie für mich. Ich weiß nicht, wie sie reagieren werden, wenn sie erfahren, dass es da jemanden gibt, mit dem ich mir mein Leben eher vorstellen kann.« Sie spürte, wie sich ein Kloß in ihrem Hals bildete und ihre Augen brannten. »Würden sie sich von mir abwenden?«

Roberto hielt inne, zog sie zu sich und strich ihr eine Haarsträhne aus dem Gesicht. »Das weißt du nicht, Marleen. Aber du musst das tun, was dich glücklich macht. Dein Leben gehört dir, nicht ihnen.« Seine Worte waren ruhig, doch seine Augen verrieten, dass auch er mit seinen eigenen Unsicherheiten kämpfte. Seine Hand strich sanft über ihren Arm, während er fortfuhr: »Es wird nicht leicht sein, das weiß ich. Ich habe auch meine Verpflichtungen, meine Familie... meine Mutter. Sie erwartet von mir, dass ich Elena heirate, und ich weiß, wie schwer es wird, ihr zu sagen, dass ich das nicht tun kann.«

Marleen sah in seine Augen und erkannte den gleichen Schmerz, den sie selbst fühlte. Auch für ihn war die Situation nicht einfach. Sie waren beide in ihren Welten gefangen, in ihren Verpflichtungen und Erwartungen, und doch gab es da diese Liebe zwischen ihnen, die so stark und so echt war, dass sie alles andere unwichtig erscheinen ließ. Aber würde ihre Liebe stark genug sein, um all die Hürden zu überwinden?

Sie lehnte sich an ihn und schloss für einen Moment die Augen, als würde seine Nähe ihr die Kraft geben, die sie so dringend brauchte. »Glaubst du, dass wir das schaffen können?« Ihre Stimme war leise, fast ein Flüstern, aber es war die Frage, die sie seit Tagen quälte. War ihre Liebe stark genug, um all die Hindernisse zu überwinden? War sie bereit, nach Mallorca zu ziehen, ihr ganzes Leben hinter sich zu lassen, um bei ihm zu sein?

Roberto legte seine Hände sanft auf ihre Schultern und sah ihr tief in die Augen. »Ich glaube an uns, Marleen. Aber das Wichtigste ist, dass du auch an uns glaubst. Wir haben etwas so Besonderes gefunden, das können wir nicht einfach wegwerfen. Ich will mit dir sein, egal wo. Mallorca, Hamburg, es spielt keine Rolle, solange wir zusammen sind.«

Seine Worte gaben ihr Hoffnung, doch die Zweifel ließen sich nicht so einfach verdrängen. Es ging nicht nur um Liebe, sondern auch um Verantwortung, um Familie, um die Zukunft. Marleen hatte nie geplant, Hamburg zu verlassen. Ihre Familie war hier, ihre Freunde, ihre Arbeit. Und dann war da noch Charlotte, ihre beste Freundin, die sie anflehen würde, in Hamburg zu bleiben. Marleen konnte sich vorstellen, wie Charlotte reagieren würde, wenn sie ihr von ihrer Auswanderung erzählte. Sie würde sagen, dass sie verrückt sei, alles aufzugeben für einen Mann, den sie erst seit kurzem kannte. Und vielleicht hatte Charlotte recht.

»Es ist nur... so viel auf einmal«, flüsterte Marleen und spürte, wie ihre Augen feucht wurden. »Ich weiß nicht, ob ich stark genug bin, das alles durchzustehen.«

Roberto zog sie fest in seine Arme, als wollte er sie beschützen, vor der Welt und all ihren Problemen. »Du bist stark genug, Marleen. Ich weiß es. Und ich werde da sein, bei jedem Schritt. Wir werden das zusammen schaffen.«

Sie ließ sich in seine Umarmung fallen, spürte die Wärme seines Körpers und die Stärke seiner Liebe. In diesem Moment schien alles möglich zu sein, als könnte ihre Liebe tatsächlich all die Hindernisse überwinden. Aber tief in ihrem Herzen wusste sie, dass der wahre Test erst noch bevorstand.

Auf der Rückfahrt nach Hamburg herrschte eine fast greifbare Stille im Auto. Roberto lenkte das kleine Fahrzeug, während seine Hand vertraut und beruhigend auf Marleens Knie ruhte. Ihre Finger umschlossen fest die Wasserflasche, die sie ihm hin und wieder reichte. Die Stunden bis zu Robertos Abreise waren wie Sand, der durch ihre Finger rann – und je mehr sie versuchten, die Zeit festzuhalten, desto schneller verstrich sie.

Marleen war von ihren Gedanken überwältigt, die sich wie ein undurchdringliches Netz um sie legten. Sie wusste, dass der Abschied kurz bevorstand, und dieser Gedanke drückte schwer auf ihre Brust. Wie sollten sie sich voneinander lösen, wo doch jeder Moment mit Roberto sich so richtig anfühlte?

Als sie zuhause ankamen, hängte Marleen die feuchten Badehandtücher auf, die vom wunderschönen Tag am Strand übrig waren. Der Geruch von Salzwasser trug sie gedanklich zurück zu dem breiten, endlosen Strand von St. Peter-Ording, zu den unbeschwerten Momenten, in denen sie die Hände nicht voneinander lassen konnten. Aber jetzt war alles anders. Jetzt war der Abschied greifbar.

Roberto telefonierte erneut mit seiner Mutter, und Marleen bemerkte, wie eng diese Verbindung zwischen ihnen war. Es war keine Überraschung – Roberto war Einzelkind, und seit dem Tod seines Vaters waren er und seine Mutter untrennbar miteinander verbunden. Doch die Sorge um diese Beziehung lag schwer auf Marleen. Würde Robertos Mutter sie jemals akzeptieren? Würde sie sich ihr entgegenstellen, wie es so oft bei Müttern und den neuen Frauen in den Leben ihrer Söhne geschah?

Marleen zog sich ins Schlafzimmer zurück, das nach frischer Wäsche roch. Sie wusste, dass sie sich bei Marvin melden musste, aber allein der Gedanke daran schnürte ihr die Kehle zu. Mit zitternden Händen wählte sie seine Nummer, und als seine vertraute Stimme durch den Hörer klang, spürte sie, wie ihre Entschlossenheit zu schwinden begann.

»Hallo Marleen. Hast du die Rosen bekommen?«, fragte Marvin fröhlich.

Marleen spielte nervös mit einem Kissen und versuchte, ihre Gedanken zu ordnen. Sie wollte ehrlich sein, ihm alles sagen – von Roberto, von den Gefühlen, die sich so unerwartet zwischen ihnen entwickelt hatten, und davon, dass sie seine Heiratspläne nicht erwiderte. Doch stattdessen hörte sie sich selbst unsicher und zögerlich sprechen: »Ja, ich habe die Rosen bekommen. Danke ... sie sind wirklich schön.«

»Und hast du die Karte gefunden?«, fragte Marvin, seine Stimme voller Vorfreude. »Ich weiß, es war etwas überstürzt, aber mir wurde jetzt klar, wie sehr ich dich liebe. Wir sind das perfekte Paar, Marleen. Wir arbeiten zusammen in der Bank, wir haben ähnliche Ziele. Ich kann es kaum erwarten, mit dir ein gemeinsames Leben zu beginnen, ein Haus zu bauen und...«

Sie schluckte schwer. Es fühlte sich an, als würde sie in zwei Welten gleichzeitig leben. Da war Marvin, der auf einmal so sicher schien, dass sie eine Zukunft hatten, und da war Roberto, der ihr Herz schneller schlagen ließ, sie zum Lachen brachte und ihr zeigte, wie intensiv sich Liebe anfühlen konnte. Doch war diese Leidenschaft wirklich genug? Was, wenn sich Roberto für Elena entschied? Was, wenn Marleen sich irrte, und Marvin wirklich der Mann war, mit dem sie glücklich sein konnte?

»Marvin«, begann sie zögernd, »danke für den Heiratsantrag und die Rosen, aber... ich brauche noch etwas Zeit. Das kam so plötzlich und... ich muss mir darüber klar werden.«

»Natürlich«, sagte er, seine Stimme war ruhig und verständnisvoll. »Ich will dich zu nichts drängen. Nimm dir die Zeit, die du brauchst. Aber ich hoffe, dass du weißt, wie sehr ich dich liebe, Marleen. Du bist die Frau, mit der ich mein Leben verbringen will.«

Marleen fühlte, wie ihr Herz schwerer wurde. Wie konnte sie ihm das antun? Wie konnte sie ihm erzählen, dass es da einen anderen Mann gab, mit dem sie sich eine Zukunft vorstellte? Doch sie konnte es nicht – nicht jetzt, nicht in diesem Moment, wo ihre eigene Unsicherheit sie lähmte.

»Lass uns später reden, okay?«

»Natürlich«, antwortete Marvin sanft. »Vielleicht können wir morgen Abend essen gehen? Oder ins Theater?«

Marleen schloss kurz die Augen. »Morgen geht es nicht.«

Sie legte auf und blieb für einen Moment still auf dem Bett sitzen, unfähig, sich zu bewegen. Alles in ihr war ein Wirrwarr aus Gefühlen. Da war ihre Liebe zu Roberto, die so überwältigend war, und gleichzeitig das Schuldgefühl gegenüber Marvin, der nichts ahnte. Wie sollte sie all diese Knoten lösen, ohne dabei jemanden – oder sich selbst – zu verletzen?

Als sie in die Küche kam, duftete es nach frisch gemachten Tortillas. Roberto stand am Herd, lächelte ihr zu und winkte sie zu sich. Er schien so sorglos, so voller Liebe für sie, dass sie sich für einen Moment von ihren Gedanken befreien konnte. Sie trat zu ihm, legte die Arme um seine Taille und lehnte sich an seine Brust. Für diesen Moment wollte sie einfach nur bei ihm sein, ohne über die Zukunft nachzudenken.

»Ich habe eben mit Marvin telefoniert«, begann sie, als sie gemeinsam am Tisch saßen und aßen. Ihr Blick war nervös, fast unsicher, doch Roberto erwiderte ihn mit ruhiger, warmer Aufmerksamkeit. Er legte seine Gabel zur Seite, streckte die Hand nach ihrer aus und umschloss sie sanft. »Und? Was hast du ihm gesagt?«

»Ich habe ihm gesagt, dass ich Zeit brauche«, antwortete Marleen, ihre Stimme leise, als wolle sie sich selbst die Schwere dieser Worte nehmen. Roberto drückte ihre Hand fest, seine Augen hielten ihren Blick. »Das ist gut. Er weiß jetzt Bescheid. Du brauchst nicht alles auf einmal zu klären.«

Er lächelte, ein aufmunterndes, sanftes Lächeln, das ihr wieder etwas Leichtigkeit gab. »Und, schmeckt es dir?«

Marleen sah ihn an, und plötzlich fand sie ein kleines Lächeln zurück. »Du bist ein hervorragender Koch. Was kannst du noch alles?«

»Oh, das kann ich nicht alles aufzählen«, scherzte er mit einem schelmischen Glitzern in den Augen, was sie zum Lachen brachte.

Der Abend verlief ruhig, obwohl beide wussten, dass der nächste Tag die Trennung bringen würde. Sie blieben in Marleens Wohnung, um die letzten gemeinsamen Stunden in stiller Zweisamkeit zu verbringen. Roberto erzählte Marleen von seiner Kindheit, von den unbeschwerten Tagen auf Mallorca, wo er viel Zeit am und auf dem Meer verbracht hatte. Seine Augen leuchteten, als er von seinem Esel Ramon sprach und von den Hunden, denen er als Junge kleine Kunststücke beigebracht hatte. Es war offensichtlich, dass er in einer liebevollen und stabilen Umgebung aufgewachsen war. Jedes Wort, das er sprach, schien ein Stück seiner Seele zu offenbaren – eine unbeschwerte, warme Seele, die Marleen so sehr liebte.

»Hast du ein Foto von deiner Mutter?«, fragte Marleen schließlich neugierig. Sie wollte mehr über die Menschen erfahren, die Roberto prägten. Er nahm sein Handy und scrollte durch die Bildergalerie. Nach einem Moment hielt er ihr stolz das Display hin. »Das ist mi madre.«

Marleen nahm das Handy und sah das Bild einer hübschen, blonden Frau, deren große Augen und makelloser Teint sie fast sprachlos machten. »Das ist nicht deine Mutter!«, lachte sie ungläubig.

Roberto lachte mit ihr. »Doch, das ist sie. Das Bild habe ich letzte Woche gemacht. Sie hat mich mit neunzehn bekommen.«

Marleen war baff. Sie hatte sich Robertos Mutter ganz anders vorgestellt, älter, vielleicht etwas strenger. Aber stattdessen sah sie eine Frau, die Robertos Schwester hätte sein können – jung, strahlend, voller Leben.

»Deine Mutter ist wunderschön«, sagte Marleen und ihre Überraschung klang noch nach. Sie hob den Blick, sah Roberto in die Augen und spürte die vertraute Wärme, die zwischen ihnen aufkeimte. »Genau wie du.«

Sie küsste ihn, sanft, als wolle sie den Moment festhalten, als wolle sie sich ein letztes Mal versichern, dass dieser Mann wirklich bei ihr war. Der Abschied rückte unaufhaltsam näher, und jeder Kuss fühlte sich an wie ein kleiner, stiller Kampf gegen die Zeit.

Als sie sich wieder voneinander lösten, fragte Marleen zögernd: »Hast du auch ein Bild von Elena?«

Es war eine Frage, die sie schon länger auf dem Herzen hatte, aber die sie bisher nicht zu stellen gewagt hatte. Sie wollte wissen, wie diese Frau aussah, mit der Roberto verlobt war, wollte wissen, ob sie es mit ihr aufnehmen konnte. Roberto zögerte einen Moment, sein Blick wurde nachdenklich, bevor er sein Handy wieder zur Hand nahm und begann, durch die Fotos zu scrollen.

»Ja«, sagte er schließlich, etwas zögernd. Er hielt Marleen das Handy hin, und sie betrachtete das Bild von Elena. Sie war wunderschön – dunkles, langes Haar, große braune Augen und ein Gesicht, das perfekt in seiner Sanftheit war. Elena strahlte eine klassische Schönheit aus, die fast zeitlos wirkte. Marleens Herz sank.

»Oh, sie ist wunderschön«, flüsterte Marleen, ihre Stimme war kaum hörbar. Der Anblick von Elena ließ ihre Zweifel laut werden, Zweifel, die sie bisher verdrängt hatte. Konnte sie wirklich mit dieser Frau konkurrieren? Würde Roberto am Ende doch zu ihr zurückkehren?

Roberto sah die Veränderung in Marleens Gesicht und legte eine Hand unter ihr Kinn, hob ihren Blick zu sich. »Marleen«, sagte er leise, aber eindringlich, »du bist alles, was ich will. Du hast mein Herz, nicht sie.«

Doch auch wenn seine Worte schön und aufrichtig klangen, konnte Marleen das Gewicht dieser neuen Realität nicht abschütteln. Der Vergleich mit Elena lastete auf ihr.

In der Nacht fanden sie beide kaum Schlaf. Das Wissen, dass sie bald getrennt sein würden, hing wie ein schwerer Schleier über ihnen, und so lagen sie eng aneinander in dem breiten Bett, als wollten sie den Schmerz der bevorstehenden Trennung einfach wegdrücken. Marleen hörte den leisen Rhythmus von Robertos Atem, spürte die Wärme seines Körpers neben sich, doch all das konnte den Kloß in ihrem Hals nicht auflösen. Sie wollte die Zeit anhalten, wollte die letzten Stunden nicht vergehen lassen, doch der Morgen rückte unerbittlich näher.

Als Marleens Handy einen Sommerhit spielte und den Beginn des Tages ankündigte, öffnete sie ihre Augen. Direkt vor ihr, so nah, dass sie sein warmes Lächeln spüren konnte, lag Roberto wach und betrachtete sie. Ohne ein Wort zu sagen, beugte er sich vor und küsste sie sanft auf die Stirn. Dieser Kuss fühlte sich an wie ein stilles Versprechen, eine Versicherung, dass alles gut werden würde.

Während Roberto duschte, ging Marleen in die Küche, um das Frühstück vorzubereiten. Doch während sie den Kaffee aufsetzte und das Brot schnitt, war ihr übel. Nicht vom Hunger oder Müdigkeit, sondern von der Angst vor dem bevorstehenden Abschied. Wie sollte sie es schaffen, Roberto gehen zu lassen? Sie wollte diesen Moment überspringen, wollte nicht zusehen, wie er durch die Sicherheitskontrolle verschwand und in ihr eine Leere hinterließ. Ihre Hände zitterten leicht, als sie den Tisch deckte.

Als Roberto frisch geduscht in die Küche kam, strahlte er, als ob er den Tag voller Leichtigkeit beginnen könnte. Er versuchte, Marleen mit seinem Lächeln aufzumuntern, um ihren Schmerz zu lindern, aber sie konnte die Traurigkeit in seinen Augen erkennen. Er war genauso betroffen wie sie, doch er wollte stark bleiben – für sie.

Nach dem Frühstück, das still und von schweren Gedanken durchzogen war, machten sie sich auf den Weg zum Flughafen. Der Schmerz wurde mit jedem Schritt intensiver, bis Marleen dachte, sie könnte keinen Atemzug mehr machen. Am Flughafen angekommen, fühlte sie sich wie betäubt. Sie klammerte sich an Roberto, ihre Arme fest um seine Taille geschlungen, als würde sie ihn mit bloßer Kraft davon abhalten können, zu gehen.

Roberto zog sie an sich, drückte sie fest an seinen Körper. Sein Herzschlag beruhigte sie, aber nur für einen Moment.

»Wir werden alles klären, Marleen, und dann… dann wird alles gut werden«, versprach er ihr mit sanfter Stimme und drückte einen Kuss auf ihren Kopf.

Marleen nickte, aber die Tränen stiegen ihr in die Augen.

»Ja, okay«, schniefte sie, ihre Stimme dünn und zerbrechlich. Sie wusste, dass er es ernst meinte, doch die Zweifel nagten an ihr.

»Ich habe noch etwas für dich«, sagte sie leise und kramte in ihrer Tasche. Sie zog einen kleinen Stoffesel hervor, der leicht abgegriffen und alt wirkte. »Den habe ich bekommen, als ich eingeschult wurde. Er hat mir immer Glück gebracht, und jetzt… gehört er dir. Er heißt ab heute Ramon.«

Roberto nahm den Stoffesel vorsichtig in die Hand, lächelte und sah Marleen an, mit so viel Wärme und Zärtlichkeit in seinen Augen, dass ihr Herz noch schwerer wurde.

»Hallo, Ramon«, sagte er und strich dem Stofftier über den Kopf, als wäre es lebendig. »Schön, dass du bei mir bist.« Seine Stimme klang ein wenig heiser, gerührt von Marleens Geste. »Danke. Ich werde gut auf ihn aufpassen.«

Dann trat die unerbittliche Realität zwischen sie. »Ich muss jetzt gehen«, sagte Roberto leise, fast widerwillig. Sie küssten sich ein letztes Mal, ein Kuss voller Leidenschaft und Verzweiflung, als könnten sie in diesem Moment all die Zeit einholen, die ihnen fehlte. Marleen wollte ihn nicht loslassen, wollte diesen Kuss festhalten, doch schließlich musste sie ihn gehen lassen.

Kaum war der Spanier in der Menge der Abreisenden verschwunden, fühlte Marleen, wie der Knoten in ihrem Inneren sich löste – und mit ihm brach etwas in ihr zusammen. Die Tränen flossen unaufhaltsam, und sie konnte sie nicht mehr zurückhalten. Ein tiefer Schmerz breitete sich in ihrem ganzen Körper aus, als wäre ein Teil von ihr mit Roberto gegangen, als hätte er sie leer zurückgelassen. Sie stand noch eine Weile da, unfähig, sich zu bewegen, während um sie herum die Welt einfach weitermachte – doch für Marleen hatte sich alles verändert.

Als sie die Tür hinter sich schloss, fühlte sie eine überwältigende Leere. Die Wohnung, die noch vor einer Stunde so voller Leben, Lachen und Zärtlichkeit gewesen war, schien plötzlich trostlos. Roberto war fort, und mit ihm war auch der Zauber des Augenblicks verblasst. Sie ging durch die Räume, die nun stiller und kälter wirkten als zuvor.

Sie lief ins Schlafzimmer und sah das zerdrückte Kissen, auf dem er geschlafen hatte. Es war noch immer leicht eingedellt, als wäre sein Kopf nur für einen Moment aufgestanden und käme gleich zurück. Der Gedanke daran ließ Marleen die Tränen in die Augen steigen. Sie setzte sich auf das Bett und umarmte das Kissen, als könnte sie damit ein Stück von ihm festhalten. Doch es war nur ein schwacher Trost. Seine Anwesenheit, seine Wärme – all das war fort.

Dann fiel ihr Blick auf die Orangen, die Roberto mitgebracht hatte. Diese kleinen Dinge, die er hinterlassen hatte, schienen nun so bedeutungsvoll. Jede Kleinigkeit erinnerte sie an ihn, und gleichzeitig verstärkte es das Gefühl, dass er ihr immer weiter entglitt.

Plötzlich überkam sie eine Welle des Zweifels, die sie förmlich in die Knie zwang. Was, wenn Roberto nicht in der Lage wäre, Elena loszulassen? Er hatte immer gesagt, dass er niemandem wehtun wolle. Marleen konnte sich lebhaft vorstellen, wie Elena weinte, während Roberto ihr von seiner Liebe in Hamburg erzählte. Sie sah förmlich, wie Elena sich an ihn klammerte, verzweifelt und flehend, ihn nicht zu verlieren. Roberto war ein Mensch, der andere Menschen nicht enttäuschen konnte. Was, wenn er sich von Elenas Tränen und ihrer Liebe nicht lösen konnte?

Und dann war da noch seine Mutter. Marleen hatte die enge Bindung zwischen ihnen gespürt, und es war klar, dass sie Elena mochte, sie vielleicht sogar wie eine Tochter behandelte. Sie hatten vermutlich schon Pläne für die Zukunft geschmiedet – ein gemeinsames Leben auf der Finca, Elena als stolze Schwiegertochter an Robertos Seite. Wie sollte sie da je einen Platz finden? Marleen spürte, wie der Schmerz sich in ihrem Herzen breit machte, tief und bohrend. Sie wollte glauben, dass ihre Liebe stark genug wäre, aber die Zweifel wuchsen mit jedem Gedanken an die Realität, die sie beide trennen könnte.

Marleen ließ sich aufs Bett fallen, drückte das Kissen an sich und weinte leise. Es war, als würde der Schmerz mit jeder Träne größer werden, sich immer weiter ausbreiten. Sie wollte nicht glauben, dass dies das Ende sein könnte, aber es fühlte sich so endgültig an.

Das Telefon riss sie aus der Trauer. Ihre Mutter war am Telefon. »Kindchen, alles gut bei dir? Ist dein flotter Spanier abgereist?«, fragte Silvia in ihrer gewohnt offenen Art. »Hast du Zeit, uns am Computer zu helfen? Du kannst auch bei uns essen.«

Marleen schluckte schwer und zwang sich zu einer Antwort. »Ja, er ist weg...« Ihre Stimme brach fast, aber sie sammelte sich. »Ich komme gern vorbei.«

Die Ablenkung kam ihr gelegen. Silvia wusste zwar nichts von der emotionalen Achterbahnfahrt, auf der sich ihre Tochter befand, aber Marleen war dankbar, dass sie jetzt aus der Wohnung raus und den Gedanken an Roberto zumindest für eine Weile entfliehen konnte. Sie wischte sich die Tränen aus dem Gesicht, zog sich an und verließ die Wohnung, in der die Erinnerung an Roberto noch immer in der Luft hing.

Kurz nach Robertos Landung in Palma vibrierte Marleens Handy. Als sie das Display betrachtete, schlich sich ein Lächeln auf ihre Lippen. Roberto hatte ihr nicht nur eine liebevolle Nachricht mit »Ich vermisse dich« geschickt, sondern auch ein Bild von Ramon, dem Stoffesel, der während des gesamten Flugs auf seinem Schoß gesessen hatte. Er hatte den Esel sogar mit einem Sicherheitsgurt angeschnallt und ihm eine kleine Papiertüte gegeben, als ob Ramon an Höhenangst litt. Unter dem Bild stand: »Ramon war nervös, aber er hat den Flug gut überstanden.« Marleen musste lachen und drückte das Handy fest an ihre Brust, spürte aber dennoch den Stich des Schmerzes über die Distanz zwischen ihnen.

Kaum hatte sie die Nachricht gelesen, wurden ihre Gedanken von ihren Eltern unterbrochen, die eifrig um sie herumwuselten. Ihre Mutter stellte einen dampfenden Teller Eintopf auf den Tisch und grinste sie an.

»Also, dieser Roberto! Was für ein Charisma! Wie er dich ansieht – da schmilzt man ja nur vom Zuschauen!« Ihr Vater nickte zustimmend. »Viel besser als Marvin, dieser

Zahlenknochen. Der ist ja immer so trocken! Kein Funke von Abenteuerlust, nicht mal ein Witz auf Lager.«

»Ihr habt Marvin doch gemocht«, entgegnete Marleen schmunzelnd und schob sich den Teller näher.

»Ja, aber nur, weil wir keine Wahl hatten!« Ihre Mutter zuckte mit den Schultern. »Aber jetzt haben wir Roberto kennengelernt – und das ist etwas ganz anderes!« Dann fuhr sie mit einem enthusiastischen Funkeln in den Augen fort: »Wir kommen dich dann ganz oft auf Mallorca besuchen, ja?«

Marleen musste grinsen. »Ähm, Mama, Roberto und ich sind noch nicht mal richtig zusammen und ihr plant schon den Familienurlaub?«

»Ach, Unsinn! Das wird was mit euch. Ich spüre das«, meinte Silvia überzeugt. »Wir haben schon die Koffer im Keller bereit!«

Als Marleen versuchte, ihre Eltern ein weiteres Mal in die Geheimnisse des Internets einzuweihen, bekam sie eine weitere Nachricht von Roberto. Ihr Herz klopfte schneller, als sie auf das Handy sah. Wieder schickte er ganz viele Herzen und schrieb: »Ich vermisse dich schon jetzt. Die Sonne ist hier, aber du fehlst.«

Es war so schön, Robertos Liebe durch die Nachrichten zu spüren, aber gleichzeitig fragte sie sich, was die Zukunft bringen würde. Würde die Distanz zwischen ihnen wirklich nur ein vorübergehendes Hindernis sein? Konnte sie sich tatsächlich ein Leben auf Mallorca vorstellen – oder würde doch noch etwas Unvorhergesehenes passieren?

Ihre Mutter unterbrach sie aus diesen Gedanken: »Und jetzt, Marleen, erklär uns nochmal: Wie kommen wir ins Internet? Das WLAN ist weg, sagst du? Was ist das überhaupt?«

Marleen lachte auf und schüttelte den Kopf. »Mama, es ist 2024. Wie oft haben wir das schon durch?«

»Ich bin eine analoge Frau in einer schrecklich digitalen Welt«, sagte Silvia entschuldigend und drückte auf den falschen Knopf.

Inmitten der hektischen Szenen mit ihren Eltern und dem ständigen Hin und Her zwischen Hamburg und Mallorca wusste Marleen, dass Roberto in ihrer Nähe war – zumindest im Herzen.

Marleen brauchte dringend weiblichen Rat. Mit ihren Eltern über ihr Liebesleben zu sprechen, war zwar unterhaltsam, aber keine ernsthafte Option. Ihre Mutter hätte sofort Hochzeitseinladungen für Mallorca entworfen, während ihr Vater sich wahrscheinlich überlegt hätte, welches Gemüse besonders gut auf Mallorca wuchs.

»Charlotte, kann ich vorbeikommen?«, sprach Marleen in ihr Handy, während sie durch Hamburg fuhr.

»Ja, das passt super. Bis gleich!«, antwortete Charlotte enthusiastisch.

Als Marleen bei ihr ankam, öffnete Charlotte die Tür und sah erstaunlich entspannt und erholt aus, was bei ihr als Zwillingsmama selten vorkam.

»Hi, du siehst ausgeschlafen aus!«, begrüßte Marleen sie lachend und streckte ihr eine prall gefüllte Gemüsetüte entgegen. »Hier, von meinen Eltern.«

»Felix hat zwei Urlaubstage genommen und ich habe ihn dazu verdonnert, sich 24 Stunden komplett um die Zwillinge zu kümmern«, erklärte Charlotte triumphierend. »Sie sind auf dem Spielplatz, und stell dir vor: Ich habe endlich meine Nägel gemacht und sogar zwei Zeitungsartikel gelesen!« Sie hielt stolz ihre perfekt lackierten Nägel hoch.

»So soll es sein!«, lachte Marleen. »Zeit für dich, das ist Luxus pur.«

Sie gingen auf den Balkon. Charlotte brachte Wasser und ließ sich genüsslich auf einen Liegestuhl sinken.

»Das tut so gut, mal ein paar Stunden nur für mich zu haben. Aber genug von mir! Wie war es mit Roberto?«, fragte Charlotte und strahlte voller Neugier.

Marleen erzählte ausführlich von den vergangenen Tagen. Vom Sonnenuntergang in St. Peter-Ording, den Spaziergängen am Strand und den Momenten voller Liebe und Unsicherheit. Sie erzählte auch von dem schmerzhaften Abschied am Flughafen und vor allem von der Sorge, dass Roberto vielleicht doch nicht den Mut haben könnte, seine Verlobte Elena zu verlassen.

Charlotte hörte still und aufmerksam zu, ohne Marleen zu unterbrechen – was in ihrer lebhaften Art fast ein kleines Wunder war. Als Marleen schließlich fertig war, seufzte sie und schaute in den strahlend blauen Himmel.

»Oh je«, sagte sie schließlich und runzelte die Stirn. »Das klingt ganz schön kompliziert. Aber weißt du was? Du kannst nur hoffen, dass er den Mut findet, sich von Elena zu lösen. Am Ende geht es doch darum, ob er sich wirklich für dich entscheidet – oder?«

Marleen nickte. »Ja, aber ich frage mich, ob ich bereit bin, das Risiko einzugehen. Was, wenn er am Ende doch bei Elena bleibt?«

Charlotte nahm einen Schluck Wasser und schaute Marleen über den Rand des Glases hinweg an. »Dann gibt es Plan B: Du holst dir einfach Felix und mich, wir fliegen nach Mallorca und entführen Roberto mit einem Boot!«

Marleen prustete vor Lachen. »Ja, klar! Das klingt nach einem idiotensicheren Plan!«

»Aber im Ernst«, fuhr Charlotte fort und wurde wieder ernst. »Du musst jetzt erstmal abwarten, ob Roberto sich trennt. Und in der Zwischenzeit... entspann dich ein bisschen. Genieße dein Leben, und wenn es sein soll, wird alles gut werden.«

Marleen lehnte sich in ihrem Stuhl zurück und ließ die Worte ihrer Freundin auf sich wirken. Vielleicht hatte Charlotte recht. Manchmal musste man einfach loslassen und dem Leben die Chance geben, die Dinge zu regeln.

# ACHT

Am liebsten hätte Marleen sich einfach in den Urlaub verabschiedet, um Marvin aus dem Weg zu gehen. Seit Gerold krank war und Marvin die Leitung in der Bank übernommen hatte, war die Arbeit so hektisch, dass sie kaum Zeit hatte, Luft zu holen. Marvin schien es sich zur Aufgabe gemacht zu haben, die Dinge effizient zu regeln – und dazu gehörte auch, Marleen ständig in seinem Büro zu haben. Heute war keine Ausnahme.

»Marleen, hast du kurz Zeit?«, fragte Marvin, als sie gerade ihre Tasche abstellte. Widerwillig stand sie auf und folgte ihm in sein Büro. Kaum hatte sie die Tür geöffnet, bemerkte sie neben einem dampfenden Kaffee ein Franzbrötchen – ihr absolutes Lieblingsgebäck. Marvin wusste einfach genau, wie man sie zumindest kulinarisch um den Finger wickeln konnte.

»Geht es dir gut?«, fragte Marvin und musterte sie forschend, als ob er einen Hinweis auf ihre Gedanken lesen wollte.

»Ja, danke. Es geht mir gut.« Marleen setzte sich und überlegte fieberhaft, wie sie das Gespräch anfangen sollte. Sie hatte sich schon tausend Mal die Worte im Kopf zurechtgelegt, aber jedes Mal, wenn sie sie aussprechen wollte, wurde ihr die Kehle eng. »Marvin, wir müssen reden...«

Doch bevor sie weitersprechen konnte, öffnete sich die Tür und Marvins Sekretärin steckte den Kopf herein. »Marvin, kannst du kurz kommen? Herr Gutsmann hat ein Problem mit den Überweisungen.«

Er sprang sofort auf, als wäre das das spannendste Ereignis des Tages. »Klar, ich komme.« Er strich Marleen leicht über die Schulter – eine Geste, die ihr unangenehm vertraut vorkam – und verschwand aus dem Raum.

Allein in seinem Büro, starrte sie das Franzbrötchen an, das sie normalerweise verschlungen hätte, doch heute schmeckte es nach Pappe. Sie schob den Teller weg, schnappte die Kaffeetasse und ging in ihr eigenes Büro zurück. Arbeit schien die einzige Ablenkung zu sein, die sie jetzt ertragen konnte.

Mittags, als Marvin zu einem Kundentermin unterwegs war, atmete Marleen auf. Sie nutzte die Gelegenheit und ging an der Alster spazieren. Die frische Luft tat gut, und während sie auf das glitzernde Wasser schaute, musste sie unwillkürlich an ihre Alsterfahrt mit Roberto denken. Ein sanftes Lächeln schlich sich auf ihr Gesicht.

Was Roberto wohl gerade macht, fragte sie sich, und in genau diesem Moment vibrierte ihr Handy in der Tasche. Sie zog es heraus und konnte nicht anders, als laut aufzulachen. Roberto hatte ihr ein Foto geschickt – Ramon saß neben einem Hund, der unbeteiligt in die Kamera schaute.

»Er hat schon einen Freund gefunden«, stand unter dem Bild. Die Nachricht traf Marleen mitten ins Herz. Diese ständigen kleinen Nachrichten, die süßen Fotos und witzigen Kommentare – all das schnürte ihre Sehnsucht nur noch enger um ihr Herz. Was hatte sie sich nur dabei gedacht, dass sie ihn einfach zurück nach Mallorca fliegen gelassen hatte?

Kurz vor Feierabend klopfte es sanft an Marleens Bürotür, und Marvin steckte den Kopf hinein. »Du bist ja noch fleißig«, bemerkte er mit einem Lächeln, das so freundlich und selbstverständlich wirkte, dass Marleen sich innerlich auf den bevorstehenden Versuch vorbereitete, ihr Herz und Hirn irgendwie auf einen Nenner zu bringen.

»Mach doch Schluss für heute. Ich wollte dir noch sagen: Gerold hat nach dir gefragt. Ich glaube, er würde sich sehr freuen, wenn du ihn mal in der Reha besuchen würdest.« Marleen nickte, war sich aber nicht sicher, wie sie darauf reagieren sollte. Doch bevor sie etwas erwidern konnte, legte Marvin noch einen drauf. »Wollen wir vielleicht am Freitag zusammen in die Heide fahren? Ich kenne da ein süßes Hotel, wir könnten uns ein Zimmer nehmen und ein bisschen Wellness machen.«

Marleen spürte, wie ihre Wangen heiß wurden. »Äh... am Wochenende habe ich schon was vor«, log sie, und die Röte stieg ihr noch weiter ins Gesicht. Lügen war noch nie ihre Stärke gewesen.

Marvin zog die Augenbrauen hoch, offensichtlich überrascht, doch er ließ sich nichts anmerken.
»Schade«, sagte er bedauernd und wirkte trotzdem irgendwie verständnisvoll, als ob er ahnte, dass da mehr dahintersteckte. »Gut, dann werde ich noch ein bisschen weiterarbeiten. Hab einen schönen Abend.«

»Ja, danke, du auch«, sagte sie schnell und konnte die Erleichterung, dass das Gespräch vorbei war, kaum verbergen. Sie schnappte ihre Handtasche, warf hastig einen Blick auf ihr Handy – und da waren sie wieder: Herzchen. Roberto bombardierte sie mit Herz-Emojis, so dass ihr Bildschirm förmlich glitzerte vor lauter Liebesbeweisen.

Sie seufzte und musste unwillkürlich grinsen. Die Vorstellung, dass Roberto irgendwo auf Mallorca zwischen Palmen und strahlendem Sonnenschein saß und sich überlegte, wie viele Herzchen er ihr noch schicken konnte, ließ ihre Wangen wieder glühen.

Was mache ich hier eigentlich? Marvin hatte von einem Wellness-Wochenende gesprochen, während sie sich in ihrem Kopf bereits ausmalte, wie sie auf Mallorca in der Sonne mit Roberto Cocktails trinken würde. Das Kontrastprogramm hätte nicht größer sein können.

Während sie durch das Bürogebäude nach draußen ging, summte ihr Handy erneut. Diesmal ein Bild: Ramon hatte es sich auf einem Strandtuch bequem gemacht, neben ihm ein Cocktailglas mit einer kleinen Papierpalme drin. »Ramon genießt schon mal den Strand für dich«, schrieb Roberto.

Sie liebte diesen albernen Humor, der ihre Gedanken so leicht und unbeschwert machte.

Während sie auf dem Heimweg durch die Stadt lief, wurde ihr klar, dass sie wirklich ein Problem hatte. Marvin und die Heide... Roberto und Mallorca... Franzbrötchen und Cocktails... Die Entscheidung schien irgendwie klar zu sein, oder etwa nicht?

Als sie schließlich vor ihrer Wohnungstür stand und auf ihr Handy blickte, traf eine weitere Nachricht von Roberto ein: »Ich kann es kaum erwarten, dich bald wiederzusehen. Ramon vermisst dich übrigens auch.«

Sie hatte noch viel zu klären – aber die vielen Herzchen machten es ihr definitiv schwer, sich auf das Wesentliche zu konzentrieren.

# NEUN

Marleen saß in ihrer Küche, die Hände um eine Tasse Kaffee gewickelt, den sie nicht wirklich trank. Sie starrte auf ihr Handy, hoffte auf das vertraute Summen, das Robertos Name auf dem Bildschirm erscheinen lassen würde. In den ersten Tagen nach seiner Abreise war ihr Handy kaum stillgestanden. Herzchen, süße Bilder von Ramon, kleine Nachrichten über seinen Tag. Doch mittlerweile... Stille. Die Nachrichten wurden seltener, die Herzchen weniger, und es fühlte sich an, als ob die Nähe zwischen ihnen langsam verblasste.

Sehnlichst wartete sie auf die eine Nachricht – die Nachricht, in der Roberto ihr endlich mitteilte, dass er seiner Mutter und Elena von ihr, von ihnen, erzählt hatte. Dass er zu ihr stehen würde. Dass seine Liebe zu ihr stärker sei als jede Verpflichtung, die er Elena gegenüber hatte. Doch jedes Mal, wenn sie vorsichtig nachfragte, wann es denn so weit sei, kam dieselbe Antwort: »Noch keine Gelegenheit. Elena ist gerade in Barcelona.« Oder: »Es war einfach nicht der richtige Moment.« Immer wieder schob Roberto das Gespräch hinaus, und jedes Mal fühlte Marleen, wie ihr Herz ein wenig schwerer wurde.

Sie fragte sich, wie lange sie dieses Warten noch ertragen konnte. Es schmerzte, immer wieder auf eine Entscheidung zu hoffen, die nicht kam. Doch ebenso schmerzte der Gedanke,

Marvin von Roberto zu erzählen, solange sie nicht sicher war, dass Roberto sich wirklich von Elena trennen würde. Es fühlte sich an, als würde sie zwischen zwei Welten schweben, ohne festen Boden unter den Füßen. Marvin verdiente Ehrlichkeit. Aber was, wenn Roberto es sich doch noch anders überlegte? Was, wenn sie Marvin verlor und Roberto sich dann entschied, bei Elena zu bleiben?

Die Tage vergingen und mit jedem verstreichenden Tag wurden ihre Zweifel größer. Hatte sie sich getäuscht in Roberto? War er doch nicht der mutige, entschlossene Mann, für den sie ihn gehalten hatte? Vielleicht hatte er es sich zu einfach gemacht. In Hamburg, weit weg von seiner Familie, erschien die Liebe leicht und aufregend. Aber jetzt, wo es darum ging, etwas Konkretes zu verändern, wirkte Roberto plötzlich zögerlich, fast passiv. Die Ungewissheit nagte an Marleen, sie fühlte sich wie in einer Warteschleife gefangen, unfähig, vorwärts zu gehen.

Und dann, eines Abends, als sie auf dem Sofa saß, das Handy auf ihrem Schoß, fiel es ihr auf: Robertos Nachrichten wurden immer kürzer, immer distanzierter. Anfangs hatte er ihr liebevolle Worte geschrieben, ihr das Gefühl gegeben, dass sie die einzige Frau in seinem Leben war. Doch jetzt kamen nur noch ein paar oberflächliche Sätze, wie »Ich bin müde« oder »Heute war ein langer Tag«.

Etwas stimmte nicht. Marleen spürte es tief in ihrem Bauch, dieses mulmige Gefühl, das man bekommt, wenn man weiß, dass etwas nicht in Ordnung ist, aber nicht den Mut hat, es laut auszusprechen. Sie fragte sich, ob Roberto sie hinhalten wollte. Vielleicht hoffte er, dass sich das Problem von selbst lösen würde – dass sie irgendwann aufgeben würde, ohne dass er eine klare Entscheidung treffen müsste.

Sie seufzte und ließ den Kopf in ihre Hände sinken. Ihr Herz schmerzte. Die Ungewissheit fraß an ihr, und sie wusste, dass sie nicht mehr lange so weitermachen konnte. Vielleicht musste sie Marvin doch endlich die Wahrheit sagen, auch wenn es ihr das Herz brechen würde, sollte Roberto sich nicht für sie entscheiden. Aber wie lange sollte sie noch warten?

*

Marleen lag in ihrem Bett, das Handy noch immer fest in der Hand. Robertos Anruf hatte sie aufgewühlt, obwohl sie kurz davor gewesen war, in den Schlaf zu gleiten. Die Tatsache, dass er endlich ernsthaft darüber sprach, Elena die Wahrheit zu sagen, weckte in ihr neue Hoffnung.

»Morgen«, hatte er gesagt. Morgen würde er mit Elena reden. Marleen konnte förmlich spüren, wie sehr sie sich danach sehnte, diesen Schritt hinter sich zu bringen, damit sie beide eine echte Zukunft zusammen planen konnten. Aber da war auch die Ungewissheit. Wie würde Elena reagieren? Marleen stellte sich vor, wie sie weinen oder wütend werden würde, vielleicht sogar beides. Würde sie versuchen, Roberto zurückzuhalten, an ihn zu appellieren, ihn an die Jahre, die sie zusammen verbracht hatten, erinnern?

Marleen seufzte leise und drehte sich auf die Seite, starrte aus dem Fenster in die Dunkelheit der Nacht. Sie wollte nicht die Frau sein, die eine andere Frau verletzt. Aber sie konnte auch nicht leugnen, wie stark ihre Gefühle für Roberto waren. Es war, als hätten sie beide diese besondere Verbindung, die über alles andere hinausging. Doch solange Elena noch im Spiel war, fühlte es sich an, als hinge ihr Glück in der Schwebe, unfertig, wie ein Gemälde, bei dem der letzte Pinselstrich noch fehlte.

Und dann war da noch Robertos Mutter. Die Tatsache, dass Roberto ihr noch nichts von Marleen erzählt hatte, nagte an ihr. »Es ist Hauptsaison«, hatte er gesagt, »wir haben kaum Zeit zum Reden.« Aber war das wirklich der Grund? Oder zögerte er, weil er Angst hatte, wie seine Mutter reagieren würde? Würde sie es akzeptieren, dass ihr Sohn Elena, die sie so gut kannte und liebte, für eine andere verlassen würde, die sie noch nie getroffen hatte?

»Schlaf gut«, hatte er gesagt. Aber wie sollte sie schlafen, wenn all diese Fragen in ihrem Kopf kreisten? Sie wollte Roberto glauben, wollte ihm vertrauen, dass er das Richtige tun würde. Doch die Unsicherheit nagte an ihr, so wie sie es seit Tagen tat.

Marleen setzte sich auf, warf einen kurzen Blick auf ihr Handy und überlegte, Charlotte zu schreiben, um sich bei ihr Rat zu holen. Doch es war schon spät. Außerdem war es nicht das erste Mal, dass sie ihre Freundin mit ihren Sorgen über Roberto und Elena belästigte.

Stattdessen stand sie auf, ging in die Küche und machte sich einen Kamillentee. Während sie wartete, schaute sie aus dem Fenster. Die Straße lag still da, nur ein paar Laternen warfen ihr sanftes Licht auf den Asphalt. In dieser ruhigen Stille wünschte sie sich, dass alles einfacher wäre. Dass sie und Roberto einfach zusammen sein könnten, ohne all diese Komplikationen.

Als sie sich wieder in ihr Bett legte, den Tee in beiden Händen, spürte sie, wie sich die Müdigkeit langsam über sie legte. Morgen. Morgen würde er mit Elena reden. Und danach... danach wäre alles anders. Sie musste nur noch ein bisschen Geduld haben.

»Es wird alles gut«, flüsterte sie leise zu sich selbst, als sie ihre Augen schloss. »Es muss einfach gut werden.«

*

Am nächsten Morgen klopfte Marleens Herz unruhig, während sie sich für die Arbeit fertig machte. Sie zog eine schlichte Bluse an, schnappte sich ihre Tasche und warf einen letzten genervten Blick auf das Handy, bevor sie es in ihre Tasche stopfte. Es war kein guter Tag, um Marvin über den Weg zu laufen. Schon gestern hatte er sie zum Mittagessen eingeladen, aber sie konnte seine Nähe kaum ertragen, geschweige denn die herzliche Aufmerksamkeit, die er ihr entgegenbrachte. Er war so liebevoll, so bemüht – und genau das machte alles nur noch schwieriger.

In der Bank versuchte sie, sich abzulenken, doch jeder E-Mail-Ton ließ ihr Herz kurz stillstehen. Würde heute endlich die Nachricht kommen? Die Nachricht, dass Roberto sich von Elena getrennt hatte, dass ihre Liebe endlich eine Chance hatte?

Zur Mittagszeit klopfte Marvin an ihre Bürotür. »Hey Marleen, wie sieht's aus? Gehen wir zusammen essen?« Sein Lächeln war so ehrlich, seine Augen funkelten freundlich. Marleen verspürte einen Stich im Herzen. Wie konnte sie ihm das antun? Wie konnte sie weiterhin so tun, als sei nichts, während sie innerlich zwischen zwei Männern hin- und hergerissen war?

»Tut mir leid, Marvin«, sagte sie und zwang sich zu einem Lächeln. »Ich muss heute durcharbeiten. Es ist viel zu tun.« Das war nicht mal gelogen, aber es war auch eine Ausrede, um ihm aus dem Weg zu gehen. Marvin nickte verständnisvoll, doch sie konnte den Hauch von Enttäuschung in seinen Augen sehen.

Sie holte sich stattdessen schnell einen Wrap aus dem kleinen Café gegenüber, um wenigstens etwas zu essen. Doch der Appetit blieb aus. Jeder Bissen fühlte sich wie eine Last an, und ihre Gedanken schweiften unweigerlich wieder zu Roberto. Er hatte versprochen, mit Elena zu reden.

Am Abend zu Hause saß Marleen wie auf heißen Kohlen. Sie konnte sich auf nichts konzentrieren, nicht einmal auf das Buch, das sie angefangen hatte. Immer wieder griff sie nach ihrem Handy, entsperrte es, nur um zu sehen, dass keine neue

Nachricht eingegangen war. Es war frustrierend. Sie fühlte sich hilflos, als ob ihr Leben in der Schwebe hing und sie keinen Einfluss darauf hatte.

Erst spät, als sie sich erschöpft ins Bett legte, vibrierte endlich ihr Handy. Marleens Herz setzte einen Schlag aus. Schnell griff sie danach und las die Nachricht:

»Elena ist krank. Ich konnte nicht mit ihr reden. Schlaf gut.«

Das war alles? Sie hatte den ganzen Tag gewartet, in der Hoffnung, dass endlich eine Entscheidung fallen würde, und jetzt das? Wütend warf sie das Handy aufs Bett und starrte an die Decke. Wie lange wollte er noch warten? Wie oft würde er noch Ausreden finden, um das Gespräch zu verschieben? Sie spürte, wie sich die Enttäuschung und der Frust in ihr aufstauten. Es war, als würde sie auf etwas warten, das vielleicht nie geschehen würde.

Am nächsten Tag würde sie Gerold besuchen. Er fragte schon seit Wochen nach ihr und sie fühlte sich verpflichtet ihn zu besuchen, auch wenn es ihr schwerfallen würde.

*

Marleen atmete tief durch, während sie auf die Autobahn fuhr. Sie hatte ein Buch für Gerold besorgt, etwas Spannendes, das ihm helfen sollte, die Zeit in der Reha zu vertreiben. Ihr Handy lag fest in ihrer Tasche, doch sie konnte es nicht ganz ignorieren. Roberto hatte sich immer noch nicht gemeldet, und die Gedanken, die sie die letzten Tage verfolgt hatten, ließen sie einfach nicht los. Wie lange würde er noch brauchen, um mit Elena zu reden? Diese Ungewissheit nagte an ihr wie ein ungebetener Gast, der einfach nicht verschwinden wollte.

Der Verkehr war zäh, und sie kam nur langsam voran. Stau auf der Autobahn bedeutete oft nur eins: Langeweile. Sie starrte aus dem Fenster und versuchte, ihre Gedanken zu ordnen. Es war schwer, sich auf die Fahrt zu konzentrieren, weil die Frage, ob Roberto den Mut aufbringen würde, die Beziehung zu Elena zu beenden, wie ein Schatten über ihr schwebte.

Nach einer gefühlten Ewigkeit erreichte sie endlich die kleine Privatklinik, die in einem hübschen Park lag. Die Bäume waren groß, die Sonne schien warm und freundlich. Es war der perfekte Tag, um jemandem eine Freude zu bereiten. Marleen parkte das Auto und machte sich auf den Weg zu Gerolds Zimmer.

Als sie die Tür öffnete, erblickte sie Gerold, der im Rollstuhl saß und sie mit einem breiten Lächeln begrüßte.

»Hallo meine Liebe, das ist aber eine Überraschung!« Er rollte auf sie zu, und Marleen umarmte ihn herzlich. Sie freute sich, ihn zu sehen, und sie fühlte sich gleich viel besser in seiner Gegenwart.

»Ich habe dir ein Buch mitgebracht. Es soll sehr spannend sein«, erklärte sie und reichte ihm die kleine, hübsch gebundene Ausgabe.

«Oh, vielen Dank. Ich habe so viel Zeit.»

»Schön hast du es hier. Wie geht es dir?«

»Mein Arzt sagt, dass ich ein Wunder bin und sehr große Fortschritte mache«, antwortete Gerold, seine Augen funkelten vor Freude. »Ich möchte zu Weihnachten um den Weihnachtsbaum laufen. Das könnte ich mit viel Arbeit auch schaffen. Aber erzähl, wie geht es dir?«

Marleen setzte sich auf die Kante des Bettes, atmete tief aus und versuchte, ihre Gedanken zu ordnen.

»Mir geht's gut. Du weißt von Marvin, dass wir viel zu tun haben.«

Gerold schaute sich das Buch an, blätterte kurz durch die Seiten.

»Ich fehle wohl.« Marleen nickte mitfühlend. Sie konnte die Sehnsucht in seiner Stimme hören.

»Bald kannst du bestimmt wieder arbeiten. Hab Geduld«, versuchte sie ihn aufzumuntern. Sie lächelte, obwohl ihre Gedanken bei Roberto waren.

»Wollen wir etwas rausgehen?«, fragte Gerold, und ihre Gedanken rissen ab.

»Ja, sehr gerne«, sagte sie und stand auf, um seinen Rollstuhl zu schieben. Sie ging zügig durch die hellen Flure, bis sie schließlich nach draußen in den Park gelangten. Die frische Luft tat ihnen beiden gut, und der Anblick der bunten Natur und des strahlenden Himmels brachte sie zum Lächeln.

Marleen spürte, wie sich ihr Herz schwerer anfühlte, als Gerold sich zu ihr umdrehte und mit ruhiger Stimme sagte: »Marvin hat mir erzählt, dass er dir einen Heiratsantrag gemacht hat.« Seine Augen suchten ihren Blick, gefangen in der Intimität dieses Moments, und Marleen wusste, dass dieser Augenblick unausweichlich war. Sie hatte damit gerechnet, dass Marvins Eltern bereits Bescheid wussten. Doch das machte es nicht leichter.

Es tat ihr leid. Nicht nur für Marvin, sondern auch für Gerold und Susanne. Sie wusste, dass sie sie enttäuschen würde, doch konnte sie sich selbst nicht belügen. Sie musste auf ihr Herz hören, nicht auf die Erwartungen anderer.

»Ja, das hat er«, begann Marleen zögernd, ihre Stimme leise, aber bestimmt. »Aber ich... ich brauche Bedenkzeit. Die letzten Monate waren nicht leicht für mich. Erst verlässt er mich, lässt mich im Stich, und dann will er plötzlich zurück. Es war verwirrend, und ich möchte sicher sein, dass es mit uns wirklich funktioniert.« Ihre Stimme zitterte leicht, als sie versuchte, ihre Gefühle in Worte zu fassen.

Gerold hörte ihr aufmerksam zu, seine Stirn in Falten gelegt, aber mit einem Ausdruck des Verständnisses.

»Ich kann dich verstehen«, sagte er sanft. »Marvin ist oft sehr impulsiv und sprunghaft. Aber weißt du, wir würden uns sehr freuen, wenn du Teil unserer Familie wärst.« Seine Worte waren aufrichtig, voller Wärme, doch Marleen spürte den Druck, der auf ihr lastete.

Sie war froh, dass Gerold Verständnis zeigte, doch es tat ihr weh, dass sie ihm nicht alles erzählen konnte – nichts von Roberto, dem feurigen Spanier, der ihr Herz in Aufruhr gebracht hatte und von dem letztlich ihre Entscheidung abhing. Es war, als würde sie ein Geheimnis verbergen, das zu schwer war, um es auszusprechen. Also hielt sie den Mund, ließ die Stille für sich sprechen und entschied, ihm nicht mehr zu sagen, als er wissen musste.

Sie gingen weiter und setzten sich schließlich an einen kleinen Teich, auf dem Enten schnatterten und die Wasseroberfläche von sanften Wellen durchzogen war. Die Seerosen blühten in leuchtenden Farben, und die Natur schien für einen Moment all ihre Sorgen fortzuwischen. Es war ein friedlicher, schöner Ort, doch die Schwere in Marleens Herz blieb.

Gerold brach die Stille und sprach nachdenklich: »Weißt du, Marleen, dieser Schlaganfall... so schlimm er auch war, hat er mir etwas Wichtiges gezeigt. Marvin ist zurück in die Bank gekommen, und ich glaube, dass ihm die Rolle als Direktor gefällt. Das war immer mein Wunsch. Ich habe für mich entschieden, nicht mehr zurückzukehren.« Seine Stimme war fest, doch sanft, als er diese Entscheidung aussprach. »Marvin soll die Bank leiten. Wer weiß, wie viele Jahre ich noch habe? Ich möchte noch einiges erleben.«

Marleen schaute ihn überrascht an. Diese Neuigkeit kam unerwartet, doch es schien ihm sehr ernst zu sein.

»Das ist eine gute Entscheidung«, stimmte sie ihm leise zu. Sie wusste, wie sehr Gerold die Bank geliebt hatte. Aber es war auch verständlich, dass er jetzt sein Leben anders gestalten wollte, sich mehr seiner Gesundheit seinen eigenen Träumen widmen wollte.

»Und du?« Gerold fragte nach einer Weile. »Was möchtest du, Marleen?«

Diese Frage hallte in ihr nach. Was wollte sie wirklich? Sie hatte es noch nicht ganz herausgefunden. Roberto, Marvin, die Bank, ihre Karriere – alles drehte sich im Kreis. Doch tief im Inneren wusste sie, dass sie eine Entscheidung treffen musste, und bald. Sie durfte sich nicht länger zwischen zwei Welten verlieren.

»Ich weiß es noch nicht genau«, antwortete sie schließlich ehrlich, ihre Augen auf die tanzenden Sonnenstrahlen auf dem Teich gerichtet. »Aber ich werde es herausfinden.«

»Danke für deinen Besuch. Ich habe mich sehr gefreut, und danke für die Lektüre«, sagte Gerold, während er sich mit einem zufriedenen Lächeln in seinem Rollstuhl zurücklehnte. »Grüß deine Eltern von mir. Wenn ich wieder laufen kann, dann besuche ich sie. Vielleicht werde ich ja auch noch zum Gärtner und hole mir dann Tipps bei ihnen.«

Marleen musste schmunzeln bei dem Gedanken an Gerold, wie er in einem Beet hockte und fachmännisch Unkraut zupfte. »Das würde dir sicher gut stehen«, erwiderte sie grinsend, während sie ihm noch ein letztes Mal zuwinkte und sich auf den Weg zu ihrem Auto machte.

Kaum saß sie im Wagen, holte sie instinktiv ihr Handy aus der Tasche. Der Drang, endlich eine Nachricht von Roberto zu lesen, ließ ihr keine Ruhe. Sie öffnete die Nachrichten-App – aber nichts. Kein Lebenszeichen von Roberto. Ihr Herz sank ein wenig, und eine leichte Sorge breitete sich in ihrem Bauch aus.

Die Gedanken an Roberto setzten sich wieder in ihrem Kopf fest, und während sie versuchte, den Verkehr auf der Autobahn zu beobachten, driftete sie immer wieder ab. Ihre Konzentration ließ nach, und ehe sie sich versah, hatte sie beinahe die Ausfahrt verpasst. Ein plötzlicher Schlenker mit dem Lenkrad, und schon befand sie sich in einer heiklen Situation, dicht gefolgt von einem empörten Hupen eines anderen Autofahrers. Sie stieß einen tiefen Seufzer aus und versuchte, sich wieder zu sammeln. »Komm schon, Marleen, fokussier dich. Roberto wird sich schon melden«, murmelte sie zu sich selbst, aber ihr Herz wollte nicht so recht auf ihren Verstand hören.

Als sie schließlich zuhause ankam, fühlte sie sich, als hätte sie einen Marathon hinter sich gebracht – die Anspannung in ihrem Inneren hatte sich keinen Zentimeter gelöst. Das Schweigen von Roberto war schwer zu ertragen. Sie warf ihre Tasche achtlos in den Flur, kickte die Schuhe von den Füßen und machte sich direkt auf den Weg in die Küche. »Roberto, melde dich endlich!«, sagte sie laut in die Leere ihrer Wohnung, als ob er sie hören könnte.

Um sich irgendwie abzulenken, schnappte sie sich das Gemüse aus dem Garten ihrer Eltern und begann, es auf dem Schneidebrett zu zerkleinern. Karotten, Zucchini, Paprika – alles in präzisen, fast schon übertrieben akkuraten Stücken. Doch selbst das rhythmische Geräusch des Messers, das auf das

Holzbrett klopfte, konnte die nervöse Spannung in ihr nicht vertreiben.

»Was machst du bloß, Roberto?«, fragte sie sich, während sie ein besonders widerspenstiges Stück Karotte bearbeitete. »Schläft er? Ist sein Akku leer? Oder ist er einfach... beschäftigt?« Ihre Gedanken drehten sich unaufhörlich um ihn, und mit jedem weiteren Schnippeln des Gemüses fühlte sie sich mehr und mehr wie in einer Warteschleife gefangen.

»Vielleicht sollte ich einfach nach Mallorca fliegen und nachsehen«, murmelte sie ironisch, während sie eine Paprika in feine Streifen schnitt.

Sie wusste, dass sie ungeduldig war. Aber war es zu viel verlangt, dass er sich kurz meldete?

Als Marleen lustlos auf dem Gemüse herumkaute, versuchte sie, den bitteren Geschmack der Ungewissheit herunterzuwürgen. Jede Sekunde fühlte sich an wie eine Ewigkeit, und jeder Bissen war schwer zu schlucken, als ihr Handy schließlich den ersehnten Ton von sich gab, machte ihr Herz einen Satz. Endlich eine Nachricht von Roberto! Sie griff sofort nach dem Handy und las die Nachricht: »Können wir um 22 Uhr telefonieren?«

Diese sechs Worte ließen sie frösteln. Keine Herzen, keine liebevollen Worte. Kein »Ich vermisse dich« oder »Ich denke an dich«. Nur diese nüchternen, fast kalten Worte. Was sollte das bedeuten? Warum klang er so distanziert?

Marleen spürte, wie eine dunkle Vorahnung sich in ihrem Inneren ausbreitete. Ihre Gedanken begannen zu rasen. Was war passiert? War etwas mit Elena? Oder vielleicht mit seiner Mutter? Der Gedanke, dass er sie womöglich schon auf Abstand hielt, ließ ihr Herz noch schwerer werden. Zwei Stunden musste sie noch warten. Zwei Stunden, die sich wie ein endloser Höllenritt anfühlten.

Um sich irgendwie abzulenken, griff sie zur Fernbedienung und begann, durch die Kanäle zu zappen. Doch nichts hielt ihre Aufmerksamkeit. Reality-Shows, Nachrichten, Quizsendungen – alles wirkte belanglos und sinnlos. »Wie viel Blödsinn es im Fernsehen gibt«, murmelte sie genervt vor sich hin. Sie war es gewohnt, zu streamen, selbst zu entscheiden, was sie sehen wollte. Aber jetzt? Jetzt lenkte sie nichts ab.

Der Blick auf die Uhr zeigte: Es war noch nicht mal neun. Ihr Herz begann schneller zu schlagen, als die Minuten vergingen. Das Warten auf Robertos Anruf wurde zur Tortur, und mit jeder verstrichenen Minute wurde die Unruhe in ihr größer. Kurz vor zehn spürte sie, wie ihr Herz so heftig klopfte, dass sie Angst hatte, es könnte aus der Brust springen. Sie fragte sich, ob es normal war, dass ein Anruf sie dermaßen aus dem Gleichgewicht bringen konnte.

Sie legte das Handy griffbereit neben sich und wartete – angespannt, nervös. Dann endlich, um genau 22 Uhr, klingelte es. Der Klingelton durchbrach die Stille der Wohnung, und für einen Moment blieb ihr die Luft weg. Sie starrte auf das Display, ohne sofort ranzugehen. Warum wartete sie? Sie wusste es nicht. Vielleicht brauchte sie einen Moment, um sich zu sammeln. Um sich auf das vorzubereiten, was gleich kommen würde.

Dann atmete sie tief durch und nahm ab.

»Marleen?«, ertönte Robertos Stimme aus dem Lautsprecher, warm und vertraut, doch diesmal lag eine Schwere darin, die ihr sofort auffiel.

»Ja«, antwortete sie, ihre Stimme klang brüchiger, als sie es beabsichtigt hatte.

Eine kurze Pause. Dann hörte sie ihn tief Luft holen, als ob er sich auf etwas vorbereitete.

»Es ist etwas… Unerwartetes passiert«, begann er zögerlich. Marleen hielt den Atem an. Ihr Herzschlag war laut in ihren Ohren zu hören.

»Elena ist schwanger.«

Die Worte fielen wie Steine auf ihre Brust. Marleen erstarrte. Sekunden vergingen, vielleicht waren es auch Minuten, in denen die Welt um sie herum stillstand. Schwanger? Das konnte nicht sein. Wie? Wann? Die Fragen schossen durch ihren Kopf, doch keine Antwort kam. Sie war wie gelähmt. Ihr Mund war trocken und ihre Gedanken drehten sich im Kreis.

»Bist du noch da?«, fragte Roberto leise, als wäre ihm bewusst, dass seine Worte wie ein Donnerschlag auf sie eingeschlagen hatten.

»Ja… ich bin da«, flüsterte sie kaum hörbar. Doch in ihrem Inneren tobte ein Sturm. Sie fühlte, wie der Boden unter ihren Füßen nachgab. Alles, was sie sich in den letzten Wochen erhofft hatte, war mit einem Satz zerstört worden. Schwanger.

Robertos Stimme am anderen Ende der Leitung klang brüchig, voller Verwirrung und Schuld. »Es tut mir so leid. Ich bin völlig durcheinander und weiß nicht… Es hat sich alles geändert«, stammelte er.

Marleen schloss für einen Moment die Augen, aber es half nichts. Ihr Kopf war leer, ihre Gedanken ein einziges Durcheinander. Diese Worte »Es hat sich alles geändert« hallten in ihr nach, als wären sie ein Schlusssatz für alles, was sie mit Roberto gehabt hatte. Plötzlich war ihr schwarz vor Augen, und sie spürte, wie ihr Magen sich zusammenzog. Das war das Ende, erkannte sie mit einem Schlag. Ein Ende, das sie so nie erwartet hatte, aber das jetzt unweigerlich vor ihr lag.

Er würde bei Elena bleiben. Wie könnte er auch anders? Er würde sich auf sein Kind freuen, eine Familie gründen, und egal, was sie beide erlebt hatten - das Kind würde alles verändern. Marleen sah die Bilder vor sich: Roberto, der das Neugeborene in den Armen hält, Roberto und Elena, die gemeinsam in ihrer kleinen mallorquinischen Welt leben, während sie selbst allein in Hamburg blieb, fern und vergessen. Was zählte schon ihre Liebe, wenn ein Kind im Spiel war? Ein Kind, das nicht ihres war und das einen Vater brauchte.

Und dann war da noch die Frage, die sie selbst so lange ignoriert hatte: War sie überhaupt bereit, nach Mallorca zu ziehen? War sie wirklich bereit, ihre eigene Welt hinter sich zu lassen?

Ihre Stimme klang seltsam ruhig, als sie sprach, aber in ihrem Inneren toste ein Sturm.

»Roberto, es ist… besser, wenn wir das, was zwischen uns war, beenden«, sagte sie, als ob sie sich selbst davon überzeugen wollte. »Es war wirklich schön mit dir, aber jeder hat sein Leben und wir sollten das akzeptieren.«

Während sie sprach, fühlte sie, wie ihre Fassade zu bröckeln begann. Tränen stiegen in ihre Augen und liefen über ihre Wangen, als sie versuchte, die Fassung zu bewahren. Ein tiefer Schmerz wütete in ihrem Körper, drückte auf ihre Brust, als würde sie gleich ersticken. Sie versuchte, ruhig zu bleiben, aber ihre Worte fühlten sich an wie Nadeln, die in ihre eigene Haut stachen.

»Marleen, ich liebe dich. Und vielleicht… vielleicht gibt es einen Weg, wie …«, begann Roberto, doch Marleen unterbrach ihn sanft, aber bestimmt.

»Wer weiß, wie lange unsere Liebe gehalten hätte, Roberto?« Ihre Stimme war jetzt kaum mehr als ein Flüstern, aber sie wusste, dass sie das sagen musste. »Wer weiß, ob wir wirklich glücklich geworden wären? Das Schicksal hat entschieden, und vielleicht ist das gut so.«

Sie hatte keine Ahnung, woher sie die Kraft und diese Worte nahm, denn sie fühlte sich zerbrochen, leer, als hätte sie einen Teil von sich selbst verloren. Aber irgendwo tief in ihrem Inneren wusste sie, dass sie stark sein musste. Für sich. Und für das, was kommen würde - auch wenn sie keine Ahnung hatte, wie sie ohne ihn weitermachen sollte.

Roberto schwieg am anderen Ende der Leitung. Es war ein qualvolles Schweigen, das nur von ihrem eigenen Schluchzen durchbrochen wurde, als sie versuchte, ihre Tränen zu unterdrücken.

»Marleen…«, setzte er noch einmal an, aber sie schüttelte den Kopf, auch wenn er es nicht sehen konnte.

»Es ist besser so, Roberto«, flüsterte sie schließlich, ihre Stimme heiser von den Tränen. »Lebe dein Leben. Sei glücklich. Ich… ich werde es auch versuchen.«

Dann legte sie auf.

Marleen hatte nie geglaubt, dass Liebeskummer einen so vollkommen aus der Bahn werfen konnte. Als das Telefonat endete, fühlte es sich an, als würde die Realität auf sie einstürzen. Sie warf sich auf ihr Bett, vergrub ihr Gesicht in dem Kissen, auf dem Roberto geschlafen hatte. Sein Duft hing immer noch daran, dieser vertraute, warme Geruch, der ihr Herz jetzt nur noch mehr zerriss. Bittere Tränen liefen über ihre Wangen, heiße, schmerzvolle Schluchzer entrangen sich ihrer Brust, und sie konnte nicht aufhören, obwohl sie es verzweifelt versuchte.

Immer wieder hallte in ihrem Kopf der Gedanke wider: Er hatte gesagt, dass seine Liebe längst erloschen war. Aber nun war Elena schwanger. Ein Kind veränderte alles. Marleen hatte so gehofft, dass Roberto die Kraft finden würde, für sie beide einen Neuanfang zu wagen. Doch mit einem Baby schien das plötzlich unmöglich.

Und dann schlich sich eine andere, quälende Vermutung in ihre Gedanken: War Roberto wirklich der Vater? Vielleicht war Elena von einem anderen Mann schwanger? Hatte sie womöglich die ganze Zeit eine Affäre? Die Unsicherheit nagte an Marleen, ließ ihren Kopf wirbeln, als würden tausend Stimmen gleichzeitig in ihrem Verstand sprechen.

Noch schlimmer war die nächste Frage, die sie fast nicht auszusprechen wagte: Hatte Roberto die letzten Monate noch mit Elena geschlafen? War sie nicht die Einzige gewesen, die er liebte, wie er ihr immer wieder versichert hatte? War sie nur eine Ablenkung? In ihrem Kopf kreisten wilde Szenarien, sie stellte sich vor, wie Roberto zu Elena zurückkehrte, wie er in ihren Armen lag, während er Marleen immer wieder versichert hatte, dass es nur sie für ihn gab.

Der Schmerz dieser quälenden Gedanken war überwältigend. Sie krümmte sich unter den Bildern, die ihr Verstand malte, als wären sie real. Schlag auf Schlag prasselten die Zweifel auf sie ein. Ihr Herz hämmerte in ihrer Brust, und sie hatte das Gefühl, als könnte sie kaum atmen. Kopfschmerzen begannen, sich hinter ihren Augen zusammenzudrängen, ein pochender Schmerz, der alles noch unerträglicher machte.

Verzweifelt griff sie nach einer Tablette, hoffte, dass die Medizin ihr wenigstens diesen körperlichen Schmerz nehmen könnte. Sie versuchte, sich zur Ruhe zu zwingen, tief durchzuatmen, die Gedanken beiseitezuschieben. Doch es war, als würde ihr Kopf ständig neu entfachte Feuer löschen wollen - Feuer, die sie selbst immer wieder neu entzündete.

Sie legte sich ins Bett, zog die Decke bis über ihre Schultern und starrte an die Decke. Schlafen. Wenn sie nur schlafen könnte, dann wäre der Schmerz für eine Weile nicht da. Aber natürlich war es unmöglich. Jedes Mal, wenn sie die Augen schloss, kamen die Bilder zurück - Roberto, Elena, das Baby, die Frage, ob sie jemals wirklich wichtig für ihn gewesen war.

Stunden vergingen, und sie wälzte sich hin und her, aber der Schlaf wollte nicht kommen. Wie sollte sie je wieder Ruhe finden, wenn ihr Herz so gebrochen war?

*

Marleen hatte das Gefühl, dass sie sich durch einen zähen Nebel kämpfen musste. Sie fühlte sich wie betäubt, ihr Herz schwer, und doch musste sie irgendwie funktionieren. Das Leben verlangte weiter nach ihr, die Arbeit, die Kollegen – alles schien unbeeindruckt von ihrem inneren Zusammenbruch. Sie konnte sich nicht erlauben, schwach zu sein. Also zog sie ihre übliche Maske auf und ging ins Büro. Doch es fiel ihr schwerer als je zuvor. Jeder Schritt fühlte sich an, als müsste sie ein enormes Gewicht mit sich schleppen, und das ständige Kribbeln der Trauer saß ihr im Nacken.

Natürlich kam Marvin gleich am Morgen in ihr Büro, so wie er es immer tat, um sie zu begrüßen. Seine Präsenz hatte etwas Vertrautes, fast schon Beruhigendes, und doch war es genau diese Nähe, die Marleen in diesem Moment fast unerträglich vorkam. Er kannte sie. Sie hatten so viele Jahre miteinander verbracht und Marvin war kein Mensch, dem man etwas vormachen konnte.

»Alles in Ordnung mit dir?«, fragte er besorgt, als er sie ansah. Marleen wusste sofort, dass er ihren Zustand bemerkte. Es musste ihr anzusehen sein – die dunklen Ringe unter den Augen, der müde Ausdruck, der in ihren Gesichtszügen lag.

Sie versuchte sich ein Lächeln abzuringen, auch wenn es mehr wie eine Grimasse wirkte.

»Ich glaube, dass ich mir was eingefangen habe.« Starken Liebeskummer, dachte sie im Stillen und fühlte, wie der Kloß in ihrem Hals größer wurde.

Marvin legte den Kopf leicht schief, und Marleen konnte sehen, dass er ihr die Ausrede nicht ganz abkaufte.

»Dann geh doch nach Hause«, schlug er mit einem sanften Lächeln vor, das fast wie eine Bitte klang.

»Nein, lass mal!« Sie winkte schnell ab und bemühte sich um eine gleichgültige Stimme. »Es ist so viel zu tun.« Die Arbeit war in diesem Moment ihre einzige Rettung, der einzige Anker, der sie davon abhielt, wieder in den Strudel der Gedanken um Roberto zu versinken.

»Gerold hat sich übrigens sehr gefreut, dass du ihn besucht hast«, setzte Marvin an, während er sie weiter mit seinen durchdringenden Augen ansah. Marleen nickte nur, ihre Gedanken plötzlich bei dem Gespräch, das sie mit Gerold geführt hatte.

»Ja, er macht große Fortschritte«, sagte sie leichthin und vermied es, Marvin direkt anzusehen. »Er hat sich für seinen Ruhestand schon viel vorgenommen.«

Marvin nickte langsam und schien Marleens Worte zu überdenken.

»Und du wirst dann die Bank übernehmen. Ich gratuliere dir.«

»Danke!« Marvin wirkte sichtlich gerührt von ihrer Reaktion, auch wenn sie ihm mit einer distanzierten, fast mechanischen Freundlichkeit begegnete.

Als er sich schließlich zum Gehen wandte, hielt er einen Moment inne und sah ihr tief in die Augen. Es war dieser Blick, der Marleen aus der Fassung brachte. Da war noch so viel Zuneigung in seinen Augen, eine Wärme, die sie früher einmal gekannt und erwidert hatte. Und jetzt, wo Roberto so weit weg und unerreichbar war, drängte sich die Frage auf, ob sie diese Liebe wiederfinden könnte. Konnte sie wieder fühlen, was sie einst für Marvin empfunden hatte? War es möglich, dass sie ihre Liebe für ihn noch einmal entfachen konnte?

Roberto hatte nach dem fatalen Telefonat, das Marleen als das Ende ihrer Beziehung betrachtete, noch einige Nachrichten geschickt. Er entschuldigte sich in jeder von ihnen und versuchte sich zu erklären. Aber Marleen ließ all diese Nachrichten unbeantwortet. Es war zu schmerzhaft, weiter in der Vergangenheit zu graben. Sie wollte mit dieser Geschichte abschließen – und das am besten so schnell wie möglich, damit ihre Wunden heilen konnten. Die Zukunft rief, und Marleen musste darauf vertrauen, dass sie irgendwann wieder in helleren Farben leuchten würde.

Nach der Arbeit, die sich besonders zäh anfühlte, beschloss Marleen, Charlotte zu besuchen. Ihre Freundin wusste bereits von dem Drama und hatte vermutlich schon mehr Ratschläge parat, als Marleen vertragen konnte.

Als Marleen die Tür durchquerte, sagte Charlotte nichts. Stattdessen zog sie sie wortlos in eine Umarmung. Eine der besten Freundschaftsgesten, die es gab. Währenddessen zerrten die Zwillinge bereits an Charlottes Shirt und gaben verzweifelte kleine Laute von sich.

»Mama, wir müssen zu Ende spielen!«, rief einer der beiden mit ernster Miene, als sei das, was sie gerade taten, von nationaler Bedeutung. Charlotte, deren stoische Fassade durch nichts zu brechen schien, warf einen kühlen Blick auf die zwei Energiebündel.

»Jetzt nicht. Ihr geht in euer Zimmer und räumt auf!«, befahl sie streng und schob die Zwillinge in ihr chaotisches Kinderzimmer. Marleen schielte kurz hinein und stellte fest, dass es dort aussah wie in einem überfüllten Spielzeugladen, in dem eine bunte Explosion stattgefunden hatte.

Die Freundinnen setzten sich in die Küche, während Charlotte an der Kaffeemaschine herumhantierte. Der köstliche Duft frisch gemahlener Bohnen erfüllte den Raum und Marleen atmete tief ein. Vielleicht war Kaffee ja doch eine Art Therapie.

»Wie geht es dir?«, fragte Charlotte, während sie den Kaffee zubereitete.

Marleen lehnte sich zurück und gab einen langen, tiefen Seufzer von sich. »Wie soll es einem gehen, wenn man gerade die Liebe seines Lebens verloren hat?« Sie versuchte, resigniert zu klingen, aber ein gewisser Hauch von Selbstmitleid ließ sich nicht ganz verdrängen.

Charlotte, die nie lange um den heißen Brei herumredete, stellte die dampfende Tasse vor Marleen ab.
»Aber vielleicht ist noch nicht alles verloren. Vielleicht ist Elena gar nicht schwanger. Vielleicht hat sie von euch erfahren und will Roberto nur an sich binden.«

Marleen hob eine Augenbraue und nahm einen Schluck Kaffee. »Daran habe ich auch schon gedacht«, gab sie zu. »Aber ich weiß nicht... Ich denke, ich muss Roberto vergessen. Und Marvin...« Sie hielt inne, als würde sie selbst versuchen, die

Worte, die sie aussprach, zu glauben. »Er hat sich verändert. Ich denke, dass wir auch glücklich werden könnten.«

Charlotte musterte sie mit einem scharfen Blick.

»Du denkst es, aber dein Herz gehört Roberto.« Es war keine Frage, sondern eine nüchterne Feststellung. »Du solltest um ihn kämpfen. Selbst wenn da ein Kind ist, könnt ihr trotzdem ein Paar werden.«

Marleen schüttelte den Kopf. »Ich weiß nicht, ob ich das kann.« Sie spürte, wie sich eine innere Müdigkeit breit machte. »Im Moment brauche ich einfach einen klaren Kopf. Vielleicht lasse ich mir Zeit mit meiner Entscheidung.«

Charlotte nickte verständnisvoll und legte ihre Hand auf Marleens. »Gut. Aber versprich mir, dass du auf dein Herz hörst und nicht einfach wegläufst.«

Marleen lächelte schwach und nahm noch einen Schluck Kaffee. Es war ein schwacher Trost, aber vielleicht war es genau das, was sie jetzt brauchte: eine Pause. Eine Pause, um die Wunden zu lecken und darüber nachzudenken, was sie wirklich wollte.

# ZEHN

Obwohl Marleen sich fest vorgenommen hatte, Roberto zu vergessen – zumindest rational, mit dem Kopf –, spielte ihr Herz nicht mit. Wie sollte es auch? Gefühle ließen sich nicht einfach so abstellen, wie ein Lichtschalter. Immer wieder schlichen sich Erinnerungen an die Tage mit Roberto in ihren Alltag. Manchmal war es eine winzige Kleinigkeit, die sie zurück in seine Nähe katapultierte: Der Duft von frischen Orangen erinnerte sie an sein Mitbringsel. Ein spanisches Lied, das im Radio lief, ließ sie an den Morgen denken, den sie am Strand verbracht hatten, ihre Zehen im warmen Sand vergraben, während Roberto mit seinem charmanten Lächeln versuchte, ihr das spanische »R« beizubringen.

In stillen Momenten, wenn sie alleine in ihrer Wohnung war, schloss sie die Augen und versuchte sich an all die Details zu erinnern, die sie an Roberto liebte. Seine sanften Berührungen, die Art, wie er sie manchmal verspielt an der Hüfte festhielt, als hätte er Angst, sie würde ihm entgleiten. Sein Lachen – dieses tiefe, herzliche Lachen, das wie Musik in ihren Ohren geklungen hatte. Und die Küsse. Diese zärtlichen, feurigen, leidenschaftlichen Küsse, die ihr das Gefühl gaben, als gäbe es in der Welt nichts anderes als ihn. Sie erinnerte sich, wie er ihr ins Ohr geflüstert hatte, dass sie für ihn das Wichtigste sei. Es war schwer zu glauben, dass diese Nähe, diese Vertrautheit, jetzt unwiderruflich vorbei sein sollte.

Die Tage fühlten sich zäh und endlos an, als hinge sie in einem Vakuum zwischen Vergangenheit und Gegenwart fest. Während sie sich mit der Arbeit ablenkte oder abends erschöpft auf dem Sofa saß, kam der Schmerz immer wieder in Wellen zurück. Es tat weh, an ihn zu denken, aber es tat noch mehr weh, nicht an ihn zu denken. Wie lange würde es dauern, bis er sich aus ihrem Herzen schlich, fragte sie sich immer wieder, als könnte jemand eine Antwort darauf haben.

Nach ein paar Wochen ebbten die Nachrichten von Roberto schließlich ab. Anfangs hatte er fast täglich geschrieben, hatte sich immer wieder entschuldigt, versucht, die Dinge zu erklären oder vielleicht sogar zu retten. Doch irgendwann wurden seine Worte weniger, bis sie ganz verstummten. Einerseits war das gut – es gab Marleen den Raum, den sie brauchte, um sich zu sammeln. Doch andererseits machte es sie nur noch trauriger.

Das Schweigen von ihm war wie ein endgültiger Schlusspunkt, den sie vielleicht noch nicht bereit war zu setzen. Solange er ihr schrieb, gab es einen Teil in ihr, der sich an das letzte Fünkchen Hoffnung klammerte. Doch jetzt, da selbst das verklungen war, fühlte es sich an, als hätte jemand eine Tür endgültig zugeschlagen.

Marleen merkte, wie die Leere in ihr wuchs. Ihr Herz tat weh, und obwohl sie versuchte, sich auf die Zukunft zu konzentrieren, war sie sich sicher, dass es noch lange dauern würde, bis sie wirklich bereit war, diesen Teil ihres Lebens hinter sich zu lassen.

# ELF

Marleen saß Marvin gegenüber in einem eleganten Restaurant, das er ausgesucht hatte. Der Tisch war geschmackvoll gedeckt, das Kerzenlicht tauchte alles in ein warmes, sanftes Licht und das Aroma der exquisiten Speisen schwebte in der Luft. Marvin war, wie immer, aufmerksam. Er hatte ihr schon zu Beginn des Abends ein Kompliment gemacht, wie schön sie aussah, und im Laufe des Essens lobte er ihre Arbeit und ihr Engagement in der Bank. Seine Worte waren warm, liebevoll – und doch drangen sie nicht zu ihr durch. Sie wusste, dass er sich Mühe gab, aber ihr Herz reagierte nicht mehr so auf ihn, wie es das einmal getan hatte. Stattdessen wanderte es immer wieder zurück zu Roberto, dessen Lächeln, seine Berührungen und seine Küsse sich tief in ihre Seele eingebrannt hatten.

Marleen fühlte sich schuldig, als sie Marvin ansah. Er bemühte sich so sehr, ihr wieder näherzukommen, doch sie spürte, dass etwas fehlte. In ihm lag Stabilität, Sicherheit, ein solides Fundament. Aber was sie mit Roberto erlebt hatte, war anders gewesen – eine überwältigende Leidenschaft, eine Liebe, die sie von den Füßen gerissen hatte. Roberto hatte ihr gezeigt, was es bedeutet, wirklich zu brennen, und nun, da sie das einmal erfahren hatte, wusste sie, dass sie sich nicht mit weniger zufriedengeben wollte.

Während Marvin sprach, bemerkte sie, dass er sie aus verliebten Augen ansah. Es tat ihr weh, ihn zu enttäuschen, denn sie mochte ihn. Sehr sogar. Aber die Gefühle, die sie für ihn hegte, waren nicht mehr dieselben wie früher. Ihr Herz gehörte jemand anderem, auch wenn diese Liebe unter schmerzhaften Umständen in die Brüche gegangen war.

»Marvin, du erwartest eine Entscheidung von mir«, begann Marleen schließlich und legte vorsichtig ihre Hand auf seine. Sie spürte, wie er leicht zusammenzuckte, vielleicht ahnte er, was sie sagen würde. »Ich bin mir nicht sicher, ob es das Richtige ist, wenn wir …« Ihre Stimme zitterte leicht, als sie sprach, aber sie musste es aussprechen.

Marvin sah sie mit einem fragenden Blick an, aber er sagte nichts. Marleen spürte, dass es nun an der Zeit war, die ganze Wahrheit zu sagen. Sie konnte nicht länger schweigen, konnte ihn nicht länger in Ungewissheit lassen. Mit einem leisen Seufzen fuhr sie fort: »Ich habe auf Mallorca jemanden kennengelernt. Einen Mann. Wir haben uns Hals über Kopf ineinander verliebt. Er war sogar hier in Hamburg und wir hatten Pläne… große Pläne. Ich wollte zu ihm ziehen, aber…« Ihre Stimme brach kurz, dann fasste sie sich wieder. »Seine Ex-Freundin erwartet ein Kind.«

Er sah sie nicht so überrascht an, wie sie erwartet hatte. Stattdessen wirkte er traurig, ja, aber nicht geschockt.

»Ich habe mir schon gedacht, dass da ein anderer Mann im Spiel ist«, sagte er leise, während er ihren Blick suchte. Es war, als hätte er es schon lange gespürt, als hätte er gewusst, dass Marleen emotional längst woanders war.

Marleen fühlte, wie ihr Herz schwer wurde. »Du hattest mich verlassen«, erklärte sie, »und ich war frei. Dann traf ich Roberto, und… es hat sofort gefunkt.« Sie fühlte sich etwas verzweifelt, als sie ihm versuchte klarzumachen, dass sie es nicht gewollt hatte.

Marvin nickte langsam, seine Augen waren ernst, aber nicht zornig. »Und… wirst du zu ihm ziehen?«, fragte er vorsichtig.

Sie schüttelte den Kopf. »Nein«, hauchte sie leise. »Das will ich jetzt nicht mehr. Er wird sich um seine Ex-Freundin und sein Kind kümmern müssen. Unsere Beziehung hat sich damit… erledigt.«

Für einen Moment herrschte Stille zwischen ihnen, nur das leise Klirren von Besteck und das Summen der Gespräche um sie herum drang an ihre Ohren. Marvins Gesicht zeigte Bedauern, aber auch eine Art von Verständnis.

»Es tut mir leid, dass es so gekommen ist, Marleen«, sagte er schließlich sanft. »Ich habe dich verletzt, und das werde ich mir nie verzeihen.«

»Ich bin auch nicht unschuldig«, gestand sie. »Ich hätte dir früher alles sagen müssen.«

Marvin lächelte schwach und strich kurz über ihre Hand.

»Wir haben beide Fehler gemacht. Aber ich bin froh, dass du ehrlich zu mir bist. Vielleicht sollten wir beide noch einmal neu anfangen – aber auf unseren eigenen Wegen.«

»Ja«, sagte sie leise. »Das sollten wir.«

Nach dem Essen mit Marvin war Marleen erleichtert. Endlich hatte sie ihm die Wahrheit gesagt, die sie schon viel früher hätte aussprechen sollen. Es war, als wäre eine Last von ihren Schultern gefallen. Sie hätte sich so viel unnötigen Kummer ersparen können, wenn sie einfach früher über Roberto gesprochen hätte. Marvin hatte überraschend gelassen reagiert, und je mehr Marleen darüber nachdachte, desto klarer wurde ihr, dass es einfach keinen Sinn machte, sich weiter etwas vorzumachen. Zwischen ihr und Marvin gab es kein Feuer mehr, kein Funken, der für eine Ehe notwendig wäre. Sie waren gute Freunde, nicht mehr. Und Freunde sollten einander nicht heiraten.

Auf dem Heimweg dachte sie immer wieder über die letzten Tage nach und spürte, wie eine Art Klarheit in ihr wuchs. Sie war endlich frei, wirklich frei. Und sie wollte dieses neue Gefühl der Freiheit nutzen – vielleicht, indem sie sich etwas Zeit für sich selbst nahm. »Urlaub«, murmelte sie zu sich selbst, als sie an einer roten Ampel stand. Sie hatte so viele Überstunden angesammelt, dass sie locker eine Woche freinehmen konnte. Aber wohin könnte sie reisen?

Vielleicht Paris oder Rom, überlegte sie. Die Vorstellung, durch die Straßen von Paris zu schlendern, Croissants zu essen und den Eiffelturm zu bestaunen, war verlockend. Auch Rom klang wunderbar – mit Pizza, Pasta und einer Menge Wein. Doch dann schlich sich ein Gedanke in ihren Kopf: »Alleine?« Marleen verzog das Gesicht. Die romantischen Gassen und Sehenswürdigkeiten beider Städte wären nicht gerade die beste Wahl, wenn man ein frisch gebrochenes Herz hat. Außerdem wäre es etwas deprimierend, all die verliebten Paare zu beobachten, während sie alleine durch die Stadt schlenderte.

Dann kam ihr eine Idee, die so absurd war, dass sie laut lachen musste. »Vielleicht sollte ich Urlaub im Garten meiner Eltern machen«, murmelte sie belustigt. Sie stellte sich vor, wie sie zwischen den Tomatensträuchern und Salatköpfen lag, sich an der frischen Luft und beim Summen der Bienen entspannte, während ihre Mutter ihr jeden Tag grünes Gemüse servierte. »Super romantisch«, dachte sie sarkastisch, aber die Idee war eigentlich gar nicht so schlecht. Ihre Eltern hatten einen schönen Garten, und die Gespräche mit ihrem Vater waren immer unterhaltsam. Außerdem würde sie sich um nichts kümmern müssen. Kein Flughafen, kein Hotel – einfach nur sie, die Natur und vielleicht ein gutes Buch.

»Hm, vielleicht ist das doch keine so schlechte Idee«, überlegte sie und nickte sich selbst zu, während sie weiterfuhr. Urlaub auf Balkonien – oder besser gesagt im elterlichen Garten – hatte seinen eigenen Charme. Und wer wusste schon, vielleicht fand sie dort genau die Ruhe und Klarheit, die sie brauchte, um endgültig über Roberto hinwegzukommen und zu entscheiden, was sie wirklich wollte.

## LETZTES KAPITEL

Die Tage waren kürzer geworden, und der Herbst malte die Welt in goldene und kupferfarbene Töne. Marleen hatte gelernt, den Abschied von Roberto als Kapitel in ihrem Leben zu sehen – eines, das sie geprägt hatte, aber nicht länger definieren sollte. Sie hatte sich bemüht, die Leere mit neuen Erfahrungen zu füllen. Pilates half ihr, in Balance zu kommen, das Schwimmen gab ihr das Gefühl von Freiheit, und der Urlaub an der See hatte sie gelehrt, dass die Weite des Meeres manchmal die besten Antworten bereithielt.

Die salzige Luft und das ständige Rauschen der Wellen waren wie ein sanftes Wiegenlied gewesen, das ihren Schmerz gelindert hatte. Sie hatte am Strand gesessen, in eine Decke gehüllt, den Blick auf das Meer gerichtet, und sich gesagt, dass sie eines Tages zurückblicken würde – nicht mehr mit Trauer, sondern mit Dankbarkeit für das, was gewesen war.

Und tatsächlich, mit der Zeit verblasste der Schmerz. Es war, als ob die klare, kühle Herbstluft ihren Geist gereinigt hätte. Die Erinnerungen an Roberto fühlten sich nicht mehr wie offene Wunden an, sondern wie verblasste Fotos – bittersüß, aber nicht mehr überwältigend.

Marvin war in dieser Zeit ein ruhiger Anker gewesen. Sie unternahmen Spaziergänge durch die bunt gefärbten Wälder oder tranken gelegentlich einen Kaffee zusammen. Es war leicht, der Druck war weg, ebenso wie die Romantik. Sie waren jetzt einfach zwei Menschen, die ein Stück Weg miteinander geteilt hatten.

Eines Nachmittags, während sie in einem kleinen Café saßen und das Treiben draußen durch die Fensterscheibe beobachteten, zog Marvin sein Handy hervor. Ein breites Lächeln lag auf seinen Lippen. »Ich muss dir jemanden zeigen«, sagte er, seine Stimme voller Stolz.

Marleen beugte sich vor, neugierig. Auf dem Bildschirm sah sie ein Foto von Marvin und einer jungen Frau mit strahlenden Augen und einem Lächeln, das Wärme ausstrahlte. »Das ist Lena«, erklärte er. »Wir hatten letzte Woche ein Date. Ich glaube, das könnte wirklich was werden.«

Für einen kurzen Moment spürte Marleen ein leises Ziehen, vielleicht eine Erinnerung an das, was sie und Marvin einmal gehabt hatten. Aber es war keine Traurigkeit – eher eine leise Melancholie, die von echter Freude für ihn begleitet wurde.

»Sie sieht sympathisch aus. Ich freue mich wirklich für dich«, sagte sie ehrlich und berührte kurz seine Hand, um ihre Worte zu unterstreichen.

Marvin lächelte dankbar. »Und bei dir? Wie läuft's? Irgendjemand Neues in Sicht?«

Marleen lachte leise und schüttelte den Kopf. »Nein, im Moment nicht. Aber das ist okay. Ich glaube, ich brauche noch ein bisschen Zeit, um ganz bei mir anzukommen. Und dann sehen wir weiter.«

Die Worte fühlten sich wahr an. Zum ersten Mal seit langer Zeit war sie nicht mehr auf der Flucht vor ihrer Vergangenheit, sondern auf dem Weg in ihre Zukunft. Der Herbst war der Anfang eines neuen Kapitels, und sie war bereit, es mit offenen Armen zu begrüßen.

*

Der unvermeidbare Auszug aus ihrer Wohnung, die so viele Erinnerungen barg, fühlte sich an wie das endgültige Loslassen einer Zeit, die sie einmal glücklich gemacht hatte. Jedes Zimmer, jede Ecke erzählte Geschichten von Lachen, Gesprächen und stillen Momenten. Doch mit jedem Karton, den sie packte, war ihr klarer geworden, dass diese Räume nicht mehr ihr Zuhause sein konnten.

Die Wohnungssuche war alles andere als romantisch. Marleen hatte sich von Anzeige zu Anzeige geklickt, nur um festzustellen, dass nichts wirklich ihren Vorstellungen entsprach. Die letzte Besichtigung war besonders frustrierend gewesen: ein winziges Apartment mit blassen Wänden, das nach feuchtem Putz roch und viel zu weit außerhalb lag. Mit einem resignierten Seufzen hatte sie dem Makler abgesagt und war nach Hause gefahren, die Müdigkeit schwer auf ihren Schultern.

Kaum hatte sie die Tür hinter sich geschlossen, zog sie die unbequemen Schuhe aus und schlüpfte in ihre Lieblingsjogginghose und ein weites Sweatshirt, das sie wie eine warme Umarmung empfing. Sie schaltete den Fernseher ein, ließ sich auf das Sofa fallen und streckte die Beine aus, ihre Füße ruhten entspannt auf dem Sofatisch. Ein Glas Wein stand auf der Armlehne, und sie scrollte durch die Streaming-App, bis sie eine romantische Komödie fand, die ihr bereits in besseren Zeiten ein Lächeln geschenkt hatte.

Die ersten Minuten des Films liefen, und Marleen ließ sich langsam von der Leichtigkeit der Geschichte einhüllen. Doch ihre Gedanken drifteten ab. Sie stellte sich vor, wie es wäre, eine neue Wohnung zu finden, in der sie wieder bei sich selbst ankommen könnte – ein kleiner Ort, nur für sie, ein Ort, an dem sie neu anfangen könnte.

Das Geräusch der Türklingel riss Marleen aus ihren Gedanken. Mit einem Hauch von Neugier stand sie auf und öffnete die Tür – und da stand er. Roberto. Das Lächeln, das sie einst so sehr geliebt hatte, lag auf seinen Lippen. Er hielt den Stoffesel Ramon in seinen Händen.

»Hallo Marleen. Ramon wollte zurück zu dir«, sagte er, und sie konnte kaum glauben, was da gerade passierte.

»Roberto!«, rief sie, immer noch völlig perplex. »Das ist ... eine Überraschung! Komm rein!«

Sie fühlte sich in ihren gemütlichen, aber völlig unattraktiven Klamotten unwohl, doch das spielte im Moment keine Rolle. Alles, was zählte, war, dass Roberto hier war, direkt vor ihr, lebendig und real.

»Kann ich dir etwas anbieten?«, fragte sie, völlig durcheinander und versuchte, die Fassung zu bewahren.

»Ein Wasser wäre schön«, antwortete er mit einem ruhigen Lächeln.

»Warum bist du in Hamburg?«, fragte Marleen schließlich, während sie ein Glas aus dem obersten Regal holte, noch immer unfähig zu glauben, dass dies alles wirklich passierte.

Roberto trat näher, seine Augen funkelten ernst, doch voller Zärtlichkeit.

»Deinetwegen, Marleen. Ich habe mich von Elena getrennt. Sie war gar nicht schwanger. Sie hatte von dir erfahren und wollte mich an sich binden. Das war nicht fair von ihr. Sie wird nach Barcelona ziehen.«

Marleen blieb wie erstarrt stehen. Die Worte trafen sie wie ein Blitz. »Was?«, flüsterte sie.

Roberto fuhr fort: »Meine Mutter war auch sehr enttäuscht von ihr. Aber das Wichtigste ist: Ich habe meiner Mutter von dir erzählt. Sie freut sich, dass ich eine deutsche Frau liebe und möchte dich unbedingt kennenlernen.«

In dem Moment konnte Marleen die Tränen nicht mehr zurückhalten. Sie liefen ihr über die Wangen, während sie versuchte, die Flut der Emotionen zu verarbeiten, die sie überwältigte. Roberto trat näher, zog sie sanft in seine Arme.

»Liebst du mich denn noch?«, fragte er leise, sein Atem streifte ihr Haar. »Kannst du dir vorstellen, mit mir nach Mallorca zu ziehen?«

Marleen nickte. Die Worte sprudelten aus ihr heraus, und sie hörte sich selbst sagen: »Ja und ja.« Dann hob sie den Kopf und sah ihn an, ihre Augen voller Tränen, doch ihr Herz war leicht. Und ohne zu zögern, küsste sie ihn – einen Kuss, der all die Gefühle ausdrückte, die sie monatelang zurückgehalten hatte.

Die Liebe, die sie beide verspürten, war stärker als je zuvor. Roberto war zurückgekehrt, und dieses Mal würde nichts und niemand sie auseinanderbringen.

In einer kleinen, versteckten Ecke ihres Herzens hatte Marleen immer die Hoffnung bewahrt, dass Roberto und sie eine zweite Chance bekommen würden. Auch wenn sie versucht hatte, ihn zu vergessen, war diese leise Stimme nie ganz verstummt. Jetzt war er hier, an ihrer Seite und alles fühlte sich richtig an. Roberto blieb drei Tage in Hamburg, und diese Zeit war für Marleen wie ein Traum, aus dem sie nicht erwachen wollte.

Die Herbstluft war kühl, doch die Stadt zeigte sich von ihrer schönsten Seite. Marleen führte Roberto durch die Straßen, zeigte ihm ihre Lieblingscafés und Parks. Sie lachten zusammen, hielten sich an den Händen und genossen jede Minute, als wären sie die einzigen Menschen auf der Welt. Sie besuchten den Zoo, schlenderten durch die Speicherstadt und tranken heißen Apfelpunsch auf einem Weihnachtsmarkt.

Besonders stolz war Marleen, als sie Roberto ihren Eltern vorstellte. Auch wenn sie ihn schon kurz gesehen hatten, war dies nun ein offizielles Kennenlernen. Marleen bemerkte, wie sehr ihre Eltern Roberto mochten. Er war charmant, höflich und sah Marleen mit einem Blick an, der kein Geheimnis daraus machte, wie sehr er sie liebte. Ihr Vater tauschte mit Roberto angeregte Gespräche über spanische Weine und Olivenöle aus, während Silvia bereits von einer spanischen Hochzeit sprach.

»Ich will dich am liebsten sofort mit nach Mallorca nehmen«, sagte Roberto einen Tag vor seiner Abreise.

Marleen lachte ausgelassen, ihr Kopf ruhte auf seiner Schulter. »Ich weiß. Aber ich habe hier noch einiges zu klären. Die Bank, die Wohnung …«

Roberto nickte, aber sie spürte die Ungeduld in ihm. »Du kannst alles tun, was du willst, Marleen. Ich bin mir sicher, dass du es lieben wirst, auf der Insel zu leben.«

Marleen lächelte. Die Vorstellung auf Mallorca zu leben, war verlockend. Doch es ging nicht nur um den Umzug – es ging darum, ihr bisheriges Leben hinter sich zu lassen und mit Roberto einen neuen Weg einzuschlagen. Und dieser Weg beinhaltete viel mehr. Sie wollten eine gemeinsame Zukunft, ein

Zuhause, und sie sprachen bereits über Kinder. Roberto hatte keine Zweifel, er wollte mindestens drei Kinder, und Marleen verspürte bei dieser Vorstellung ein warmes Kribbeln.

»Wir müssen alles gut planen«, sagte sie schließlich. »Ich werde in der Bank kündigen und dann … dann bin ich bereit.«

Roberto zog sie näher an sich und küsste ihre Stirn. »Wir schaffen das. Ich kann es kaum erwarten, dich an meiner Seite zu haben, jeden Tag.«

Die nächsten Tage waren ein Tanz zwischen Euphorie und Realität. Die Zukunft war greifbar, voller Liebe und Möglichkeiten. Und obwohl Marleen wusste, dass es schwierig werden würde, sich von ihrem alten Leben zu verabschieden, konnte sie es kaum erwarten, mit Roberto in ein neues Kapitel aufzubrechen. Sie war bereit für ihre gemeinsame Reise – eine Reise, die mit Liebe, Hoffnung und der Aussicht auf eine glückliche Familie gefüllt war.

**ENDE**

Liebe Leserinnen, liebe Leser,

es freut mich sehr, dass Sie mein Buch gelesen haben. Ich hoffe, es hat Ihnen gefallen und Sie sind neugierig auf weitere Werke von mir. Ihre Meinung ist mir wichtig, und wenn Sie sich die Zeit nehmen, eine Rezension zu schreiben, wäre ich Ihnen sehr dankbar. Natürlich können Sie auch einfach nur Sternchen vergeben, wenn Sie möchten.

Falls Sie Fragen haben oder Kritik äußern möchten, zögern Sie bitte nicht, mir eine E-Mail an: andrea.froh@gmx.de zu senden. Ich freue mich darauf, von Ihnen zu hören und informiere Sie auch über Neuerscheinungen.

Alles Gute, bleiben Sie gesund und liebe Grüße,

Andrea Froh

**Meine weiteren Werke, die Sie auch auf meiner Webseite (www.andreafroh.de) finden:**

Föhr immer glücklich

Föhr immer im Herzen

Föhr immer und ewig

Sylter Meeresgeflüster

Schneezauber und Sternenlicht

Herzenswellen auf Sylt

Watt für Frauen

Sylter Glückskind

Pias Glücksflug

Watt für eine Reise

Mein Traumprinz zu Weihnachten

Watt ist das schön

Watt für ein Glück

Zeit für eine neue Liebe

Sylter Herbstregen – Stürmische Zeiten

Sylter Glücksregen – Die beste Entscheidung meines Lebens

Zwei Sommer mit dir

Paradiesische Dezembertage

Amore mio – mein Herz lässt dich nicht los

Wundervolle Weihnachten

Tränen unter dem Mandelbaum

Mallorca, mein Glück

Ein Haus, 4 Frauen und das Leben

Unruhe in meinem Herzen

Verheiratet bis Weihnachten

Zeit des Schmerzes - Zeit des Glücks

Wechseljahre - Liebeswechsel (Teil 1 und 2)

Charlotte & Johann

Verlogene Liebe

4 Herzen für Paul

Adeus Lissabon Ihn oder ihn?

B+B=Liebe?

Ein Hundemasseur zum Verlieben

Liebes Lebens Pläne

Ist er bestimmt für mich?

Frau im besten Alter auf Suche

Kanarische Liebeswelle

Felicita im Un-Glück

Adios Alltag, hola Abenteuer

Gesellschaft im Berg

Forbilt

Zucker ade - Tut das wirklich weh?

Schlanker und vor allem gesünder werden

Veggie Kochbuch mit Geschichtenbeilage

## LESEPROBE AUS MEINEM ROMAN: »FÖHR IMMER IM HERZEN«

### EINS

Patrick lag auf dem Rücken, sein Gesicht entspannt wie das eines Engels. Anna saß eine Weile neben ihm und betrachtete den Mann, den sie von ganzem Herzen liebte und mit dem sie eine gemeinsame Zukunft geplant hatte. Bevor sie das dicke Kissen, das mit einer verspielten Rosenbettwäsche bezogen war, nahm, küsste sie ihn sanft auf die Lippen. Dann drückte sie mit einem schmerzverzerrten Gesicht das Federkissen auf sein Gesicht und spürte nach wenigen Sekunden, dass seine Beine zu zappeln begannen. Anna drückte mit aller Kraft zu, und es vergingen nur wenige Sekunden, bis Patrick still neben ihr lag. Ihr Herz pochte wild, und sie spürte eine gewisse Genugtuung.

Anna erwachte schweißgebadet und schrie Patricks Namen. Ihr Herz raste, als die Dunkelheit des Schlafzimmers auf sie zukam. In Panik griff sie nach der Bettdecke und tastete neben sich, um sicherzugehen, dass Patrick da war. Er grummelte und drehte sich auf die Seite, völlig unbeeindruckt von ihrem Aufschrei.

«Patrick!», flüsterte sie erneut, diesmal sanfter, während sie seine schlafende Gestalt betrachtete. Er war nicht tot! Ein gewaltiger Stein fiel Anna vom Herzen, als sie realisierte, dass sie ihn nicht erstickt hatte. Es war nur ein Traum gewesen, ein schrecklicher Albtraum, der sie vollständig aus der Fassung gebracht hatte. Warum träumte sie so etwas Schreckliches?

Sie seufzte erleichtert und strich ihrem Freund zärtlich über den Arm, bevor sie sich vorsichtig aus dem Bett wälzte. Sie setzte einen Fuß vor den anderen, bemüht, keine Geräusche zu machen, die ihn wecken könnten.

Als sie auf Zehenspitzen ins Badezimmer ging, blickte sie sich um, als ob die Schatten des Traumes sie verfolgen würden. Das Mondlicht fiel durch das kleine Fenster und tauchte den Raum in ein sanftes, beruhigendes Licht. Sie schaltete eine Lampe an und blinzelte in den Spiegel, wo sie ihr blasses Gesicht und ihre weit aufgerissenen Augen sah.

«Das war nur ein Traum», murmelte sie zu sich selbst und spritzte sich kaltes Wasser ins Gesicht. Das Gefühl der Kälte brachte sie endgültig zurück in die Realität. Sie atmete tief durch und ließ das Wasser an ihrem Nacken hinunterlaufen, während sie versuchte, den Schrecken des Traumes abzuschütteln.

Anna stand noch eine Weile im Badezimmer, lauschte auf die leisen Geräusche des Hauses und versuchte, sich zu beruhigen. Sie konnte nicht fassen, wie real sich der Traum angefühlt hatte.

«Ich bin ja ganz schön verrückt», flüsterte sie und lächelte schwach in den Spiegel. Sie wusste, dass sie manchmal zu intensiven Träumen neigte, aber dieser hatte alles bisher Dagewesene übertroffen.

Mit einem entschlossenen Nicken machte sie sich auf den Rückweg ins Schlafzimmer. Vorsichtig kroch sie zurück unter die Decke.

Durch Patricks sonore Stimme wurde Anna aus dem Schlaf gerissen.

«Schlafmütze, du musst doch um acht Uhr in der Agentur sein.»

Patrick stand mit nacktem Oberkörper und einer karierten Boxershorts neben dem Bett und rieb sich die Augen. Seine Frisur sah aus wie ein wildes Vogelnest, und Anna konnte sich ein Schmunzeln nicht verkneifen.

«Verdammt!», rief sie und warf die Decke zur Seite. In Sekundenschnelle stand sie auf ihren kleinen Füßen und sah sich hektisch um.

«Ich habe vergessen, den Wecker zu stellen.»

Patrick wollte sie küssen, aber sie drückte sich an seinem verführerischen Körper vorbei, den er sich hart erarbeitet hatte.

«Kein Küssen jetzt, Supermann, ich bin spät dran!», rief sie über ihre Schulter, während sie Richtung Badezimmer eilte.

«Supermann, huh?», murmelte Patrick und grinste. «Ich wusste doch, dass das Training sich auszahlt.»

Anna warf ihm einen schnellen Blick zu.

«Ja, ja, du Muskelprotz, aber das hilft mir gerade nicht weiter!»

Sie verschwand im Badezimmer, und Patrick hörte das Wasser rauschen.

Er folgte ihr gemächlich und lehnte sich an den Türrahmen.

«Ich könnte dir das Frühstück machen, damit du schneller rauskommst», bot er an und hob eine Augenbraue.

Anna tauchte mit Zahnbürste im Mund wieder auf.

«Das wäre fantastisch», sagte sie, und obwohl der Schaum ihre Worte etwas unverständlich machte, wusste Patrick genau, was sie meinte.

Während Anna sich im Badezimmer weiter fertigmachte, ging Patrick in die Küche und begann, Eier in die Pfanne zu schlagen.

«Wie magst du deine Eier? Rührei oder Spiegelei?», rief er.

«Überrasch mich!», kam die Antwort aus dem Badezimmer, gefolgt von einem Geräusch, das wie das Umfallen eines Shampoos klang. Patrick lachte leise vor sich hin und machte sich an die Arbeit.

Als Anna schließlich, angezogen und halbwegs beruhigt, in die Küche stürmte, stand ihr Freund dort mit einem Teller Rührei und einem verführerischen Lächeln.

«Voilà, Frühstück ist serviert.»

«Du bist ein Schatz, wirklich», sagte Anna und nahm den Teller entgegen. Sie setzte sich und begann hastig zu essen.

«Ich weiß gar nicht, was ich ohne dich machen würde.»

«Vermutlich verschlafen und ohne Frühstück zur Arbeit gehen», entgegnete er und setzte sich gegenüber von ihr. «Und deine Chefin mit deinem Atem aus dem Bett vertreiben.»

Anna prustete los und musste sich das Kinn abwischen.

«Du bist unmöglich! Aber danke, dass du mich geweckt hast.»

«Immer gern», sagte er und lehnte sich zurück.

Mit einem letzten Bissen sprang sie auf und schnappte sich ihre Tasche. «Ich muss los. Ich liebe dich!»

«Ich dich auch, meine Schlafmütze», rief er ihr hinterher, während sie zur Tür hinauslief.

Als sie draußen war, hörte Anna ihn noch rufen: «Vergiss nicht, den Wecker für morgen zu stellen!» Sie lachte und rannte weiter. Was für ein Morgenchaos, dachte sie, aber irgendwie war es perfekt, genauso wie es war.

Als Anna ins Auto stieg und den Motor startete, dachte sie an den verrückten Traum der letzten Nacht und schüttelte den Kopf. Manchmal spielte ihr Unterbewusstsein wirklich seltsame Streiche.

Sie hatte an diesem Tag wirklich kein Glück. Ein Müllwagen versperrte den Weg und bewegte sich in Zeitlupe, als wäre er absichtlich dort, um ihr den letzten Nerv zu rauben. Nach zwanzig Minuten des Frusts und ungeduldigen Trommelns auf das Lenkrad kam sie schließlich viel zu spät ins Büro.

Völlig außer Atem und mit fliegenden Haaren stürmte sie ins Büro und blickte direkt ins Gesicht ihrer Sekretärin, die ihr missbilligend zunickte.

«Guten Morgen, Anna. Wieder mal die Müllabfuhr, ja?»

Anna murmelte eine Entschuldigung und hastete zum Konferenzraum, wo bereits ein Meeting in vollem Gange war. Ella, ihre Chefin, die zwei Jahre älter war als Anna, zog ihre schmalen Augenbrauen zusammen, als ihre Mitarbeiterin ins Meeting platzte.

«Sorry, der Verkehr ...», wollte Anna sich rechtfertigen und setzte sich abgehetzt auf ihren Platz. Die Hitze der Hast stieg ihr ins Gesicht, und sie konnte fühlen, wie ihre Wangen sich röteten. Die Stille im Raum war ohrenbetäubend, als alle Blicke sich auf Anna richteten.

Ella, die niemals eine Gelegenheit ausließ, um ihre Autorität zu demonstrieren, räusperte sich und begann mit ernster Miene: «Leider ist uns ein großer Kunde abgesprungen ...»

Ella hielt inne und fixierte Anna mit einem Blick, der keinen Zweifel daran ließ, wen sie dafür verantwortlich machte. Anna wurde klein auf ihrem Stuhl. Sie wusste genau, welcher Kunde gemeint war. Ja, sie hatte ihm ihre Meinung gesagt, aber das war auch nicht anders gegangen.

«Mr. Fischer von Fisch & Co. hat sich entschieden, unsere Zusammenarbeit zu beenden», fuhr Ella fort. «Und wie ich höre, war unser letzter Kontakt nicht ganz ... optimal.»

Anna rutschte tiefer in ihren Stuhl. «Fischer», murmelte sie, «der Fischkopp ...»

Ella hob eine Augenbraue. «Hast du etwas zu sagen, Anna?»

«Nun, ja ...», begann Anna zögerlich. «Mr. Fischer war einfach ... schwer zufrieden zu stellen.»

«Schwer zufrieden zu stellen?», wiederholte Ella, ihre Stimme tropfte vor Sarkasmus. «Er hat gesagt, du hättest ihm gesagt, er solle seine Ideen dahin stecken, wo die Sonne nicht scheint.»

Ein unterdrücktes Kichern ging durch den Raum. Anna seufzte.

«Ja, das habe ich gesagt. Aber nur, weil er meinte, wir sollten eine Werbekampagne mit singenden Fischen machen!»

Ella stöhnte und massierte sich die Schläfen. «Anna, du musst lernen, diplomatischer zu sein. Es geht nicht nur darum, was du sagst, sondern wie du es sagst.»

Anna nickte kleinlaut. «Ich verstehe. Es tut mir leid.»

Ella musterte sie einen Moment lang und dann erhellte sich ihr Gesicht zu einem Lächeln.

«Nun, wir werden sehen, wie du es beim nächsten Mal machst. Aber für heute werde ich dir eine Lektion in diplomatischer Kommunikation erteilen.»

Ein kollektives Aufatmen ging durch den Raum, und Anna spürte, wie sich die Anspannung löste. Sie lehnte sich zurück und versuchte, sich zu entspannen, während Ella weiter über die Wichtigkeit guter Kundenbeziehungen sprach.

«Vielleicht sollte ich in Zukunft meine Ratschläge für singende Fische für mich behalten», murmelte Anna leise zu sich selbst und grinste.

Ella, die anscheinend doch nicht so unnachgiebig war, wie sie schien, warf ihr einen amüsierten Blick zu. «Das wäre ein guter Anfang, Anna. Das wäre ein guter Anfang.»

Nach dem Meeting bat Ella Anna in ihr Büro, von dem man einen tollen Blick auf die Elbe hatte. Die großen Palmen und die bodentiefen riesigen Fenster waren beeindruckend. Anna beneidete ihre Chefin um das Büro, während sie selbst sich mit acht Kolleginnen einen relativ kleinen Raum teilen musste.

«Magst du einen Tee?», fragte Ella und setzte sich auf ihren Thron, wie eine Königin. Ihre Bewegungen waren geschmeidig und selbstbewusst, als ob sie genau wusste, wie sehr sie den Raum beherrschte.

«Ja, gern, danke», antwortete Anna, während sie sich auf einen der eleganten Stühle setzte und versuchte, sich nicht allzu neidisch umzusehen.

Ella nickte kurz und drückte einen Knopf auf ihrem Schreibtisch. Sekunden später erschien eine Assistentin mit einem Tablett voller Teesorten.

«Nimm dir, was du möchtest», sagte Ella und lehnte sich entspannt zurück.

Anna wählte einen grünen Tee und versuchte, sich nicht von Ellas überlegener Haltung beeindrucken zu lassen. Ihre Chefin hatte sich mit dem Geld ihrer Eltern die Agentur in bester Hamburger Lage in wenigen Jahren zu einem gut florierenden Unternehmen aufgebaut. Geholfen hatten ihr vor allem die guten Kontakte ihres Vaters, der ein erfolgreicher Unternehmer war.

Ella sah Anna an und lächelte kühl.

«Ich wollte nur kurz über den abgesprungenen Kunden sprechen. Es ist nicht ideal, aber wir werden damit umgehen.»

Anna nickte und nippte an ihrem Tee.

«Es tut mir leid, dass das passiert ist. Ich werde in Zukunft vorsichtiger sein.»

«Das hoffe ich», sagte Ella und ihre Augen funkelten. «Denn wir können uns keine weiteren Verluste leisten, besonders nicht bei wichtigen Kunden.»

Anna zwang sich zu einem Lächeln. «Natürlich, ich werde daran arbeiten.»

Ella erhob sich und ging zu den großen Fenstern, die den Blick auf die Elbe freigaben.

«Weißt du, Anna, manchmal muss man einfach die richtigen Leute kennen. Das hat mir geholfen, die Agentur aufzubauen.»

Anna biss sich auf die Zunge, um keinen bissigen Kommentar abzugeben. Sie wusste, dass Ella ohne die Kontakte ihres Vaters nicht so schnell so erfolgreich geworden wäre. Aber das laut auszusprechen, wäre vermutlich nicht die beste Idee.

Stattdessen sagte sie: «Ja, ich verstehe. Beziehungen sind wichtig.»

Ella drehte sich um und lächelte erneut, diesmal etwas herzlicher.

«Mach dir keine Sorgen, Anna. Du hast Potenzial. Und wer weiß, vielleicht bekommst du eines Tages auch ein Büro mit Blick auf die Elbe.»

Anna lachte leicht. «Das wäre schön. Aber bis dahin arbeite ich daran, keine Kunden mehr zu verlieren.»

Ella nickte zufrieden. «Das ist der Geist. Gut, du kannst gehen. Und vergiss nicht, den Tee mitzunehmen. Ein bisschen Luxus kann Wunder wirken.»

Während Anna an ihrem Computer saß, spürte sie plötzlich, dass ihr die Arbeit keinen Spaß mehr machte. Der Bildschirm schien sie förmlich anzustarren und mit einem müden Seufzer tippte sie weiter. Die Buchstaben verschwammen vor ihren Augen und sie fühlte sich leer und ausgelaugt.

Seit drei Jahren mühte sie sich in der Agentur ab, hatte noch keine Gehaltserhöhung bekommen, obwohl sie mehrmals gefragt hatte. Ihr letzter Versuch war so erbärmlich gewesen, dass Ella ihr mit einem mitleidigen Lächeln auf die Schulter geklopft hatte, als wäre sie ein Welpe, der um ein Leckerli bettelt.

«Anna, wir schätzen deine Arbeit wirklich sehr, aber im Moment...», hatte sie angefangen. «...haben wir leider keine Mittel für Gehaltserhöhungen», hatte Anna den Satz in Gedanken vollendet und genervt mit den Augen gerollt. Natürlich hatten sie Geld – nur nicht für sie.

Am liebsten wäre sie einfach aufgestanden, hätte den Monitor dramatisch aus dem Fenster geworfen und wäre nie wieder gekommen. Stattdessen saß sie brav weiter an ihrem

Schreibtisch und träumte davon, wie sie ihrer Chefin triumphierend eine Kündigung auf den Tisch knallte.

Annas Kollegin Sandra, die ihr gegenübersaß, bemerkte ihren missmutigen Gesichtsausdruck und zog eine Augenbraue hoch.

«Anna, du siehst aus, als ob du gleich jemanden erwürgen möchtest. Soll ich dir einen Kaffee holen oder besser gleich einen Beruhigungstee?»

Anna seufzte und ließ ihren Kopf auf die Tischplatte sinken.

«Wenn ich noch einmal höre, dass mein Beitrag 'wertgeschätzt' wird, ohne dass das irgendwas auf meinem Konto ändert, werde ich vielleicht wirklich jemanden erwürgen.»

Sandra lachte. «Willkommen im Club. Weißt du, wenn ich jedes Mal einen Euro bekommen würde, wenn mir das jemand sagt, wäre ich längst im Ruhestand. Auf den Bahamas. Mit einem Cocktail in der Hand.»

Anna hob den Kopf und sah sie an.

«Vielleicht sollten wir einfach abhauen und eine eigene Agentur gründen. Die 'Wir-werden-endlich-anständig-bezahlt'-Agentur.»

«Und unsere erste Regel: Niemand darf das Wort 'wertgeschätzt' verwenden, ohne dafür fünf Euro in die Kaffeekasse zu werfen», ergänzte Sandra und grinste.

«Deal. Und wir haben flexible Arbeitszeiten, jede Woche eine Gehaltserhöhung und freitags ist immer Kuchen-Tag.»

«Und Montag ist Pyjama-Tag», fügte Sandra hinzu. «Das wäre wirklich was.»

Mit einem weiteren Seufzer setzte Anna sich wieder gerade hin.

«Aber bis dahin, sollten wir wohl weiterarbeiten, bevor Ella hereinkommt und uns mit ihrem Blick zu Staub zerfallen lässt.»

Sandra nickte und wandte sich wieder ihrem Bildschirm zu.

«Genau. Und vielleicht, nur vielleicht, gewinne ich doch noch im Lotto und kann diesen Laden verlassen.»

Anna schmunzelte und tippte weiter, während sie sich insgeheim schwor, ihren eigenen Traum von einer besseren Arbeitswelt nicht aufzugeben.

Der Tag zog sich dahin wie Kaugummi. In der Mittagspause musste Anna mit einem Kunden telefonieren, der kein Ende finden konnte. Während der Kunde eine epische Erzählung über die Vorteile von pastellfarbenen Druckerpatronen hielt, schob sich Anna ein paar Nüsse in den Mund und gähnte ständig. Sie malte sich in Gedanken aus, wie sie den Telefonhörer sanft, aber bestimmt aus dem Fenster werfen würde.

Kurz bevor sie das Büro verlassen wollte, kam Ella zu ihr.

«Ich habe ja nächste Woche Geburtstag und veranstalte wieder meine legendäre Gartenparty. Hier ist die Einladung.» Ella überreichte Anna eine edel verzierte Karte, die vor Glitzer nur so strotzte.

Innerlich stöhnte Anna. Die Gartenpartys von Ella waren berühmt-berüchtigt für ihre überzogenen Mottos und den exzessiven Einsatz von Luxus. Die Reichen und Schönen sollen unter sich bleiben, dachte sie, während sie tapfer ein Lächeln aufsetzte. «Danke, ich freue mich.»

Während Anna im gläsernen Fahrstuhl in die Tiefgarage fuhr, warf sie einen Blick auf die Einladungskarte. Ihre Augen weiteten sich, als sie das Motto las. «Oh, nein», stöhnte sie. «Wieder eine Mottoparty! Elfen!»

Sie stieg in ihr Auto und ließ den Kopf auf das Lenkrad sinken.

«Warum Elfen? Warum nicht etwas Einfaches wie 'Jeans und T-Shirt'?», murmelte sie verzweifelt. Sie konnte sich schon vorstellen, wie sie in einem grünen Tüllkleid mit spitzen Ohren herumstolzieren musste, während Ella wie die strahlende Königin der Elfen aussehen würde.

Sie begann sofort, in Gedanken nach einer guten Ausrede zu suchen, um nicht zu der Feier gehen zu müssen. Vielleicht könnte sie behaupten, dass sie eine plötzliche Allergie gegen Tüll entwickelt hatte. Oder dass ihr Kater dringend eine Zahnreinigung brauchte und sie ihn auf keinen Fall allein lassen konnte.

«Ich könnte einfach krank sein», überlegte sie laut. «Aber dann wird Ella mich mit ihrem misstrauischen Blick durchbohren und mir Vitamin-C-Bonbons vorbeibringen.»

Als Anna aus der Tiefgarage fuhr, hatte sie noch keine perfekte Ausrede gefunden, aber sie schwor sich, dass sie etwas finden würde. Sie hatte noch eine Woche Zeit, um die ultimative, unanfechtbare Entschuldigung zu entwickeln.

Zu Hause angekommen, ließ sie sich auf ihr Sofa fallen und starrte an die Decke.

«Vielleicht sollte ich einfach hingehen und Spaß haben», sagte sie zu sich selbst, und lachte dann laut.

Anna seufzte tief und griff nach ihrem Handy, um nach «Elfenkostüme für Erwachsene» zu suchen. Wer weiß, vielleicht würde sie am Ende doch eine halbwegs akzeptable Lösung finden. Und wenn nicht, konnte sie immer noch darauf hoffen, dass eine plötzliche, unerwartete, aber vollkommen legitime Elfenallergie auftauchen würde.

Patrick kam meistens eine Stunde später als seine Freundin von der Arbeit nach Hause. So war es stets Anna, die sich hinter den Herd klemmte und etwas Schnelles kochte. An diesem Abend entschied sie sich für eine Gemüsepfanne, die sie mit frischen Kräutern und Schafskäse verfeinerte.

Patrick schlich sich in die Küche, schnupperte und warf einen Blick in die Pfanne. «Das sieht ja lecker aus», sagte er, wobei er ein vielsagendes Grinsen aufsetzte. Anna wusste, dass das sein Code für «Ich bin so hungrig, dass ich sogar meinen Bürostuhl anknabbern könnte» war.

«Es ist gleich fertig, Hungerhaken», antwortete Anna und rührte in der Pfanne. «Du kannst schon mal den Tisch decken. Oh, warte, du hast ja keine Zeit dafür, weil du unbedingt aufs Sofa musst.» Sie lachte und schüttelte den Kopf, als Patrick prompt auf das Sofa sank.

«Ich tue nur das, was ich am besten kann», rief er aus dem Wohnzimmer. «Warten und Essen genießen.» Anna rollte mit den Augen und schmunzelte.

Wenig später servierte sie das Fleisch. Sie setzten sich vor den Fernseher und begannen zu essen, während eine dieser unendlich langen Krimiserien im Hintergrund lief.

«Wie war dein Tag?», fragte Anna und stach mit der Gabel in ein Stück Paprika.

«Lang. Und deiner?», nuschelte Patrick und kaute zufrieden.

«Auch lang», seufzte Anna und lehnte sich zurück. «Ich wurde heute zu Ellas legendärer Gartenparty eingeladen. Elfenmotto.»

Patrick verschluckte sich fast an seinem Bissen.

«Elfenmotto?», fragte er und hustete leicht. «Wirst du hingehen?»

«Ich überlege noch», antwortete Anna mit einem schelmischen Lächeln. «Vielleicht gehe ich als grumpy Elf, der keine Lust auf Partys hat.»

«Das wäre mal was. Oder du behauptest, du hast eine plötzliche Elfenallergie entwickelt.»

«Genau das habe ich mir auch schon überlegt», stimmte Anna zu. «Aber wahrscheinlich werde ich doch hingehen. Irgendjemand muss schließlich die schicke Gartenparty ruinieren.»

Sie wechselten noch ein paar Sätze, doch beide waren müde. Anna merkte, wie ihre Augenlider schwerer wurden. Während der Fernseher einen spannenden Höhepunkt der Serie verkündete, wurde Annas Kopf immer schwerer. Sie lehnte sich an Patricks Schulter und schloss die Augen.

«Verpasst du wieder das Ende?», murmelte er und schmunzelte, als er ihren langsamen Atem hörte. Er schaltete den Fernseher leiser und legte einen Arm um sie.

«Ja, aber du kannst mir morgen erzählen, wie es ausgegangen ist», murmelte Anna schläfrig.

«Wird gemacht, meine schlafende Schönheit», flüsterte er und zog die Decke über sie beide. Wie so oft endete der Abend mit einem halbfertigen Film und einem zufriedenen Lächeln auf Annas Gesicht, während sie in den Schlaf glitt.

## ZWEI

Ella kam nach dem Meeting zu Anna gestöckelt. Sie bewunderte die neuen Schuhe ihrer Chefin, die noch höher waren als ihre vorherigen. Es schien fast, als würde Ella auf Stelzen laufen, aber natürlich tat sie das mit der Eleganz eines erfahrenen Models. Die filigranen Füße mit den perfekt lackierten Nägeln zogen Annas Blick auf sich. Wie schaffte Ella es nur, in diesen Höhen zu balancieren, ohne ständig umzukippen?

«Anna», begann ihre Chefin, ihre Stimme so süß wie Sirup, «bring doch deinen Freund mit zu meiner Party. Er ist doch Anwalt, nicht wahr? Ich sehe mich gerade nach einem neuen Anwalt um und ...»

Anna riss ihren Blick von Ellas schwindelerregenden Schuhen los und blinzelte.

«Ähm, ja, Patrick ist Anwalt, aber... weißt du, er ist eher auf Arbeitsrecht spezialisiert. Nicht sicher, ob dir das hilft?»

Ella winkte ab, als ob das völlig nebensächlich wäre. «Ach, Details. Ein guter Anwalt ist ein guter Anwalt, oder? Außerdem würde es ihm sicher gefallen, ein bisschen Netzwerkarbeit zu betreiben. Und wer weiß, vielleicht hat einer meiner Gäste ja zufällig ein kleines Problemchen mit dem Gesetz.»

Anna unterdrückte ein Lachen. Sie konnte sich kaum vorstellen, wie Patrick auf dieser elfenhaften Gartenparty herumstöckeln und Smalltalk über Geschäftsstrategien machen würde, während er sich heimlich fragte, ob jemand dort möglicherweise eine Leiche im Keller versteckt hatte.

«Ich werde ihn fragen», zweifelte Anna und versuchte, ernst zu bleiben. «Aber ich kann nichts versprechen.»

Ella lächelte strahlend und klopfte Anna leicht auf die Schulter, was in den absurd hohen Schuhen eine beeindruckende Leistung war.

«Wunderbar! Ich freue mich schon darauf, ihn kennenzulernen. Und vergiss nicht, dein Elfenkostüm zu besorgen.»

Anna nickte und zwang sich zu einem Lächeln, während Ella davonstöckelte, ihre Schritte hallten wie das Klappern eines eleganten Pferdes. Anna seufzte und dachte darüber nach, wie sie Patrick die Einladung beibringen würde.

«Hey, Schatz», würde sie beginnen. «Wie würdest du dich fühlen, wenn du deine Freizeit mit einer Gruppe von Menschen verbringst, die in Fantasiekostümen herumlaufen und Geschäftsstrategien besprechen?» Das würde sicher großartig ankommen.

Während sie zum Schreibtisch zurückging, beschloss sie, dass sie tatsächlich einen Versuch wagen würde, Patrick zu überreden. Vielleicht könnte sie ihn mit dem Versprechen locken, dass sie ihn danach für eine Woche von allen Hausarbeiten befreien würde. Oder sie könnte ihm einfach ein neues Paar dieser elfenhaften Schuhe versprechen. Schließlich sahen sie an Ella einfach umwerfend aus.

In der Mittagspause traf sich Anna mit ihrer Freundin Maja, die einen Friseursalon in bester Lage besaß, in dem Promis ein- und ausmarschierten. Anna war immer gespannt auf Majas Geschichten, denn auf den bequemen Stühlen in ihrem Salon und bei der entspannten Kopfmassage wurden die Kunden sehr gesprächig und plauderten Intimitäten aus, die Maja an die Presse hätte verkaufen können – wenn sie nicht so loyal wäre.

«Du glaubst nicht, was gestern passiert ist», begann Maja, während sie sich in das Café an der Alster setzten, wo es wie im Taubenschlag zuging. Maja trug ihre Haare in einem frechen

Pixie-Cut, der sie wie eine hippe Fashionista aussehen ließ. Anna fragte sich, ob Maja je dieselbe Frisur zweimal hatte.

«Erzähl!», bat Anna gespannt und lehnte sich zurück. Sie nippte an ihrem Kaffee und wartete auf die neuesten Anekdoten aus Majas Salon.

«Na, du kennst doch diesen berühmten, smarten Schauspieler, der in dieser Arztserie spielt, oder?» Maja legte eine dramatische Pause ein.

«Der mit dem perfekten Kiefer und den unmöglichen Liebesgeschichten? Ja, den kenne ich.»

«Genau der!» Maja grinste verschwörerisch. «Er kam gestern in meinen Salon und wollte unbedingt eine Typveränderung. Also habe ich ihm einen schicken Undercut verpasst.»

«Einen Undercut? Das passt ja überhaupt nicht zu seinem TV-Charakter», stellte Anna fest.

«Und rate mal, was passiert ist, als er danach in eine Bar ging.» Maja lehnte sich vor, als würde sie ein Geheimnis verraten.

«Keine Ahnung. Wurde er nicht erkannt?»

«Schlimmer. Jemand hat ihn gefragt, ob er in einer Boyband singt!» Maja brach in schallendes Gelächter aus, und Anna konnte nicht anders, als mitzulachen.

«Das ist fantastisch», kicherte Anna. «Wie hat er reagiert?»

«Er war ziemlich schockiert, hat aber versucht, cool zu bleiben. Der arme Kerl!»

Anna lachte so sehr, dass sie fast ihren Kaffee verschüttete.

«Maja, deine Geschichten sind einfach unbezahlbar.»

«Ich könnte ein Buch schreiben», meinte Maja und zwinkerte. «Und übrigens, was hältst du davon, mal etwas Neues auszuprobieren? Vielleicht einen Bob?»

Anna schüttelte den Kopf vehement. «Ich habe einmal einen Pony ausprobiert und mich gefühlt wie ein geschorenes Schaf. Nein, danke.»

«Ach komm schon, ein bisschen Veränderung hat noch niemandem geschadet», lockte Maja. «Ein kleiner Schritt in Richtung moderner Anna.»

«Die moderne Anna ist zufrieden mit ihren langen Haaren», beharrte sie und zwinkerte. «Aber ich bin froh, dass du dich ständig veränderst. So muss ich es nicht tun.»

Maja lachte und hob ihren Kaffee zum Toast. «Auf Veränderungen, die wir nicht selbst machen müssen! Was gibt's bei dir Neues?», fragte Maja und lehnte sich zurück, die perfekte Zuhörerin.

Anna erzählte von Ellas bevorstehender Elfen-Mottoparty und ihrer verzweifelten Suche nach einer Ausrede, um nicht hingehen zu müssen. Maja brach in schallendes Gelächter aus. «Elfen? Ernsthaft?»

«Ja, Elfen», bestätigte Anna und verzog das Gesicht. «Ich stelle mir vor, wie ich in einem grünen Tüllkleid mit spitzen Ohren herumstakse, während Patrick versucht, ein Gespräch über Arbeitsrecht zu führen.»

Maja wischte sich eine Träne aus dem Auge.

«Das musst du unbedingt machen! Und dann kommst du zu mir und ich mache dir eine richtige Elfenfrisur. Vielleicht rosa mit Glitzer?»

«Auf keinen Fall», protestierte Anna, aber sie konnte sich ein Lachen nicht verkneifen.

«Weißt du», sagte Maja und beugte sich vor, «du könntest einfach hingehen und Spaß haben. Oder zumindest so tun, als ob.»

Anna schüttelte den Kopf. «Ich bin kein Elfen-Typ.»

«Ach, Unsinn. Du bist wunderbar, egal ob mit langen Haaren oder als Elf verkleidet. Außerdem, wer weiß, vielleicht wird es eine Geschichte, die ich später im Salon erzählen kann.»

Anna seufzte und lächelte. «Na gut. Aber nur, weil du es bist. Und ich will auf keinen Fall rosa Haare.»

«Versprochen», sagte Maja grinsend. «Vielleicht nur ein bisschen Glitzer?»

Printed in Poland
by Amazon Fulfillment
Poland Sp. z o.o., Wrocław

52481463R00201